KB082143

산골 나그네

김유정 소설선집
산골 나그네

김유정 지음 | 전상국 엮음

초판 1쇄 | 2016년 03월 29일
초판 2쇄 | 2017년 10월 31일

지은이 | 김유정
엮은이 | 전상국
펴낸이 | 신현운
펴낸곳 | 연인M&B
기　획 | 여인화
디자인 | 김주리
마케팅 | 박한동
홍　보 | 정연순
등　록 | 2000년 3월 7일 제2－3037호
주　소 | 143-874 서울특별시 광진구 자양로 56(자양동 680-25) 2층
전　화 | (02)455-3987 팩스 | (02)3437-5975
홈주소 | www.yeoninmb.co.kr
이메일 | yeonin7@hanmail.net

값 14,000원

ISBN 978-89-6253-180-0 03810

청년작가 김유정, 산골 나그네로 다시 돌아오다

시대를 초월한 문학성, 독특한 해학, 탁월한 언어 감각으로 우리 곁에 살아 있음을 다시 확인하다.

연인M&B

일러두기

1. 선집의 수록작품은 김유정의 단편소설 중에서 작가의 작품세계를 가장 잘 보여주는 작품만을 가려 뽑은 것이다.
2. 이 선집의 작품 수록은 발표 연대순으로 하되 춘천 실레마을을 무대로 한 작품 12편 뒤에 도시 배경 및 금광을 무대로 한 작품을 (노다지, 금, 옥토끼, 땡볕, 따라지, 형) 따로 수록함으로써 작품을 통한 당대 현실 이해에 도움을 주고자 했다.
3. 수록된 작품의 표기는 原本金裕貞全集(全信宰 編)에 의거, 작품 발표 당시의 것을 원칙으로 하되 현행 맞춤법과 띄어쓰기를 기준하여 다소의 수정을 가하였다. 대화 인용부호는 「 」 대신 " "로 통일했다.
4. 그러나 김유정 소설의 표현상 특징인 속어 · 방언 등 당대 농촌이나 도시 변두리 사람들이 쓰던 말들은 지문의 경우에도 작품의 맛을 살리기 위해 되도록 당시의 표기를 그대로 쓰기로 했다.
5. 작품의 제목은 표준어가 아닌 경우에도 발표 당시의 표기로 하되 몇 개의 작품은 현행 맞춤법에 맞게, 그리고 한자표기는 한글로 고쳐 수록했다. 예, 산ㅅ골나그네→산골 나그네, 총각과 맹ㅆㅗㅇ이→총각과 맹꽁이, 金따는 콩밧→금 따는 콩밭, 솟→솥, 兄→형 등.
6. 각 작품의 페이지 밑에 현재 잘 쓰이지 않는 말의 풀이를 각주로 달아 작품 이해와 30년대 언어 재현과 그 접근에 도움을 주고자 했다. 국어사전 및 〈김유정어휘사전〉(임무출 편)을 참고로 하되 사전에 없는 말들은 작품 내용과 앞뒤 문맥을 살펴 임의로 풀이했다.
7. 책 끝에 붙인 김유정 연보는 작가가 사망한 뒤 발간된 작품집 동백꽃 발간(1938년)까지 정리한 것이다.

차례

산골 나그네

밤이 깊어도 술꾼은 역시 들지 않는다. 메주 뜨는 냄새와 같이 쾨쾨한 냄새로 방 안은 괴괴하다.[1] 웃간[2]에서는 쥐들이 찍찍거린다. 홀어머니는 쪽 떨어진 화로를 끼고 앉아서 쓸쓸한 대로 곰곰 생각에 젖는다. 가뜩이나 침침한 반짝 등불이 북쪽 지게문[3]에 뚫린 구멍으로 새드는 바람에 반득이며 빛을 잃는다. 헌 버선 짝으로 구멍을 틀어막는다. 그러고 등잔 밑으로 반지그릇을 끌어당기며 시름없이 바늘을 집어 든다.

산골의 가을은 왜 이리 고적할까! 앞뒤 울타리에서 부수수하고 떨잎[4]은 진다. 바로 그것이 귀밑에서 들리는 듯 나즉나즉 속삭인다. 더욱 몹쓸 건 물소리 골을 휘돌아 맑은 샘은 흘러내리고 야릇하게도 음률을 읊는다.

퐁! 퐁! 퐁! 쪼록 퐁!

바깥에서 신발 소리가 자작자작 들린다. 귀가 번적 띄어 그는 방문을 가볍게 열어 제친다. 머리를 내밀며

1) 쓸쓸한 정도로 아주 고요하고 잠잠하다
2) 윗간
3) 마루에서 방으로 드나드는 곳에 안팎을 두꺼운 종이로 바른 외짝문
4) 낙엽

"덕돌이냐?" 하고 반겼으나 잠잠하다. 앞뜰 건너편 숩웅[5] 우[6]를 감돌아 싸늘한 바람이 낙엽을 흩뿌리며 얼굴에 부딪친다.

용마루가 쌩쌩 운다. 모진 바람 소리에 놀래어 멀리서 밤개가 요란히 짖는다.

"쥔 어른 계서유?"

몸을 돌리어 바느질거리를 다시 집어 들려 할 제 이번에는 짜장[7] 인기가 난다. 황급하게

"누기유?" 하고 일어서며 문을 열어 보았다.

"왜 그리유?"

처음 보는 아낙네가 마루 끝에 와 섰다. 달빛에 빗기어 검붉은 얼굴이 해쓱하다. 추운 모양이다. 그는 한 손으로 머리에 둘렀던 왜수건[8]을 벗어들고는 다른 손으로 흩어진 머리칼을 쓰담아 올리며 수집은 듯이 쭈뼛쭈뼛한다.

"저…… 하룻밤만 드새고 가게 해 주세유—"

남정네도 아닌데 이 밤중에 웬일인가 맨발에 짚신짝으로.

그야 아무렇든—

"어서 들어와 불 쬐게유."

나그네는 주춤주춤 방 안으로 들어와서 화로 곁에 도사려 앉는다. 낡은 치맛자락 우로 삐지려는 속살을 아무리자 허리를 지긋이 튼다. 그러고는 묵묵하다. 주인은 물그러미 보고 있다가 밥을 좀 주랴느냐고 물어보아도 잠자코 있다. 그러나 먹던 대궁[9]을 줏어 모아 짠지쪽[10]하고 갖다 주니 감지덕지 받는다. 그러고 물 한 모금 마심 없이 잠깐 동안에 밥그

---

5) 수풀(풀, 나무덩굴이 한데 엉킨 곳)
6) 위
7) 참말로, 정말
8) 예전에 개량된 수건을 재래식 수건에 상대하여 이르던 말
9) 먹다가 그릇 안에 남긴 밥
10) 짠지의 조개진 한 부분. '짠지'는 무를 통째로 짜게 절여서 묵혀 두고 먹는 김치

릇의 밑바닥을 긁는다.

밥숟갈을 놓기가 무섭게 주인은 이야기를 붙이기 시작하였다. 미주알 고주알 물어 보니 이야기는 지수[11]가 없다. 자기로도 너무 지쳐[12] 물은 듯싶을 만치 대구 추근거렸다. 나그네는 싫단 기색도 좋단 기색도 별로 없이 시나브로 대꾸하였다.

남편 없고 몸 붙일 곳 없다는 것을 간단히 말하고 난 뒤 "이리저리 얻어먹고 단게유.[13]" 하고 턱을 가슴에 묻는다.

첫닭이 홰를 칠 때 그제야 마을 갔던 덕돌이가 돌아온다. 문을 열고 감사나운[14] 머리를 데밀려다 낯설은 아낙네를 보고 눈이 휘둥그렇게 주춤한다. 열린 문으로 억센 바람이 몰아들며 방 안이 캄캄하다. 주인은 문 앞으로 걸어와 서며 덕돌이의 등을 뚜덕거린다. 젊은 여자 자는 방에서 떠꺼머리 총각을 재우는 건 상서롭지 못한 일이었다.

"얘 덕돌아 오늘은 마을 가 자고 아침에 온."

가을할[15] 때가 지었으니[16] 돈냥이나 좋이 퍼질 때도 되었다. 그 돈들이 어디로 몰키는지[17] 이 술집에서는 좀체 돈 맛을 못 본다. 술을 판대야 한 초롱에 오륙십 전 떨어진다. 그 한 초롱을 잘 판대도 사날씩이나 걸리는 걸 요새 같아선 그 잘량한[18] 술꾼까지 씨가 말랐다. 어쩌다 전일에 펴놓았던 외상값도 갖다 줄 줄을 모른다. 홀어미는 열병거지[19]가 나서 이른 아침부터 돈을 받으러 돌아다녔다. 그러나 다리품을 들인 보람도 없었다. 낼

11) 끝
12) 내처
13) 다녀요
14) 억세고 사나운
15) 가을걷이할
16) 지났으니
17) 몰리는지
18) 알량한
19) 매우 급하게 치밀어 오르는 '화증(火症)'의 속된 말

사람이 즐겨야 할 텐데 우물쭈물하며 한단 소리가 좀 두고 보자는 것이 고작이었다. 그렇다고 안 갈 수도 없는 노릇이다. 나날이 양식은 딸리고 지점 집에서 집행을 하느니 뭘 하느니 독촉이 어지간치 않음에야 · · ·

"저도 인젠 떠나가겠세유."

그가 조반 후 나들이옷을 바꾸어 입고 나서니 나그네도 따라 일어선다. 그의 손을 잔상히[20] 붙잡으며 주인은

"고달플 테니 며칠 더 쉬어 가게유." 하였으나

"가야지유 너머 오래 신세를 · · · "

"그런 염려는 말구." 라고 누르며 집 지켜 주는 심치고[21] 방에 누웠으라 하고는 집을 나섰다.

백두고개를 넘어서 안말로 들어가 해동갑[22]으로 헤매었다. 헤실수[23]로 간 곳도 있기야 하지만 말짱다. 해가 지고 어두울 녘에야 그는 흘부들해서[24] 돌아왔다. 좁쌀 닷 되밖에는 못 받았다.

다른 사람들은 돈 낼 생각커녕 이러면 다시 술 안 먹겠다고 도리어 얼러[25] 보냈던 것이다. 그러나 이만도 다행이다. 아주 못 받으니 보다는. 끼니때가 지었다.[26] 그는 좁쌀을 씻고 나그네는 솥에 불을 지피어 부랴사랴[27] 밥을 짓고 일변[28] 상을 보았다.

밥들을 먹고 나서 앉았으려니깐 갑자기 술꾼이 몰려든다. 이거 웬일인가. 처음에는 하나가 오더니 다음에는 세 사람 또 두 사람. 모다 젊은 축들이다. 그러나 각각들 먹일 방이 없으므로 주인은 좀 망설이다가 그 연

---

20) 자상히, 살갑게
21) 셈치고
22) 해가 질 때까지
23) 헛실수
24) 흐들부들해서(지쳐서)
25) 을러(협박해서)
26) 지났다
27) 부랴부랴
28) 한편

유를 말하였으나 뭐 한 동리 사람인데 어떠냐 한테[29)]서 먹게 해 달라 하는 바람에 얼씨구나 하였다. 이제야 운이 트나 보다. 양푼에 막걸리를 딸쿠어[30)] 나그네에게 주며 솥에 넣고 좀 속히 데워 달라 하였다. 자기는 치마꼬리를 휘둘러 가며 잽싸게 안주를 장만한다. 짠지 동치미 고추장. 특별 안주로 삶은 밤도 놓았다. 사촌동생이 맛보라고 며칠 전에 갖다 준 것을 애껴 둔 것이었다.

방 안은 떠들썩하다. 벽을 두드리며 아리랑 찾는 놈에 건으로[31)] 너털웃음치는 놈 혹은 수군쑥덕하는 놈 · · · 갖은각색이다. 주인이 술상을 받쳐들고 들어가니 짜위나[32)] 한 듯이 일제히 자리를 바로잡는다. 그중에 얼굴 넓적한 하이칼라 머리가 야리[33)]가 나서 상을 받으며 주인 귀에다 입을 비겨대인다.

"아즈머니 젊은 갈보 사 왔다지유? 좀 보여 주게유."

영문 모를 소문도 다 도는고!

"갈보라니 웬 갈보?" 하고 어리뻥뻥하다[34)] 생각을 하니 턱없는 소리는 아니다. 눈치 있게 벽[35)]으로 내려가서 보강지[36)] 앞에 웅크리고 앉았는 나그네의 머리를 은근히 끌어안았다. 자 저 패들이 새댁을 갈보로 횡보고[37)] 찾아온 맥이다. 물론 새댁 편으론 망칙스러운 일이겠지만 달포나 손님의 그림자가 드물던 우리 집으로 보면 재수의 빗발이다. 술국을 잡는다고 어디가 떨어지는 게 아니요 욕이 아니니 나를 보아 오늘만 술 좀 팔아 주

29) 한데(한곳)
30) 따라
31) 겉으로, 건성으로
32) 짜가나
33) 흑심
34) 정신이 얼떨떨하여 갈피를 잡을 수 없다(가)
35) 부엌
36) 아궁이
37) 잘못 보고

기 바란다— 이런 의미를 곰상궂게[38] 간곡히 말하였다. 나그네의 낯은 별반 변함이 없다. 늘 한 양으로 예사로이 승낙하였다.

술이 온몸에 돌고 나서야 뒷술이 잔푸리[39]가 된다. 한 잔에 오전 그저 마시긴 아깝다. 얼간한[40] 상투배기가 계집의 손목을 탁 잡아 앞으로 끌어댕기며

"권주가 좀 해 이건 꿔어 온 버릿자룬가.[41]"

"권주가? 뭐야유?"

"권주가? 아 갈보가 권주가도 모르나 으하하하." 하고는 무안에 취하여 폭 숙인 계집 뺨에다 꺼칠꺼칠한 턱을 문질러 본다. 소리를 암만 시켜도 아랫입살[42]을 깨물고는 고개만 기울일 뿐 소리는 못하나 보다. 그러나 노래 못하는 꽃도 좋다. 계집은 영 내리는 대로 이 무릎 저 무릎으로 옮아앉으며 턱밑에다 술잔을 받쳐 올린다.

술들이 담뿍 취하였다. 두 사람은 곯아져서 코를 곤다. 계집이 칼라 머리 무릎 우에 앉아 담배를 피워 올릴 때 코웃음을 홍 치더니 그 무지스러운 손이 계집의 아랫배 가죽을 사양없이 움켜잡았다. 별안간 "아야." 하고 퍼들껑하더니[43] 계집의 몸뚱아리가 공중으로 도로 뛰어오르다 떨어진다.

"이 자식아 너만 돈 내고 먹었니?"

한 사람 새 두고 앉았던 상투가 콧살을 찌푸린다. 그리고 맨발 벗은 계집의 두 발을 양손에 붙잡고 가랭이를 쩍 벌려 무릎 우로 지르르 끌어올린다. 계집은 앙탕[44]을 한다. 눈시울에 눈물이 엉기더니 불현듯이 쪼록

---

38) 곰살궂게
39) 잔풀이(낱잔으로 셈하는 일)
40) 얼근한
41) 보릿자룬가
42) 입술
43) 화닥닥하더니(갑작스럽게 몸을 일으키더니)
44) 앙탈

쏟아진다.

방 안에서 왱마가리[45] 소리가 끓어오른다.

"저 잡놈 보게 으하하……."

술은 연실 데워서 들여가면서도 주인은 불안하여 마음을 졸였다. 겨우 마음을 놓은 것은 훨씬 밝아서이다.

참새들은 소란히 지저귄다. 지직바닥[46]이 부스럼 자죽[47]보다 질배없다.[48] 술 짠지쪽 가래침 담뱃재— 뭣해 너저분하다. 우선 한길치에 자리를 잡고 게배[49]를 대 보았다. 마수걸이가 팔십오 전 외상이 이 원 각수[50]다. 현금 팔십오 전 두 손에 들고 앉아 세이고 세이고 또 세어 보고…….

뜰에서는 나그네의 혀로 끌어올리는 인사.

"안녕히 가십시게유."

"입이나 좀 맞추고 뽀! 뽀! 뽀!"

"나두."

찌르쿵! 찌르꿍! 찔거러쿵!

"방아머리가 무겁지유?…… 고만 까불을까."

"들 익었세유 더 찧야지유."

"그런데 얘는 어쩐 일이야……."

덕돌이를 읍엘 보냈는데 날이 저물어도 여태 오지 않는다. 흩어진 좁쌀을 확에 쓸어넣으며 홀어미는 퍽이나 애를 태운다. 요새 날새가 차지니까 늑대 호랑이가 차차 마을로 찾아내린다. 밤길에 고개 같은 데서 만나면

---

45) 악머구리
46) 기직바닥
47) 자국
48) 진배없다, 못할 바 없다
49) 계배(計杯), 잔 수를 세어 값을 치름
50) 몇 전 몇 십 전

끽소리도 못하고 욕을 당한다.

나그네가 방아를 괴 놓고 내려와서 키로 확의 좁쌀을 담아 올린다. 주인은 그 머리를 쓰담고 자기의 행주치마를 벗어서 그 우에 씌워 준다. 계집의 나이 열아홉이면 활짝 필 때이건만 버캐[51]된 머리칼이며 야윈 얼굴이며 벌써부터 외양이 시들어 간다. 아마 고생을 짓한[52] 탓이리라.

날씬한 허리를 재빨리 놀려 가며 일이 끊일 새 없이 다구지게 덤벼드는 그를 볼 때 주인은 지극히 사랑스러웠다. 그러고 일변 측은도 하였다. 뭣하면 딸과 같이 자기 곁에서 길래[53] 살아 주었으면 상팔자일 듯싶었다. 그럴 수만 있다면 그 소 한 바리와 바꾼대도 이것만은 안 내놓으리라고 생각도 하였다.

아들만 데리고 홀어미의 생활은 무던히 호젓하였다. 그런데다 동리에서는 속 모르는 소리까지 한다. 떠꺼머리 총각을 그냥 늙힐 테냐고. 그러나 형세가 부치므로 감히 엄두도 못 내다가 겨우 올봄에서야 다붙어 서둘게 되었다. 의외로 일은 손쉽게 되었다. 이리저리 언론이 돌더니 남산에 사는 어느 집 둘째딸과 혼약하였다. 일부러 홀어미는 사십 리 길이나 걸어서 색시의 손등을 문질러 보고는

"참. 애기 잘도 생겹세!"

좋아서 사둔에게 칭찬을 뇌고 뇌곤 하였다.

그런데 없는 살림에 빚을 내어 가며 혼수를 다 꼬여매 놓은 뒤였다. 혼인날을 불과 이틀 격해 놓고 일이 고만 빗났다. 처음에야 그런 말이 없더니 난데없는 선채금 삼십 원을 가져오란다. 남의 돈 삼 원과 집의 돈 오 원으로 거추꾼[54]에게 품삯 노비 주고 혼수하고 단지 이 원― 잔치에 쓸

51) 버캐(엉겨서 굳어진)
52) 진하게 한, 많이 한
53) 오래도록
54) 일을 주선하거나 뒤치다꺼리하여 주는 사람

것밖에 안 남고 보니 삼십 원이란 입내도[55] 못 낼 소리다. 그 밤 그는 이리 뒤척 저리 뒤척 넋 잃은 팔을 던져 가며 통밤[56]을 새웠던 것이다.

"어머님! 진지 잡수세유."

새댁에게 이런 소리를 듣는다면 끔찍이 구여우리다.[57] 이것이 단 하나의 그의 소원이었다.

"다리 아프지유? 너머 일만 시켜서……."

주인은 저녁 좁쌀을 쓸어 넣다가 방아다리에 깝신대는[58] 나그네를 걸삼스럽게[59] 쳐다본다. 방아가 무거워서 껍적이며 잘 오르지 않는다. 가냘픈 몸이라 상혈이 되어 두 볼이 새빨갛게 색색거린다. 치마도 치마려니와 명지 저고리[60]는 어찌 삭았는지 어깨께가 손바닥만하게 척 나갔다. 그러나 덕돌이가 왜포[61] 다섯 자를 바꿔 오거든 쳣대[62] 사발화통[63]된 속곳부터 해 입히고 차차 할 수밖엔 없다.

"같이 찝시다유."

주인도 남저지[64] 방아다리에 올라섰다. 그리고 찌껑[65] 우에 놓인 나그네의 손을 눈치 안 채게 슬며시 쥐어 보았다. 더도 덜도 말고 그저 요만한 며느리만 얻어도 좋으려만! 나그네와 눈이 고만 마주치자 그는 열적어서 시선을 돌렸다.

"퍽도 쓸쓸하지유?" 하며 손으로 울 밖을 가리킨다. 쳣밤 같은 석양판

---

55) 입속으로도
56) 온밤
57) 귀여울 것이다
58) 채신없이 까불거리는
59) 걸쌍스럽게(탐스럽게)
60) 명주 저고리
61) 무명, 광목(廣木)
62) 첫째
63) 사방이 터진
64) 나머지
65) 방앗간 대들보에 매달린 손잡이

이다. 색동저고리를 떨쳐입고 산들은 거방진[66] 방앗소리를 은은히 전한다. 찔그러쿵! 찌러꿍!

그는 나그네를 금덩이같이 위하였다. 없는 대로 자기의 옷가지도 서로서로 별러[67] 입었다. 그리고 잘 때에는 딸과 진배없이 이불 속에서 품에 꼭 품고 재우곤 하였다. 하지만 자기의 은근한 속심은 차마 입에 드러내어 말을 못 건넸다. 잘 들어주면이거니와 뭣하게 안다면 피차의 낯이 뜨뜻한 일이었다.

그러자 맘먹지 않았던 우연한 일로 인하여 마침내 기회를 얻게 되었다. —나그네가 온 지 나흘 되던 날이었다. 거문관이[68] 산기슭에 있는 영길네가 벼방아를 좀 와서 찧어 달라고 한다. 나그네는 줄밤을 새우므로 낮에나 푸근히 자라고 두고 그는 홀로 집을 나섰다.

머리에 게[69]를 보얗게 쓰고 맥이 풀려서 집에 돌아온 것은 이럭저럭 으스레하였다.[70] 늙흔한[71] 다리를 끌고 뜰 앞으로 향하다가 그는 주춤하였다. 나그네 홀로 자는 방에 덕돌이가 들어갈리 만무한데 정녕코 그놈일 게다. 마루 끝에 자그마한 나그네의 짚세기가 놓인 그 옆으로 질목[72] 채 벗은 왕달짚세기[73]가 와살스럽게 놓였다. 그는 무심코 닫은 방문께로 귀를 기울였다.

"그럼 와 그러는 게유? 우리 집이 굶을까 봐 그리시유?"

"……."

"어머이도 사람은 좋아유…… 올에 잘만 하면 내년에는 소 한 바리[74]

66) 무게가 있는
67) 빌려
68) 마을 이름
69) 겨
70) 이슥하였다
71) 늘큰한(축 늘어진)
72) 길목버선(먼 길 갈 때 허름하게 신는 버선)
73) 짚으로 두껍게 엮은 짚신
74) 소나 말을 세는 단위

사 놀 게구 농사만 해두 한 해에 쌀 넉 섬 조 엿 섬 그만하면 고만이지유…… 내가 싫은 게유?"

"……."

"사내가 죽었으니 아무튼 얻을 게지유?" 옷 타지는 소리. 부시럭거린다.

"아이! 아이! 아이! 참! 이거 놓세유."

쥐 죽은 듯이 감감하다. 허공에 아롱거리는 낙엽을 이윽히 바라보며 그는 빙그레한다. 신발 소리를 죽이고 뜰 밖으로 다시 돌쳐섰다. 저녁상을 물린 후 그는 시치미를 딱 떼고 나그네의 기색을 살펴보다가 입을 열었다.

"젊은 아낙네가 홋몸으로 돌아다닌대두 고상일 게유. 또 어차피 사내는……."

여기서부터 사리에 맞도록 이 말 저 말을 주섬주섬 꺼내 오다가 나의 며누리가 되어 줌이 어떻겠느냐고 꽉 토파[75]를 지었다. 치마를 흡싸고[76] 앉아 가웃이 듣고 있던 나그네는 치마끈을 깨물며 이마를 떨어뜨린다. 그러고는 두 볼이 발개진다. 젊은 계집이 나 시집 가겠소 하고 누가 나서랴. 이만하면 합의한 거나 틀림없을 것이다.

혼수는 전에 해 둔 것이 있으니 한시름 잊었다. 그대로 이앙[77]이나 고쳐서 입히면 고만이다. 돈 이 원은 은비녀 은가락지 사다가 각별히 색시에게 선물 내리고…….

일은 밀수록 낭패가 많다. 금시로 날을 받아서 대례를 치렀다. 한편에서는 국수를 누른다. 잔치 보러 온 아낙네들은 국수 그릇을 얼른 받아

75) 마음에 품었던 말을 거리낌 없이 털어내어 말함
76) 훔쳐 싸
77) 이엉(초가집의 지붕을 짚 따위로 엮은 물건)

서 후룩후룩 들이마시며 시악시 잘났다고 추었다.[78)]

주인은 즐거움에 너무 겨워서 추배[79)]를 훙건히 들었다. 여간 경사가 아니다. 뭇 사람을 비집고 안팎으로 드나들며 분부하기에 손이 돌지 않는다.

"얘 메누라! 국수 한 그릇 더 가져온—"

어째 말이 좀 어색하구먼— 다시 한 번

"메누라 얘야! 얼른 가져와—"

삼십을 바라보자 동곳[80)]을 찔러 보니 제불에[81)] 멋이 질려 비드름하다.[82)] 덕돌이는 첫날을 치르고 부썩부썩 기운이 난다. 남이 두 단을 털 제면 그의 볏단은 석 단째 풀쳐 나간다. 연방 손바닥에 침을 뱉아 붙이며 어깨를 으쓱거린다.

"끅! 끅! 끅! 찍어라 굴려라 끅! 끅!"

동무의 품앗이 일이다. 거므무툭툭한[83)] 젊은 농군 댓이 볏단을 번차례로[84)] 집어든다. 열에 뜬 사람같이 식식거리며 세차게 벼알을 절구통 배에서 주룩주룩 훑어내린다.

"얘! 장가들고 한턱 안 내니?"

"일색이드라 딴딴히[85)] 먹자 닭이냐? 술이냐? 국수냐?"

"웬 국수는? 너는 국수만 아느냐?"

저희끼리 찧고 까분다. 그들은 일을 놓으며 옷깃으로 땀을 씻는다. 골

---

78) 추켰다
79) 축배
80) 동곶(상투를 튼 뒤에 그것이 풀어지지 않게 꽂는 물건)
81) 제풀에
82) 한쪽으로 얼마쯤 기운 듯하다
83) 거무튀튀한
84) 돌아가며
85) 오지게

바람[86]이 벼깔치[87]를 부옇게 풍긴다. 옆산에서 푸드득하고 꿩이 나르며 머리 우를 지나간다. 갈퀴질을 하던 얼굴 넓적이가 갈퀴를 놓고 씽긋하더니 달겨든다. 장난꾼이다. 여러 사람의 힘을 빌리어 덕돌이 입에다 헌 짚신짝을 물린다. 버들껑거린다.[88] 다시 양 귀를 두 손에 잔뜩 훔켜잡고 끌고와서는 털어놓은 벼무더기 우에 머리를 틀어박으며 동서남북으로 큰절을 시킨다.

"야아! 야아! 아!"

"아니다 아니야 장갈 갔으면 산신령에게 이러하다 말이 있어야지 괘실히 산신령이 눈깔 망나니(호랑이) 나려 보낸다."

뭇웃음이 터져 오른다. 새신랑의 옷이 이게 뭐냐. 볼기짝에 구멍이 다 뚫리고…… 빈정대는 사람도 있다. 그러나 덕돌이는 상투의 먼데기[89]를 털고 나서 곰방대를 피워 물고는 싱그레 웃어 치운다. 좋은 옷은 집에 두었다. 인조견 조끼 저고리 새하얀 옥당목 겹바지 그러나 애끼는[90] 것이다. 일할 때엔 헌옷을 입고 집에 돌아와 쉴 참에나 입는다. 잘 때에도 모조리 벗어서 더럽지 않게 착착 개어 머리맡에 위해 놓고 자곤 한다. 의복이 남루하면 인상이 추하다. 모처럼 얻은 귀여운 아내니 행여나 마음이 돌아앉을까 미리미리 사려 두지 않을 수도 없는 노릇이다. 그야말로 이십구 년 만에 누런 이쪼각에다 어제서야 소금을 발라 본 것도 이 까닭이었다.

덕돌이가 볏단을 다시 집어 올릴 제 그 이웃에 사는 돌쇠가 옆으로 와서 품을 앗는다.

"얘 덕돌아! 너 내일 우리 조마댕이[91] 좀 해 줄래?"

86) 골짜기에서 산 위로 부는 바람
87) 벼까라기
88) 버르적거린다(고통으로 팔다리를 내저으며 몸을 움직인다)
89) 먼지
90) 아끼는
91) 조마당질, 조의 이삭을 털어 거두는 일

"뭐 어째?" 하고 소리를 빽 지르고는 그는 눈귀가 실룩하였다.

"누구보고 해라야? 응? 이 자식 까놀라[92]?"

어제까지는 턱없이 지냈단대도 오늘의 상투를 못 보는가— 바로 그날이었다. 웃간에서 혼자 새우잠을 자고 있던 홀어머니는 놀래어 눈이 번쩍 뜨였다. 만뢰[93] 잠잠한 밤중이다.

"어머이! 그거 달아났에유 내 옷도 없고……."

"응?" 하고 반마디 소리를 치며 얼떨김에 그는 캄캄한 방 안을 더듬어 아랫간으로 넘어섰다. 황망히 등잔에 불을 대리며[94]

"그래 어디로 갔단 말이냐?"

영산이 나서[95] 묻는다. 아들은 벌거벗은 채 이불로 앞을 가리고 앉아서 징징거린다. 옆자리에는 빈 벼개[96]뿐 사람은 간 곳이 없다. 들어본즉 온종일 일한 게 피곤하여 아들은 자리에 들자 고만 세상을 잊었다. 하기야 그때 아내도 옷을 벗고 한자리에 누워서 맞붙어 잤던 것이다. 그는 보통 때와 조금도 다름없이 새침허니 드러누워서 천장만 쳐다보았다. 그런데 자다가 별안간 오줌이 마렵기에 요강을 좀 집어 달래려고 보니 뜻밖에 품안이 허룩하다.[97]

불러 보아도 대답이 없다. 그제서는 어레짐작으로 우선 머리맡에 위해 놓았던 옷을 더듬어 보았다. 딴은 없다.

필연 잠든 틈을 타서 살며시 옷을 입고 자기의 옷이며 버선까지 들고 내뺏음이 분명하리라.

"도적년!"

---

92) 몹시 쳐서 상처를 내어놓을라
93) 자연계에서 나오는 온갖 소리
94) 당기며, 붙이며
95) 성이 나서
96) 베개
97) 허전하다

모자는 광솔불[98]을 켜들고 나섰다. 벽과 잿간을 뒤졌다. 그러고 뜰 앞 수풀 속도 낱낱이 찾아봤으나 흔적도 없다.

"그래도 방 안을 다시 한 번 찾어보자."

홀어미는 구태여 며느리를 도적년으로까지는 생각하고 싶지 않았다. 거반 울상이 되어 허벙저벙 방 안으로 들어왔다. 마음을 가라앉혀 들쳐 보니 아니면 다르랴 며느리 벼개 밑에서 은비녀가 나온다. 달아날 계집 같으면 이 비싼 은비녀를 그냥 두고 갈 리 없다. 두말없이 무슨 병패[99]가 생겼다.

홀어미는 아들을 데리고 덜미를 짚히는 듯 문 밖으로 찾아나섰다.

마을에서 산길로 빠져나가는 어구[100]에 우거진 숲 사이로 비스듬히 언덕길이 놓였다. 바로 그 밑에 석벽을 끼고 깊고 푸른 웅뎅이가 묻히고 넓은 그 물이 겹겹 산을 에돌아 약 십 리를 흘러내리면 신연강 중톡[101]을 뚫는다. 시새[102]에 반쯤 파묻히어 번들대는 큰 바위는 내를 싸고 양쪽으로 질편하다. 꼬부랑질[103]은 그 틈바귀로 뻗었다. 좀체 걷지 못할 재갈길[104]이다. 내를 몇 번 건네고 험상궂은 산들을 비켜서 한 오 마장 넘어야 겨우 질다운 질을 만났다. 그러고 거기서 좀 더 간 곳에 냇가에 외지게 일혀진[105] 오막살이 한 칸을 볼 수 있다. 물방앗간이다. 그러나 이제는 밥을 찾아 흘러가는 뜬 몸들의 하룻밤 숙소로 변하였다.

벽이 확 나가고 네 기둥뿐인 그 속에 힘을 잃은 물방아는 을씨냥궂게 모로 누웠다. 거지도 고 옆에 홑이불 우에 거적을 덧쓰고 누웠다. 거푸진

98) 관솔불
99) 병폐
100) 어귀
101) 중턱
102) 아주 잘고 가는 모래(細沙)
103) 꼬부랑길
104) 자갈길
105) 일그러지고 허물어진

신음이다. 으! 으! 으흥!

서까래 사이로 달빛은 쌀쌀히 흘러간다. 가끔 마른 잎을 뿌리며—

"여보 자우? 일어나게유 얼핀[106]."

계집의 음성이 나자 그는 꾸물거리며 일어 앉는다. 그러고 너털대는 홑적삼 깃을 여며 잡고는 덜덜 떤다.

"인제 고만 떠날 테이야? 쿨룩……."

말라빠진 얼굴로 계집을 바라보며 그는 이렇게 물었다.

십 분 가량 지냈다. 거지는 호사하였다. 달빛에 번쩍거리는 겹옷을 입고서 지팽이를 끌며 물방앗간을 등졌다. 골골하는 그를 부축하여 계집은 뒤에 따른다. 술집 며느리다.

"옷이 너머 커— 좀 적었었으면……."

"잔말 말고 어여 갑시다 펄쩍……."

계집은 부리나케 그를 재촉한다. 그러고 연해 돌아다보길 잊지 않았다.

그들은 강 길로 향한다. 개울을 건너 불거져 내린 산모롱이를 막 꼽뜨리려[107] 할 제다. 멀리 뒤에서 사람 욱이는[108] 소리가 끊일 듯 날 듯 간신히 들려온다. 바람에 먹히어 말지[109]는 모르겠으나 재없이[110] 덕돌이의 목성임은 넉히 짐작할 수 있다.

"아 얼른 좀 오게유."

똥끝이 마르는 듯이 계집은 사내의 손목을 겁겁히 잡아끈다.

병들은 몸이라 끌리는 대로 뒤툭거리며 거지도 으슥한 산 저편으로 같이 사라진다. 수은빛 같은 물방울을 품으며 물결은 산벽에 부닥뜨린다. 어데선지 지정치 못할 늑대 소리는 이 산 저 산서 와글와글 굴러 내린다.

---

106) 얼른
107) 굽어들려 (동) 꼽들이다(안쪽으로 휘어들다, 혹은 안쪽으로 가까이 접어들다)
108) 수군거리는 (동) 욱이다(남이 알아듣지 못하게 나직한 소리로 자꾸 잇달아 이야기하다)
109) 말뜻
110) 틀림없이

총각과 맹꽁이

잎잎이 비를 바라나 오늘도 그렇다. 풀잎은 먼지가 보얗게 나홀거린다. 말뚱한 하늘에는 불덤이[1] 같은 해가 눈을 크게 떴다.

땅은 달아서 뜨거운 김을 턱밑에다 풂긴다.[2] 호미를 옮겨 찍을 적마다 무더운 숨을 헉헉 돌는다.[3] 가물에 조잎은 앤생이다.[4] 가끔 엎드려 김매는 코며 눈퉁이를 찌른다.

호미는 튕겨지며 쨍 소리를 때때로 내인다. 곳곳이 백인[5] 돌이다. 예사 밭터면 한 번 찍어 넘길 걸 세네 번 안 하면 흙이 일지 않는다. 콧등에서 턱에서 땀은 물 흐르듯 떨어지며 호밋자루를 적시고 또 흙에 숨인다.[6]

그들은 묵묵하였다. 조밭 고랑에 쭉 늘어 백여서 머리를 숙이고 기어갈 뿐이다. 마치 땅을 파는 두더지처럼……. 입을 벌리면 땀 한 방울이 더 흐를 것을 염려함이다.

그러자 어디서 말을 붙인다.

---

1) 불덩이
2) 풍긴다
3) 뿜는다
4) 매우 억세다
5) 박힌
6) 스민다

"어이 뜨거, 돌을 좀 밟았다가 혼났네."

"이놈의 것도 밭이라고 도지[7]를 받아 처먹나."

"이제는 죽어도 너와는 품앗이 안 한다." 고 한 친구가 열을 내더니

"씨값으로 골치기나 하자[8]구 도루 줘 버려라."

"이나마 없으면 먹을 게 있어야지— "

덕만이는 불안스러웠다. 호미를 놓고 옷깃으로 턱을 훑는다.

그리고 그 편으로 물끄러미 고개를 돌린다.

가혹한 도지다. 입쌀 석 섬, 보리, 콩, 두 포의 소출은 근근 댓 섬. 논아[9]먹기도 못 된다. 본디 밭이 아니다. 고목 느티나무 그늘에 가리어 여름날 오고 가는 농군이 쉬던 정자터이다. 그것을 지주가 무리로 갈아 도지를 놓아먹는다. 콩을 심으면 잎나기가 고작이요 대부분이 열지를 않는 것이었다. 친구들은 일상 덕만이가 사람이 병신스러워, 하고 이 밭을 침뱉아 비난하였다. 그러나 덕만이는 오히려 안 되는 콩을 탓할 뿐 올에는 조로 바꾸어 심은 것이었다.

"좀 쉐서들 하세—"

한 고랑을 마치자 덕만이는 일어서 고목께로 온다. 뒤묻어 땀바가지[10]들이 웅게중게[11] 모여든다. 돌 우에 한참 앉아 쉬더니 겨우 생기가 좀 돌았다. 곰방대들을 꺼내 문다. 혹은 대를 들고 담배 한 대 달라고 돌아치며 수선을 부린다.

"북새가 드네. 올 농사 또 헛하나 보다—"

여러 눈이 일제히 말하는 시선을 더듬는다. 그리고 바람에 아름거리는

---

7) 일정한 도조를 주고 빌려쓰는 논밭이나 집터. '도조(賭租)'는 남의 논밭을 빌려서 부치고 그 대가로 해마다 내는 벼

8) 여기서는 '도지를 제하자'의 의미로 쓰인 듯

9) 나눠

10) 땀을 몹시 흘려서 후줄근한 상태

11) 옹기종기

[12] 저편 버덩[13]의 파란 벳잎을 이윽히 바라보았다. 염려스러이—

젊은 상투는 무척 시장하였다. 따로 떨어져 쭈그리고 앉았다.

고개를 푹 기울이고는 불평이 요만[14]이 아니다.

"제미붙을, 배고파 일 못하겠네—"

"하기, 죽겠는걸 허리가 착 까부러지는구나—"

옆에서 받는다.

"이 땀을 흘리고 제누리[15] 없이 일할 수 있나? 진흥회 아니라 제 할아비가 온 대 두—" 하고 또 뇌더니 아무도 대답이 없으매

"개×두 없는 놈에게 호포는 올려두 제누리만 안 먹으면 산덤 그래—"

어조를 높여 일동에게 맞장을 청한다.

"너는 그래두 괜찮아 덕만이가 다 호포를 낼라구."

뚝건달 뭉태는 콧살을 찡긋이 비웃으며 바라본다. 네나 내가 촌뜨기들이 떠들어 뭣하리. 그 보다—

"여보게들 오늘 참 들병이[16] 온 것을 아나?"

이 말에 나찬[17] 총각들은 귀가 번쩍 띄었다. 기쁜 소식이다.

그 입을 뻔히 쳐다보며 뒷말을 기다린다. 반갑기도 하려니와 한편으로는 의아하였다. 한참 바쁜 농시방극[18]에 뭘 바라고 오느냐고 다 같은 질문이다.

그것은 들은 체 만 체 뭉태는 나무에 비스듬히 자빠져서 하늘로 눈만 껌벅인다. 그리고 홀로 침이 말라 칭찬이다.

"얄궂고 살집 조트라. 내려 씹어두 비린내두 없을 걸— 제일 그 볼기짝

12) 아른거리는
13) 평평한 들
14) 이만저만
15) 새참
16) 병술을 받아서 파는 떠돌이 술장수 계집을 속되게 이른 말
17) 나이 찬
18) 농사철

두두룩한 것이……."

"나이는?"

"스물둘. 한창 폈드라—"

"놈팽이 있나?"

예제서[19] 슬근슬근 죄어들며 묻는다.

"없어, 남편을 잃고서 홧김에 들병으로 돌아다니는 판이라데—"

"그럼 많이 돌아먹었구면?"

"뭘 나이를 봐야지. 숫배기드라."

"얘 좋구나 한잔 먹어 보자."

이쪽저쪽서 수군거린다. 풍년이나 만난 듯이 야단들이다. 한구석에 앉았던 덕만이가 일어서 오더니 뭉태를 꾹 찍어 간다. 느티나무 뒤로 와서

"성님 정말 남편 없수?"

"그럼 정말이지—"

"나 좀 장가들여주 한턱 내리다."

뭉태의 눈치를 훑는다. 의형이라 못할 말 없겠지만 그래두 어쩐지 얼굴이 후끈하였다.

"염려 말게. 그러나 돈이 좀 들걸—"

개울 건너서 덕만 어머니가 온다. 점심 광주리를 이고 더워서 허덕인다. 농군들은 일어서 소리치며 법석이다. 호밋자루를 뽑아 호밋등에다 길군악[20]을 치는 놈도 있다.

"점심, 점심이다. 먹어야 산다."

저녁이 들자 바람은 산들거린다. 뭉태는 제 집 바깥들에 버릿지[21]를 깔

19) 여기저기서
20) 행군악
21) 보리짚

고 앉아서 동무 오기를 고대하였다. 덕만이가 제일 먼저 부리나케 내달았다. 뭉태 옆에 와 궁둥이를 내려놓으며 좀 머뭇거리더니

"아까 말이 실토유. 꼭 장가 좀 들여주게유."

"글쎄 나만 믿어. 설사 자네게 거짓말하겠나."

"성님만 믿우 꼭 해 주게요." 하고 다지고

"내 내닭 팔거든 호미씨세날[22] 단단히 레하리다.[23]" 하고

또 한 번 굳게 다진다.

낮에 귀띔해 왔던 젊은 축들이 하나 둘 모인다. 약속대로 고스란히 여섯이 되었다. 모두들 일어서서 한 덩어리가 되어 수군거린다. 큰일이나 치러 가는 듯 이러자 저러자 의견이 분분하여 끝이 없다. 어떻게 해야 돈이 덜 들까가 문제다. 우리가 막걸리 석 되만 사 가지고 가자 그래 계집더러 부래고 낭중[24]에 얼마간 주면 고만이다고 하니까 한편에선 그러지 말고 그 집으로 가서 술을 대구 퍼 먹자 그리고 시치미 딱 떼고 나오면 하고 우기는 친구도 있다. 그러나 뭉태는 말하였다. 계집을 우리 집으로 부르자 소주 세 병만 가져오래서 잔푸리[25]로 시키는 것이 제일 점잖하고.

술값은 각 추렴으로 할까 혹은 몇 사람이 술을 맡고 그 나머지는 안주를 할까를 토의할 제 덕만이는 선뜻 대답하였다. 오늘 밤 술값은 내 혼자 전부 물겠다고 그리고 닭도 한 마리 내겠으니 아무쪼록 힘써 잘해 달라고 뭉태에게 다시 당부하였다.

뭉태는 계집을 데리러 거리로 나갔다. 덕만이는 조곰도 지체 없이 오라 경계하였다.[26] 그리고 제 집을 향하여 개울 언덕으로 올라섰다.

22) 호미씻이날. 호미씻이(농가에서, 김매기를 끝낸 음력 7월경에 날을 받아 하루를 쉬며 음식을 장만하고 즐겁게 노는 일)
23) 예하리다(대접하겠다의 의미)
24) 나중
25) 잔풀이(낱잔으로 셈하는 일)
26) 당부했다

산기슭에 내를 앞두고 놓였다. 방 한 칸 벅[27] 한 칸 단 두 칸을 돌로 쌓아올려 영[28]으로 덮은 집이었다. 식구는 모자뿐. 아들이 일을 나가면 어머니도 따라 일찍 나갔다. 동네로 돌아다니며 일자리를 찾았다. 그리고 왼종일 방아품을 팔아 밥을 얻어다가 아들을 먹여 재우는 것이 그들의 살림이었다. 딸은 선채를 받고 놓았다. 아들 장가들일 예정이던 것이 빚구녕[29] 갚기에 시나브로 녹여 버리고

"그까짓 며느리쯤은 시시하다유." 하고 남들에게는 겉을 끄리지만[30]—

"언제나 돈이 있어 며느리를 좀 보나—"

돌아서 자탄을 마지 않는 터이다. 반드시 장가는 들어야 한다.

덕만이는 언덕 밑에다 신을 벗었다. 그리고 큰 몸집을 사리어 삽붓삽붓[31] 집엘 들어섰다. 방문이 벌꺽 나가떨어지고 집안이 휑하다. 어머니는 자는 모양. 닭의장[32] 문을 조심해 열었다. 손을 집어넣어 손에 닿는 대로 허구리께[33]를 슬슬 긁어 주었다. 팔아서 등걸잠뱅이 해 입는다는 닭이었다. 한 손이 재빠르게 목때기[34]를 움켜잡자 다른 손이 날갯죽지를 움키려 할제 고만 빗났다. 한놈이 풍기니까 뭇놈이 푸드득하며 대구 골골거린다.

"훠— 훠— 이 망할 년의 ×으로 난 놈의 괭이[35]—" 하고 쥐박는 듯이 방에서 튀나는[36] 기색이더니

"다 쫓았어유. 염려 말구 주무시게유—" 하니까

---

27) 부엌
28) 이엉
29) 빚구멍
30) 꺼리지만
31) 사뿟사뿟
32) 닭장
33) 허리 좌우의 갈비뼈 아래 잘록한 부분, 옆구리
34) '목'의 낮춤말. 모가지
35) 고양이
36) 튀어나오는

"닭장 문 좀 꼭 얽어라."

소리뿐으로 다시 조용하다.

그는 무거운 숨을 돌렸다. 닭을 옆에 감추고 나는 듯 튀어나왔다. 그리고 뭉태 집으로 내달리며 그의 머리에 공상이 한두 가지가 아니었다. 뭉태가 이뻐달 때엔 어지간히 출중난 계집일 게다. 이런 걸 데리고 술장사를 한다면 그밖에 더 큰 수는 없다. 둬 해만 잘 하면 소 한 바리[37]쯤은 낙자없이[38] 떨어진다. 그리고 아들도 곧 나아야 할 텐데 이게 무엇보다 큰 걱정이었다.

뭉태는 얼간하였다.[39] 들병이를 혼자 껴안고 물리도록 시달린다. 두터운 입살을 이그리며

"요것아, 소리 좀 해라. 아리랑 아리랑."

고갯짓으로 계집의 웅둥이를 두드린다.

좁은 봉당이 꽉 찼다. 상 하나 희미한 등잔을 복판에 두고 취한 얼굴이 청승궂게 죄여 앉았다. 다같이 눈들은 계집에서 떠나지 않는다.

공석에서 벼루기[40]는 들끓으며 등어리 정갱이를 대구 뜯어간다. 그러나 긁는 것은 사내의 체통이 아니다. 꾹 참고 제차지로 계집 오기만 눈이 빨개 손꼽는다.

"술 좀 천천히 붓게유."

"그거 다 없어지면 뭘루 놀래는 게지유?"

"그럼 일루 밤새유? 없으면 가친[41] 자지유—"

계집은 곁눈을 주며 생긋 웃어 보인다. 덩달아 맹입이 맥없이 그리고 슬

37) 소나 말을 세는 단위
38) 영락없이
39) 얼근하였다
40) 벼룩이
41) 같이

그머니 뺑긴다.[42]

얼굴 까만 친구가 얼마 벼르다가 마코[43] 한 개를 피워 올린다. 그리고 우격으로 끌어댕겨 남 보란 듯이 입을 맞춘다. 계집은 예사로 담배를 받아 피고는 생글거린다. 좌중은 밸이 상했다. 양궐련 바람이 시다는 등 이왕이면 속곳 밑 들고 인심쓰라는 둥 별별 핀퉁이[44]가 다 들어온다.

"돌려라 돌려. 혼자만 주무르는 게야?"

목이 마르듯 사방에서 소리를 지르며 눈을 지릅뜬다.[45] 이 서슬에 계집은 일어서서 어디로 갈지를 몰라 술병을 들고 갈팡거린다.

덕만이는 따로 떨어져 봉당 끝에 구부리고 앉았다. 애꿎은 담배통만 돌에다 대구 두드린다. 암만 기달려도 뭉태는 저만 놀 뿐 인사를 아니 붙인다. 술은 제가 내련만 계집도 시시한지 눈 거들떠보지 않는다. 그래 입때[46] 말 한마디 못 건네고 홀로 끙끙 앓는다.

봉당 아래 하얀 귀여운 신이 납죽 놓였다. 덕만이는 유심히 보았다. 돌아앉아서 남이 혹시 보지나 않나 살핀다. 그리고 퍼드러진 시커먼 흙발에다 그 신을 꿰고는 눈을 지그시 감아 보았다. 계집의 신이다. 다시 벗어 제 발에 꿰고는 짝없이[47] 기뻐한다.

약물[48]같이 개운한 밤이다. 버들 사이로 달빛은 해맑다. 목이 터지라고 맹꽁이는 노래를 부른다. 암숫놈이 의좋게 주고받은 사랑의 노래이었다.

이 소리를 들으매 불현듯 울화가 터졌다. 여지껏 누르고 눌러 오던 총각의 쿠더븐한[49] 울분이 모조리 폭발하였다. 에이 하치 못한 인생! 하고

---

42) 뺑긋한다
43) 일제시대에 나온 담배 이름
44) 핀잔
45) 부릅뜬다
46) 여태
47) 비교할 대상이 없이 대단히, 매우
48) 약수(藥水)
49) 쿠더분한(하는 짓이나 성미 따위가 단정하지 못하고 던적스러운)

제 몸을 책하고 난 뒤 계집의 앞으로 달려들어 무릎을 꿇었다. 두 손을 공손히 무릎 우[50]에 얹었다. 그 행동이 너무나 쑥스럽고 남다름으로 벗들은 눈이 컸다.

"뵈기는 아까부터 봤으나 인사는 처음 여쭙니다." 하고 죽어 가는 음성으로 억지로 봉을 뗐다.[51] 그로는 참으로 큰 용기다.

"저는 강원두 춘천군 신남면 증리 아랫말에 사는 김덕만입니다. 울아버지가 승이 광산 김갑니다."

두 손을 자꾸 비비더니

"어머니허구 단 두 식굽니다. 하치 못한 사람을 찾어주서서 너무 고맙습니다. 저는 서른넷인데두 총각입니다."

"?"

계집은 영문을 몰라 어안이 벙벙하다가

"고만이올시다." 하며 이마를 기울여 절하는 것을 볼 때 참았던 고개가 절로 돌았다. 그리고 터지려는 웃음을 깨물다 재채기가 터져 버렸다.

"일테면 인사로군? 뭘 고만이야 더 허지—"

여기저기서 키키거린다. 그런 인사는 좀 됐다 하자구 핀장[52]이 들어온다.

모처럼 한 인사가 실패다. 그는 그 자리에서 일어나지도 못하고 얼굴이 벌개서 고개를 숙인 채 부처가 되었다.

새벽녘이다. 달이 지니 바깥은 검은 장막이 내렸다.

세 친구는 봉당에 곯아졌다. 술에 취한 게 아니라 어찌 지껄였던지 홍에 취하였다. 뭉태 덕만이 까만 얼굴 세 사람이 마주보며 앉았다. 제 가끔 기

---

50) 위
51) 말을 떼었다
52) 핀잔

회를 엿보나 맘대로 안 됨에 속만 탈 뿐이다.

뭉태는 계집의 어깨를 잔뜩 움켜잡고 부라질[53]을 한다.

실상은 안 췠건만[54] 독단 주정이요 발광이다. 새매같이 쏘다가 계집 귀에다 눈치 빠르게 수군거리곤 그 허구리를 꾹 찌르고

"어이 술췌. 소피 좀 보고 옴세—"

벌떡 일어서 비틀거리며 싸리문 밖으로 나간다. 좀 있더니 계집이 마저 오줌 좀 누고 오겠노라고 나가 버린다.

덕만이는 실쭉허니 눈만 둥굴린다. 일이 내내 마음에 어그러지고 말았다. 그다지 믿었던 뭉태도 저 놀 구녕만 찾을 뿐으로 심심하다. 그리고 오좀은 맨드는지 여태들 안 들어온다. 수상한 일이다. 그는 벌떡 일어서 문밖으로 나왔다.

발밑이 캄캄하다. 더듬어 가며 잿간[55] 낟가리 나뭇더미 틈바귀를 샅샅이 내려뒤졌다. 다시 발길을 돌리어 근방의 밭고랑을 뒤지기 시작하였다. 눈에서 불이 난다.

차차 동이 튼다. 젖빛 맑은 하늘이 품을 벌린다. 고운 봉우리 험상궂은 봉우리 이쪽저쪽서 하나 둘 툭툭 불거진다. 손뼉 같은 콩잎은 이슬을 머금고 우거졌다. 스칠 새 없이 다리에 척척 엉기며 물을 뿜는다. 한동안 헤갈[56]을 하고서 밭 한복판 고랑에 콩잎에 가린 옷자락을 보았다. 다짜고짜로 달겨들었다.

그러나

"이게 무슨 짓이지유? 아까 뭐라고 마켰지유[57]?"

하고는 저로도 창피스러워 뒤 칸 거리에서 다리가 멈칫하였다.

53) 몸을 좌우로 흔드는 짓
54) 취했건만
55) 뒷간
56) 해갈. 여기서 '해갈을 하고서'는 '오줌을 누고서'의 뜻
57) 말했지유?(약속했지유?)

의형이라고 믿었던 게 불찰이다. 뭉태는 조금도 거침없었다. 고개도 안 돌리며

"저리 가. 왜 사람이 눈치를 못 채리고 저 뻰새[58]야."

화를 천둥같이 내지른다. 도리어 몰리키니 기가 안 막힐 수 없다. 말문이 막혀 먹먹하다.

"그래 철석같이 장가들여 주마 할 제는 언제유?"

하고 지지 않게 목청을 돋았다.

(此間七行略)[59]

"술값 내슈. 가게유—"

손을 벌릴 때

"나하고 안 살면 술값 못 내겠시유." 하고는 끝대로 배를 튀겼다. 눈은 눈물이 어리어 야속한 듯이 계집을 쏘았다.

계집은 술 먹고 술값 안 내는 경우가 뭐냐고 주언부언[60] 떠든다. 나중에는 내가 술 팔러 왔지 당신의 아내가 되러 온 것이 아니라고 좋이 타이르기까지 되었다. 뭉태는 시끄러웠다. 술값은 내가 주마고 계집의 팔을 이끌어 콩포기를 헤집고 길로 나가 버린다.

시위로 좀 해 봤으나 최후의 계획도 글렀다. 덕만이는 아주 낙담하고 콩밭 복판에 멍허니 서서 그들의 뒷모양만 배웅한다. 계집이 길로 나서자 눈이 빠지게 기다리던 깜둥이 총각이 또 달겨든다.

(此間四行略)

이것을 보니 가슴은 더욱 쓰라렸다. 동무가 빤히 지키고 섰는데도 끌고 들어가는 그런 행세는 또 없을 게다. 눈물은 급기야 꺼칠한 웃수염을

58) 본새(버릇, 됨됨이)
59) 인쇄 과정에서 7행이 생략되었음을 표시
60) 중언부언

거쳐 발등으로 줄대[61] 굴렀다.

이 집 저 집서 일꾼 나오는 것이 멀리 보인다. 연장을 들고 밭으로 논으로 제각기 흩어진다. 아주 활짝 밝았다.

덕만이는 금시로 콩밭을 튀어나왔다. 잿간 옆으로 달겨들며 큰 돌멩이를 집어들었다. 마는 눈을 얼마 감고 있는 동안 단념하였는지 골창[62]으로 던져 버렸다. 주먹으로 눈물을 비비고는

"살재두[63] 나는 인전 안 살 터이유—" 하고 잿간을 향하여 소리를 질렀다. 그리고 제 집으로 설렁설렁 언덕을 내려간다. 그러나 맹꽁이는 여전히 소리를 끌어올린다. 골창에서 가장 비웃는 듯이 음충맞게 "맹—" 던지면 "꽁—" 하고 간드러지게 받아 넘긴다.

61) 끊이지 않고 잇달아 계속
62) 고랑창
63) 살자 해두

소낙비

음산한 검은 구름이 하늘에 뭉게뭉게 모여드는 것이 금시라도 비 한 줄기 할 듯하면서도 여전히 짓궂은 햇발은 겹겹 산속에 묻힌 외진 마을을 통째로 자실 듯이 달구고 있었다. 이따금 생각나는 듯 살매들린[1] 바람은 논밭 간의 나무들을 뒤흔들며 미쳐 날뛰었다. 뫼 밖으로 농군들을 멀리 품앗이로 내보낸 안말의 공기는 쓸쓸하였다. 다만 맷맷한[2] 미루나무숲에서 거칠어 가는 농촌을 읊는 듯 매미의 애끊는 노래—

매—음! 매—음!

춘호는 자기 집 —올봄에 오 원을 주고 사서 든 묵삭은 오막살이 집— 방문턱에 걸터앉아서 바른 주먹으로 턱을 고이고는 봉당에서 저녁으로 때일 감자를 씻고 있는 아내를 묵묵히 노려보고 있었다. 그는 사날 밤[3]이나 눈을 안 붙이고 성화를 하는 바람에 농사에 고리삭은[4] 그의 얼굴은 더욱 해쓱하였다.

아내에게 다시 한 번 졸라 보았다. 그러나 위협하는 어조로

---

1) 살매들리다 '산매(山魅)들리다'의 변한 말. '귀신이 들린'의 의미
2) 매끈하게 곧고 긴
3) 사나흘 밤
4) 늙은이처럼 성질이 삭고 맥이 없는

"이봐 그래, 어떻게 돈 이 원만 안 해 줄 테여?"

아내는 역시 대답이 없었다. 갓 잡아온 새댁 모양으로 씻는 감자나 씻을 뿐 잠자코 있었다.

되나 안 되나 좌우간 이렇다 말이 없으니 춘호는 울화가 퍼져서 죽을 지경이었다. 그는 타곳에서 떠들어온 몸이라 자기를 믿고 장리를 주는 사람도 없고 또는 그 잘양한[5] 집을 팔랴 해도 단 이삼 원의 작자도 내닫지 않으므로 앞뒤가 꼭 막혔다. 마는 그래도 아내는 나이 젊고 얼굴 똑똑하겠다 돈 이 원쯤이야 어떻게라도 될 수 있겠기에 묻는 것인데 들은 체도 안 하니 썩 괘씸한 듯싶었다.

그는 배를 튀기며 다시 한 번

"돈 좀 안 해 줄 터여?"

하고 소리를 빽 질렀다.

그러나 대꾸는 역[6] 없었다. 춘호는 노기충전하여 불현듯 문지방을 떼다밀며 벌떡 일어섰다. 눈을 흡뜨고 벽에 기대인 지게막대를 손에 잡자 아내의 옆으로 바람같이 달겨들었다.

"이년아, 기집 좋다는 게 뭐여? 남편의 근심도 덜어 주어야지 끼고 자자는 기집이여?"

지게막대는 아내의 연한 허리를 모지게 후렸다. 까부러지는 비명은 모지락스리 찌그러진 울타리 틈을 뻿어나간다.[7] 잽처[8] 지게막대는 앉은 채 고까라진[9] 아내의 발뒤축을 얼러 볼기를 내려 갈겼다.

"이년아, 내가 언제부터 너에게 조르는 게여?"

---

5) 알량한
6) 역시
7) 벗어나간다
8) 재차
9) 고꾸라진

범같이 호통을 치고 지게막대를 공중으로 다시 올리며 모즈름[10]을 쓸 때 아내는

"에그머니!"

하고 외마디를 질렀다. 연하여 몸을 뒤치자 거반[11] 엎어질 듯이 싸리문 밖으로 내달렸다. 얼굴에 눈물이 흐른 채 황그리는[12] 걸음으로 문 앞의 언덕을 내리어 개울을 건너고 맞은쪽에 뚫린 콩밭길로 들어섰다.

"너 네가 날 피하면 어딜 갈 테여?"

발길을 막는 듯한 의미 있는 호령에 달아나던 아내는 다리가 멈칫하였다. 그는 고개를 돌리어 싸리문 안에 아직도 지게막대를 들고 섰는 남편을 바라보았다. 어른에게 죄진 어린애같이 입만 종깃종깃하다가[13] 남편이 뛰어나올까 겁이 나서 겨우 입을 열었다.

"쇠돌 엄마 집에 좀 다녀올게유!"

주볏주볏 변명을 하고는 가던 길을 다시 힝하게[14] 내걸었다. 아내라고 요새 이 돈 이 원이 급시로 필요함을 모르는 바도 아니었다. 마는 그의 자격으로나 노동으로나 돈 이 원이란 감히 땅뗌도 못해[15] 볼 형편이었다. 벌이래야 하잘것없는 것― 아침에 일어나기가 무섭게 남에게 뒤질까 영산[16]이 올라 산으로 빼는 것이다. 조그만 종댕이[17]를 허리에 달고 거한 산중에 드문드문 배겨[18] 있는 도라지, 더덕을 찾아가는 일이었다. 깊은 산속으로 우중충한 돌 틈바귀로. 잔약한 몸으로 맨발에 짚신짝을 끌며 강파른 산등을 타고 돌려면 젖먹던 힘까지 녹아내리는 듯 진땀은 머리로 발

10) 모질음
11) 거의
12) 다급하게 허둥거리는
13) 쫑긋쫑긋하다가
14) 어울거리거나 지체하지 않고 곧장
15) 생각도 못해. 땅뗌(무거운 물건을 들어 지면에서 뜨게 하는 일)
16) 성(노여운 감정)
17) 종다래끼
18) 박혀

끝까지 쭉 흘러내린다.

아랫도리를 외겹으로 두른 낡은 치맛자락은 다리로 허리로 척척 엉기어 걸음을 방해하였다. 땀에 불은 종아리는 거치른 숲에 긁혀 매여 그 쓰라림이 말이 아니다. 게다 무더운 흙내는 숨이 탁탁 막히도록 가슴을 질른다.[19] 그러나 삶에 발부둥 치는 순직한 그의 머리는 아무 불평도 일지 않았다.

가물에 콩 나기로 어쩌다 도라지순이라도 어지러운 숲 속에 하나, 둘, 뾰죽이 뻗어오른 것을 보면 그는 그래도 기쁨에 넘치는 미소를 띄웠다.[20]

때로는 바위도 기어올랐다. 정히 못 기어오를 그런 험한 곳이면 칡덩굴에 매어달리기도 하는 것이었다. 땟국에 절은 무명적삼은 벗어서 허리춤에다 꾹 찌르고는 호랑이숲이라 이름난 강원도 산골에 매어달려 기를 쓰고 허비적어린다. 골바람은 지날 적마다 알몸을 두른 치맛자락을 공중으로 날린다. 그제마다[21] 검붉은 볼기짝을 사양없이 내보이는 칡덩굴의 그를 본다면 배를 움켜쥐어도 다 못 볼 것이다. 마는 다행히 그윽한 산골이라 그 꼴을 비웃는 놈은 뻐꾸기뿐이었다.

이리하여 해동갑[22]으로 헤갈[23]을 하고 나면 캐어 모은 도라지 더덕을 얼러[24] 사발 가웃 혹은 두어 사발 남짓하게 되는 것이다. 그러면 동리로 내려와 주막거리에 가서 그걸 내주고 보리쌀과 사발바꿈을 하였다. 그러나 요즘엔 그나마도 철이 겨웠다고[25] 소출이 없다. 그 대신 남의 보리방아를 온종일 찧어 주고 보리밥 그릇이나 얻어다가는 집으로 돌아와 농토를 못 얻어 뻔뻔히 노는 남편과 같이 나누는 것이 그날 하루하루의 생

19) 찌른다
20) 띠었다
21) 그때마다
22) 해가 질 때까지
23) 허둥지둥 헤맴
24) 합쳐
25) 지났다고

활이었다.

그러고 보니 돈 이 원커녕 당장 목을 딴대도 피도 나올지가 의문이었다.

만약 돈 이 원을 돌린다면 아는 집에서 보리라도 꾸어 파는 수밖에는 다른 도리가 없다. 그리고 온 동리의 아낙네들이 치맛바람에 팔자 고쳤다고 쑥덕거리며 은근히 시새우는 쇠돌 엄마가 아니고는 노는 벌이를 가진 사람이 없다. 그런데 도적이 제 발 저리다고 그는 자기 꼴 주제에 제불에[26] 눌려서 호사로운 쇠돌 엄마에게는 죽어도 가고 싶지 않았다. 쇠돌 엄마도 처음에야 자기와 같이 천한 농부의 계집이련만 어쩌다 하늘이 도와 동리의 부자양반 리주사와 은근히 배가 맞은 뒤로는 얼굴도 모양 내고 옷치장도 하고 밥 걱정도 안 하고 하여 아주 금방석에 뒹구는 팔자가 되었다. 그리고 쇠돌 아버이도 이게 웬 땡이냔 듯이 아내를 내어 논 채 눈을 슬쩍 감아 버리고 리주사에게서 나는 옷이나 입고 주는 쌀이나 먹고 연년이 신통치 못한 자기 농사에는 한 손을 떼고는 히짜[27]를 뽑는 것이 아닌가!

사실 말인즉 춘호 처가 쇠돌 엄마에게 죽어도 아니 갈려는 그 속 까닭은 정작 여기 있었다.

바루[28] 지난 늦진[29] 봄 달이 뚫어지게 밝던 어느 밤이었다.

춘호가 보름게추[30]를 보러 산 모텡이로 나간 것이 이슥하여도 돌아오지 않으므로 집에서 기다리던 아내가 이젠 자고 오려나, 생각하고는 막 드러누워 잠이 들려니까 웬 난데없는 황소 같은 놈이 튀어들었다. 허둥지둥 춘호 처를 마구 깔다가 놀라서 '으악' 소리를 치는 바람에 그냥 달

26) 제풀에
27) 흰수작
28) 바로
29) 늦은
30) 보름마다 열리는 마을회의

아난 일이 있었다.

어수룩한 시골 일이라 별반 풍설도 아니 나고 쓱싹 되었으나 며칠이 지난 뒤에야 그것이 동리의 부자 리주사의 소행임을 비로소 눈치채었다.

그런 까닭으로 해서 춘호 처는 쇠돌 엄마와 직접 관계는 없단 대도 그를 대하면 공연스리 얼굴이 뜨뜻하여지고 무슨 죄나 진 듯이 어색하였다.

그리고 더욱이 쇠돌 엄마가

"새댁, 나는 속곳이 세 개구, 버선이 네 벌이구 행."

하며 아주 좋다고 핸들대는[31] 그 꼴을 보면 혹시 자기에게 함정을 두고서 비양거리는 거나 아닌가, 하는 옥생각[32]으로 무안해서 고개도 못 들었다. 한편으로는 자기도 좀만 잘했더면

지금쯤은 쇠돌 엄마처럼 호강을 할 수 있었을 그런 갸륵한 기회를 깝살려 버린[33] 자기 행동에 대한 후회와 애탄으로 말미암아 마음을 괴롭히는 그 쓰라림도 적지 않았다.

그러나 아무러한 욕을 보더라도 나날이 심해 가는 남편의 무지한 매보다는 그래도 좀 헐할 게다.

오늘은 한맘 먹고 쇠돌 엄마를 찾아갈려는 것이었다.

춘호 처는 이번 걸음이 헛발이나 안 칠까 일념으로 심화를 하며 수양버들이 쭉 늘어박힌 논두랑길[34]로 들어섰다. 그는 시골 아낙네로는 용모가 매우 반반하였다. 좀 야윈 듯한 몸매는 호리호리한 것이 소위 동리의 문자로 외입깨나 하얌즉한[35] 얼굴이었으되 추려한[36] 의복이며 퀴퀴한 냄

31) 한들대는
32) 옹졸한 생각
33) 헛되이 놓쳐 버린
34) 논두렁길
35) 함직한
36) 추레한

새는 거지를 볼지른다.[37] 그는 왼손 바른손으로 겨끔내기로[38] 치맛귀를 여며 가며 속살이 삐질까 조심조심이 걸었다.

감사나온 구름송이가 하늘 신폭[39]을 휘덮고는 차츰차츰 지면으로 처져 내리더니 그에 산봉우리에 엉기어 살풍경이 되고 만다. 먼 데서 개 짖는 소리가 앞 뒷산을 한적하게 울린다. 빗방울은 하나 둘 떨어지기 시작하더니 차차 굵어지며 무데기로 퍼부어 내린다.

춘호 처는 길가에 늘어진 밤나무 밑으로 뛰어들어가 비를 거니며[40] 쇠돌 엄마 집을 멀리 바라보았다. 북쪽 산기슭에 높직한 울타리로 빽돌려 두르고 앉았는 오묵하고 맵시 있는 집이 그 집이었다. 그런데 싸리문이 꼭 닫긴 걸 보면 아마 쇠돌 엄마가 농군청[41]에 저녁 제누리[42]를 나르러 가서 아직 돌아오지를 않은 모양이었다.

그는 쇠돌 엄마 오기를 지켜보며 오두커니 서서 기다리고 있었다.

나뭇잎에서 빗방울은 뚝, 뚝, 떨어지며 그의 빰을 흘러 젖가슴으로 스며든다. 바람은 지날 적마다 냉기와 함께 굵은 빗발을 몸에 들여친다.

비에 쪼로록 젖은 치마가 몸에 찰삭 휘감기어 허리로 궁둥이로 다리로 살의 윤곽이 그대로 비쳐 올랐다.

무던히 기다렸으나 쇠돌 엄마는 오지 않았다. 하도 진력이 나서 하품을 하여 가며 정신없이 서 있노라니 왼쪽 언덕에서 사람 오는 발자취 소리가 들린다. 그는 고개를 돌려보았다. 그러나 날쌔게 나무 틈으로 몸을 숨었다.

---

37) 빰친다
38) 교대로
39) 한끝에서 한끝까지의 거리
40) 그으며
41) 농사일을 맡아보던 관청 이름
42) 새참

동이배[43]를 가진 리주사가 지우산[44]을 버테쓰고[45]는 쇠돌네 집을 향하여 응뎅이[46]를 껍죽거리며 내려가는 길이었다. 비록 키는 작달만하나 숱 좋은 수염이든지 윈 동리를 털어야 단 하나뿐인 탕건이든지, 썩 풍채 좋은 오십 전후의 양반이다. 그는 싸리문 앞으로 가더니 자기 집처럼 거침없이 문을 떼다 밀고는 속으로 버젓이 들어가 버린다.

이것을 보니 춘호 처는 다시금 속이 편치 않았다. 자기는 개돼지같이 무시로 매만 맞고 돌아치는 천덕꾼이다. 안팎으로 겹구염[47]을 받으며 간들대는 쇠돌 엄마와 사람 된 치수[48]가 두드러지게 다름을 그는 알 수 있었다. 쇠돌 엄마의 호강을 너무나 부럽게 우러러보는 반동으로 자기도 잘했더면 하는 턱없는 희망과 후회가 전보다 몇 갑절 쓰린 맛으로 그의 가슴을 찌버뜯었다.[49] 쇠돌네 집을 하염없이 건너다보다가 어느덧 저도 모르게 긴 한숨이 굴러 내린다.

언덕에서 쏠려 내리는 사태물이 발등까지 개흙으로 덮으며 소리쳐 흐른다. 빗물에 폭 젖은 몸뚱아리는 점점 떨리기 시작한다.

그는 가벼웁게 몸서리를 쳤다. 그리고 당황한 시선으로 사방을 경계하여 보았다. 아무도 보이지는 않았다. 다시 시선을 돌리어 그 집을 쏘아보며 속으로 궁리하여 보았다. 안에는 확실히 리주사뿐일 게다. 고대[50]까지 걸렸던 싸리문이라든지 또는 울타리에 널은 빨래를 여태 안 걷어 들이는 것을 보면 어떤 맹세를 두고라도 분명히 리주사 외의 다른 사람은 하나도 없을 것이다.

---

43) 둥글고 불록한 배(물동이처럼 불룩 튀어나온 배)
44) 대오리로 만든 살에, 기름먹인 종이를 발라 만든 우산
45) 받쳐 쓰고
46) 엉덩이
47) 겹귀염(양쪽에서 받는 귀염)
48) 체면, 위신
49) 집어뜯었다
50) 방금

그는 마음 놓고 비를 맞아 가며 그 집으로 달겨들었다. 봉당으로 선뜻 뛰어오르며

"쇠돌 엄마 기슈?"

하고 인기[51]를 내보았다.

물론 당자[52]의 대답은 없었다. 그 대신 그 음성이 나자 안방에서 리주사가 번개같이 머리를 내밀었다. 자기 딴은 꿈밖이란 듯 눈을 두리번두리번하더니 옷 위로 볼가진[53] 춘호 처의 젖가슴 아랫배 넓적다리로 발등까지 슬쩍 음충히[54] 훑어보고는 거나한[55] 낯으로 빙그레한다. 그리고 자기도 봉당으로 주춤주춤 나오며

"쇠돌 어멈 말인가? 왜 지금 막 나갔지. 곧 온댔으니 안방에 좀 들어가 기다렸으면……."

하고 매우 일이 딱한 듯이 어름어름한다.

"이 비에 어딜 갔에유?"

"지금 요 밖에 좀 나갔지, 그러나 곧 올 걸……."

"있는 줄 알고 왔는디……."

춘호 처는 이렇게 혼잣말로 낙심하며 섭섭한 낯으로 머뭇머뭇하다가 그냥 돌아갈 듯이 봉당 알로 내려섰다. 리주사를 쳐다보며 물차는 제비같이 산드러지게[56]

"그럼 요담 오겠에유. 안녕히 계십시유."

하고 작별의 인사를 올린다.

"지금 곧 온댔는데 좀 기달리지……."

---

51) 인기척
52) 당사자
53) 불거진
54) 음흉하게
55) 기분 좋은(술이 얼근하게 취해서)
56) 간드러지게

"담에 또 오지유."

"아닐쎄. 좀 기달리게. 여보게, 여보게 이봐!"

춘호 처가 간다는 바람에 리주사는 체면도 모르고 기가 올랐다. 허둥거리며 재간껏 만류하였으나 암만해도 안 된 듯싶다. 춘호 처가 여기엘 찾아온 것도 큰 기적이려니와 뇌성벽력에 구석진 곳이겠다 이렇게 솔깃한 기회는 두 번 다시 못 볼 것이다. 그는 눈이 뒤집히어 입에 물었던 장죽을 쑥 뽑아 방 안으로 치트리고는 계집의 허리를 뒤로 다짜고짜 끌어안아서 봉당 우로 끌어올렸다.

계집은 몹시 놀라며

"왜 이러서유, 이거 노세유."

하고 몸을 뿌리치려고 앙탈을 한다.

"아니 잠깐만."

리주사는 그래도 놓지 않으며 헝겁스러운[57] 눈짓으로 계집을 달래인다. 흘러내리려는 고의춤을 왼손으로 연송[58] 치우치며 바른 팔로는 계집을 잔뜩 움켜잡고는 엄두를 못 내어 짤짤매다가 간신히 방 안으로 끙끙 몰아 넣었다. 안으로 문고리는 재빠르게 채이었다.

밖에서는 모진 빗방울이 배춧잎에 부다치는[59] 소리 바람에 나무 떠는 소리가 요란하다. 가끔 양철통을 내려굴리는 듯 거푸진[60] 천둥소리가 방고래를 울리며 날은 점점 침침하였다.

얼마쯤 지난 뒤였다. 이만하면 길이 들었으려니, 안심하고 리주사는 날숨을 후— 하고 돌른다.[61] 실없이 고마운 비 때문에 발악도 못 치고 앙살

57) 허겁스러운(야무지거나 당차지 못한)
58) 연방
59) 부딪히는
60) 억센, 세찬
61) 돌린다

[62]도 못 피고 무릎 앞에 고분고분 늘어져 있는 계집을 대견히 바라보며 빙끗이 얼러 보았다. 계집은 온몸에 진땀이 쭉 흐르는 것이 꽤 더운 모양이다. 벽에 걸린 쇠돌 어멈의 적삼을 꺼내어 계집의 몸을 말쑥하게 훌닦기[63] 시작한다.

발끝서부터 얼굴까지—

"너 열아홉이라지?"

하고 리주사는 취한 얼굴로 얼간히[64] 물어보았다.

"니에—"

하고 메떨어진[65] 대답. 계집은 리주사 손에 눌리어 일어나도 못하고 죽은 듯이 가만히 누워 있다.

리주사는 계집의 몸뚱이를 다 씻기고 나서 한숨을 내뿜으며 담배 한 대를 떡 피워 물었다.

"그래 요새도 서방에게 주리경[66]을 치느냐?"

하고 묻다가 아무 대답도 없으매

"원 그래서야 어떻게 산단 말이냐 하루이틀 아니고, 사람의 일이란 알 수 있는 거냐? 그러다 혹시 맞아 죽으면 정장[67] 하나 해 볼 곳 없는 거야. 허니 네 명이 아까우면 덮어놓고 민적[68]을 가르는 게 낫겠지—"

하고 계집의 신변을 위하여 염려를 마지않다가 번뜻 한 가지 궁금한 것이 있었다.

"너 참, 아이 낳다 죽었다더구나?"

"니에—"

62) 엄살을 피우며 반항하는 것, 또는 그런 태도
63) 휘몰아 대강 훔치어 닦기
64) 넌지시
65) 촌스러운
66) 모진 매를 맞음
67) 소장을 관청에 냄
68) 호적

"어디 난 듯이나 싶으냐?"

계집은 얼굴이 홍당무가 되어지며 아무 말 못하고 고개를 외면하였다.

리주사도 그까짓 것 더 묻지 않았다. 그런데 웬 녀석의 냄새인지 무생채 썩는 듯한 시크무레한 악취가 물시로[69] 코청을 찌르니 눈살을 크게 잽흐리지[70] 않을 수 없다. 처음에야 그런 줄은 소통 몰랐더니 알고 보니까 비위가 좋이 역하였다. 그는 빨고 있던 담배통으로 계집의 배꼽께를 똑똑이 가리키며

"얘 이 살의 때꼽 좀 봐라. 그래 물이 흔한데 이것 좀 못 씻는단 말이냐?"

하고 모처럼의 기분을 상한 것이 앵하단[71] 듯이 꺼림한 기색으로 혀를 채었다. 하지만 계집이 참다 참다 이내 무안에 못 이기어 일어나 치마를 입으려 하니 그는 역정을 벌컥 내이었다. 옷을 뺏어서 구석으로 동댕이를 치고는 다시 그 자리에 끌어 앉혔다. 그러고 자기 딸이나 책하듯이 아주 대범하게 꾸짖었다.

"왜 그리 계집이 달망대니[72]? 좀 든직지[73]가 못하고……."

춘호 처가 그 집을 나선 것은 들어간 지 약 한 시간 만이었다. 비는 여전히 쭉쭉 내린다. 그는 진땀을 있는 대로 흠뻑 쏟고 나왔다. 그러나 의외로 아니 천행으로 오늘 일은 성공이었다. 그는 몸을 솟치며 생긋하였다. 그런 모욕과 수치는 난생처음 당하는 봉변으로 지랄 중에도 몹쓸 지랄이었으나 성공은 성공이었다. 복을 받으려면 반드시 고생이 따르는 법이니 이까짓 거야 골백 번 당한대도 남편에게 매나 안 맞고 의좋게 살 수만 있다면 그는 사양치 않을 것이다. 리주사를 하늘같이 은인같이 여

69) 무시로
70) 찌푸리지
71) 못마땅한
72) 달랑거리니
73) 듬직하지

졌다. 남편에게 부쳐 먹을 농토를 줄 테니 자기의 첩이 되라는 그 말도 죄송하였으나 더욱이 돈 이 원을 줄 께니 내일 이맘때 쇠돌네 집으로 넌즈시[74] 만나자는 그 말은 무엇보다도 고마웠고 벅찬 짐이나 풀은 듯 마음이 홀가분하였다. 다만 애키는[75] 것은 자기의 행실이 만약 남편에게 발각되는 나절에는 대매에 맞아 죽을 것이다. 그는 일변 기뻐하며 일변 애를 태우며 자기 집을 향하여 세차게 쏟아지는 빗속을 가븐가븐[76] 내려달렸다.

춘호는 아직도 분이 못 풀리어 뿌루퉁하니 홀로 앉았다. 그는 자기의 고향인 인제를 등진 지 벌써 삼 년이 되었다. 해를 이어 흉작에 농작물은 말 못 되고 따라 빚쟁이들의 위협과 악마구니[77]는 날로 심하였다. 마침내 하릴없이 집, 세간살이를 그대로 내버리고 알몸으로 밤도주를 하였던 것이다. 살기 좋은 곳을 찾는다고 나 어린 아내의 손목을 이끌고 이 산 저 산을 넘어 표랑하였다.[78] 그러나 우정 찾아들은 곳이 고작 이 마을이나 살속은 역시 일반이다. 어느 산골엘 가 호미를 잡아 보아도 정은 조그만치도 안 붙었고 거기에는 오직 쌀쌀한 불안과 굶주림이 품을 벌려 그를 맞을 뿐이었다. 터무니없다 하여 농토를 안 준다. 일구녕[79]이 없으매 품을 못 판다. 밥이 없다. 결국엔 그는 피폐하여 가는 농민 사이를 감도는 엉뚱한 투기심에 몸이 달떴다. 요사이 며칠 동안을 두고 요너머 뒷산 속에서 밤마다 큰 노름판이 벌어지는 기미를 알았다. 그는 자기도 한몫 보려고 끼룩거렸으나[80] 좀체로 밑천을 만들 수가 없었다.

---

74) 넌지시
75) 켕기는
76) 가분가분
77) 악다구니
78) 이리저리 떠돌아다녔다
79) 일구멍(일자리)
80) 기웃거렸으나

이 원! 수나 좋아야 이 이 원이 조화만 잘한다면 금시 발복[81]이 못된다고 누가 단언할 수 있으랴! 삼사십 원 따서 동리의 빚이나 대충 가리고[82] 옷 한 벌 지어 입고는 진저리나는 이 산골을 떠날려는 것이 그의 배포이었다. 서울로 올라가 아내는 안잠을 재우고[83] 자기는 노동을 하고 둘이서 다구지게[84] 벌으면 안락한 생활을 할 수가 있을 텐데 이런 산구석에서 굶어 죽을 맛이야 없었다. 그래서 젊은 아내에게 돈 좀 해 오라니까 요리매낀 조리매낀[85] 매만 피하고 곁들어 주지 않으니 그 소행이 여간 괘씸한 것이 아니다.

아내가 물에 빠진 생쥐꼴을 하고 집으로 달겨들자 미처 입도 벌리기 전에 남편은 이를 악물고 주먹뺨을 냅다 부쳤다.

"너 이년 매만 살살 피하고 어디 가 자빠졌다 왔니?"

볼치 한 대를 얻어맞고 아내는 오기가 질리어 벙벙하였다. 그래도 식성[86]이 못 풀리어 남편이 다시 매를 손에 잡으려 하니 아내는 질겁을 하여 살려 달라고 두 손으로 빌며 개신개신[87] 입을 열었다.

"낼 되유―, 낼, 돈, 낼 되유―."

하며 돈이 변통됨을 삼가 아뢰는 그의 음성은 절반이 울음이었다.

남편이 반신반의하여 눈을 찌긋하다가

"낼?"

하고 목청을 돋았다.

"네 낼 된다유―"

"꼭 되여?"

---

81) 운이 트이어 복이 닥치는 것
82) 갚고
83) (여자가) 남의 집에서 먹고 자며 그 집의 일을 도와주게 하고
84) 다부지게
85) 요리 피하고 조리 피하는
86) 직성
87) 힘없이 움직이는 모양

"네 낼 된다유—"

남편은 시골 물정에 능통하니만치 난데없는 돈 이 원이 어데서 어떻게 되는 것까지는 추궁해 물으려 하지 않았다. 그는 저윽이 안심한 얼굴로 방문턱에 걸터앉으며 담뱃대에 불을 그었다. 그제야 비로소 아내도 마음을 놓고 감자를 삶으러 부엌으로 들어갈려 하니 남편이 곁으로 걸어오며 측은한 듯이 말리었다.

"병 나, 방에 들어가 어여 옷이나 말리어, 감자는 내 삶을게—"

먹물같이 짙은 밤이 내리었다. 비는 더욱 소리를 치며 앙상한 그들의 방 벽을 앞뒤로 울린다. 천정에서 비는 새이지 않으나 집 진 지가 오래되어 고래[88]가 물러앉다시피 된 방이라 도배를 못한 방바닥에는 물이 스며들어 귀축축하다.[89] 거기다 거적두 잎만 덩그렇게 깔아놓은 것이 그들의 침소이었다. 석유불은 없어 캄캄한 바로 지옥이다. 벼룩이는 사방에서 마냥 스물거린다.

그러나 등걸잠[90]에 익달한[91] 그들은 천연스럽게 나란히 누워 주리차게[92] 퍼붓는 밤빗소리를 귀담아 듣고 있었다. 가난으로 인하여 부부간의 애틋한 정을 모르고 나날이 매질로 불평과 원한 중에서 복대기는[93] 그들도 이 밤에는 불시로 화목하였다.

단지 남의 품에 들은 돈 이 원을 꿈꾸어 보고도—

"서울 언제 갈라유."

남편의 왼팔을 베고 누웠던 아내가 남편을 향하여 응석 비슷이 물어보았다. 그는 남편에게 서울의 화려한 거리며 후한 인심에 대하여 여러 번

88) 방고래(방의 구들장 밑으로 나 있는, 불길과 연기가 통하여 나가는 길)
89) 축축하고 더럽다
90) 아무것도 안 덮고 아무데서나 자는 잠
91) 익숙한
92) 줄기차게
93) 지지고 볶는

들은 바 있어 일상 안타까운 마음으로 몽상은 하여 보았으나 실지 구경은 못하였다. 얼른 이 고생을 벗어나 살기 좋은 서울로 가고 싶은 생각이 간절하였다.

"곧 가게 되겠지 빚만 좀 없어도 가뜬하련만."

"빚은 낭종 갚드라도 얼핀 갑세다유—"

"염려 없어 이달 안으로 꼭 가게 될 거니까."

남편은 썩 쾌히 승낙하였다. 딴은 그는 동리에서 일컬어 주는 질군[94]으로 투전장의 갑오[95]쯤은 시루에서 콩나물 뽑듯 하는 능수이었다. 내일 밤 이 원을 가지고 벼락같이 노름판에 달려가서 있는 돈이란 깡그리 모집어 올 생각을 하니 그는 은근히 기뻤다. 그리고 교묘한 자기의 손재간을 홀로 뽐내었다.

"이번이 서울 처음이지?"

하며 그는 서울 바닥 좀 한 번 쐬었다고 큰 체를 하며 팔로 아내의 머리를 흔들어 물어보았다. 성미가 워낙 겁겁한지라[96] 지금부터 서울 갈 준비를 착착하고 싶었다. 그가 제일 걱정되는 것은 둠[97] 구석에서 놰자라먹은[98] 아내를 데리고 가면 서울 사람에게 놀림도 받을 게고 거리끼는 일이 많을 듯 싶었다. 그래서 서울 가면 꼭 지켜야 할 필수조건을 아내에게 일일이 설명치 않을 수도 없었다.

첫째 사투리에 대한 주의부터 시작되었다. 농민이 서울 사람에게 꼬라리[99]라는 별명으로 감잡히는[100] 그 이유는 무엇보다도 사투리에 있을지니 사투리는 쓰지 말지며 '합세'를 '하십니까'로 '하게유'를 '하오'로 고치

94) 길꾼(노름 따위에 '길이 들어 잘 하는 사람'을 얕잡아 이르는 말)
95) 가보(아홉 끗을 가리키는 말)
96) 급한지라
97) 두메(산골)
98) 줄곧 자라온
99) 고라리(어리석은 시골 사람)
100) 약점을 잡히는

되 말끝을 들지 말지라. 또 거리에서 어릿어릿하는 것은 내가 시골뜨기요 하는 얼뜬 짓이니 갈 길은 재게[101] 가고 볼 눈은 또릿또릿이 볼지라― 하는 것들이었다.

아내는 그 끔찍한 설교를 귀담아 들으며 모기 소리로 네, 네 하였다. 남편은 둬[102] 시간 가량을 샐 틈 없이 꼼꼼하게 주의를 다져 놓고는 서울의 풍습이며 생활 방침 등을 자기의 의견대로 그럴싸하게 이야기하여 오다가 말끝이 어느덧 화장술에까지 이르게 되었다. 시골 여자가 서울에 가서 안잠을 잘 자 주면 몇 해 후에는 집까지 얻어 갖는 수가 있는데 거기에는 얼굴이 어여뻐야 한다는 소문을 일찍 들은 바 있어 하는 소리였다.

"그래서 날마닥[103] 기름도 바르고 분도 바르고 버선도 신고해선 쥔 마음에 썩 들어야……."

한참 신바람이 올라 주서 섬기다가 옆에서 새근새근, 소리가 들리므로 고개를 돌려보니 아내는 이미 곯아져 잠이 깊었다.

"이런 망할 거 남 말하는데 자빠져 잔담―"

남편은 혼자 중얼거리며 바른 팔을 들어 이마 위로 흐트러진 아내의 머리칼을 뒤로 씨담어[104] 넘긴다. 세상에 귀한 것은 자기의 아내― 이 아내가 없었던들 자기는 홀로 어떻게 살 수 있었으려는가! 명색이 남편이며 이날까지 옷 한 벌 변변히 못해 입히고 고생만 짓시킨[105] 그 죄가 너무나 큰 듯 가슴이 뻐근하였다. 그는 왁살스러운 팔로다 아내의 허리를 꼭 껴안아 자기의 앞으로 바특이[106] 끌어댕겼다.

101) 부지런히, 빨리
102) 두어
103) 날마다
104) 쓰다듬어
105) 마구 시킨
106) 바싹

밤새도록 줄기차게 내리던 빗소리가 아침에 이르러서야 겨우 끝이고 점심 때에는 생기로운 볕까지 들었다. 쿨렁쿨렁 논물 나는 소리는 요란히 들린다. 시내에서 고기 잡는 아이들의 고함이며 농부들의 희희낙락한 미나리[107]도 기운차게 들린다. 비는 춘호의 근심도 씻어 간 듯 오늘은 그에게도 즐거운 빛이 보였다.

"저녁 제누리 때 되었을걸. 얼른 빗고 가 봐—"

그는 갈증이 나서 아내를 대구 재촉하였다.

"아즉 멀었어유—"

"아즉 뭔게 뭐야, 늦었어—"

"뭘!"

아내는 남편의 말대로 벌써부터 머리를 빗고 앉았으나 원체 달포나 아니 가리어[108] 엉클은[109] 머리라 시간이 꽤 걸렸다. 그는 호랑이 같은 남편과 오래간만에 정다운 정을 바꾸어 보니 근래에 볼 수 없는 희색이 얼굴에 떠돌았다. 어느 때에는 맥적게[110] 생글생글 웃어도 보았다.

아내가 꼼지락거리는 것이 보기에 퍽으나 갑갑하였다. 남편은 아내 손에서 얼개빗을 쑥 뽑아들고는 시원스리 쭉쭉 내려빗긴다. 다 빗긴 뒤 옆에 놓인 밥사발의 물을 손바닥에 연신 칠해 가며 머리에다 번지르하게 발라 놓았다. 그래 놓고 위서부터 머리칼을 재워 가며 맵시 있게 쪽을 딱 찔러 주더니 오늘 아침에 한사코 공을 들여 삼아 놓았던 짚석이[111]를 아내의 발에 신기고 주먹으로 자근자근 골을 내주었다.

"인제 가 봐!"

하다가

107) 메나리(농요의 하나)
108) 빗어
109) 얽힌, 헝클어진
110) 멋적게, 쓸데없이
111) 짚세기(짚신)

"바루 곧 와, 응?"

하고 남편은 그 이 원을 고이 받고자 손색 없도록 실패 없도록 아내를 모양내어 보냈다.

금 따는 콩밭

땅속 저 밑은 늘 음침하다.

고달픈 간드렛불.[1] 맥없이 푸리끼하다. 밤과 달라서 낮엔 되우[2] 흐릿하였다.

겉으로 황토 장벽으로 앞뒤 좌우가 콕 막힌 좁직한 구뎅이. 흡사히 무덤 속같이 귀중중하다. 싸늘한 침묵. 쿠더브레한[3] 흙내와 징그러운 냉기만이 그 속에 자욱하다.

곡괭이는 뻔질[4] 흙을 이르집는다. 암팡스러이[5] 내려쪼며

퍽 퍽 퍽—

이렇게 메떨어진[6] 소리뿐. 그러나 간간 우수수하고 벽이 헐린다.

영식이는 일손을 놓고 소맷자락을 끌어당기어 얼굴의 땀을 훑는다. 이놈의 줄이 언제나 잡힐는지 기가 찼다. 흙 한 줌을 집어 코밑에 바짝 들여대고 손가락으로 샅샅이 뒤져 본다. 완연히 버력[7]은 좀 변한 듯싶다.

1) 광산의 갱내에서 켜들고 다니는 카바이트 등불. 간드레
2) 매우, 몹시
3) 쿠더분한(냄새가 몹시 구리고 터분한)
4) 자주, 계속해서
5) 암팡스레
6) 어울리지 않고 촌스러운
7) 광물이 섞이지 않은 잡돌

그러나 불통버력[8]이 아주 다 풀린 것도 아니었다. 말똥버력[9]이라야 금이 나온다는데 왜 이리 안 나오는지.

곡괭이를 다시 집어든다. 땅에 무릎을 꿇고 궁뎅이를 번쩍 든 채 식식거린다. 곡괭이는 무작정 내려찍는다.

바닥에서 물이 스미어 무릎팍이 흔건히 젖었다. 굿[10] 얺은 천판[11]에서 흙방울은 내리며 목덜미로 굴러든다. 어떤 때에는 웃벽의 한쪽이 떨어지며 등을 탕 때리고 부서진다.

그러나 그는 눈도 하나 깜짝하지 않는다. 금을 캔다고 콩밭 하나를 다 잡쳤다. 약이 올라서 죽을 둥 살 둥, 눈이 뒤집힌 이판이다. 손바닥에 침을 탁 뱉고 곡괭이 자루를 한번 고쳐잡더니 쉴 줄 모른다.

등 뒤에서는 흙 긁는 소리가 드윽드윽 난다. 아직도 버력을 다 못 친 모양. 이 자식이 일을 하나 시졸[12] 하나. 남은 속이 바직 타는데 웬 뱃심이 이리도 좋아.

영식이는 살기 띤 시선으로 고개를 돌렸다. 암말없이 수재를 노려본다. 그제야 꾸물꾸물 바지게에 흙을 담고 등에 메고 사다리를 올라간다.

굿이 풀리는지 벽이 우찔하였다. 흙이 부서져 내린다. 전날이라면 이곳에서 아내 한 번 못 보고 생죽음이나 안 할까 털끝까지 쭈볏할 게다. 그러나 인젠 그렇게 되고도 싶다.

수재란 놈하고 흙더미에 묻히어 한껍[13]에 죽는다면 그게 오히려 날 게다. 이렇게까지 몹시 몹시 미웠다.

8) 잡버력
9) 양파 모양으로 벗겨서 부스러지기 쉬운 버력
10) 무너지지 않도록 손을 보아 놓은 구덩이
11) 천장
12) 시조(時調)를
13) 한꺼번에

이놈 풍찌는[14] 바람에 애끝은[15] 콩밭 하나만 결단을 냈다. 뿐만 아니라 모두가 낭패다. 세 벌[16] 논도 못 맸다. 논둑의 풀은 성큼 자란 채 어지러이 널려져 있다. 이 기미를 알고 지주는 대노하였다. 내년부터는 농사질 생각을 말라고 발을 굴렀다. 땅은 암만을 파도 지수[17]가 없다. 이만해도 다섯 길은 훨썩[18] 넘었으리라. 좀 더 지펴야[19] 옳을지 혹은 북으로 밀어야 옳을지 우두머니[20] 망설거린다. 금점일에는 푸뚝이다.[21] 입대껏 수재의 지휘를 받아 일을 하여 왔고 앞으로도 역[22] 그러해야 금을 딸 것이다. 그러나 그런 칙칙한 짓은 안 한다.

"이리 와 이것 좀 파게."

그는 어쓴[23] 위풍을 보이며 이렇게 분부하였다. 그리고 저는 일어나 손을 털며 뒤로 물러선다.

수재는 군말 없이 고분하였다. 시키는 대로 땅에 무릎을 꿇고 벽채로 군버력을 긁어낸 다음 다시 파기 시작한다.

영식이는 치다 나머지 버력을 짊어진다. 커단[24] 걸때[25]를 뒤툭거리며 사다리로 기어오른다. 굿문을 나와 버력 더미에 흙을 마악 내칠려 할제

"왜 또 파 이것들이 미쳤나 그래—"

산에서 내려오는 마름과 맞닥뜨렸다. 정신이 떠름하여 그대로 벙벙히 섰다. 오늘은 또 무슨 포악을 들을려는가.

---

14) 허풍치는
15) 애꿎은
16) 세 번째, 애벌은 맨 처음
17) 낌새
18) 훨씬
19) 깊어야
20) 우두커니
21) 풋내기다
22) 역시
23) 보기엔 억세고 모진 듯한
24) 커다란
25) 몸집(체격)

"말라닌깐 왜 또 파는 게야." 하고 영식이의 바지게 뒤를 지팽이로 콱 찌르더니 "갈아먹으라는 밭이지 흙 쓰고 들어가라는 거야 이 미친 것들아 콩밭에서 웬 금이 나온다고 이 지랄들이야 그래." 하고 목에 핏대를 올린다. 밭을 버리면 간수 잘못한 자기 탓이다. 날마다 와서 그 북새[26]를 피고 금하여도 담 날 보면 또 여전히 파는 것이다.

"오늘로 이 구뎅이를 도로 묻어 놔야지 낼로 당장 징역 갈 줄 알게."

너무 감정에 격하여 말도 잘 안 나오고 떠듬떠듬거린다. 주먹은 곧 날아들 듯이 허구리[27]께서 불불 떤다.

"오늘만 좀 해 보고 고만두겠어유."

영식이는 낯이 붉어지며 가까스로 한마디 하였다. 그리고 무턱대고 빌었다.

마름은 들은 척도 안 하고 가 버린다.

그 뒷모양을 영식이는 멀거니 배웅하였다. 그러다 콩밭 낯짝을 들여다보니 무던히 애통 터진다. 멀쩡한 밭에가 구멍이 사면 풍풍 뚫렸다.

예제없이[28] 버력은 무데기무데기 쌓였다. 마치 사태 만난 공동묘지와도 같이 귀살적고[29] 되우 을씨년스럽다. 그다지 잘 되었던 콩포기는 거반 버력 더미에 다아 깔려 버리고 군데군데 어쩌다 남은 놈들만이 고개를 나풀거린다. 그 꼴을 보는 것은 자식 죽는 걸 보는 게 낫지 차마 못할 경상[30]이었다.

농토는 모조리 떨어질 것이다. 그러나 대관절 올 밭도지 베[31] 두 섬 반은 뭘로 해 내야 좋을지. 게다 밭을 망쳤으니 자칫하면 징역을 갈는지도

---

26) 수선
27) 허리 좌우의 갈비뼈 아래 잘록한 부분
28) 여기저기 할 것 없이
29) 귀살쩍고
30) 좋지 못한 몰골, 상황
31) 벼

모른다.

영식이가 구뎅이 안으로 들어왔을 때 동무는 땅에 주저앉아 쉬고 있었다. 태연무심히 담배만 빽빽 피는 것이다.

"언제나 줄을 잡는 거야."

"인제 차차 나오겠지."

"인제 나온다." 하고 코웃음치고 엇먹더니[32] 조금 지나매

"이 색기."

흙덩이를 집어들고 골통을 내려친다.

수재는 어쿠 하고 그대로 푹 엎으린다.[33] 그러다 벌떡 일어선다. 눈에 띄는 대로 곡괭이를 잡자 대뜸 달겨들었다. 그러나 강약이 부동. 왁살스러운 팔뚝에 퉁겨서 벽에 가서 쿵 하고 떨어졌다. 그 순간에 제가 빼앗긴 곡괭이가 정백이[34]를 겨누고 날아드는 걸 보았다. 고개를 홱 돌린다. 곡괭이는 흙벽을 퍽 찍고 다시 나간다.

수재 이름만 들어도 영식이는 이가 갈렸다. 분명히 홀딱 속은 것이다.

영식이는 본디 금점에 이력이 없었다. 그리고 흥미도 없었다. 다만 밭고랑에 웅크리고 앉아서 땀을 흘려 가며 꾸벅꾸벅 일만 다하였다. 올엔 콩도 뜻밖에 잘 열리고 맘이 좀 놓였다.

하루는 홀로 김을 매고 있노라니까

"여보게 덥지 않은가 좀 쉬었다 하게."

고개를 들어 보니 수재다. 농사는 안 짓고 금점으로만 돌아다니더니 무슨 바람에 또 왔는지 싱글벙글한다. 좋은 수나 걸렸나 하고

"돈 좀 많이 벌었나 나 좀 채주게."

---

32) 비꼬더니
33) 엎어진다
34) 정수리

"벌구말구 맘껏 먹고 쓰고 했네."

술에 거나한 얼굴로 신껏[35] 주적거린다.[36] 그리고 밭머리에 쭈그리고 앉아 한참 객설을 부리더니

"자네 돈벌이 좀 안 할려나 이 밭에 금이 묻혔네 금이……."

"뭐." 하니까

바루 이 산 너머 큰골에 광산이 있다. 광부를 삼백여 명이나 부리는 노다지판인데 매일 소출되는 금이 칠십 냥을 넘는다. 돈으로 치면 칠천 원. 그 줄맥이 큰 산 허리를 뚫고 이 콩밭으로 뻗어 나왔다는 것이다. 둘이서 파면 불과 열흘 안에 줄을 잡을 게고 적어도 하루 서 돈씩은 따리라. 우선 삼십 원만 해두 얼마냐. 소를 산대두 반 필[37]이 아니냐고.

그러나 영식이는 귀담아 듣지 않았다. 금점이란 칼 물고 뜀뛰기다. 잘 되면이어니와[38] 못 되면 신세만 조판다.[39] 이렇게 전일부터 들은 소리가 있어서이다.

그담 날도 와서 꾀송거리다[40] 갔다.

셋째 번에는 집으로 찾아왔는데 막걸리 한 병을 손에 떡 들고 영[41]을 피운다. 몸이 달아서 또 온 것이었다. 봉당에 걸터앉아서 저녁상을 물끄러미 바라보더니 조당수[42]는 몸을 훑틴다[43]는 둥 일꾼은 든든히 먹어야 한다는 둥 남들은 논을 사느니 밭을 사느니 떠드는데 요렇게 지내다 그만둘 테냐는 둥 일쩌웁게[44] 지절거린다.

35) 실컷
36) 주책없이 잘난 체하며 자꾸 떠든다
37) 소나 말을 세는 단위
38) 되면이거니와
39) 조진다
40) 꾀다
41) 기운을 내거나 기를 폄
42) 좁쌀로 묽게 쑨 당수
43) 훑인다(속에 붙은 것을 말끔히 다 씻어낸다)
44) 귀찮게

"아즈머니, 이것 좀 먹게 해 주시게유."

그리고 비로소 영식이 아내에게 술병을 내놓는다. 그들은 밥상을 끼고 앉아서 즐겁게 술을 마셨다. 몇 잔이 들어가고 보니 영식이의 생각도 적이 돌아섰다. 딴은 일 년 고생하고 끽 콩 몇 섬 얻어먹느니보다는 금을 캐는 것이 슬기로운 짓이다. 하루에 잘만 캔다면 한 해 줄것[45] 공들인 그 수확보다 훨씬 이익이다. 올봄 보낼 제 비료값 품삯 빚 해 빚진 칠 원 까닭에 나날이 졸리는 이 판이다. 이렇게 지지하게[46] 살고 말 바에는 차라리 가로 지나 세로 지나 사내자식이 한번 해 볼 것이다.

"낼부터 우리 파 보세 돈만 있으면이야 그까진 콩은."

수재가 안달스리[47] 재우쳐[48] 보채일 제 선뜻 응낙하였다.

"그래 보세 빌어먹을 거 안 됨 고만이지."

그러나 꽁무니에서 죽을 마시고 있던 아내가 허구리를 쿡쿡 찔렀게 망정이지 그렇지 않았더면 좀 주저할 뻔도 하였다.

아내는 아내대로의 심[49]이 빨랐다.

시체[50]는 금점이 판을 잡았다. 섣부르게 농사만 짓고 있다간 결국 비렁뱅이[51]밖에는 더 못 된다. 얼마 안 있으면 산이고 논이고 밭이고 할 것 없이 다 금쟁이 손에 구멍이 뚫리고 뒤집히고 뒤죽박죽이 될 것이다. 그때는 뭘 파먹고 사나. 자 보아라. 머슴들은 짜위[52]나 한 듯이 일하다 말고 후딱 하면 금점으로들 내빼지 않는가. 일꾼이 없어서 올엔 농사를 질 수 없으니 마느니 하고 동리에서는 떠들썩하다. 그리고 번동 포농이 좇아 호

45) 줄곧
46) 구차하게
47) 안달스레, 조급하게
48) 재촉해
49) 셈
50) 당시 되어돌아가는 상황
51) 거지
52) 짜기

미를 내어던지고 강변으로 개울로 사금을 캐러 달아난다. 그러다 며칠 뒤에는 다비신[53]에다 옥당목을 떨치고 히짜[54]를 뽑는 것이 아닌가.

아내는 콩밭에서 금이 날 줄은 아주 꿈밖이었다. 놀래고도 또 기뻤다. 올에는 노냥[55] 침만 삼키던 그놈 코다리(명태)를 짜장먹어 보겠구나만 하여도 속이 메질 듯이 짜릿하였다. 뒷집 양근댁은 금점 덕택에 남편이 사다 준 흰 고무신을 신고 나릿나릿 걷는 것이 무척 부러웠다. 저도 얼른 금이나 펑펑 쏟아지면 흰 고무신도 신고 얼굴에 분도 바르고 하리라.

"그렇게 해 보지 뭐 저 양반 하잔 대로만 하면 어련히 잘 될라구—"

얼뚤하여[56] 앉았는 남편을 이렇게 추켰던 것이다.

동이 트기 무섭게 콩밭으로 모였다.

수재는 진언이나 하는 듯이 이리 대고 중얼거리고 저리 대고 중얼거리고 하였다. 그리고 덤벙거리며 이리 왔다가 저리 왔다가 하였다. 제딴은 땅속에 누은[57] 줄맥을 어림하여 보는 맥이었다.

한참을 밭을 헤매다가 산쪽으로 붙은 한구석에 딱 서며 손가락을 펴 들고 설명한다. 큰 줄이란 번시 산운산[58]을 끼고 도는 법이다. 이 줄이 노다지임에는 필시 이켠으로 버듬이[59] 누웠으리라. 그러니 여기서부터 파들어 가자는 것이었다.

영식이는 그 말이 무슨 소린지 새기지는 못했다. 마는 금점에는 난다는 수재이니 그 말이 말대로 하기만 하면 영낙없이 금퇴[60]야 나겠지 하고 그것만 꼭 믿었다. 군말 없이 지시해 받은 곳에다 삽을 푹 꽂고 파헤치기

53) 일본식 버선을 신은 신발
54) 흰수작(희떠운 짓과 말)
55) 노상, 마냥
56) 얼떨하여(얼떨떨해서)
57) 누운
58) 상원산(광맥의 근원이 되는 산)
59) 버듬히(밖으로 약간 벋은 듯이)
60) 금이 들어 있는 광석

시작하였다.

금도 금이면 앨써 키워 온 콩도 콩이었다. 거진 다 자란 허울 멀쑥한 놈들이 삽 끝에 으츠러지고[61] 흙에 묻히고 하는 것이다. 그걸 보는 것은 썩 속이 아팠다. 애틋한 생각이 물밀[62] 때 가끔 삽을 놓고 허리를 구부려서 콩잎의 흙을 털어 주기도 하였다.

"아 이 사람아 맥적게 그건 봐 뭘해 금을 캐자니깐."

"아니야 허리가 좀 아퍼서—"

핀잔을 얻어먹고는 좀 열적었다. 하기는 금만 잘 터져나오면 이까진 콩밭쯤이야. 이 밭을 풀어 논도 만들 수 있을 것이다. 눈을 감아 버리고 삽의 흙을 아무렇게나 콩잎 우로 홱홱 내어던진다.

"구구루[63] 땅이나 파먹지 이게 무슨 지랄들이야!"

동리 노인은 뻔질 찾아와서 귀거친[64] 소리를 하고 하였다.

밭에 구멍을 셋이나 뚫었다. 그리고 대구[65] 뚫는 길이었다. 금인가 난장을 맞을 건가 그것 때문에 농군은 버렸다. 이게 필연코 세상이 망하려는 징조이리라. 그 소중한 밭에다 구멍을 뚫고 이 지랄이니 그놈이 온전할 겐가.

노인은 제물[66] 화에 지팡이를 들어 삿대질을 아니 할 수 없었다.

"벼락 맞으니 벼락 맞어—"

"염려 말아유 누가 알래지유."

영식이는 그럴 적마다 데퉁스리 쏘았다. 골김에[67] 흙을 되는대로 내꾼

61) (부딪히거나 눌리어) 으스러지고
62) 밀려올
63) 국으로(얌전히, 잠자코)
64) 듣기 거북한
65) 대고, 자꾸
66) 제풀
67) 홧김에

지고는[68] 침을 탁 뱉고 구뎅이로 들어간다. 그러나 마음 한구석에는 언제나 끈— 하였다.[69] 줄을 찾는다고 콩밭을 통히[70] 뒤집어 놓았다. 그리고 줄이 언제나 나올지 아직 까맣다. 논도 못 매고 물도 못 보고 벼가 어이 되었는지 그것조차 모른다. 밤에는 잠이 안 와 멀뚱허니 애를 태웠다.

수재는 낙담하는 기색도 없이 늘 하냥이었다. 땅에 웅숭그리고 시적시적 노량으로[71] 땅만 판다.

"줄이 꼭 나오겠나." 하고 목이 말라서 물으면

"이번에 안 나오거든 내 목을 비게.[72]"

서슴지 않고 장담을 하고는 꿋꿋하였다.

이걸 보면 영식이도 마음이 좀 뇌는[73] 듯싶었다. 전들 금이 없다면 무슨 멋으로 이 고생을 하랴. 반드시 금은 나올 것이다. 그제서는 이와 손해는 하릴없거니와[74] 고만두리라던 절망이 스르르 사라지고 다시금 주먹이 쥐여지는 것이었다.

캄캄하게 밤은 어두웠다. 어디선가 뭇개가 요란히 짖어댄다.

남편은 진흙투성이를 하고 산에서 내려왔다. 풀이 죽어서 몸을 잘 가꾸지도 못하고 아랫목에 축 늘어진다.

이 꼴을 보니 아내는 맥이 다시 풀린다. 오늘도 또 글렀구나. 금이 터지며는 집을 한 채 사 간다고 자랑을 하고 왔더니 이내 헛일이었다. 인제 좌지[75]가 나서 낯을 들고 나아갈 염의[76]조차 없어졌다.

---

68) 내던지고는
69) 마음이 개운치 못했다
70) 온통
71) 놀 양으로(뜻으로, 생각으로)
72) 베게
73) 놓이는
74) 할 수 없거니와
75) 짜증
76) 염치

남편에게 저녁을 갖다 주고 딱하게 바라본다.

"인젠 꾸 온 양식도 다 먹었는데―"

"새벽에 산제를 좀 지낼 텐데 한 번만 더 꿔 와."

남의 말에는 대답 없고 유하게 흘개늦은[77] 소리뿐 그리고 드러누운 채 눈을 지그시 감아 버린다.

"죽거리두 없는데 산제는 무슨―"

"듣기 싫어! 요망맞은 년 같으니."

이 호통에 아내는 고만 멈씰[78]하였다. 요즘 와서는 무턱대고 공연스리 골만 내는 남편이 역[79] 딱하였다. 환장을 하는지 밤잠도 아니 자고 소리만 빽빽 지르며 덤벼들려고 든다. 심지어 어린것이 좀 울어도 이 자식 갖다 내꾼지라고 북새를 피는 것이다.

저녁을 아니 먹으므로 그냥 치워 버렸다. 남편의 영을 거역키 어려워 양근댁한테로 또다시 안 갈 수 없다. 그간 양식은 줄곧 꾸어다 먹고 갚지도 못하였는데 또 무슨 면목으로 입을 벌릴지 난처한 노릇이었다.

그는 생각다 끝에 있는 염치를 보째 쏟아던지고 다시 한 번 찾아가는 것이다. 마는 딱 맞닥뜨리어 입을 열고

"낼 산제를 지낸다는데 쌀이 있어야지유―" 하자니 역 낯이 화끈하고 모닥불이 날아든다.

그러나 그들은 어지간히 착한 사람이었다.

"암 그렇지요. 산신이 벗나면[80] 죽도 그릅니다." 하고 말을 받으며 그 남편은 빙그레 웃는다. 워낙이[81] 금점에 장구[82] 닳아난 몸인 만치 이런 일

77) 야무지지 못하고 느슨한
78) 멈칫, 움찔
79) 또한
80) 벗어나면
81) 워낙에
82) 길고 오래

에는 적잖이 속이 틔었다. 손수 쌀 닷 되를 떠다 주며

"산제란 안 지냄 몰라두 이왕 지낼래면 아주 정성껏 해야 됩니다. 산신이란 노하길 잘 하니까유." 하고 그 비방까지 깨쳐[83] 보낸다.

쌀을 받아들고 나오며 영식이 처는 고마움보다 먼저 미안에 질리어 얼굴이 다시 빨갰다. 그리고 그들 부부 살아가는 살림이 참으로 참으로 몹시 부러웠다. 양근댁 남편은 날마다 금점으로 감돌며 버력 데미를 뒤지고 토록[84]을 주워 온다. 그걸 온종일 장팜돌에다 갈며는 수가 좋으면 이삼 원 옥아도[85] 칠팔십 전 꼴은 매일 심[86]이 되는 것이었다. 그러면 쌀을 산다 피륙을 끊는다 떡을 한다 장리를 놓는다— 그런데 우리는 왜 늘 요 꼴인지. 생각만 하여도 가슴이 메이는 듯 맥맥한 한숨이 연발을 하는 것이었다.

아내는 집에 돌아와 떡쌀을 담갔다. 낼은 뭘로 죽을 쑤어 먹을는지. 웃목에 웅크리고 앉아서 맞은쪽에 자빠져 있는 남편을 곁눈으로 살짝 힐겨본다.[87] 남들은 돌아다니며 잘두 금을 주어 오련만 저 망나니 제 발 하나를 다 버려두 금 한 톨 못 주어 오나. 에, 에, 변변치도 못한 사나이. 저도 모르게 얕은 한숨이 겨퍼[88] 두 번을 터진다.

밤이 이슥하여 그들 양주는 떡을 하러 나왔다. 남편은 절구에 쿵쿵 빻았다. 그러나 체가 없다. 동네에 돌아다니며 빌려 오느라고 아내는 다리에 불풍이 났다.[89]

"왜 이리 앉었수 불 좀 지피지."

떡을 찧다가 얼이 빠져서 멍하니 앉았는 남편이 밉쌀스럽다. 남은 이래

---

83) 깨우쳐
84) 광맥의 원줄기에서 떨어져 다른 잡석과 함께 섞여 광맥 밖의 겉에 드러나 있는 광석
85) 밑져도
86) 셈
87) 흘겨본다
88) 거푸
89) 쥐가 났다

저래 애를 죄는데 저건 무슨 생각을 하고 저리 있는 건지. 낫으로 삭정이를 탁탁 쪼개서 던져 주며 아내는 은근히 혹닥이었다.[90]

닭이 두 홰를 치고 나서야 떡은 되었다.

아내는 시루를 이고 남편은 겨드랑이에 자리때기[91]를 꼈다. 그리고 캄캄한 산길을 올라간다.

비탈길을 얼마 올라가서야 콩밭은 놓였다. 전면을 우뚝한 검은 산에 둘리어 막힌 곳이었다. 가생이[92]로 느티 대추나무들은 머리를 풀었다.

밭머리 조금 못 미처 남편은 걸음을 멈추자 뒤의 아내를 돌아본다.

"인내[93] 그러구 여기 가만히 섰어―"

시루를 받아 한 팔로 껴안고 그는 혼자서 콩밭으로 올라섰다. 앞에 쌓인 것이 모두가 흙더미 그 흙더미를 마악 돌아서려 할 제 아마 돌을 찼나 보다. 몸이 쓰러지려고 우찔근하니 아내는 기겁을 하여 뛰어오르며 그를 부축하였다.

"부정타라구 왜 올라와 요망맞은 년."

남편은 몸을 고루잡자[94] 소리를 뺑 지르며 아내를 얼빰을 붙인다.[95] 가뜩이나 죽으라 죽으라 하는데 불길하게도 계집년이. 그는 마뜩지 않게 두덜거리며 밭으로 들어간다.

밭 한가운데다 자리를 펴고 그 우에 시루를 놓았다. 그리고 시루 앞에다 공손하고 정성스리 재배를 커다랗게 한다.

"우리를 살려 줍시사 산신께서 거들어 주지 않으면 저희는 죽을 수밖에 꼼짝 없습니다유."

90) 들볶았다
91) 돗자리
92) 가장자리
93) 이리 내(놔)
94) 고르잡자(바로하자)
95) 얼떨결에 뺨을 때린다

그는 손을 모디고[96] 이렇게 축원하였다.

아내는 이 꼴을 바라보며 독이 뾰록[97]같이 올랐다. 금점을 합네 하고 금 한 톨 못 캐는 것이 버릇만 점점 글러간다. 그전에는 없더니 요새로 건듯하면[98] 탕탕 때리는 못된 버릇이 생긴 것이다. 금을 캐랬지 뺨을 치랬나. 제발 덕분에 고놈의 금 좀 나오지 말았으면. 그는 뺨을 맞은 앙심으로 망껏[99] 방자하였다.[100]

하긴 아내의 말 고대루[101] 되었다. 열흘이 썩 넘어도 산신은 깜깜무소식이었다. 남편은 밤낮으로 눈을 까뒤집고 구덩이에 묻혀 있었다. 어쩌다 집엘 내려오는 때이면 얼굴이 헐떡하고 어깨가 축 늘어지고 거반[102] 병객이었다. 그리고서 잠자코 커단 몸집을 방고래에다 퀑 하고 내던지고 하는 것이다.

"제에미 붙을, 죽어나 버렸으면—."

혹은 이렇게 탄식하기도 하였다.

아내는 바가지에 점심을 이고서 집을 나섰다. 젖먹이는 등을 두드리며 좋다고 끽끽거린다.

이젠 흰 고무신이고 코다리고 생각조차 물렸다. 그리고 금 하는 소리만 들어도 입에 신물이 날 만큼 되었다. 그건 고사하고 꿔다 먹은 양식에 졸리지나 말았으면 그만도 좋으리마는.

가을은 논으로 밭으로 누렇게 농군들은 기꺼운 낯을 하고 서루 만나

96) 모으고
97) 뾰루지
98) 걸핏하면
99) 맘껏
100) 안되기를 빌었다
101) 그대로
102) 거의

면 흥겨운 농담. 그러나 남편은 얭한[103] 밭만 망치고 논조차 건살[104] 못 하였으니 이 가을에는 뭘 거둬들이고 뭘 즐겨 할는지. 그는 동리 사람의 이목이 부끄러워 산길로 돌았다.

솔숲을 나서서 멀리 밖에를 바라보니 둘이 다 나와 있다. 오늘도 또 싸운 모양. 하나는 이쪽 흙뎅이[105]에 앉았고 하나는 저쪽에 앉았고 서로들 외면하여 담배만 뻑뻑 피운다.

"점심들 잡수게유."

남편 앞에 바가지를 내려놓으며 가만히 맥을 보았다.

남편은 적삼이 찢어지고 얼굴에 생채기[106]를 내었다. 그리고 두 팔을 걷고 먼 산을 향하여 묵묵히 앉았다.

수재는 흙에 박혔다 나왔는지 얼굴은커녕 귓속드리[107] 흙투성이다. 코밑에는 피딱지가 말라붙었고 아직도 조금씩 피가 흘러내린다. 영식이 처를 보더니 열적은 모양. 고개를 돌리어 모로 떨어치며 입맛만 쩍쩍 다신다.

금을 캐라니깐 밤낮 피만 내다 말라는가. 빚에 졸리어 남은 속을 볶는데 무슨 호강에 이 지랄들인구. 아내는 못마땅하여 눈가에 살을 모았다.

"산제 지난다구 꿔 온 것은 은제나 갚는다지유—"

뚱하고 있는 남편을 향하여 말끝을 꼬부린다. 그러나 남편은 눈썹 하나 까딱하지 않는다. 이번에는 어조를 좀 돋으며

"갚지도 못할 걸 왜 꿔 오라 했지유." 하고 얼주[108] 호령이었다.

이 말은 남편의 채 가라앉지도 못한 분통을 다시 건디린다.

103) 애꿎은
104) 건사를(간수를)
105) 흙더미
106) 상처
107) 귀 안팎 샅샅이
108) 아주

그는 벌떡 일어서며 황밤주먹을 쥐어 창낭할만치[109] 아내의 골통을 후렸다.

"계집년이 방정맞게—"

다른 것은 모르나 주먹에는 아찔이었다. 멋없이 덤비다간 골통이 부서진다. 암상[110]을 참고 바르르 하다가 이윽고 아내는 등에 업은 언내[111]를 끌러 들었다. 남편에게로 그대로 밀어던지니 아이는 까르륵 하고 숨 모는 소리를 친다.

그리고 아내는 돌아서서 혼잣말로

"콩밭에서 금을 딴다는 숭맥[112]도 있담." 하고 빗대 놓고 비양거린다.

"이년아 뭐." 남편은 대뜸 달려들며 그 볼치에다 다시 올찬 황밤을 주었다. 적으나면[113] 계집이니 위로도 하여 주련만 요건 분만 폭폭 질러 노려나. 예이 빌어먹을 거 이판새판[114]이다.

"너허구 안 산다! 오늘루 가거라."

아내를 와락 떠다밀어 논뚝에 제켜놓고 그 허구리를 발길로 퍽 질렀다. 아내는 입을 헉 하고 벌린다.

"네가 허라구 옆구리를 쿡쿡 찌를 제는 은제냐! 요 집안 망할년."

그리고 다시 퍽 질렀다. 연하여 또 퍽.

이 꼴들을 보니 수재는 조바심이 일었다. 저리다가 그 분풀이가 다시 제게로 슬그머니 옮아올 것을 지르채었다.[115] 인제 걸리면 죽는다. 그는 비슬비슬하다 어느 틈엔가 구뎅이 속으로 시나브로 없어져 버린다.

---

109) 창자가 튀어나올 만큼
110) 화
111) 아이
112) 숙맥(세상 물정을 잘 모르는 사람)
113) 적이나하면(형편이 웬만큼만 되면)
114) 이판사판
115) 알아차렸다

볕은 다스로운[116] 가을 향취를 풍긴다. 주인을 잃고 콩은 무거운 열매를 둥글둥글 흙에 굴린다. 맞은쪽 산밑에서 벼들을 비이며[117] 기뻐하는 농군의 노래.

"터졌네. 터져."

수재는 눈이 휘둥그렇게 굿문을 튀어나오며 소리를 친다. 손에는 흙 한줌이 잔뜩 쥐었다.

"뭐." 하다가

"금줄 잡았어 금줄." "응." 하고 외마디를 뒤남기자 영식이는 수재 앞으로 살같이 달겨들었다. 헝겁지겁[118] 그 흙을 받아 들고 샅샅이 헤쳐 보니 딴은 재래에 보지 못하던 불그죽죽한 황토이었다. 그는 눈에 눈물이 핑 돌며

"이게 원줄인가?"

"그럼 이것이 곱색줄[119]이라네 한 포에 댓 돈씩은 넉넉 잡히되."

영식이는 기쁨보다 먼저 기가 탁 막혔다. 웃어야 옳을지 울어야 옳을지. 다만 입을 반쯤 벌린 채 수재의 얼굴만 멍하니 바라본다.

"이리 와 봐! 이게 금이래."

이윽고 남편은 아내를 부른다. 그리고 내 뭐랬어 그러게 해 보라고 그랬지 하고 설면설면[120] 덤벼오는 아내가 한결 어여뻤다. 그는 엄지가락으로 아내의 눈물을 지워 주고 그리고 나서 껑충거리며 구뎅이로 들어간다.

"그 흙 속에 금이 있지요."

영식이 처가 너무 기뻐서 코다리에 고래등 같은 집까지 연상할 제

수재는 시원스러이

116) 조금 따뜻한
117) 베며
118) 허겁지겁
119) 붉은빛의 광맥
120) 슬몃슬몃, 슬금슬금

"네, 한 포대에 오십 원씩 나와유—" 하고 대답하고 오늘 밤에는 꼭 정녕코 꼭 달아나리라 생각하였다. 거짓말이란 오래 못 간다. 뽕이 나서[121] 뺵다구도 못 추리기 전에 훨훨 벗어나는 게 상책이겠다.

121) 비밀이 탄로나서

떡

원래는 사람이 떡을 먹는다. 이것은 떡이 사람을 먹은 이야기다. 다시 말하면 사람이 즉 떡에게 먹힌 이야기렸다. 좀 황당한 소리인 듯싶으나 그 사람이라는 게 역 황당한 존재라 하릴없다. 인제 겨우 일곱 살 난 계집애로 게다가 겨울이 왔건만 솜옷 하나 못 얻어 입고 겹저고리 두렝이[1]로 떨고 있는 옥이 말이다. 이것도 한 개의 완전한 사람으로 칠는지 혹은 말는지! 그건 내가 알배 아니다. 하여튼 그애 아버지가 동리에서 제일 가난한 그리고 겨을르기가 곰 같다는 바로 덕희다. 놈이 우습게도 꾸물거리고 엄동과 주림이 닥쳐와도 눈 하나 끔벅 없는 신청부[2]라 우리는 가끔 그 눈곱 낀 얼굴을 놀릴 수 있을 만치 흥미를 느낀다. 여보게 이 겨울엔 어떻게 지낼려나 올엔[3] 자네 꼭 굶어 죽었네 하면 친구 대답이 이거 왜 이랴 내가 누구라구 지금은 밭뙈기 하나 부칠 것 없어도 이래 봬도 한때는 다— 하고 펄쩍 뛰고는 지낸 날 소작인으로서 땅 팔 수 있었던 그 행복을 다시 맛볼려는 듯 먼산을 우두커니 쳐다본다. 그러나 업신받는 데 약이 올라서 자네들은 뭐 좀 난 성부른가 하고 낯을 붉히다는 풀밭에

1) 두렁이(어린아이의 배와 아랫도리를 둘러서 가리는 치마같이 만든 옷)
2) 근심 · 걱정이 하도 많아서 사소한 일을 돌아볼 마음의 여유가 없음
3) 올핸

슬며시 쓰러져서 늘어지게 아리랑 타령. 그러니까 내 생각에 저것두 사람이려니 할 수밖에. 사실 집에서 지내는 걸 본다면 당최 무슨 재미로 사는지 영문을 모른다. 그 집도 제 것이 아니요 개똥네 집이다. 온체[4] 식구라야 몇 사람 안 되고 또 거기다 산밑에 외따루 떨어진 집이라 건넌방에 사람을 디리면 좀 덜 호젓할까 하고 빌린 것이다. 물론 그때 덕희도 방을 얻지 못해서 비대발괄[5]로 뻰질 드나들던 판이었지만. 보수는 별반 없고 농사 때 바쁜 일이나 있으면 좀 거들어 달라는 요구뿐이었다. 그래서 덕희도 얼씨구나 하고 무척 좋았다. 허나 사람은 방만으로 사는 것이 아니다. 이집 건넌방은 유달리 납작하고 비스듬히 쏠린 헌 벽에다 우중충하기가 일상 굴속 같은데 겨울 같은 때 좀 들여다보면 썩 가관이다. 웃묵에는 옥이가 누더기를 들쓰고 앉아서 배가 고프다고 킹킹거리고 아랫묵에는 화가 치뻗친 아내가 나는 몰른단 듯이 벽을 향하여 쪼그리고 누워서는 꼼짝 안 하고 놈은 아내와 딸 사이에 한자리를 잡고서 천장으로만 눈을 멀뚱멀뚱 둥글리고 들여다보는 얼굴이 다 무색할 만치 꼴들이 말 아니다. 아마 먹는 날보다 이렇게 지내는 날이 하루쯤 더할는지도 모른다. 그 꼴에 궐자가 술이 호주라서 툭하면 한잔 안 살려나가 인사다.

지난 봄만 하더라도 놈이 술에 어찌나 감질이 났던지 제 집에 모아 놨던 뒹[6]을 지고 가서 술을 먹었다. 뒹 퍼다 주고 술 먹긴 동리에서 처음 보는 일이라고 계집들까지 입에 올리며 소문은 이리저리 돌았다. 허지만 놈은 이런 것도 모르고 술만 들어가면 세상이 그만 제 게 되고 만다. 음음하고 코에선지 입에선지 묘한 소리를 내어 가며 만나는 사람마다 붙잡고 잔소리다. 한편 술은 놈에게 근심도 되는 것 같다. 전에 생각지 않던 집안 걱정을 취하면 곧잘 한다. 그 언제인가 만났을 때에도 술이 담뿍 취

4) 원체
5) 딱한 사정을 말하여 가며 간절히 청하고 빎
6) 똥

하였다. 음음 해 가며 제 집 살림살이 이야기를 개소리 쥐소리 한참 지껄이더니 놈이 나종에 한단 소리가 그놈의 계집애나 죽어 버렸으면! 요건 먹어도 캥캥거리고 안 먹어도 캥캥거리고 이거온— 사세가 딱한 듯이 이렇게 탄식을 하더니 뒤를 이어 설명이 없는데는 어린 딸년 하나 더한 것도 큰 걱정이라고 이걸 듣다가 기가 막혀서 자네 데릴사위 얻어서 부려먹을 생각은 않나 하고 물은즉 아 어느 하가에[7] 그동안 먹여 키진 않나 하고 골머리를 내젓는 꼴이 댕길 맛이 아주 없는 모양이었다. 짜장 이토록 딸이 원수로운지 아닌지 그건 여기서 끊어 말하기 어렵다. 아마는 애비치고 제가 난 자식 밉달 놈은 없으리라마는 그와 동시에 놈이 가끔 들어와서 죽으라고 모질게 쥐어박아서는 울려 놓는 것도 사실이다. 그러다 울음이 정말 된통 터지면 이번에는 칼을 들고 울어 봐라 이년 죽일 터이니 하고 씻은 듯이 울음을 걷어 놓고 하는 것이다.

눈이 푹푹 쌓이고 그 덕에 나무값은 부쩍 올랐다. 동리에서는 너나없이 앞을 다투어 나뭇짐을 지고 읍으로 들어간다. 눈이 정강이에 차는 산길을 휘몰아 이십 리 장노[8]를 걷는 것이다. 이 바람에 덕희도 수가 터지어 좁쌀이나마 양식이 생겼고 따라 딸과의 아구다툼도 훨씬 줄게 되었다. 그는 자다가도 꿈결에 새벽이 되는 것을 용하게 안다. 밝기가 무섭게 일어나 앉아서는 옆에 누운 아내의 치맛자락을 끌어댕긴다. 소위 덕희의 마른 세수가 시작된다. 두 손으로 그걸 펼쳐서는 꾸물꾸물 눈곱을 떼고 그리고 나서 얼굴을 쓱쓱 문대는 것이다. 그다음 죽이 들어온다. 얼른 한 그릇 훌쩍 마시고는 지게를 지고 내뺀다. 물론 아내는 남편이 죽 마실 동안에 밖에 나와서 나뭇짐을 만들어야 된다. 지게를 버태 놓고[9] 덜덜 떨어 가며 검불을 올려 싣는다. 짐까지 꼭꼭 묶어 주고 가는 남편 향하여

---

7) 겨를에
8) 長路. 매우 먼 길
9) 버텨 놓고

괜히 술 먹지 말고 양식 사 오게유 하고 몇 번 몇 번 당부를 하고는 방으로 들어온다. 옥이가 늘 일어나는 것은 바루 이때다. 눈을 부비며 어머니 앞으로 곧장 달겨든다. 기실 여지껏 잤느냐면 깨기는 벌써 전에 깨었다. 아버지의 숟가락질하는 댈가락 소리도 짠지 씹는 쩍쩍 소리도 죄다 두 귀로 분명히 들었다. 그뿐 아니라 아버지의 죽그릇이 감은 눈 속에서 왔다 갔다하는 것까지도 똑똑히 보았다. 배고픈 생각이 불현듯 불끈 솟아서 곧바루 일어나고자 궁뎅이까지 들먹거려도 보았다. 그럴 동안에 군침은 솔솔 수며들며[10] 입으로 하나가 된다. 마는 일어만 났다가는 아버지의 주먹 주먹. 이년아 넌 뭘 한다구 벌써 일어나 캥캥거려 하고는 그 주먹 커다란 주먹. 군침을 가만히 도루 넘기고 꼬물거리던 몸을 다시 방바닥에 꼭 붙인 채 색색 생코를 아니 골 수 없다. 어머니는 아버지와 딴판으로 퍽 귀여워한다. 아버지가 나무를 지고 확실히 간 것을 알고서야 비로소 옥이는 일어나 어머니 곁으로 달겨들어서 그 죽을 둘이 퍼먹고 하였다.

이러던 것이 그날은 유별나게 어느 때보다 일찍 일어났다. 덕희의 말을 빌리면 고 배라먹을 년이 그예 일을 저지를려고 새벽부터 일어나 재랄[11]이었다. 하긴 재랄이 아니라 배가 몹시 고팠던 까닭이지만. 아버지의 숟가락질 소리를 들어가며 침을 삼키고 삼키고 몇 번을 그래 봤으나 나중에는 더 참을 수가 없었다. 그렇다고 벌떡 일어 앉자니 주먹이 무섭기도 하려니와 한편 넋적기[12]도 한 노릇. 눈을 감은 채 이 궁리 저 궁리하였다. 다른 때도 좋으련만 왜 하필 아버지 죽 먹을 때 깨게 되는지! 곯은 배는 그중에다 방바닥 냉기에 쑤시는지 저리는지 분간을 모른다. 아버지는 한 그릇을 다 먹고 아마 더 먹는 모양. 죽을 옮겨 쏟는 소리가 주주룩 뚝 뚝 하고 난다. 이때 고만 정신이 번쩍 났다. 용기를 내었다. 바른팔을 뒤

10) 스며들며
11) 지랄
12) 넋없기(제정신이 없어 멍하기)

로 돌리어 가장 뭣에나 물린 듯이 대구 굶죽어린다 급작스리 응아 하고 소리를 내지른다. 그리고 비슬비슬 일어나 앉아서는 손등으로 눈을 부벼 가며 우는 것이다. 아버지는 이 꼴에 화를 벌컥 내었다. 손바닥으로 뒤통수를 딱 때리더니 이건 죽지도 않고 말썽이야 하고 썩 마뜩지 않게 투덜거린다. 어머니를 향하연 저년 아무것도 먹이지 말고 오늘 종일 굶기라고 부탁이다. 들었는지 못 들었는지 어머니는 눈을 깔고 잠자코 있다. 아마 아버지가 두려워서 아무 대꾸도 못하는 모양. 딱 때리고 우니까 다시 딱 때리고. 그럴 적마다 조꼬만 옥이는 마치 오뚝이 시늉으로 모두[13] 쓰러졌다가는 다시 일어나 울고 울고 한다. 죽은 안 주고 때리기만 한다. 망할 새끼 저만 처먹을려고 얼른 죽여 버려라 염병을 할 자식. 모진 욕이 이렇게 입끝까지 제법 나왔으나 그러나 그러나 뚝 부르뜬[14] 그 눈. 감히 얼굴도 못 쳐다보고 이마를 두 손으로 받쳐 들고는 으악으악 울 뿐이다. 암만 울어도 소용은 없지만. 나뭇짐이 읍으로 들어간 다음에서야 비로소 겨우 운 보람 있었다. 어머니는 힁하게 죽 한 그릇을 떠 들고 들어온다. 옥이는 대뜸 달겨들었다. 왼편 소맷자락으로 눈의 눈물을 훔쳐 가며 연송[15] 퍼넣는다. 깡좁쌀 죽은 물직한[16] 국물이라 숟갈에 뜨이는 게 얼마 안 된다. 떠넣으니 이것은 차라리 들고 마시는 것이 편하리라. 쉴 새 없이 숟가락은 열심껏 퍼 들인다. 어머니가 한 숟갈 뜰 동안이면 옥이는 두 숟갈 혹은 세 숟갈이 올라간다. 그래도 행여 밑질까 봐서 숟가락 빠는 어머니의 입을 가끔 쳐다보고 하였다. 반쯤 먹다 어머니는 슬며시 숟가락을 내려놓았다. 두 손을 다리 밑에 파묻고는 딸을 내려다보며 묵묵히 앉아 있다. 한 그릇 죽은 다 치웠건만 그래도 배가 고팠다. 어머니의 허리를 꾹꾹 찔러 가며 졸라 대인다.

---

13) 모로
14) 부릅뜬
15) 연방
16) 묽은

요만한 어린아이에게는 먹는 것 지껄이는 것 이것밖에 더 큰 취미는 없다. 그리고 이것밖에 더 가진반[17] 재주도 없다. 옥이같이 혼자만 꽁허니 있을 뿐으로 동무들과 놀려지도 지껄려지도 않는 아이에 있어서는 먹는 편이 월등 발달되었고 결말에는 그걸로 한 오락을 삼는 것이다. 게다 일상 곯아만 온 그 배때기. 한 그릇 죽이면 넉넉히 양도 찼으련만 얘는 그걸 모른다. 다만 배는 늘 고프려니 하는 막연한 의식밖에는 이번 일이 벌어진 것은 즉 여기서 시작되었다. 두 시간이나 넘어 꼬박이 울었다. 마는 어머니는 아무 대답도 없었다. 배가 아프다고 쓰러지더니 아이구 아이구 하고는 신음만 할 뿐이다. 냉병으로 하여 이따금 이렇게 앓는다. 옥이는 가망이 아주 없는 걸 알고 일어나서 방문을 열었다. 눈은 첩첩이 쌓이고 눈이 부신다. 윙 윙 하고 봉당으로 몰리는 눈송이. 다르르 떨면서 마당으로 내려간다. 북편 벽 밑으로 솥은 걸렸다. 뚜겅이 열린다. 아닌 게 아니라 어머니 말대로 죽커녕 네미[18]나 찢어 먹어라, 다. 그러나 얼뜬 눈에 띄는 것이 솥바닥에 얼어붙은 두 개의 쓰래기[19] 줄기 그놈을 손톱으로 뜯어서 입에 넣고는 씹어 본다. 제걱제걱 얼음 씹히는 그 맛밖에는 아무 멋이 없다. 솥을 도루 덮고 허리를 펼려 할 제 얼른 묘한 생각이 떠오른다. 옥이는 사방을 도릿거려 본 다음 봉당으로 올라서서 개똥네 방문 구녁[20]에다 눈을 들여대인다.

개똥 어머니가 옥이를 눈의 가시같이 미워하는 그 원인이 즉 여기다. 정말인지 거짓말인지 자세는 모르나 말인즉 고년이 우리 식구만 없으면 밤이구 낮이구 할 것 없이 어느 틈엔가 들어와서는 세간을 모조리 집어간다우 하고 여호[21] 같은 년 골방쥐 같은 년 도적년 뭣해 욕을 늘어놀 제

17) 갖은(골고루 갖춘)
18) 네 어미
19) 시래기
20) 구멍
21) 여우

나는 그가 옥이를 끝없이 미워하는 걸 얼른 알 수 있었다. 그러나 세간을 집어냈으니 뭐니 하는 건 아마 멀쩡한 거짓말일 게고 이날도 잿간에서 뒤를 보며 벽 틈으로 내다보자니까 고년이 날감자 둘을 한 손에 하나씩 두렝이 속에다 감초고는[22] 방에서 살며시 나오는 걸 보았다는 이것만은 사실이다. 오작[23] 분하고 급해야 밑도 씻을 새 없이 그대루 뛰어나왔으랴. 소리를 질러서 혼을 내고는 싶었으나 제 어미가 또 방에서 끙끙거리고 앓는 게 안됐어서 그냥 눈만 잔뜩 흘겨 주니까 고년이 대번 얼굴이 발개지더니 얼마 후에 감자 둘을 자기 발 앞에다 내던지고는 깜찍스럽게 뒷짐을 지고 바깥으로 나가더라 한다. 하지만 이것은 나의 이야기에 아무 상관이 없는 것이다. 오직 옥이가 개똥네 방엘 왜 들어갔었을까 그 까닭만 말하여 두면 고만이다. 이 집이 먼저 개똥네 집이라 하였으나 그런 것이 아니라 실상은 요 개울 건너 도사댁 소유이고 개똥 어머니는 말하자면 그 댁의 대대로 내려오는 씨종이었다. 그래 그 댁 집에 들고 그 댁 땅을 부쳐먹고 그 댁 세력에 살고 하는 덕으로 개똥 어머니는 가끔 상전댁에 가서 빨래도 하고 다듬이도 하고 또는 큰일 때는 음식도 맡아보기도 하고 해서 맛좋은 음식을 뻔질 몰아들인다. 나리댁 생신이 오늘인 것을 알고 고년이 음식을 뒤져 먹으러 들어왔다가 없으니까 감자라두 먹을 양으로 하고 지껄이던 개똥 어머니의 추측이 조금도 틀리지는 않았다. 마을에 먹을 거 났다 하면 이 옥이만치 잽싸게 먼저 알기는 좀 어려우리라. 그러나 옥이가 개똥 어머니만 따라가면 밥이고 떡이고 좀 얻어 주려니 하고 앙큼한 생각으로 살랑살랑 따라왔다고는 하지만 그것은 옥이를 무시하는 소리에 지나지 않는다.

옥이가 뒷짐을 딱 짚고 개똥 어머니의 뒤를 다를 제 아무 계획도 없었

---

22) 감추고는
23) 오죽

다. 방엘 들어가자니 어머니가 아프다고 짜증만 내고 싸리문 밖에서 섰자니 춥고 떨리긴 하고. 그렇다고 나들이를 좀 가 보자니 갈 곳이 없다. 그래 멀거니 떨고 섰다가 개똥 어머니가 개울길로 가는 걸 보고는 이게 저 갈 길이나 아닌가 하는 대선[24] 그뿐이었다. 이때 무슨 생각이 있었다면 그것은 이 새끼가 얼른 와야 죽을 쒀 먹을 텐데 하고 아버지에게 대한 미움과 간원이 뒤섞인 초조이었다. 그 증거로 옥이는 도사댁 문간에서 개똥 어머니를 놓치고는 혼자 우두커니 떨어졌다. 인제는 또 갈 데가 없게 되었으니 이럴까 저럴까 다시 망설인다. 그러나 결심을 한 것은 이 순간의 일이다. 옥이는 과연 중문 안으로 대담히 들어섰다. 새로운 희망. 아니 혹은 맛있는 음식을 쭉쭉거리는 그 입들이나마 한번 구경하고자 한 걸지도 모른다. 시선을 이리저리로 둘러가며 주볏주볏 우선 벅으로 향하였다. 그 태도는 마치 개똥 어머니에게 무슨 급히 전할 말이 있어 온 양이나 싶다. 벅에는 어중이떼중이[25] 동네 계집은 얼추[26] 모인 셈이다. 고깃국에 밥 마는 사람에 찰떡을 씹는 사람— 이쪽에서 북어를 뜯으면 저기는 튀정[27]하는 자식을 주먹으로 때려 가며 누렁지[28]를 혼자만 쩍쩍거린다. 벅문으로 불쑥 데미는[29] 옥이의 대가리를 보더니 저런 여호년. 밥주머니 왔니. 냄새는 잘두 맡는다. 이렇게들 제각기 욕 한마디씩. 그리고는 까닭없이 깔깔 대인다. 옥이네는 이 댁의 종도 아니요 작인도 아니다. 물론 여기에 들어와 맛좋은 음식 벌어진 이판에 한다리 뻗을 자격이 없다. 마는 남이야 욕을 하건 말건 옥이는 한구석에 잠자코 시름없이 서 있다. 이놈을 바라보고 침 한번 삼키고 저놈 걸 바라보고 침 한번 삼키고. 마침 이때 작은아씨가 내려왔다. 옥이 왔니 하고 반기더니 왜 어멈들만 먹느냐고 계

24) 대서는(바싹 가까이 서서는)
25) 어중이떠중이
26) 어지간한 정도로 대충
27) 투정
28) 누룽지
29) 들이미는

집들을 나무랜다. 그리고 옆에 섰는 개똥 어멈에게 얘가 얼마든지 먹는단 애유 하고 옥이를 가리키매 그 대답은 다만 싱글싱글 웃을 뿐이다. 작은 아씨도 따라 웃었다. 노랑 저고리 남치마 열서넛밖에 안 된 어여쁜 작은 아씨. 손수 솥뚜껑을 열더니 큰 대접에 국을 뜨고 거기에다 하얀 이밥을 말아 수저까지 꽂아 준다. 옥이는 황급히 얼른 잡아채었다. 이밥 이밥. 그 분량은 어른이 한때 먹어도 양이 좋이 차리라. 이것을 옥이가 뱃속에 집어넣은 시간을 따져 본다면 고작 칠팔 분밖에는 더 허비치 않았다. 고기 우러난 국맛은 입에 달았다. 잘 먹는다 잘 먹는다 하고 옆에서들 추어주는 칭찬은 또한 귀에 달았다. 양쪽으로 신바람이 올라서 곁도 안 돌아보고 막 퍼넌[30] 것이다. 계집들은 깔깔거리고 소군거리고 하였다. 그러나 눈을 크게 뜨고 서로들 맞쳐다볼 때에는 한 그릇을 다 먹고 배가 불러서 웅크리고 앉은 채 뒤로 털썩 주저앉는 옥이를 보았다. 어따 태워 먹었는지 군데군데 뚫어진 검정 두렁치마. 그나마도 폭이 좁아서 볼기짝은 통째 나왔다. 머리칼은 가시덤불같이 흩어져 어깨를 덮고. 이 꼴로 배가 불러서 식식거리며 떠는 것이다. 그래도 속은 고픈지 대접 밑바닥을 닥닥 긁고 있으니 작은아씨는 생긋이 웃더니 그 손을 이끌고 마루로 올라간다. 날이 몹시 추워서 마루에는 아무도 없었다. 찬장 앞으로 가더니 손뼉만한 시루팥떡이 나온다. 받아들고는 또 널름 집어치웠다. 곧 뒤이어 다시 팥떡이 나왔다. 그러나 이번에는 옥이는 손도 안 내밀고 무언으로 거절하였다. 왜냐하면 이때 옥이의 배는 최대한도로 늘어났고 거반 바람 넣은 풋볼만치나 가죽이 텡텡하였다.[31] 그것이 앞으로 늘다 못하여 마침내 옆구리로 퍼져서 잘 움직이지도 못하고 숨도 어깨를 치올려 식식하는 것이다. 아마 음식은 목구멍까지 꽉 찼으리라. 여기에 이상한 것이 있다. 역

30) 퍼넣은
31) 탱탱하였다

시 떡이 나오는데 본즉 이것은 팥떡이 아니라 밤 대추가 여기저기 삐져나온 백설기. 한번 덥썩 물어 떼이면 입안에서 그대로 스스로 녹을 듯싶다. 너 이것두 싫으냐 하니까 옥이는 좋다는 뜻으로 얼른 손을 내밀었다. 대체 이걸 어떻게 먹었을까. 그 공기만한 떡 덩어리를. 물론 용감히 먹기 시작하였다. 처음에는 빨리 먹었다. 중간에는 천천히 먹었다. 그러다 이내 다 먹지 못하고 반쯤 남겨서는 작은아씨에게 도루 내주고 모루 고개를 돌렸다. 옥이가 그 배에다 백설기를 먹은 것도 기적이려니와 또한 먹다 내놓는 이것도 기적이라 안 할 수 없다. 하기는 가슴속에서 떡이 목구멍으로 바짝 치뻗치는 바람에 못 먹기도 한 거지만. 여기다가 더 넣을 수가 있다면 그것은 다만 입안이 남았을 뿐이다. 그러면 그다음 꿀 바른 주왁[32] 두 개는 어떻게 먹었을까. 상식으로는 좀 판단키 어려운 일이다. 하여간 너 이것은 하고 주왁이 나왔을 때 옥이는 조금도 서슴지 않고 받았다. 그리고 한 놈을 손끝으로 집어서 그 꿀을 쪽쪽 빨더니 입속에 집어넣었다. 그 꿀을 한참 오기오기 씹다가 꿀떡 삼켜 본다. 가슴만 뜨끔할 뿐 즉시 떡은 도로 넘어온다. 다시 씹는다. 어깨와 머리를 앞으로 꾸부리어 용을 쓰며 또 한 번 꿀떡 삼켜 본다.

이것은 도시 사람의 일로는 생각되지 않는다. 허나 주의할 것은 일상 곯아만 온 굶주린 창자의 착각이다. 배가 불렀는지 혹은 곯았는지 하는 건 이때의 문제가 아니다. 한갓 자꾸 먹어야 된다는 걸삼스러운[33] 탐욕이 옥이 자신도 모르게 활동하였고 또는 옥이는 제가 먹고 싶은 걸 무엇무엇 알았을 그뿐이었다. 거기다 맛갈스러운 그 떡맛. 생전 맛 못 보던 그 미각을 한번 즐겨 보고자 기를 쓴 노력이다. 만약 이 떡의 순서가 주왁이 먼저 나오고 백설기 팥떡 이렇게 나왔다면 옥이는 주왁만으로 만족했

32) 주악(웃기떡의 하나. 찹쌀가루에 대추를 이겨 섞어서 꿀에 반죽하여 팥소나 깨소를 넣고 송편과 같게 빚어서 기름에 지진 떡)
33) 게걸스러운

을지 모른다. 그리고 백설기 팥떡은 단연 아니 먹었을 것이다. 너는 보도 못하고 어떻게 그리 남의 일을 잘 아느냐. 그러면 그 장면을 목도한 개똥 어머니에게 좀 설명하여 받기로 하자. 아 참 고년 되우는 먹읍디다. 그 밥 한 그릇을 다 먹구 그래 떡을 또 먹어유. 그게 배때기지유. 주왁 먹을 제 나는 인제 죽나 부다 그랬슈. 물 한 먹음[34] 안 처먹고 꼬기꼬기 씹어서 꼴딱 삼키는데 아 눈을 요렇게 뒵쓰고 꼴딱 삼킵디다. 온 이게 사람이야 나는 간이 콩알만 했지유 꼭 죽는 줄 알고. 추워서 달달 떨고 섰는 꼴하고 참 깜찍해서 내가 다 소름이 쪼옥 끼칩디다. 이걸 가만히 듣다가 그럼 왜 말리진 못했느냐고 탄하니까 제가 일부러 먹이기도 할 텐데 그렇게는 못하나마 배고파 먹는 걸 무슨 혐의로 못 먹게 하겠느냐고 되레 성을 발끈 내인다. 그러나 요건 빨간 거짓말이다. 저도 다른 계집 마찬가지로 마루 끝에 서서 잘 먹는다 이렇게 여러 번 칭찬하고 깔깔대고 했었음에 틀림없을 게다.

옥이의 이 봉변은 여지껏 동리의 한 이야깃거리가 되어 있다. 헐 일이 없으면 계집들은 몰려 앉아서 그때의 일을 찧고 까불고 서로 떠들어 대인다. 그리고 옥이가 마땅히 죽어야 할 걸 그래두 살아난 것이 퍽이나 이상한 모양 같다. 딴은 사날이나 먹지를 못하고 몸이 끓어서 펄펄 뛰며 앓을 만치 옥이는 그렇게 혼이 났던 것이다. 허지만 처음부터 짜장 가슴을 죄인 것은 그래도 옥이 어머니 하나뿐이었다. 아파서 드러누웠다 방으로 들어오는 옥이를 보고 고만 뻘떡 일어났다. 왜 배가 이 모양이냐 물으니 대답은 없고 옥이는 가만히 방바닥에 가 눕더란다. 그 배를 건드리지 않도록 반듯이 눕는데 아구 배야 소리를 복고개[35]가 터지라고 내지르며 냉골에서 이리 떼굴 저리 떼굴 구르며 혼자 법석이다. 그러나 뺨 우

34) 모금
35) 천장

로 먹은 것을 꼬약꼬약 도르고는[36] 필경 까무러쳤으리라. 얼굴이 해쓱해지며 사지가 축 늘어져 버린다. 이 서슬에 어머니는 그의 표현대로 하늘이 무너지는 듯 눈앞이 캄캄하였다. 그는 딸을 붙들고 자기도 어이그머니 하고 울음을 놓고 이를 어째 이를 어째 몇 번 그래 소리를 치다가 아무도 돌봐 주러 오는 사람이 없으니까 헝겁지겁[37] 근두박질[38]을 하여 밖으로 뛰어나왔다. 그의 생각에 이 급증[39]을 돌리려면 점쟁이를 불러 경을 읽는 수밖에 다른 도리가 없는 듯싶어서이다. 물론 대낮부터 북을 두드려 가며 경은 읽기 시작하였다. 점쟁이의 말을 들어보면 과식했다고 죄다 이럴래서는 살 사람이 없지 않느냐고. 이것은 음식에서 난 병이 아니라 늘 따르던 동자상문[40]이 어쩌다 접해서 일터면 귀신의 놀음이라는 해석이었다. 그렇다면 내가 생각컨대 옥이가 도사댁 문전에 나왔을 제 혹 귀신이 접했는지도 모른다. 왜냐 그러면 옥이는 문앞 언덕을 내리다 고만 눈 우로 낙상을 해서 곧 한참을 꼼짝않고 고대로 누웠었다. 그만큼 몸의 자유를 잃었다. 다시 일어나 눈을 몇 번 털고는 걸어 보았다. 다리는 천 근인지 한 번 딛으면 다시 떼기가 쉽지 않다. 눈까풀은 빽빽거리고 게다 선하품은 자꾸 터지고. 어깨를 치올리어 여전히 식, 식, 거리며 눈 속을 이렇게 조심조심 걸어간다. 삐끗만 하였다는 배가 터진다. 아니 정말은 배가 터지는 그 염려보다 우선 배가 아파서 삐끗도 못할 형편. 과연 옥이의 배는 동네 계집들 말마따나 헐없이 애 밴 사람의, 그것도 만배된 이의 괴로운 배 그것이었다. 개울길을 내려오자 우물이 눈에 띄이자 애는 갑작스리 조갈[41]을 느꼈다. 엎드리어 바가지로 한 먹음 꿀꺽 삼켜 본다. 이와 목

36) 토하고는
37) 허겁지겁
38) 곤두박질
39) 급체
40) 사내아이의 죽은 귀신이 있다는 지극히 흉한 방위(方位)
41) 입술이나 입안, 목 따위가 타는 듯이 몹시 마름

구멍이 잠깐 저렸을 뿐 물은 곧바로 다시 넘어온다. 그뿐 아니라 뒤를 이어서 떡이 꾸역꾸역 쏟아진다. 잘 씹지 않고 얼김에[42] 삼킨 떡이라 삭지 못한 그대로 덩어리 덩어리 넘어온다. 우물 전 얼음 우에는 삽시간에 떡이 한 무데기. 옥이는 다시 눈 우에 기운없이 쓰러지고 말았다. 이러던 애가 어떻게 제 집엘 왔을까 생각하면 여간 큰 노력이 아니요 참 장한 모험이라 안 할 수 없는 일이다.

내가 옥이네 집엘 찾아간 것은 이때 썩 지어서[43]이다. 해넘이의 바람은 차고 몹시 떨렸으나 옥이에 대한 소문이 흉하므로 퍽 궁금하였다. 허둥거리며 방문을 펄떡 열어 보니 어머니는 딸 머리맡에서 무릎팍에 눈을 부벼 가며 여지껏 훌쩍거리고 앉았다. 냉병은 아주 가셨는지 노냥 노랗게 고민하던 그 상이 지금은 불콰하니[44] 눈물이 흐른다. 그리고 놈은 쭈그리고 앉아서 나를 보고도 인사도 없다. 팔짱을 떡 찌르고는 맞은 벽을 뚫어보며 무슨 결기나 먹은 듯이 바아루[45] 위엄을 보이고 있다. 오늘은 일찍 나온 것을 보면 나무도 잘 팔은 모양. 얼마 후 놈은 옆으로 고개를 돌리더니 여보게 참말 죽지는 않겠나 하고 물으니까 봉구는 눈을 끔벅끔벅하더니 죽기는 왜 죽어 한나절토록 경을 읽었는데 하고 자신이 있는 듯 없는 듯 얼치기[46] 대답이다. 제딴은 경을 읽기는 했건만 조곰도 효험이 없으매 저로도 의아한 모양이다. 이 봉구란 놈은 번시가 날탕[47]이다. 계집에 노름에 혹하는 그 수단은 당할 사람이 없고 또 이것도 재주랄지 못하는 게 별반 없다. 농사로부터 노름질 침주기 지우질[48] 심지어 도적질까지. 경을 읽을 때에는 눈을 감고 중얼거리는 것이 바로 장님이

42) 얼떨결에
43) 지나서
44) 불그레하니
45) 바로
46) 이것도 저것도 아닌 중간치기
47) 허풍을 치거나 듣기 좋은 말로 남을 속이는 사람
48) 지위질(목수질)

왔고 투전장을 뽑을 때엔 그 눈깔이 밝기가 부엉이 같다. 그러건만 뭘 믿는지 마을에서 병이 나거나 일이 나거나 툭하면 이놈을 불러 대는 게 버릇이 되었다.

이까짓 놈이 점을 친다면 참이지 나는 용뿔을 빼겠다. 덕희가 눈을 찌긋하고 소곰[49]을 더 좀 먹여 볼까 하고 물을 제 나는 그 대답은 않고 경은 무슨 경을 읽는다고 그래 건방지게 그 사관[50]이나 좀 틀게나 하고 낯을 붉히며 봉구에게 소리를 빽 질렀다. 왜냐면 지금은 경이니 소곰이니 헐 때가 아니다. 아이를 포대기를 덮어서 뉘었는데 그 얼굴이 노랗게 질렸고 눈을 감은 채 가끔 다르르 떨고 다르르 떨고 하는 것이다. 그리고 입으로는 아직도 게거품을 섞어 밥풀이 꼴깍꼴깍 넘어온다. 손까지 싸느렇고 핏기는 멎었다. 시방 생각하면 이때 죽었을 걸 혹 사관으로 살았는지도 모른다. 내가 서두는 바람에 봉구는 주머니 속에서 조고만 대통을 꺼냈다. 또 그 속에서 녹슬은 침 하나를 꺼내더니 입에다 한번 쭉 빨고는 쥐가 뜯어 먹은 듯한 칼라머리에다 쓱쓱 문지른다. 바른손을 논 다음 왼손 엄지손가락으로 침이 또 들어갈 때에서야 비로소 옥이는 정신이 나나부다. 으악, 소리를 지르며 깜짝 놀란다. 그와 동시에 푸드득 하고 퍼대기[51] 속으로 똥을 깔겼다. 덕희는 이걸 뻔히 바라보고 있더니 골피[52]를 접으며 어이 배라먹을 년 왼걸 그렇게 처먹고 이 지랄이야 하고는 욕을 오랄지게[53] 퍼붓다. 그러나 나는 그 속을 빤히 보았다. 저와 같이 먹다가 이렇게 되었다면 아마 이토록은 노엽지 않았으리라. 그 귀한 음식을 돌르도록 처먹고도 애비 한쪽 갖다 줄 생각을 못한 딸이 지극히 미웠다. 고년

---

49) 소금
50) 통기(通氣)를 위하여 손과 발의 네 관절에 침을 놓는 것
51) 포대기
52) 이맛살
53) 오라지게

고래[54] 싸, 웬 떡을 배가 터지도록 처먹었담 하고 입을 삐죽대는 그 낯짝에 시기와 증오가 역력히 나타난다. 사실로 말하자면 이런 경우에는 저도 반드시 옥이와 같이 했으련만 아니 놈은 꿀 바른 주왁을 다 먹고도 또 막걸리를 준다면 물다 뱉는 한이 있더라도 어쨌든 덥석 물었으리라 생각하고는 나는 그 얼굴을 다시 한 번 쳐다보았다.

54) 그래

만무방

산골에, 가을은 무르녹았다.

아람드리[1] 노송은 빽빽이 늘어박혔다. 무거운 송낙[2]을 머리에 쓰고 건들건들. 새새이 끼인 도토리, 벗, 돌배, 갈잎들은 울긋불긋. 잔디를 적시며 맑은 샘이 쫄쫄거린다. 산토끼 두 놈은 한가로이 마주앉아 그 물을 할짝거리고, 이따금 정신이 나는 듯 가랑잎은 부수수, 하고 떨린다. 산산한 산들바람. 귀여운 들국화는 그 품에 새뜩새뜩 넘논다. 흙내와 함께 향깃한 땅김이 코를 찌른다. 요놈은 싸리버섯, 요놈은 잎 썩은 내 또 요놈은 송이— 아니, 아니 가시덩쿨 속에 숨은 박하풀 냄새로군.

응칠이는 뒷짐을 딱 지고 어정어정 노닌다. 유유히 다리를 옮겨 놓으며 이 나무 저 나무 사이로 호아든다.[3] 코는 공중에서 벌렸다 오무렸다, 연실 이러며 훅, 훅, 구붓한 한 송목[4] 밑에 이르자 그는 발을 멈춘다. 이번에는 지면에 코를 얕게 가져다 대고 한 바쿠 비잉, 나물 끼고 돌았다.

—아하, 요놈이로군!

---

1) 아름드리
2) 소나무겨우살이로 만든, 여승(女僧)이 쓰는 모자. 여기서는 소나무겨우살이로 보면 될 듯싶다
3) 이리저리 왔다 갔다 하며 들어가거나 들어온다
4) 소나무

썩은 솔잎에 덮이어 흙이 봉곳이 돋아 올랐다.

그는 손가락을 꾸짖으며 정성스리 살살 헤쳐 본다. 과연 귀여운 송이. 망할 녀석, 조금만 더 나오지. 그걸 뚝 따들곤, 뒷짐을 지고 다시 어실렁 어실렁 가끔 선하품은 터진다. 그럴 적마다 두 팔을 떡 벌리곤 먼 하늘을 바라보고 늘어지게도 기지개를 늘인다.

때는 한창 바쁠 추수 때이다. 농군치고 송이파적[5] 나올 놈은 생겨나도 않았으리라. 허나 그는 꼭 해야만 할 일이 없었다. 싫으면 하고 말면 그저 그뿐. 그러함에도 먹을 것이 더럭[6] 있느냐면 있기커녕 부쳐 먹을 농토조차 없는, 계집도 없고 집도 없고 자식 없고, 방은 있대야 남의 곁방이요 잠은 새우잠이요. 허지만 오늘 아침만 해도 한 친구가 찾아와 벼를 털텐데 일 좀 와 해 달라는 걸 마다하였다. 몇 푼 바람에 그까진 걸 누가 하느냐. 보다는 송이가 좋았다. 왜냐면 이 땅 삼천리 강산에 늘려 놓은 곡식이 말짱 누 거림[7] 먼저 먹는 놈이 임자 아니야. 먹다 걸릴 만치 그토록 양식을 쌓아 두고 일이다 무슨 난장 맞을 일이람. 걸리지 않도록 먹을 궁리나 할 게지. 하기는 그도 한 세 번이나 걸려서 구메밥[8]으로 사관을 틀었다[9] 마는 결국 제 밥상 우에 올라앉은 제 몫도 자칫하면 먹다 걸리긴 매일반—

올라갈수록 덤불은 우겼다[10] 머루며 다래, 칡, 게다 이름 모를 잡초, 이것들이 우아래로 이리저리 서리어 좀체 길을 내지 않는다. 그는 잔디길로만 돌았다. 넓적다리가 벌죽이는 찢어진 고의 자락을 아끼며 조심조심 사려 딛는다. 손에는 칡으로 엮어 들은 일곱 개 송이. 늙은 소나무마다

5) 송이를 캐는(따는) 일
6) 더러
7) 누구 것이람
8) 죄수에게 벽 구멍으로 몰래 들여보내는 밥
9) 징역살이를 했다
10) 우거졌다

가선 두리번거린다. 사냥개 모양으로 코로 쿽, 쿽, 내를 한다.[11] 이것도 송이 같고 저것도 송이. 어떤 게 알짜 송인지 분간을 모른다. 토끼똥이 소보록한 데[12] 갈잎이 한 잎 똑 떨어졌다. 그 잎을 살며시 들어보니 송이 대구리가 불쑥 올라왔다. 매우 큰 송인 듯, 그는 반색하여 그 앞에 무릎을 털썩 꿇었다. 그리고 그 우에 두 손을 내들며 열 손가락을 다 펴들었다. 가만가만히 살살 흙을 헤쳐 본다. 주먹만한 송이가 나타난다. 얘 이놈 크구나, 손바닥 우에 따 올려놓고는 한참 들여다보며 싱글벙글한다. 우중충한 구석으로 바위는 벽같이 깎아질렀다. 그 중툭[13]을 얽어 나간 칡잎에서는 물이 쪼록쪼록, 흘러내린다. 인삼이 썩어 내리는 약수라 한다. 그는 돌 우에 걸터앉으며 또 한 번 하품을 하였다. 간밤 쓸데없는 노름에 밤을 팬[14] 것이 몹시 나른하였다. 따사로운 햇발이 숲을 새어든다. 다람쥐가 솔방울을 떨어치며, 어여쁜 할미새는 앞에서 알씬거리고, 동리에서는 타작을 하느라고 와글거린다. 흥겨워 외치는 목성, 그걸 업누르고[15] 공중에 웅, 웅, 진동하는 벼 터는 기계 소리, 맞은쪽 산속에서 어린 목동들의 노래는 처량히 울려온다. 산속에 묻힌 마을의 전경을 멀리 바라보다가 그는 눈을 찌긋하며 다시 한 번 하품을 뽑는다. 이 웬놈의 하품일까. 생각해 보니 어젯저녁부터 여지껏 창주[16]가 곱립든[17] 것이다. 불현듯 송이꾸럼에서 그중 크고 먹음직한 놈을 하나 뽑아들었다.

웅칠이는 그 송이를 물에 써억써억 부벼서는 떡 벌어진 대구리부터 걸삼스리[18] 덥석 물어떼었다. 그리고 넓죽한 입이 움질움질 씹는다. 혀가 녹

---

11) 냄새를 맡는다
12) 소복한 데(곳에)
13) 중턱
14) 샌
15) 엎누르고
16) 창자
17) 곯린
18) 걸쌈스레

을 듯이 만질만질하고 향기로운 그맛, 이렇게 훌륭한 놈을 입맛만 다시고 못 먹다니. 문득 옛 추억이 혀끝에 뱅뱅 돈다. 이놈을 맛보는 것도 참 근자의 일이다. 감불생심이지 어디 냄새나 똑똑히 맡아 보리. 산속으로 쏘아다니다 백판[19] 못 따기도 하려니와 더러 딴다는 놈은 항여[20] 상할까 봐 손도 못 대게 하고 집에 내려다 모고모고[21] 하는 것이다. 그러나 요행히 한 꾸러미 차면 금시로 장에 가져다 판다. 이틀 사흘씩 공때린[22] 거로되 잘 하면 사십 전 못 받으면 이십오 전. 저녁거리를 기다리는 아내를 생각하며 좁쌀 서너 되를 손에 사들고 어두운 고개를 터덜터덜 올라오는 건 좋으나 이 신세를 뭣에 쓰나, 하고 보면 울프냥굿기[23]가 짝이 없겠고 — 이까진 걸 못 먹어 그래 홧김에 또 한 놈을 뽑아들고 이번엔 물에 흙도 씻을 새 없이 그대로 텁석거린다. 그러나 다른 놈들도 별수 없으렸다. 이 산골이 송이의 번[24] 고향이로되 아마 일 년에 한 개조차 먹는 놈이 드므리라.[25]

—흠, 썩어진 두상들!

그는 폭넓은 얼굴을 이그리며 남이나 들으란 듯이 이렇게 비웃는다. 썩었다, 함은 데생겼다.[26] 모멸하는 그의 언투[27]이었다. 먹다 남아지[28] 송이 꽁댕이를 바루 자랑스러이 입에다 치뜨리곤 트림을 섞어 가며 우물거린다.

송이 두 개가 들어가니 인제는 더 먹을 재미가 없다. 뭔가 좀 든든한 걸

19) 생판
20) 행여
21) 모으고 모으고
22) 공들인
23) 을씨년스럽기
24) 본
25) 드물리라
26) 못생겼다
27) 말투, 어투
28) 나머지

먹었으면 좋겠는데. 떡, 국수, 말고기, 개고기, 돼지고기, 그렇지 않으면 쇠고기냐. 아따 궁한 판이니 아무거나 있으면 속중[29]으로 여러 가질 먹으며 시름없이 앉았다. 그는 눈꼴이 슬그머니 돌아간다. 웬놈의 닭인지 암탉 한 마리가 조 아래 무덤 앞에서 뺑뺑 맨다. 골골거리며 감도는 걸 보매 아마 알자리를 보는 맥이라. 그는 돌에서 궁뎅이를 들었다. 낮은 하늘로 외면하여 못 본 척하고 닭을 향하여 저편으로 널찍이 돌아내린다. 그러나 무덤까지 왔을 때 몸을 돌리며

"후, 후, 후, 이 자식이 어딜 가 후—"

두 팔을 벌리고 쫓아간다. 산꼭대기로 치모니 닭은 하둥지둥 갈 길을 모른다. 요리매낀 조리매낀,[30] 꼬꼬댁거리며 속만 태울 뿐. 그러나 바위틈에 끼어 왁살스러운[31] 그 주먹에 모가지가 둘로 나기에는 불과 몇 분 못 걸렸다.

그는 으식한 숲 속으로 찾아들었다. 닭의 껍질을 홀랑 까고서 두 다리를 들고 찢으니 배창[32]이 엷구리로 꿰진다.[33] 그놈은 긁어 뽑아서 껍질과 한데 뭉치어 흙에 묻어 버린다.

고기가 생기고 보니 연하여 나느니 막걸리 생각. 이걸 부글부글 끓여 놓고 한 사발 떡 켰으면 똑 좋을 텐데 제—기. 응칠이의 고기는 어디 떨어졌는지 술집까지 못 가는 고기였다. 아무려나 고기 먹구 술 먹구 꺼꾸론 못 먹느냐. 그는 닭의 가슴패기를 입에 뒤려내고[34] 쭉쭉 찢어 가며 먹기 시작한다. 쫄깃쫄깃한 놈이 제법 맛이 들었다. 가슴을 먹고 넓적다리 볼기짝을 먹고 거반 반쪽을 다 해내고 다니 어쩐지 맛이 좀 적었다. 결국

29) 속마음
30) 요리 피하고 조리 피하고
31) 우악스러운
32) 밸창자, 내장
33) 헤져 버린다, 터져 나온다
34) 들여대고

음식이란 양념을 해야 하는군.

수풀 속으로 그냥 내던지고 그는 설렁설렁 내려온다. 솔숲을 빠져 화전께로 내리려 할 제 별안간 등 뒤에서

"여보게 거 응칠이 아닌가!"

고개를 돌려 보니 대정깐 하는 성팔이가 작달만한 체수[35]에 들갑작거리며[36] 고개를 넘어온다. 그런데 무슨 긴한 일이나 있는지 부리나케 달겨들더니

"자네 응고개 논의 벼 없어진 거 아나?"

응칠이는 그만 가슴이 덜컥 내려앉았다. 이 바쁜 때 농군의 몸으로 응고개까지 앨 써 갈 놈도 없으려니와 또한 하필 절 보고 벼의 없어짐을 말하는 것이 여간 심상치 않은 일이었다.

잡담 제하고 응칠이는

"자네 어째서 응고개까지 갔든가?" 하고 대담스리도 그 눈을 쏘아보았다. 그러나 성팔이는 조금도 겁먹는 기색 없이

"아 어쩌다 지냈지 뭘 그래."

하며 도리어 얼래발[37]을 치고 덤비는 수작이다. 고현 놈, 응칠이는 입때 다녀야 동무를 팔아 배를 채우는 그런 비열한 짓은 안 한다. 낯을 붉히자 눈에 물이 보이며

"어쩌다 지냈다?"

응칠이가 이 동리에 들어온 것은 어느덧 달이 넘었다. 인제는 물릴 때도 되었고 좀 떠 보고자 생각은 간절하나 아우의 일로 말미암아 망설거리는 중이었다.

그는 오라는 데는 없어도 갈 데는 많았다. 산으로 들로 해변으로 발

---

35) 몸집
36) 들깝작거리며
37) 얼레발

부리 놓이는 곳이 즉 가는 곳이었다.

그러나 저물면 그대로 쓰러진다. 남의 방앗간이고 헛간이고 혹은 강가, 시새장[38] 물론 수가 좋으면 괴때기[39] 우에서 밤을 편히 잘 적도 있었다. 이렇게 하여 강원도 어수룩한 산골로 이리 넘고 저리 넘고 못 간 데 별로 없이 유람 겸 편답하였다.[40]

그는 한구석에 머물러 있으면 가슴이 답답할 만치 되우 괴로웠다.

그렇다고 응칠이가 번시라[41] 역마직성이냐 하면 그런 것도 아니다. 그도 오 년 전에는 사랑하는 아내가 있었고 아들이 있었고 집도 있었고 그때야 어딜 하루라도 집을 떨어져 보았으랴. 밤마다 아내와 마주앉으면 어찌하면 이 살림이 좀 늘어 볼까 불어 볼까, 애간장을 태우며 갖은 궁리를 되하고 되하였다.[42] 마는 별 뾰족한 수는 없었다. 농사는 열심으로 하는 것 같은데 알고 보면 남는 건 겨우 남의 빚뿐. 이러다가는 결말엔 봉변을 면치 못할 것이다. 하루는 밤이 깊어서 코를 골며 자는 아내를 깨웠다. 밖에 나아가 우리의 세간이 몇 개나 되는지 세어 보라 하였다. 그리고 저는 벼루에 먹을 갈아 붓에 찍어 들었다. 벽을 바른 신문지는 누렇게 꺼렀다.[43] 그 우에다 아내가 불러 주는 물목대로 일일이 내려 적었다. 독이 세 개, 호미가 둘, 낫이 하나, 로부터 밥사발, 젓가락, 짚이 석 단까지 그 담에는 제가 빚을 얻어온 데, 그 사람들의 이름을 쭉 적어 놓았다. 금액은 제각기 그 알에[44] 다 달아 놓고, 그 옆으론 조금 사이를 떼어 역시 조선문[45]으로 나의 소유는 이것밖에 없노라. 나는 오십사 원을 갚을 길

---

38) 모래발
39) 짚북더기
40) 이리저리 널리 돌아다녔다
41) 본래, 처음부터
42) 되풀이하고 되풀이하였다
43) 그을렸다
44) 아래에
45) 언문, 한글

이 없으매 죄진 몸이라 도망하니 그대들은 아예 싸울 게 아니겠고 서루 의논하여 억울치 않도록 분배하여 가기 바라노라 하는 의미의 성명서를 벽에 남기자 안으로 문들을 걸어 닫고 울타리 밑구멍으로 세 식구 빠져 나왔다.

이것이 응칠이가 팔자를 고치던 첫날이었다.

그들 부부는 돌아다니며 밥을 빌었다. 아내가 빌어다 남편에게, 남편이 빌어다 아내에게, 그러자 어느 날 밤 아내의 얼굴이 썩 슬픈 빛이었다. 눈보래는 살을 여인다.[46] 다 쓰러져 가는 물방앗간 한 구석에서 섬을 두르고 언내[47]에게 젖을 먹이며 떨고 있더니 여보게유, 하고 고개를 돌린다. 왜, 하니까 그 말이 이러다간 우리도 고생일 뿐더러 첫때[48] 언내를 잡겠수, 그러니 서루 갈립시다 하는 것이다. 하긴 그럴 법한 말이다. 쥐뿔도 없는 것들이 붙어 당긴댔자[49] 별수는 없다. 그 보담은 서루 갈리어 제 맘대로 빌어먹는 것이 오히려 가뜬하리라. 그는 선뜻 응낙하였다. 아내의 말대로 개가를 해 가서 젖먹이나 잘 키우고 몸성히 있으면 혹 연분이 닿아 다시 만날지도 모르니깐 마지막으로 아내와 같이 땅바닥에 나란히 누워 하룻밤을 떨고 나서 날이 훤해지자 그는 툭툭 털고 일어섰다.

매팔자[50]란 응칠이의 팔자이겠다.

그는 버젓이 게트림으로 길을 걸어야 걸릴 것은 하나도 없다. 논 맬 걱정도, 호포[51] 바칠 걱정도, 빚 갚을 걱정, 아내 걱정, 또는 굶을 걱정도. 호동가란히[52] 털고 나서니 팔자 중에는 아주 상팔자다. 먹고만 싶으면 도야지구, 닭이구, 개구, 언제나 옆을 떠날 새 없겠지, 그리고 돈, 돈두—

46) 에인다
47) 어린애, 아기
48) 첫째
49) 다닌다고 해봤자
50) 놀고 먹는 팔자(상팔자)
51) 세금
52) 홀가분하게

그러나 주재소는 그를 노려보았다. 툭하면 오라, 가라, 하는데 학질이었다. 어느 동리고 가 있다가 불행히 일만 나면 누구보다도 그부터 붙들려 간다. 왜냐면 그는 전과 사범이었다. 처음에는 도박으로 다음엔 절도로 또 고담에도 절도로, 절도로—

그러나 이번 멀리 아우를 방문함은 생활이 궁하여 근대러[53] 왔다거나 혹은 일을 해 보러 온 것은 결코 아니었다. 혈족이라곤 단 하나의 동생이요 또한 오래 못 본 지라 때없이 그리웠다. 그래 머처럼 찾아온 것이 뜻밖에 덜컥 일을 만났다.

지금까지 논의 벼가 서 있다면 그것은 성한 사람의 짓이라 안 할 것이다.

응오는 응고개 논의 벼를 여태 비지 않았다. 물론 응오가 비어야 할 것이나 누가 듣든지 그 형 응칠이를 먼저 의심하리라. 그럼 여기에 따르는 모든 책임을 응칠이가 혼자 지지 않으면 안 될 것이다.

응오는 진실한 농군이었다. 나이 서른하나로 무던히 철났다 하고 동리에서 쳐 주는 모범 청년이었다. 그런데 벼를 비지 않는다. 남은 다들 거둬들였고 털기까지 하련만 그는 빌 생각조차 않는 것이다.

지주라든 혹은 그에게 장리를 놓은 김참판이든 뻔질 찾아와 벼를 비라 독촉하였다.

"얼른 털어서 낼 건 내야지."

하면 그 대답은

"계집이 다 죽게 됐는데 벼는 다 뭐지유—"

하고 한갈가티 내뱉는 소리뿐이었다.

하기는 응오의 아내가 지금 기지사정[54]이매 틈은 없었다 하더라도 돈이 놀아서 약을 못 쓰는 이판이니 진시[55] 벼라도 털어야 할 것이다.

---

53) 기대러(의지하러)
54) 기지사경(幾至死境): 거의 죽을 지경에 이름
55) 진작

그러면 왜 안 털었는가—

그것은 작년 응오와 같이 자주 문전에서 타작을 하던 친구라면 묻지는 않으리라. 한 해 동안 애를 졸이며 홑자식 모양으로 알뜰히 가꾸던 그 벼를 거둬들임은 기쁨에 틀림없었다. 꼭두새벽부터 엣, 엣 하며 괴로움을 모른다. 그러나 캄캄하도록 털고 나서 지주에게 도지를 제하고, 장리쌀을 제하고 색초제[56]를 제하고 보니 남는 것은 등줄기를 흐르는 식은 땀이 있을 따름. 그것은 슬프다 하니 보다 끝없이 부끄러웠다. 같이 털어주던 동무들이 뻔히 보고 섰는데 빈 지게로 덜렁거리며 집으로 돌아오는 건 진정 열쩍기 짝이 없는 노릇이었다. 참다참다 응오는 눈에 눈물이 흘렀던 것이다.

가뜩한데 엎치고 덮치더라고 올해는 그나마 흉작이었다. 샛바람과 비에 벼는 깨깨[57] 비틀렸다. 이놈을 가을하다간[58] 먹을 게 남지 않음은 물론이요 빚도 다 못 가릴 모양, 에라 빌어먹을 거. 너들끼리 캐다 먹던 말던 마음대로 하여라, 하고 내던져 두지 않을 수 없다. 벼를 거뒀다고 말만 나면 빚쟁이들은 우 몰려들 거니깐—

응칠이의 죄목은 여기에서도 또렷이 드러난다. 구구루[59] 가만만 있었으면 좋은 걸 이 사품에 뛰어들어 지주의 뺨을 제법 갈긴 것이 응칠이었다.

처음에야 그럴 작정이 아니었다. 그는 여러 곳 물을 마신 만치[60] 어지간히 속이 틘 건달이었다. 지주를 만나 까놓고 썩 좋은 소리로 의논하였다. 올 농사는 반실[61]이니 도지도 좀 감해 주는 게 어떠냐고, 그러나 지주는 암 말 없이 고개를 모로 흔들었다. 정 이러면 하여튼 일년 품은 빼야 할

56) 색조(色租): 나라에서 세곡 또는 환곡을 받을 때나 지주가 도조 따위를 받을 때에 간색으로 받는 곡식
57) 몹시 여위어 마른 모양
58) 가을걷이하다간, 추수하다간
59) 국으로(잠자코, 얌전히)
60) 마신 만큼
61) 절반 가량 축이 났음

테니 나는 그놈에다 불을 질르겠수, 하여도 잠자코 응치 않는다. 지주로 보면 자기로도 그 벼는 넉넉히 거둬들일 수는 있다. 마는 한번 버릇을 잘못해 놓으면 여느 작인까지 행실을 버릴까 염려하여 겉으로 독촉만 하고 있는 터이었다. 실상이야 고까진 벼쯤 있어도 고만 없어도 고만― 그 심뽀를 눈치채고 응칠이는 화를 벌컥 낸 것만은 좋으나, 저도 모르게 대뜸 주먹뺨이 들어갔던 것이다.

이렇게 문제 중에 있는 벼인데 귀신의 노름 같은 변괴가 생겼다. 다시 말하면 벼가 없어졌다. 그것두 병들어 쓰러진 쭉쟁이는 제쳐 놓고 무얼루 그랬는지 말장[62] 이삭만 따갔다. 그 면적으로 어림하면 아마 못 돼도 한 댓 말 가량은 될는지―

응칠이가 아침 일찍이 그 논께로 노닐자 이걸 발견하고 기가 막혔다. 누굴 성가시게 할려구 그러는지. 산속에 파묻힌 논이라 아직은 본 사람이 없는 모양 같다. 허나 동리에 이 소문이 퍼지기만 하면 저는 어느 모로든 혐의를 받아 페는 좋이 입어야 될 것이다.

응칠이는 송이도 송이려니와 실상은 궁리에 바빴다. 속중으로 지목 갈 만한 놈을 여럿 들어 보았으나 이렇다 짚을 만한 증거가 없다. 어쩌면 재성이나 성팔이 이 둘 중의 짓이리라, 하고 결국 이렇게 생각든 것도 응칠이가 아니면 안 될 것이다.

원수는 외나무다리에서 만났다.

응칠이는 저의 짐작이 들어맞음을 알고 당장에 일을 낼 듯이 성팔이의 눈을 드리[63] 노렸다.

성팔이는 신이 나서 떠들다가 그 눈총에 어이가 질리어 고만 벙벙하였다. 그리고 얼굴이 해쓱하여 마주대고 쳐다보더니

62) 말짱(조금도 남김없이 모두)
63) 들입다

"그래 자네 왜 그케 노하나. 지내다 보니깐 그렇길래 일테면 자네보구 얘기지 뭐……."

하고 뒷갈망[64]을 못하여 우물쭈물한다.

"노하긴 누가 노해—"

응칠이는 뻐팅겼던[65] 몸에 좀 더 힘을 올리며

"응고개를 어째 갔드냐 말이지?"

"놀러 갔다. 오는 길인데 우연히……."

"놀러 갔다. 거기가 노는 덴가?"

"글쎄 그렇게까지 물을 게 뭔가. 난 응고개 아니라 서울은 못 갈 사람인가."

하다가 성팔이는 속이 타는지 코로 흐응, 하고 날숨을 크게 뽑는다.

이렇게 나오는 데는 더 물을 필요가 없었다. 성팔이란 놈도 여간내기가 아니요 구장네 솥인가 뭔가 떼다 먹고 한번 다녀온 놈이었다. 많이 사귀지는 못했으나 동리 평판이 그놈과 같이 다니다는 엉뚱한 일 만난다 한다. 이번에 응칠이 저 역 그 섭수[66]에 걸렸음을 알고

"그야 응고개라고 못 갈 리 없을 테—"

하고 한번 엇먹다[67] 그러나 자네두 아다시피 거 어디야, 거기 바루 길이 있다든지, 사람 사는 동리라면 혹 모른다 하지마는 성한 사람이야 응고개엘 뭘 먹으러 가나, 그렇지 자네야 심심하니까, 하고 앞을 꽉 눌러 등을 떠본다. 여기에는 대답 없고 성팔이는 덤덤히 쳐다만 본다. 무엇을 생각했는가 한참 있더니 호주머니에서 단풍갑을 꺼낸다. 우선 제가 한 개를 물고 또 하나를 뽑아 내대며

64) 뒷감당
65) 버티던
66) 꾀
67) 엇나가며 비꼬다

"궐련 하나 피게."

매우 듬직한 낯을 해 보인다.

이놈이 이[68]에 밝기가 몹시 밝은 성팔이다. 턱없이 궐련 하나라도 선심을 쓸 궐자[69]가 아니리라, 생각은 하였으나 그렇다고 예까지 부르대는[70] 건 도리어 저의 처지가 불리하다. 그것은 짜정[71] 그 손에 넘는 짓이니

"야 웬 궐련은 이래─"

하고 슬쩍 눙치며

"성냥 있겠나?"

일부러 불까지 거대게[72] 하였다.

응칠이에게 액을 떠넘기어 이용하려는 고 야심을 생각하면 곧 달겨들어 다리를 꺾어 놔야 옳을 것이다. 그러나 이 마당에 떠들어 대고 보면 저는 드러누워 침뱉기, 결국 도적은 뒤로 잡지 앞에서 얼르는 법이 아니다. 동리에 소문이 퍼질 것만 두려워하며

"여보게 자네가 했건 내가 했던 간."

하고 과연 정다이 그 등을 툭 치고 나서

"우리 둘만 알고 동리에 말은 내지 말게."

하다가 성팔이가 이 말에 되우[73] 놀라며 눈을 말똥말똥 뜨니

"그까진 벼쯤 먹으면 어떤가!"

하고 껄껄 웃어 버린다.

성팔이는 한굽 접히어[74] 말문이 메였는제[75] 얼뚤하여[76] 입맛만 다신다.

68) 이익
69) 작자
70) 나무라다시피 떠들어 대는
71) 참말로, 정말
72) 그어 대게
73) 몹시, 매우
74) 한풀 꺾이어
75) 막혔는데
76) 얼떨떨하여

“아예 말은 내지 말게, 응 알지—”

하고 다시 다질 때에야 겨우 주저주저 입을 열어

“내야 무슨 말을…… 그건 염려말게.”

하더니 비실비실 몸을 돌리어 저 갈 길을 내건는다. 그러나 저앞 고개까지 가는 동안에 두 번이나 돌아다보며 이쪽을 살피고 살피고 하는 것만은 사실이었다.

응칠이는 그 꼴을 이윽히 바라보고 입안으로 죽일 놈, 하였다. 아무리 도적이라도 같은 동료에게 제 죄를 넘겨 씌려 함은 도저히 의리가 아니다.

그건 그렇다 치고 응오가 더 딱하지 않은가. 기껀[77] 힘들여 지어 놓았다 남 존 일 한 것을 안다면 눈이 뒤집힐 일이겠다. 이래서야 어디 이웃을 믿어 보겠는가—

확적히 증거만 있어 이놈을 잡으면 대번에 요절을 내리라 결심하고 응칠이는 침을 탁 뱉아 던지고 산을 내려온다.

그런데 그놈의 행티[78]로 가늠 보면[79] 응칠이 저만치는 때가 못 벗은 도적이다. 어느 미친 놈이 논두렁에까지 가새[80]를 들고 오는가. 격식도 모르는 푸뚱이[81]가. 그럴러면 바루 조난가리 수수난가리 말이지. 그 속에 들어앉아 가새로 속닥거려야 들릴 리도 없고 일도 편하고. 두 포대고 세 포대고 마음껏 딸 수도 있다. 그러다 틈보고 집으로 나르면 고만이지만 누가 논의 벼를 다— 그렇게도 벼에 걸신이 들었다면 바루 남의 집 머슴으로 들어가 한 달포 동안 주인 앞에 얼렁거리는[82] 신용을 얻어 놨다가 주는 옷이나 얻어 입고 다들 잠들거든 볏섬이나 두둑히 짊어메고 덜렁거

---

77) 기껏
78) 행태
79) 가늠해 보면, 따져 보면
80) 가위
81) 풋내기
82) 얼렁거리는(알랑거리는)

리면 그뿐이다. 이건 맥도 모르는 게 남도 못 살게 굴려구. 에— 이 망할 자식두 그는 분노에 살이 다 부들부들 떨리는 듯 싶었다. 그러나 이런 좀도적이란 뽕이 나기[83] 전에는 바짝 물고 덤비는 법이었다. 오늘 밤에는 요놈을 지켰다 꼭 붙들어 가지고 정갱이를 분질러 놓리라, 밥을 먹고는 태연히 막걸리 한 사발을 껄떡껄떡 들이키자

"커—, 가을이 되니깐 맛이 행결 낫군—"

그는 주먹으로 입가를 쓱쓱 훔친 다음 송이꾸림[84]에서 세 개를 뽑는다. 그리고 그걸 갈퀴같이 마른 주막 할머니 손에 내어주며

"엣수, 송이나 잡숫게유—"

하고 술값을 치렀으나

"아이 송이두 고놈 참."

간사[85]를 피는 것이 좀 시쁜[86] 모양이다. 제 딴은 한 개에 삼 전씩 치더라도 구 전밖에 안 되니깐—

응칠이는 슬며시 화가 나서 그 얼굴을 유심히 들여다보았다. 움푹 들어간 볼때기에 저건 또 왜 저리 멋없이 불거졌는지 툭 나온 광대뼈하구 치마 알로 남실거리는 발가락은 자칫 잘못 보면 황새 발목이니 이건 언제 잡아갈려구 남겨두는 거야— 보면 볼수록 하나 이쁜 데가 없다. 한두 번 먹은 것두 아니요. 언젠간 울타리께 풀을 비어 주고 술사발이나 얻어먹은 적도 있었다. 고렇게 야멸치게 따질 건 뭔가. 그는 눈살을 흘낏 맞히고는 하나를 더 꺼내어

"엣수 또 하나 잡숫게유—"

내던져 주곤 댓돌에 가래침을 탁 뱉았다.

---

83) 비밀이 드러나기
84) 송이 꾸러미
85) 제 잇속을 차리기 위하여 교활하게 알랑거리는 것
86) 대수롭지 않은

그제야 식성이 좀 풀리는지 그 가축으로[87] 웃으며

"아이그 이거 자꾸 줌 어떠캐—"

"어떠거긴, 자꾸 살찌게유—"

하고 한마디 툭 쏘고 일어서다가 무엇을 생각함인지 다시 툇마루에 주저앉았다.

"그런데 참 요즘 성팔이 보셨수?"

"아—니, 당최 볼 수가 없더구먼."

"술도 안 먹으러 와유?"

"안 와—"

하고는 입속으로 뭐라고 종잘거리며 의아한 낯을 들더니

"왜, 또 뭐 일이……?"

"아니유, 본 지가 하 오래니깐—"

응칠이는 말끝을 얼버무리고 고개를 돌리어 한데[88]를 바라본다. 벌써 점심때가 되었는지 닭들이 요란히 울어댄다. 논둑의 미루나무는 부 하고 또 부, 하고 잎이 날리며 팔랑팔랑 하늘로 올라간다.

"성팔이가 이 말에서 얼마나 살았지유?"

"글쎄—, 재작년 가을이지 아마."

하고 장죽을 빡빡 빨더니

"근대 또 떠난대든걸, 홍천인가 어디 즈 성님한테로 간대."

하고 그게 옳지 여기서 뭘 하느냐. 대정간이라구 일이나 많으면 모르거니와 밤낮 파리만 날리는걸. 그보다는 즈 형이 크게 농사를 짓는대니 그 뒤나 자들어 주고[89] 구구루 얻어먹는 게 신상에 편하겠지. 그래 불일간 처자식을 데리고 아마 떠나리라고 하고

87) 거짓으로
88) 바깥, 사방
89) 거들어 주고

"농군은 그저 농사를 지야 돼."

"낼 술 먹으러 또 오지유—"

간단히 인사만 하고 응칠이는 다시 일어났다.

주막을 나서니 옷깃을 스치는 개운한 바람이다. 밭 둔덕의 대추는 척척 늘어진다. 머지않아 겨울은 또 오렷다. 그는 응오의 집을 바라보며 그간 죽었는지 궁금하였다.

응오는 봉당에 걸터앉았다. 그 앞 화로에는 약이 바글바글 끓는다. 그는 정신없이 들여다보고 앉았다.

우중중한 방에서는 아내의 가쁜 숨소리가 들린다. 색, 색 하다가 아이구, 하고는 까우러지게[90] 콜록거린다. 가래가 치밀어 몹시 괴로운 모양—뽑아 줄 사이가 없이 풀들은 뜰에 엉겼다. 흙이 드러난 지붕에서 망초가 휘어청휘어청, 바람은 가끔 찾아와 싸리문을 흔든다. 그럴 적마다 문은 을씨년스럽게 삐—꺽 삐—꺽. 이웃의 발발이는 벅에서 한창 바쁘게 달그락거린다. 마는 아침에 아내에게 먹이고 남은 조죽밖에야. 아니 그것도 참 남편마저 굵었으니 사발에 붙은 찌꺽지[91]뿐이리라—

"거, 다 졸았나 부다."

응칠이는 약이란 너무 졸면 못 쓰니 그만 짜 먹이라, 하였다. 약이라야 어젯저녁 울 뒤에서 옮아들인 구렁이지만—

그러나 응오는 듣고도 흘렸는지 혹은 못 들었는지 잠자코 고개도 안 든다.

"옛다, 송이 맛이나 봐라."

하고 형이 손을 내밀 제야 겨우 시선을 들었으나 술이 거나한 그 얼굴을 거북상스리 훑어본다. 그리고 송이를 고맙지 않게 받아 방으로 치뜨

---

90) 까부러지게
91) 찌꺼기

리고는
"이거나 먹어."
하다가
"뭐?"
소리를 크게 질렀다. 그래도 잘 들리지 않으므로
"뭐야 뭐야, 좀 똑똑이 하라니깐?"
하고 골피[92]를 찌푸린다.

그러나 아내는 손짓만으로도 무슨 소린지 알 수가 없다. 음성으로 치느니보다 종이 부비는 소리랄지, 그걸 듣기에는 지척도 멀었다.

가만히 보다 응칠이는 제가 다 불안하여
"뒤 보겠다는 게 아니냐!"
"그럼 그렇다 말이 있어야지."

남편은 이내 짜증을 내이며 몸을 일으킨다. 병약한 아내의 음성이 날로 변하여 감을 시방 안 것도 아니련만— 그는 방바닥에 늘어져 꼬치꼬치 마른 반송장을 조심히 일으키어 등에 업었다.

울 밖 밭머리에 잿간은 놓였다. 머리가 눌릴 만치 납짝한 갑갑한 굴속이다. 게다 거미줄은 예제없이[93] 엉키었다. 부추돌[94] 우에 내려놓으니 아내는 벽을 의지하여 웅크리고 앉는다. 그리고 남편은 눈을 멀뚱멀뚱 뜨고 지키고 섰는 것이다.

이 꼴들을 멀거니 바라보다 응칠이는 마뜩지 않게 코를 휑, 풀며 입맛을 다시었다. 응오의 짓이 어리석고 울화가 터져서이다. 요즘 응오가 형에게 잘 말두 않고 왜 어뜩비뜩하는지[95] 그 속은 응칠이도 모르는 배 아

92) 이맛살
93) 여기저기 할 것 없이, 사방
94) 용변을 보기 위해 딛도록 양쪽에 놓은 돌
95) 비뚤어지게 나오는지

닐 것이다.

응오가 이 아내를 찾아올 때 꼭 삼 년간을 머슴을 살았다. 그처럼 먹고 싶던 술 한잔 못 먹었고 그처럼 침을 삼키던 그 개고기 한 메[96] 물론 못 샀다. 그리고 사경을 받는 대로 꼭꼭 장리를 놓았으니 후일 선채로 썼던 것이다. 이렇게까지 근사를 모아[97] 얻은 계집이련만 단 두 해가 못 가서 이 꼴이 되고 말았다.

그러나 이 병이 무슨 병인지 도시 모른다. 의원에게 한 번이라도 변변히 봬 본 적이 없다. 혹 안다는 사람의 말인즉 뇌점[98]이니 어렵다 하였다. 돈만 있다면이야 뇌점이고 염병[99]이고 알 바가 못 될 거로되 사날 전 거리로 쫓아나오며

"성님."

하고 팔을 챌 적에는 응오도 어지간히 급한 모양이었다.

"왜?"

응칠이가 몸을 돌리니 허둥지둥 그 말이, 이제는 별 도리가 없다. 있다면 쓱 한 가지가 남았으니 그것은 엊그저께 산신을 부리는 노인이 이 마을에 오지 않았는가. 그 도인이 응오를 특히 동정하여 십오 원만 들이어 산치성을 올리면 씻은 듯이 낫게 해 주리라는데

"성님은 언제나 돈 만들 수 있지유?"

"거 안 된다. 치성 드려 날 병이 그냥 안 낫겠니."

하여 여전히 딱 떼이고 그러게 내 뭐래던 애전에 계집 다 버리고 날 따라 나서랬지, 하고

"그래 농군의 살림이란 제 목매기라지!"

---

96) 매(덩어리)
97) 공을 들여
98) 폐결핵
99) 전염병, 장티푸스

그러나 아우가 암 말 없이 몸을 홱 돌리어 집으로 들어갈 제 응칠이는 속으로 또 괜한 소리를 했구나, 하였다.

응오는 도루 아내를 업어다 방에 뉘였다. 약은 다 졸았다.

물이 식기 전 짜야 할 것이다. 식기를 기다려 약사발을 입에 대어 주니 아내는 군말 없이 그 구렁이물을 껄덕껄덕 들여마신다.

응칠이는 마당에 우두커니 앉았다. 사람의 목숨이란 과연 중하군, 하였다. 그러나 계집이라는 저 물건이 그렇게 떼기 어렵도록 중할까, 하니 암만해도 알 수 없고

"너 참 요 건너 성팔이 알지?"

"—"

"너허구 친하냐?"

"—"

"성이 뭐래는데 거 대답 줌 하렴."

하고 소리를 뻭 질러도 아우는 대답은 말고 고개두 안 든다.

그러나 응칠이는 하늘을 쳐다보고 트림만 끄윽, 하고 말았다. 술기가 코를 콱콱 찔러야 할 터인데 이건 풋김치 냄새만 코밑에서 뱅뱅 돈다. 공짜 김치만 퍼먹을 게 아니라 한잔 더 했더면 좋았을걸. 그는 일어서서 대[100]를 허리에 꽂고 궁뎅이의 흙을 털었다. 벼 도적맞은 이야기를 할까, 하다가 아서라 가뜩이나 울상이 속이 쓰릴 것이다. 그보다는 이놈을 잡아 놓고 낭종[101] 히짜[102]를 뽑는 것이 점잖하겠지—

그는 문 밖으로 나와 버렸다.

답답한 아우의 살림을 보니 역 답답하던 제 살림이 연상되고 가슴이

---

100) 담뱃대
101) 나중
102) 흰수작

두목[103] 답답하였다.

이런 때에는 무가 십상[104]이다. 사실 하느님이 무를 마련해 낸 것은 참으로 은혜로운 일이다. 맥맥할[105] 때 한 개를 씹고 보면 꿀꺽하고 쿡 치는 그 멋이 좋고 남의 무밭에 들어가 하나를 쑥 뽑으니 가락무,[106] 이키, 이거 오늘 운수 대통이로군, 내던지고 그담 놈을 뽑아들고 개울로 내려온다. 물에 쓱쓰윽 닦아서는 꽁지는 이로 비어 던지고 어썩 깨물어 부친다.

개울 둔덕에 포푸라[107]는 호젓하게도 매출이[108] 컸다. 자갈돌은 고 밑에 옹기종기 모였다. 가생이로 잔디가 소보록하다. 응칠이는 나가자빠져 마을을 건너다보며 눈을 멀뚱멀뚱 굴리고 누웠다. 산에 빽빽 돌리어 숨이 콕 막힐 듯한 그 마을—

아리랑 아리랑 아라리요
아리랑 띄어라 노다 가세
증기차는 가자고 왼고동 트는데
정는 님 품안고 낙누낙누
아리랑 아리랑 아라리요
아리랑 띄어라 노다 가세
낼 갈지 모레 갈지 내 모르는데
옥씨기 강낭이는 심어 뭐 하리
아리랑 아리랑 아라리요
아리랑 띄어라……

---

103) 무척, 아주
104) 썩 잘된 일이나 물건을 두고 이르는 말, 제격
105) 답답할
106) 가랑무(밑동이 두셋으로 끝이 갈라진 무)
107) 포플러
108) 매출히(곧게)

그는 콧노래를 이렇게 흥얼거리다 갑작스리 강릉이 그리웠다. 펄펄 뛰는 생선이 좋고 아침 햇살이 빗기어 힘차게 출렁거리는 그 물결이 좋고 이 까진 둠[109] 구석에서 쪼들리는 데 대다니. 그래도 즈이[110] 딴은 무어 농사 좀 지었답시고 악[111]을 복복 쓰며 잘도 떠들어 대인다. 하지만 그런 중에도 어디인가 형언치 못할 쓸쓸함이 떠돌지 않는 것도 아니다. 삼십여 년 전 술을 빚어 놓고 쇠[112]를 울리고 흥이 질리어 어깨춤을 덩실거리고 이러던 가을과는 저 딴 쪽이다. 가을이 오면 기쁨에 넘쳐야 될 시골이 점점 살기만 띠어옴[113]은 웬일이고, 이렇게 보면 재작년 가을 어느 밤 산중에서 낫으로 사람을 찍어 죽인 강도가 문득 머리에 떠오른다. 장을 보고 오는 농군을 농군이 죽였다. 그것도 많이나 되었으면 모르되 빼앗은 것이 한껏 동전 네 닢에 수수 일곱 되, 게다 흔적이 탄로 날까 하여 낫으로 그 얼굴의 껍질을 벗기고 조깃대강이 이기듯 끔찍하게 남기고 조긴[114] 망나니다. 흉악한 자식. 그 알량한 돈 사 전에 나 같으면 가여워 덧돈을 주고라도 왔으리라. 이번 놈은 그따위 깍다귀[115]가 아닐는지 할 때 찬김과 아울러 치미는 소름에 머리끝이 다 쭈볏하였다. 그간 아우의 농사를 대신 돌봐 주기에 이럭저럭 날이 늦었다. 오늘 밤에는 이놈을 다리를 꺾어 놓고 내일쯤은 봐서 설렁설렁 뜨는 것이 옳은 일이겠다. 이 산을 넘을까 저 산을 넘을까 주저거리며 속으로 점을 치다가 슬그머니 코를 골아 올린다.

밤이 내리니 만물은 고요히 잠이 든다. 검푸른 하늘에 산봉우리는 울퉁불퉁 물결을 치고 흐릿한 눈으로 별은 떴다. 그러다 구름 떼가 몰려닥치면 깜깜한 절벽이 된다. 또한 마을 한복판에는 거친 바람이 오락가

---

109) 두메, 산골
110) 저희
111) 악
112) 징, 꽹과리 같은 쇠로 된 타악기
113) 힘들어짐
114) 조진
115) 각다귀(남을 등쳐 먹는 사람)

락 쓸쓸히 궁글고[116] 이따금 코를 찌름은, 후련한 산사 내음새. 북쪽 산 밑 미루나무에 싸여 주막이 있는데 유달리 불이 반짝인다. 노세, 노세, 젊어서 놀아. 노랫소리는 나직나직 한산히 흘러온다. 아마 벼를 뒷심대고[117] 외상이리라 —

웅칠이는 잠자코 벌떡 일어나 바깥으로 나섰다. 그리고 다 나와서야 그 집 친구에게 눈치를 안 채이도록

"내 잠깐 다녀옴세—"

"어딜 가나?"

친구는 웬 영문을 몰라서 뻔히 치어다보다 밤이 이렇게 늦었으니 나갈 생각 말고 어여 이리 들어와 자라 하였다. 기껀 둘이 앉아서 개코쥐코[118] 떠들다가 급작이 일어서니깐 꽤 이상한 모양이었다.

"건너 말 가 담배 한 봉[119] 사 올라구."

"담배 여깄는데 또 사 뭐 하나?"

친구는 호주머니에서 굳이 희연[120] 봉을 꺼내어 손에 들어 보이더니

"이리 들어와 섬[121]이나 좀 쳐 주게."

"아 참 깜빡……."

하고 웅칠이는 미안스러운 낯으로 뒤통수를 긁죽긁죽한다. 하기는 섬을 좀 쳐 달라고 며칠째 당부하는 걸 노름에 몸이 팔리어 고만 잊고 했던 것이다. 먹고 자고 이렇게 신세를 지면서 이건 썩 안됐다, 생각은 했지마는

"내 곧 다녀올 걸 뭐……."

---

116) 웅숭깊고
117) 뒤에 셈하고
118) 쓸데없는 말로 이러쿵저러쿵하는 모양
119) 봉지
120) 일제시대 때 나온 담배 이름
121) 가마니

어정쩡하게 한마디 남기곤 그 집을 뒤에 남긴다. 그러나 이 친구는

"그럼 곧 다녀오게—"

하고 때를 재치는[122] 법은 없었다. 언제나 여일같이[123]

"그럼 잘 다녀오게—"

이렇게 그 신상만 편하기를 비는 것이다.

응칠이는 모든 사람이 저에게 그 어떤 경의를 갖고 대하는 것을 가끔 느끼고 어깨가 으쓱거린다. 백판 모르던 사람도 데리고 앉아서 몇 번 말만 좀 하면 대번 구부러진다. 그렇게 장한 것인지 그 일을 하다가, 그 일이라야 도적질이지만, 들어가 욕보던 이야기를 하면 그들은 눈을 커다랗게 뜨고

"아이구, 그걸 어떻게 당하셨수!"

하고 저윽이 놀라면서도

"그래 그 돈은 어떡했수?"

"또 그럴 생각이 납디까유?"

"참 우리 같은 농군에 대면 호강살이유!"

하고들 한편 썩 부러운 모양이었다. 저들도 그와 같이 진탕 먹고 살고는 싶으나 주변없어 못하는 그 울분에서 그런 이야기만 들어도 다소 위안이 되는 것이다. 응칠이는 이걸 잘 알고 그 누구를 논에다 거꾸루 박아놓고 달아나다가 붙들리어 경치던 이야기를 부지런히 하며

"자네들은 안적[124] 멀었네 멀었어—"

하고 힌소리[125]를 치면 그들은, 옳다는 뜻이겠지, 묵묵히 고개만 꺼덕꺼덕하며 속없이 술을 사 주고 담배를 사 주고 하는 것이다.

---

122) 몰아치는, 재촉하는
123) 한결같이
124) 아직
125) 흰소리

그런데 이번 벼를 훔쳐간 놈은 응칠이를 마구 넘보는 모양 같다.

이렇게 생각하면 응칠이는 더욱 괘씸하였다. 그는 물푸레 몽둥이를 벗삼아 논둑길을 질러서 산으로 올라간다.

이슥한 그믐은 칠야—

길은 어둡고 흐릿한 언저리만 눈앞에 아물거린다.

그 논까지 칠 마장은 느긋하리라. 이 마을을 벗어나는 어구[126]에 고개 하나를 넘는다. 또 하나를 넘는다. 그러면 그 담고개와 고개 사이에 수목이 울창한 산 중툭을 비겨대고[127] 몇 마지기의 논이 놓였다. 응오의 논은 그중의 하나이었다. 길에서 썩 들어앉은 곳이라 잘 뵈도 않는다. 동리에 그런 소문이 안 났을 때에는 천행으로 본 놈이 없을 것이나 반드시 성팔이의 성행[128]임에는—

응칠이는 공동묘지의 첫 고개를 넘었다. 그리고 다음 고개의 마루턱을 올라섰을 때 다리가 주춤하였다. 저 왼편 높은 산고랑에서 불이 반짝하다 꺼진다. 짐승불로는 너무 흐리고— 아— 하, 이놈들이 또 왔군. 그는 가던 길을 옆으로 새었다. 더듬더듬 나뭇가지를 짚으며 큰 산으로 올라탄다. 바위는 미끌리어 내리며 발등을 찧는다. 딸기 가시에 종아리는 따겁고 엉금엉금 기어서 바위를 끼고 감돈다.

산, 거반[129] 꼭대기에 바위와 바위가 어깨를 겯고 움쑥 들어간 굴이 있다. 풀들은 뻗치어 굴문을 막는다.

그 속에 둘러앉아서 다섯 놈이 머리들을 맞대고 수군거린다. 불빛이 샐까 염려다. 남포불을 얕이 달아 놓고 몸들을 바싹바싹 여미어 가리운다.

"어서 후딱후딱 쳐, 갑갑해서 온—"

---

126) 어귀
127) 비스듬하게 기대어
128) 소행
129) 거의

"이번엔 누가 빠지나?"

"이 사람이지 뭘 그래."

"다시 섞어, 어서[130] 이따위 수작이야."

하고 한 놈이 골을 내이고 화투를 빼앗아 제 손으로 섞다가 깜짝 놀란다. 그리고 버썩 대드는 응칠이를 벙벙히 치어다보며 얼뚤한다.

그들은 응칠이가 오는 것을 완고척히[131] 싫어하는 눈치였다. 이런 애송이 노름판인데 응칠이를 들였다는 맥을 못 쓸 것이다. 속으로는 되우 꺼렸다마는 그렇다고 응칠이의 비위를 건드림은 더욱 좋지 못하므로—

"야, 응칠인가 어서 들어오게."

하고 선웃음을 치는 놈에

"난 올 듯하기에, 자넬 기다렸지."

하며 어수대는[132] 놈.

"하여튼 한케[133] 떠 보세."

이놈들은 손을 잡아들이며 썩들 환영이었다.

응칠이는 그 속으로 들어서며 무서운 눈으로 좌중을 한번 훑어보았다.

그런데 재성이도 그 틈에 끼어 있는 것이 아닌가. 사실 전만 해도 응칠이더러 먹을 양식이 없으니 돈 좀 취하라던 놈이. 의심이 부썩 일었다. 도적이란 흔히 이런 노름판에서 씨가 퍼진다. 고 옆으로 기호도 앉았다. 이놈은 며칠 전 제 계집을 팔았다. 그 돈으로 영동 가서 장사를 하겠다던 놈이 노름을 왔다. 제깐 주제에 딸 듯 싶은가. 하나는 용구. 농사엔 힘 안 쓰고 노름에 몸이 달았다. 시키는 부역도 안 나온다고 동리에서 손두[134]를 맞은 놈이다. 그리고 남의 집 머슴 녀석. 뽐을 내이고 멋없이 점잔을

130) 어디서
131) 완고히, 융통성이 없이
132) 으스대는
133) 함께
134) 손도(損徒): 패륜 행위를 저지른 자를 쫓아내는 것

피우는 중늙은이 상투쟁이. 이 물건은 어서 날라왔는지 보도 못하던 놈이다. 채 이것들이 뭘 한다구—

응칠이는 기호의 등을 꾹 찍어 가지고 밖으로 나왔다.

외딴 곳으로 데리고 와서

"자네 돈 좀 없겠나?"

하고 돌아서다가

"웬걸 돈이 어디……."

눈치만 남고 어름어름하니

"아내와 갈렸다지, 그 돈 다 뭣 했나?"

"아 이 사람아 빚 갚았지—"

기호는 눈을 내려깔며 매우 거북한 모양이다.

오른편 엄지로 한 코를 밀고 흥 하고 내풀더니 이번 빚에 졸리어 죽을 뻔했네 하고 묻지 않은 발뺌까지 얹어서 설대[135]로 등이리를 긁죽긁죽한다.

그러나 응칠이는 속으로 이놈 하였다.

응칠이는 실눈을 뜨고 기호를 유심히 쏘아 주었더니

"꼭 사 원 남았네."

하고 선뜻 알리고

"빚 갚고 뭣하고 흐지부지 녹았어—"

어색하게도 혼잣말로 우물쭈물 웃어 버린다.

응칠이는 퉁명스러이

"나 이 원만 최게.[136]"

하고 손을 내대다 그래두 잘 듣지 않으매

135) 담배 설대(담배통과 물부리 사이에 끼워 맞추는 가는 대)
136) 꾸게

"따서 둘이 논을 테야, 누가 떼먹나—"

하고 소리가 한번 빽 아니 나올 수 없다.

이 말에야 기호도 비로소 안심한 듯, 저고리 섶을 쳐들고 흠처거리다[137] 주뼛주뼛 꺼내 놓는다. 딴은 응칠이의 솜씨이면 낙자는 없을[138] 것이다. 설혹 재간이 모자라 잃는다면 우격이라도 도로 몰아갈 게니깐—

"나두 한케 떠 보세."

응칠이는 우좌스리[139] 굴로 기어든다. 그 콧등에는 자신 있는 그리고 흡족한 미소가 떠오른다. 사실이지 노름만치 그를 행복하게 하는 건 다시 없었다. 슬프다가도 화투나 투전장을 손에 들면 공연스리 어깨가 으쓱거리고 아무리 일이 바빠도 노름판은 옆에 못 두고 지난다. 그는 이놈 저놈의 눈치를 스을쩍 한번 훑고

"두 패루 너느지[140]?"

응칠이는 재성이와 용구를 데리고 한옆으로 비켜 앉았다. 그리고 신바람이 나서 화투를 섞다가 손을 따악 짚으며

"튀전이래지 이깐 화투는 하튼 뭘 할 텐가, 녹빼낀[141]가, 켤텐가?"

"약단[142]이나 그저 보지—"

사방은 매섭게 조용하였다. 바위 위에서 혹 바람에 모래 구르는 소리뿐이다. 어쩌다

"엣다 봐라."

하고 화투짝이 쩔꺽, 한다. 그리곤 다시 쥐죽은 듯 잠잠하다.

그들은 이욕에 몸이 달아서 이야기구 뭐구 할 여지가 없다. 항여 속지

137) 흠칫거리다
138) 영락없을
139) 우악스럽게
140) 나누지
141) 육백인가
142) 화투놀이에서 '약'과 '단'을 아울러 이르는 말

나 않는가, 하얀 눈들이 빨개서 서루 독을 올린다. 어떤 놈이 뜨는 놈이고 어떤 놈이 뜯기는 놈인지 영문 모른다.

응칠이가 한 장을 내던지고 명월 공산을 보기 좋게 떡 젖혀 놓으니

"이거 왜 수짜질[143]이야."

용구가 골을 벌컥 내이며 쳐다본다.

"뭐가?"

"뭐라니, 아 이 공산 자네 밑에서 빼내지 않았나?"

"봤으면 고만이지 그렇게 노할 건 또 뭔가—"

응칠이는 어설피 입맛을 쩍쩍 다시다

"그럼 이번엔 파토지?"

하고 손의 화투를 땅에 내던지며 껄껄 웃어 버린다.

이때 한옆에서 별안간

"이 자식 죽인다—"

악을 쓰는 것이니 모두들 놀라며 시선을 몬다.[144] 머슴이 마주 앉은 상투의 뺨을 갈겼다. 말인즉 매주[145] 다섯 끗을 엎어쳤다, 고—

허나 정말은 돈을 잃은 것이 분한 것이다. 이 돈이 무슨 돈이냐 하면 일 년 품을 팔은 피 묻은 사경이다. 이런 돈을 송두리 먹다니—

"이 자식 너는 야마시꾼[146]이지 돈 내라."

멱살을 훔켜잡고 다시 두 번을 때린다.

"허, 이눔이 왜 이래누, 어른을 몰라보구."

상투는 책상다리를 잡숫고[147] 허리를 쓰윽 펴더니 점잖이 호령한다. 자식뻘 되는 놈에게 뺨을 맞는 건 말이 좀 덜 된다. 약이 올라서 곧 일을 칠

143) 수작질
144) 모은다
145) 매조
146) 사기꾼
147) 하고

듯이 응뎅이를 번쩍 들었으나 그러나 그대루 주저앉고 말았다. 악에 바짝 받친 놈을 건드렸다가는 결국 이쪽이 손해다. 더럽단 듯이 허허, 웃고

"버릇없는 놈 다 봤고!"

하고 꾸짖은 것은 잘 됐으나 기어이 어이쿠, 하고 그 자리에 푹 엎으러진다. 이마가 터져서 피는 흘렀다. 어느 틈엔가 돌멩이가 날아와 이마의 가죽을 터친 것이다.

응칠이는 싱글거리며 굴을 나섰다. 공연스리 쑥스럽게 일이나 벌어지면 성가신 노릇이다. 그리고 돈 백이나 될 줄 알았더니 다 봐야 한 사십 원 될까 말까. 그걸 바라고 어느 놈이 앉았는가—

그가 딴 것은 본밑을 알라[148] 구 원하고 팔십 전이다. 기호에게 오 원을 내 주고

"자, 반이 넘네 자네 계집 잃고 돈 잃고 호강이겠네."

농담으로 비웃어 던지고는 숲으로 설렁설렁 내려온다.

"여보게 자네에게 청이 있네."

재성이 목이 말라서 바득바득 따라온다. 그 청이란 묻지 않아도 알 수 있었다. 저에게 돈을 다 빼앗기곤 구문[149]이겠지. 시치미를 딱 떼고 나갈 길만 걷는다.

"여보게 응칠이, 아 내 말 좀 들어—"

그제서는 팔을 잡아낚으며 살려 달라 한다. 돈을 좀 늘일까, 하고 벼 열 말을 팔아 해 보았더니 다 잃었다고. 당장 먹을 게 없어 죽을 지경이니 노름 밑천이나 하게 몇 푼 달라는 것이다. 그러나 벼를 털었으면 거저 먹을 게지 어줍지 않게 노름은—

"그런 걸 왜 너보고 하랬어?"

---

148) 아울러

149) 흥정을 붙여 주고 그 보수로 받는 돈

하고 돌아서며 소리를 빽 지르다가 가만히 보니 눈에 눈물이 글썽하다. 잠자코 돈 이 원을 꺼내 주었다.

응칠이는 들에 앉아서 팔짱을 끼고 덜덜 떨고 있다.

사방은 빽— 돌리어 나무에 둘러싸였다. 거무투툭한 그 형상이 헐없이 무슨 도깨비 같다. 바람이 불 적마다 쏴—하고 쏴—하고 음충맞게 건들거린다. 어느 때에는 짹, 짹, 하고 목을 따지는 비명도 울린다.

그는 가끔 뒤를 돌아보았다. 별일은 없을 줄 아나 호욕[150] 뭐가 덤벼들지도 모른다. 소낭당[151]은 바루 등 뒤다. 쪽제빈지 뭔지, 요동[152] 통에 돌이 무너지며 바시락, 바시락, 한다. 그 소리가 묘—하게도 등줄기를 쪼옥긋는다. 어두운 꿈속이다. 하늘에서 이슬은 내리어 옷깃을 추긴다.[153] 공포도 공포려니와 냉기로 하여 좀체로 견딜 수가 없었다.

산골은 산신까지도 주렸으렷다. 아들 나달라구 떡 갖다 바칠 이 없을 테니까. 이놈의 영강님 홧김에 덥석 달겨들면. 앞뒤를 다시 한 번 휘돌아본 다음 설대를 뽑는다. 그리고 오곰팽이[154]로 불을 가리고는 한 대 빽빽 피워물었다. 논은 열아문[155] 칸 떨어져 고 알에 누웠다. 일심정기를 다하여 나무 틈으로 뚫어보고 앉았다. 그러나 땅에 대를 털려넌깐 풀숲이 이상스러이 흔들린다. 뱀, 뱀이 아닌가. 구시월 뱀이라니 물리면 고만이다. 자리를 옮겨 앉으며 손으로 입을 막고 하품을 터친다.

아마 두어 시간은 더 넘었으리라. 소문이 나기 전에 한 번 더와 보는 것이 원칙이다. 잠을 못 자서 눈이 빽빽한 것이 제물에 슬금슬금 감긴다. 이를 악물고 눈을 뒵쓰면[156] 이번에는 허리가 노글거린다. 속은 쓰리고 골

---

150) 혹시
151) 서낭당, 성황당
152) 흔들리어 움직임
153) 축인다
154) 오금팽이(무릎의 구부러지는 안쪽의 오목한 부분)
155) 여남은
156) 뒤어쓰면(눈알을 위쪽으로 몰리게 해서 흰자위만 보이게 뜨면)

치는 때리고 불꽃같은 노기가 불끈 일어서 몸을 옥죄인다. 이놈의 다리를 못 꺾어 놔도 애비 없는 홀의자식[157]이겠다.

닭들이 세 홰를 운다. 멀—리 산을 넘어오는 그 음향이 퍽은 서글프다. 큰 비를 몰아드는지 검은 구름이 잔뜩 끼인다. 하긴 지금도 빗방울이 뚝, 뚝, 떨어진다.

그때 논둑에서 희끄무레한 헤까비[158] 같은 것이 얼씬거린다.

정신을 빤짝 차렸다. 영락없이 성팔이, 재성이, 그들 중의 한놈이리라. 이 고생을 시키는 그놈! 이가 북북 갈리고 어깨가 다 식식거린다. 뭉둥이를 잔뜩 우려쥐었다. 그리고 벌떡 일어나서 나무 줄기를 끼고 조심조심 돌아내린다. 허나 도랑쯤 내려오다가 그는 멈씰하여 몸을 뒤로 물렸다. 늑대 두 놈이 짝을 짓고 이편 산에서 저편 산으로 설렁설렁 건너가는 길이었다. 빌어먹을 늑대, 이것까지 말썽이람. 이마의 식은땀을 씻으며 도루 제자리로 돌아온다. 어쩌면 이번 이놈도 재작년 강도짝이나 안 될는지. 급시로 불길한 예감이 뒤통수를 탁 치고 지나간다.

그는 옷깃을 여미어 한 대를 더 붙였다. 돌연히 풍세는 심하여진다. 산골짜기로 몰아드는 억센 놈이 가끔 발광이다. 다시금 더르르 몸을 떨었다. 가을은 왜 이 지경인지 여기에서 밤새울 생각을 하니 기가 찼다.

얼마나 되었는지 몸을 좀 녹이고자 일어나 서성서성할 때였다. 논으로 다가오는 희미한 그림자를 분명히 두 눈으로 보았다. 그리고 보니 피로구, 한고[159]이구 다 딴 소리다. 고개를 내대고 딱 버티고 서서 눈에 쌍심지를 올린다.

흰 그림자는 어느 틈엔가 어둠 속에 사라져 보이지 않는다. 그리고 다시 나올 줄을 모른다. 바람 소리만 왱, 왱, 칠 뿐이다. 다시 암흑 속이 된

157) 호래자식
158) 허깨비
159) 심한 추위로 인한 괴로움

다. 확실히 벼를 훔치러 논 속으로 들어갔을 것이다. 역갱이[160] 같은 놈이 궂은 날새[161]를 기회 삼아 맘껏 하겠지. 의리없는 썩은 자식, 격장[162]에서 같이 굶는 터이에— 오냐 대거리만 있거라. 이를 한번 부윽 갈아붙이고 차츰차츰 논께로 내려온다.

응칠이는 논께로 바특이 내려서서 소나무에 몸을 착 붙였다. 섣불리 서둘다간 낫의 횡액을 입을지도 모른다. 다 훔쳐 가지고 나올 때만 기다린다. 몽둥이는 잔뜩 힘을 올린다.

한 식경쯤 지났을까, 도적은 다시 나타난다. 논둑에 머리만 내놓고 사면을 두리번거리더니 그제서 기어나온다. 얼굴에는 눈만 내놓고 수건인지 뭔지 헝겊이 가리었다. 봇짐을 등에 짊어메고는 허리를 구붓이 뺑손[163]을 놓는다. 그러나 응칠이가 날쌔게 달겨들며

"이 자식, 남우 벼를 훔쳐 가니—"

하고 대포처럼 고함을 지르니 논둑으로 고대로 데굴데굴 굴러서 떨어진다. 얼결에 호되이 놀란 모양이었다.

응칠이는 덤벼들어 우선 허리께를 내려조겼다. 어이쿠쿠, 쿠—, 하고 처참한 비명이다. 이 소리에 귀가 번쩍 띄이어 그 고개를 들고 팔부터 벗겨 보았다. 그러나 너무나 어이가 없었음인지 시선을 치걷으며 그 자리에 우두망철[164]한다.

그것은 무서운 침묵이었다. 살뚱맞은[165] 바람만 공중에서 북새를 논다.[166]

한참을 신음하다 도적은 일어나더니

160) 여우
161) 날씨
162) 담 하나 사이에 둔 이웃
163) 뺑소니
164) 우두망찰
165) 독살스럽고 당돌한
166) 부산을 떤다

"성님까지 이렇게 못살게 굴기유?"

제법 눈을 부라리며 몸을 홱 돌린다. 그리고 느끼며 울음이 복받친다. 봇짐도 내버린 채

"내 것 내가 먹는데 누가 뭐래?"

하고 데퉁스러이[167] 내뱉고는 비틀비틀 논 저쪽으로 없어진다.

형은 너무 꿈속 같아서 멍허니 섰을 뿐이다. 그러나 얼마 지나서 한 손으로 그 봇짐을 들어 본다. 가뿐하니 끽 말가웃이나 될는지. 이까진걸 요렇게까지 해갈라는 그 심정은 실로 알 수 없다. 벼를 논에다 도루 털어 버렸다. 그리고 아내의 치마이겠지, 검은 보자기를 척척 개서 들었다. 내 걸 내가 먹는다— 그야 이를 말이랴, 허나 내 걸 내가 훔쳐야 할 그 운명도 얄궂거니와 형을 배반하고 이 짓을 벌인 아우도 아우렷다. 에—이 고현 놈, 할 제 복을 적시는 것은 눈물이다. 그는 주먹으로 눈을 쓱 부비고 머리에 번쩍 떠오르는 것이 있으니 두레두레[168] 한 황소의 눈깔. 시오 리를 남쪽 산속으로 들어가면 어느 집 바깥 뜰에 밤마다 늘 매여 있는 투실투실한 그 황소. 아무렇게 따지든 칠십 원은 갈 데 없으리라. 그는 부리나케 아우의 뒤를 밟았다.

공동묘지까지 거반 왔을 때에야 가까스루 만났다. 아우의 등을 탁 치며

"얘, 존 수 있다. 네 원대로 돈을 해 줄게 나구[169] 잠깐 다녀오자."

씩씩한 어조로 기쁘도록 달랬다. 그러나 아우는 입 하나 열려지 않고 그대루 실쭉하였다.

뿐만 아니라 어깨 우에 올려 놓은 형의 손을 부질없단 듯이 몸으로 털어 버린다. 그리고 삐익 달아난다. 이걸 보니 하 엄청이 나고 기가 콱 막히었다.

---

167) 퉁명스럽게
168) 두리번두리번 사방을 둘러보는 모양
169) 나하고

“이눔아!”

하고 악에 받치어

“명색이 성이라며?”

대뜸 뭉둥이는 들어가 그 볼기짝을 후려갈겼다. 아우는 모루 몸을 꺾더니 시나브로 찌그러진다. 대미처[170] 앞 정갱이를 때렸다, 등을 팼다. 일지 못할 만치 매는 내리었다. 체면을 불구하고 땅에 엎드리어 엉엉 울도록 매는 내리었다.

홧김에 하긴 했으되 그 꼴을 보니 또한 마음이 편할 수 없다. 침을 퇴 뱉아 던지곤 팔자 드신 놈이 그저 그렇지 별수 있나. 쓰러진 아우를 일으키어 등에 업고 일어섰다. 언제나 철이 날는지 딱한 일이었다. 속 썩는 한숨을 후—하고 내뿜는다. 그리고 어청어청[171] 고개를 묵묵히 내려온다.

---

170) 뒤미처
171) 키가 큰 사람이 자꾸 이리저리 천천히 걷는 모양

산골

산

머리 우에서 굽어보던 햇님이 서쪽으로 기울어 나무에 긴 꼬리가 달렸건만 나물 뜯을 생각은 않고 이뿐이는 늙은 잣나무 허리에 등을 비겨대고 먼 하늘만 이렇게 하염없이 바라보고 섰다.

하늘은 맑게 개이고 이쪽저쪽으로 뭉굴뭉굴 피어오른 흰 꽃송이는 곱게도 움직인다. 저것도 구름인지 학들은 쌍쌍이 짝을 짓고 그 새로[1] 날아들며 끼리끼리 어르는 소리가 이 수퐁까지 멀리 흘러내린다.

갖가지 나무들은 사방에 잎이 우거졌고 땡볕에 그 잎을 펴들고 너훌너훌 바람과 아울러 산골의 향기를 자랑한다.

그 공중에는 나는 꾀꼬리가 어여쁘고— 노란 날개를 팔닥이고 이 가지 저 가지로 옮아앉으며 홍에 겨운 행복을 노래 부른다.

—고—이! 고이고—이!

요렇게 아양스리 노래도 부르고—

—담배 먹구 꼴 비어!

1) 사이로

마진쪽[2] 저 바위 밑은 필시 호랑님의 드나드는 굴이리라. 음침한 그 우에는 가시덤불 다래넝쿨이 어지러이 엉클리어 지붕이 되어 있고 이것도 돌이랄지 연록색 털북숭이는 올망졸망 놓였고 그리고 오늘두 어김없이 뻐꾸기는 날아와 그 잔등에 다리를 머므르며—

—뻐꾹! 뻐꾹! 뻑뻑꾹!

어느덧 이뿐이는 눈시울에 구슬방울이 맺히기 시작한다. 그리고 나물보구니가 툭, 하고 땅에 떨어지자 두 손에 펴들은 치마폭으로 그새 얼굴을 폭 가리고는

이뿐이는 흐륵흐륵 마냥 느끼며 울고 섰다.

이제야 후회나노니[3] 도련님 공부하러 서울로 떠나실 때 저두 간다구 왜 좀 더 붙들고 늘어지지 못했던가, 생각하면 할수록 가슴만 미어질 노릇이다. 그러나 마님의 눈물 기어[4] 자그만 보따리를 옆에 끼고 산속으로 이십 리나 넘어 따라갔던 이뿐이가 아니었던가. 과연 이뿐이는 산등을 질러갔고 으슥한 고갯마루에서 기다리고 섰다가 넘어오시는 도련님의 손목을 꼭 붙잡고 "난 안 데려가지유!" 하고 애원 못한 것도 아니니 공연스리 눈물부터 앞을 가렸고 도련님이 놀라며

"너 왜 오니? 여름에 꼭 온다니까 어여 들어가라."

하고 역정을 내심에는 고만 두려웠으나 그래도 날 데려가라구 그 몸에 매어달리니 도련님은 얼마를 벙벙히 그냥 섰다가

"울지 마라 이뿐아 그럼 내 서울 가 자리나 잡거든 널 데려가마." 하고 등을 두다리며 달래일 제 만일 이 말에 이뿐이가 솔깃하여 꼭 곧이듣지만 않았던들 도련님의 그 손을 안타까이 놓지는 않았던 걸—

"정말 꼭 데려가지유?"

2) 맞은쪽
3) 후회되느니
4) 눈물은 '눈'의 오기인 듯. 눈을 피해

"그럼 한 달 후에면 꼭 데려가마."

"난 그럼 기다릴 테야유!" 그리고 아침 햇발에 비끼는[5] 도련님의 옷자락이 산등으로 꼬불꼬불 저 멀리 사라지고 아주 보이지 않을 때까지 이뿐이는 남이 볼까 하여 피어 흩어진 개나리 속에 몸을 숨기고 치마끈을 입에 물고는 눈물로 배웅하였던 것이 아니런가. 이렇게도 철석같이 다짐은 두고 가시더니 그 한 달이란 대체 얼마나 되는 겐지 몇 한 달이 거듭 지나고 돌도 넘었으련만 도련님은 이렇다 소식 하나 전할 줄조차 모르신다. 실토로[6] 터놓고 말하자면 늙은 이 잣나무 아래에서 도련님과 맨 처음 눈이 맞을 제 이뿐이가 먼저 그러자고 한 것도 아니련만— 이뿐이 어머니가 마님댁 씨종이고 보면 그 딸 이뿐이는 잘 따져야 씨의 씨종이니 하잘것없는 계집애이거늘 이뿐이는 제 몸이 이럼을 알고 시내에서 홀로 빨래를 할 적이면 도련님이 가끔 덤벼들어 이게 장난이겠지, 품에 꼭 껴안고 뺨을 깨물어뜯는 그 꼴이 숭글숭글하고 밉지는 않았으나 그러나 이뿐이는 감히 그런 생각을 먹어 본 적이 없었다. 그날도 마님이 구미가 제치셨다고[7] 얘 이뿐아 나물 좀 뜯어온, 하실 때 이뿐이는 퍽이나 반가왔고 아침밥도 몇 술로 겉날리고 보구니를 동무 삼아 집을 나섰으니 나이 아직 열여섯이라 마님에게 귀염을 받는 것이 다만 좋았고 칠칠한 나물을 뜯어드리고자 아직 다 마르지 않았고 바위 틈바구니에 흩어진 잔디에는 커다란 구렁이가 뚜아리를[8] 틀고서 떡머구리 한 놈을 우물거리고 있는 중 이매 이뿐이는 쌔근쌔근 가쁜 숨을 쉬어 가며 그걸 가만히 들여다보고 섰다가 바루 발 앞에 도라지순이 있음을 발견하고 꼬챙이로 마악 캐려 할 즈음 등 우에서 뜻밖에 발자국 소리가 들리는 것이 아닌가. 깜짝 놀

5) 비스듬히 늘어지다
6) 실토하여
7) 젖히다
8) 또아리

라며 고개를 돌려보니 언제 어디로 따라왔던가 도련님은 물푸래나무 토막을 한 손에 지팽이로 짚고 붉은 얼굴이 땀바가지가 되어 식식거리며 그리고 씽글씽글 웃고 있다. 그 모양이 하도 수상하여 이뿐이는 눈을 똥그랗게 뜨고 바라보니 도련님은 좀 면구쩍은지[9] 낯을 모로 돌리며 그러나 여일히 싱글싱글 웃으며 뱃심 유한[10] 소리가—

"난 지팽이 꺽으러 왔다—" 그렇지마는 이뿐이는 며칠 전 마님이 불러 세고 너 도련님하구 같이 다니면 매맞는다, 하시던 그 꾸지람을 얼뜬 생각하고

"왜 따라왔지유— 마님 아시면 남 매맞으라구?" 하고 암팡스리 쏘았으나 도련님은 귓등으로 듣는지 그래도 여전히 싱글거리며 뱃심 유한 소리로—

"난 지팽이 꺽으러 왔다—" 그제서는 이뿐이는 성을 안 낼 수가 없고

"마님께 나 매 맞어두 난 몰라."

혼잣말로 이렇게 되알지게 쫑알거리고 너야 가든 말든 하라는 듯이 고개를 돌리어 아까의 도라지를 다시 캐자노라니 도련님은 무턱대고 그냥 와락 달려들어

"너 맞는 거 나는 알지?"

이뿐이는 뒤로 꼭 붙들고 땀이 쪽 흘른 그 빰을 또 잔뜩 깨물고는 놓질 않는다. 이뿐이는 어려서부터 도련님과 같이 자랐고 같이 놀았으되 제가 먼저 그런 생각을 두었다면 도련님을 벌컥 떠다밀어 바위 너머로 곤두박히게 했을 리 만무이었고 궁뎅이를 털고 일어나며 도련님이 무색하여 멀거니 쳐다보고 입맛만 다시니 이뿐이는 그 꼴이 보기 가여웠고 죄를 저지른 제 몸에 대하여 죄송한 자책이 없던 바도 아니었마는 다시 손목을

9) 겸연쩍다
10) 뱃심있는

잡히고 이 잣나무 밑으로 끌릴 제에는 왼[11] 힘을 다하여 그 손깍지를 버리며 야단친 것도 사실이 아닌 건 아니나 그러나 어덴가 마음 한편에 앙살[12]을 피면서도 넉히[13] 끌리어 가도록 도련님의 힘이 좀 더 좀 더 하는 생각이 전혀 없었다면 그것은 거짓말이 되고 말 것이다. 물론 이뿐이가 얼굴이 발개지며 앙큼스러운 생각을 먹은 것은 바루 이때이었고

"난 몰라 마님께 여쭐 터이야 난 몰라!" 하고 적잖이 조바심을 태이면서도 도련님의 속맘을 한번 뜯어 보고자

"누가 종두 이러는 거야?" 하고 손을 뿌리치며 된통 호령을 하고 보니 도련님은 이 깊고 외진 산속임에도 불구하고 귀에다 입을 갖다 대고 가만히 속삭이는 그 말이—

"너 나하고 멀리 도망가지 않으련!" 그러니 이뿐이는 이 말을 참으로 꼭 곧이들었고 사내가 이렇게 겁을 집어먹는 수도 있는지 도련님이 땅에 떨지는[14] 성냥갑을 호줌[15]에 다시 집어널 줄도 모르고 덤벙거리며 산알로 꽁지를 빼 때까지 이뿐이는 잣나무 뿌리를 베고 풀밭에 번듯이 드러누운 채 푸른 하늘을 바라보며 인제 멀리만 달아나면 나는 저 도련님의 아씨가 되려니 하는 생각에 마님께 진상할 나물 캘 생각조차 잊고 말았다. 그러나 조금 지나매 이뿐이는 어쩐지 저도 겁이 나는 듯싶었고 발딱 일어나 사면을 휘돌아보았으나 거기에는 험상스러운 바위와 우거진 숲이 있을 뿐 본 사람은 하나도 없으련만— 아마 산이 험한 탓일지도 모르리라. 가슴은 여전히 달랑거리고 두려우면서 그러나 이 산덩이를 제품에 꼭 품고 같이 둥글고 싶은 안타까운 그런 행복이 느껴지지 않은 것도 아니었으니 도련님은 이렇게 정은 들이고 가시고는 이제와서는 생판 모르는 체하시

11) 온
12) 앙탈
13) 족히
14) 떨어지는
15) 호주머니

는 거나 아닐런가—

마을

두 손등으로 눈물을 씻고 고개는 어레[16] 들었으나
나물 뜯을 생각은 않고
이뿐이는 늙은 잣나무 밑에 앉아서 먼 하늘을 치켜대고 도련님 생각에 이렇게도 넋을 잃는다.

이제 와 생각하면 야속도스럽나니 마님께 매를 맞도록 한 것도 결국 도련님이었고 별 욕을 다 당하게 한 것도 결국 도련님이 아니었던가—

매일과 같이 산엘 올라다닌 지 단 나흘이 못 되어 마님은 눈치를 채셨는지 혹은 짐작만 하셨는지 저녁때 기진하여 내려오는 이뿐이를 불러 앉히시고

"너 요년 바른대로 말해야지 죽인다." 하고 회초리로 때리시되 볼기짝이 톡톡 불거지도록 하시었고 그래도 안차게[17] 아니라고 고집을 쓰니 이번에는 어머니가 달겨들어 머리채를 휘잡고 주먹으로 등어리를 서너 번 쾅쾅 때리더니 그만도 좋으련만 뜰아랫방에 갖다 가두고는 사날씩이나 바깥 구경을 못하게 하고 구메밥[18]으로 구박을 막 함에는 이뿐이는 짜증 서럽지 않을 수가 없었다. 징역살이 맨 마지막 밤이 깊었을 제 이뿐이는 너무 원통하여 혼자 앉아서 울다가 자리에 누운 어머니의 허리를 꼭 끼고 그 품속으로 기어들며 "어머니 나 데련님하고 살 테야—" 하고 그예

16) 어레→어릿→얼핏
17) 당차다: 겁이 없고 깜찍하다
18) 구멍밥: 옥문의 구멍으로 죄수에게 주는 밥

저의 속중[19]을 토설하니 어머니는 들었는지 먹었는지 그냥 잠잠히 누웠더니 한참 후 후유, 하고 한숨을 내뿜을 때에는 이미 눈에 눈물이 그렁그렁하였고 그러고 또 한참 있더니 입을 열어 하는 이야기가 지금은 이렇게 늙었으나 자기도 색시 때에는 이뿐이만치나 어여뻤고 얼마나 맵시가 출중났던지 노나리와 은근히 배가 맞았으나 몇 달이 못 가서 노마님이 이걸 아시고 하루는 불러세고 때리시다가 마침내 샘에 못 이기어 인두로 하초를 지지려고 들어 덤비신 일이 있다고 일러 주고 다시 몇 번 몇 번 당부하여 말하되 석숭네가 벌써부터 말을 건네는 중이니 도련님에게 맘을랑 두지 말고 몸 잘 갖고 있으라 하고 딱 떼는 것이 아닌가. 하기야 이뿐이가 무남독녀의 귀여운 외딸이 아니었드런들 사흘 후에도 바깥엘 나올 수 없었으려니와 비로소 대문을 나와 보니 그간 세상이 좀 넓어진 것 같고 마치 우리를 벗어난 짐승과 같이 몸의 가뜬함을 느꼈고 숭칙스러운[20] 산으로 빽빽 들러싼 이 산골에서 벗어나 넓은 버덩[21]으로 나간다면 기쁘기가 이보다 좀 더하리라 생각도 하여 보고 어머니의 영대로 고추밭을 매러 개울길로 내려갈려니까 왼편 수퐁 속에서 도련님이 불쑥 튀어나오며 또 붙들고 산에 안 갈 테냐고 대구 보채인다. 읍에 가 학교를 다니다가 요즘 방학이 되어 집에 돌아온 뒤로는 공부는 할 생각 않고 날이면 날 지물도록 저만 이렇게 붙잡으러 다니는 도련님이 딱도 하거니와 한편 마님도 무섭고 또는 머처럼[22] 용서를 받는 길로 그러고 보면 이번에는 호되이 불이 내릴 것을 알고 이뿐이는 오늘은 안 되니 낼모레쯤 가자고 좋게 달래다가 그래도 듣지 않고 굳이 가자고 성화를 하는 데는 할 수 없이 몸을 뿌리치고 뺑손을 놀 수밖에 딴 도리가 없었다. 구질구질히 내리던 비로

19) 속마음
20) 흉칙스럽다
21) 바닥
22) 모처럼

말미암아 한동안 손을 못댄 고추밭은 풀들이 제법 성큼히 엉기었고 어디서부터 시작해야 좋을지 갈피를 모르겠는데 이쁜이는 되는 대로 한편 구석에 치마를 도사리고 앉아서, 이것도 명색은 김매는 거겠지 호미로 흙등만 따작거리며 정짜[23] 정신은 어젯밤 좋은 상전과 못 사는 법이라던 어머니 말이 옳은지 그른지 그것만 일념으로 아로새기며 이리 씹고 저리도 씹어 본다. 그러나 이쁜이는 아무렇게나 나는 도련님과 꼭 살아 보겠다 혼자 맹세하고 제가 아씨가 되면 어머니는 일테면 마님이 되련마는 왜 그리 극성인가 싫어서 좀 야속하였고 해가 한나절이 되어 목덜미를 확확 달릴 때까지 이리저리 곰곰 생각하다가 고개를 들어보매 밭은 여태 한 고랑도 다 끝이 못났으니 이놈의 밭이 하고 탓 안 할 탓을 하며 저로도 하품이 나올만치 어지간히 기가 막혔다. 이번에는 좀 빨랑빨랑 하리라 생각하고 이쁜이는 호미를 잽싸게 놀리며 폭폭 찍고 덤볐으나 그래도 웬일인지 일은 손에 붙지를 않고 그뿐 아니라 등 뒤 개울의 덤불에서는 온갖 잡새가 귀둥대둥 멋대로 속삭이고 먼 발치에서 풀을 뜯고 있던 황소가 메— 하고 늘어지게도 소리를 내뽑으니 이쁜이는 이걸 듣고 갑자기 몸이 나른해지지 않을 수 없고 밭가에 선 수양버들 그늘에 쓰러져 한잠 들고 싶은 생각이 곧바루 나지마는 어머니가 무서워 차마 그걸 못하고 만다. 인제는 계집애는 밭일을 안 하도록 법이 됐으면 좋겠다 생각하고 이쁜이는 울화증이 나서 호미를 메끈지고[24] 얼굴의 땀을 씻으며 앉았노라니까 들로 보리를 걷으러 가는 길인지 석숭이가 빈 지게를 지고 꺼불꺼불 밭머리에 와 서더니 아주 썩 시퉁그러지게 입을 삐죽거리며 이쁜이를 건너대고 하는 소리가—

"너 데련님하구 그랬대지—" 새파랗게 갈은 비수로 쭉 내려긋는 대도

23) 진짜, 정작
24) 내던지고

아마 이토록은 재겹지 않으리라 마는 이쁜이는 어서 들었느냐고 따져 볼 겨를도 없이 얼굴이 고만 홍당무가 되었고 그놈의 소위로 생각하면 대뜸 들어덤벼 그 귓배기라도 물고 늘어질 생각이 곧 간절은 하나 헌[25] 죄는 있고 어째 볼 용기가 없으매 다만 고개를 폭 수그릴 뿐이다. 그러니까 석숭이는 제가 괜 듯싶어서 이쁜이를 짜정 넘보고 제법 밭 가운데까지 들어와 떡 버티고 서서는 또 한 번 시큰둥하게 그리고 엇먹는[26] 소리로—

"너 데련님하구 그랬대지—" 전일 같으면 제가 이쁜이에게 지게막대기로 볼기 맞을 생각도 않고 감히 이따위 버르장머리는 하기커녕 즈아버지 장사하는 원두막에서 몰래 참외를 따가지고 와서

"얘 이쁜아 너 이거 먹어라." 하다가

"난 네가 주는 건 안 먹을 테야." 하고 몇 번 내뱉음에도 꿀치 않고[27] 굳이 먹으라고 떠맡기므로 이쁜이가 마지 못하는 체하고 받아들고는 물론 치마폭에 흙을 싹싹 문대고 나서 깨물고 앉았노라면 아무쪼록 이쁜이 맘에 잘 들도록 호미를 대신 손에 잡기가 무섭게 는실난실 김을 매 주었고 그리고 가끔 이쁜이를 웃겨 주기 위하여 그것도 재주라고 밭고랑에서 잘 봐야 곰 같은 몸뚱이로 이리 뒹굴고 하였다. 석숭 아버지는 이놈이 또 어데로 내뺐구나 하고 찾아다니다 여길 와 보니 매라는 제 밭은 안 매고 남 계집애 밭에 들어와서 대체 온[28] 이게 무슨 노릇인지 이끌이고 보매 기도 막힐 뿐더러 터지려는 웃음을 억지로 참고 노여운 낯을 지어 가며

"너 이놈아 네 밭은 안 매고 남의 밭에 들어와 그게 뭐냐?"

하고 꾸중을 하였지마는 석숭이가 깜짝 놀라서 돌아다보다 고만 멀

---

25) 한
26) 비꼬다
27) 지지 않다, 굴하지 않다
28) 원

쑤룩하여 궁뎅이의 흙을 털고 일어서며
“이뿐이 밭 좀 매 주러 왔지 뭘 그래?” 하고 되레 퉁명스러이 뻣댐에는 더 책하지 않고
“어 망할 자식두 다 많어이!” 하고 돌아서 저리로 가며 보이지 않게 피익 웃고 마는 것인데 그러면 이뿐이는 저의 처지가 꽤 야릇하게 됨을 알고 저기까지 분명히 들리도록
“너보고 누가 밭 매달랬어? 가 어여 가 가.” 하고 다 먹은 참외는 생각 않고 등을 떠다밀며 구박을 막 하던 이런 터이련만 제가 이제와 누구 비위를 긁다니 하늘이 무너지면 졌지 이것은 도시[29] 말이 안 된다.

돌

이뿐이는 남다른 부끄럼으로 온 전신이 확확 다는 듯싶었으나 그러나 조금 뒤에는 무안을 당한 거기에 대갚음[30]이 없어서는 아니 되리라 생각하고 앙칼스러운 역심이 가슴을 콕 찌를 때에는 어깨뿐만 아니라 등어리 전체가 샐룩거리다가 새침히 발딱 일어나 사방을 훑어보더니 대낮이라 다들 일들 나가고 안마을에 사람이 없음을 알고 석숭이의 소맷자락을 넌지시 끌며 그 옆 숙성히 자란 수수밭 속으로 들어간다. 밭 한복판은 아늑하고 아무 데도 보이지 않으므로 함부로 떠들어도 괜찮으려니 믿고 이뿐이는 거기다 석숭이를 세워 놓자 밭고랑에 널려진 여러 돌 틈에서 맞아 죽지 않고 단단히 아플 만한 모리동맹이[31] 하나를 집어들고 그 옆 정갱이를 모질게 우려치며

29) 도무지
30) 되갚음
31) 모래돌멩이

"이 자식 뭘 어째구 어째?" 하고 딱딱 어르니까 석숭이는 처음에 뭐나 좀 생길까 하고 좋아서 따라왔던 걸 별안간 난데없는 모진 돌만 날아듦에는

"아야!" 하고 소리치자 똑 선불 맞은 노루 모양으로 한 번 빼들껑 뛰며 눈이 그야말로 왕방울만해지지 않을 수가 없었다. 그러나 석숭이는 미움보다 앞서느니 기쁨이요 전일에는 그 옆을 지내도 본 둥 만 둥하고 그리 대단히 여겨 주지 않던 그 이쁜이가 일부러 이리 끌고와 돌로 때리되 정말 아프도록 힘을 들일 만치 이쁜이에게 있어는 지금의 저의 존재가 그만치 끔찍함을 그 돌에서 비로소 깨닫고 짓궂이 씽글씽글 웃으며 한번 더 뒤둥그러진 그리고 흘개늦은[32] 목소리로

"뭘 데련님허구 그랬대는데—" 하고 놀려 주었다. 이쁜이는

"뭐 이 자식?" 하고 상기된 눈을 똑바루 떴으나 이번에는 돌멩이 집을 생각을 않고 아까부터 겨우 참아 왔던 울음이

"으응!" 하고 탁 터지자 잡은참[33] 덤벼들어 석숭이 옷가슴에 매어달리며 쥐어뜯으니 석숭이는 이쁜이를 울려 논 것은 저의 큰 죄임을 얼른 알고 눈이 휘둥그래서

"아니다 아니다 내 부리 그랬다 아니다." 하고 입에 불이 나게 그러나 손으로 등을 어루만지며 "아니다."를 여러 십 번을 부른 때에야 간신히 울음을 진정해 놓았고 이쁜이가 아직 느끼는 음성으로 몇 번 당부를 하니

"인제 남 듣는데 그러면 내 너 죽일 테야?"

"그래 인전 안 그러마."

참으로 이런 나쁜 소리는 다시 입에 담지 않으리라 맹세하였다. 이쁜이도 그제야 마음을 놓고 흔적이 없도록 눈물을 닦으면서

---

32) 흘게늦다: 하는 짓이 느슨하다
33) 자분참: 지체없이 곧

"다시 그래 봐라 내 죽인다!"

또 한 번 다져 놓고 고추밭으로 도로 나오려 할 제 석숭이가 와락 달겨들어 그 허리를 잔뜩 껴안고

"너 그럼 우리 집에게 나한테로 시집오라니깐 왜 싫다구 그랬니?" 하고 설혹 좀 성가시게 굴었다 치더라도 만일 이쁜이가 이 행실을 도련님이 아신다면 담박에 정을 떼시려니 하는 염려만 없었더라면 그리 대수롭지 않은 것을 그토록 오지게 혼을 냈을 리 없었겠다고 생각하면 두고두고 입때껏[34] 후회가 나리만치 그렇게 사내의 뺨을 후려친 것도 결국 도련님을 위하는 이쁜이의 깨끗한 정이 아니었던가—

물

가득히 품에 찬 서러움을 눈물로 가시고 나물 보구니를 손에 잡았으니 이쁜이는 다시 일어나 산 중툭으로 거칠은 수풍 속을 기어내리며 도라지를 하나 둘 캐기 시작한다.

참인지 아닌지 자세히는 모르나 멀리 날아온 풍설을 들어 보면 도련님은 서울 가 어여쁜 아씨와 다시 정분이 났다 하고 그뿐만도 오히려 좋으리마는 댁의 마님은 마님대로 늙은 총각 오래 두면 병난다 하여 상냥한 아가씨만 찾는 길이니 대체 이게 웬 셈인지 이쁜이는 골머리가 아팠고 도라지를 캔다고 꼬챙이를 땅에 꾸욱 꽂으니 그대로 짚고 선채 해만 점점 부질없이 저물어 간다. 맥을 잃고 다시 내려오다 이쁜이는 앞에 우뚝 솟는 바위를 품에 얼싸안고 그 아래를 굽어보니 험악한 석벽 틈에 맑은 물

34) 여태껏

은 웅성깊이[35] 충충 고이였고 설핏한 하늘의 붉은 노을 한쪽을 똑 떼들고 푸른 잎새로 전[36]을 둘렀거늘 그 모양이 보기에 퍽도 아름답다. 그걸 거울삼고 이뿐이는 저 밑에 까맣게 비치는 저의 외양을 또 한 번 고쳐 뜯어 보니 한때는 도련님이 조르다 몸살도 나셨으려니와 의복은 비록 추려할망정 저의 눈에도 밉지 않게 생겼고 남가진 이목구비에 반반도 하련마는 뭐가 부족한지 달리 눈이 맞은 도련님의 심정이 알 수 없고 어느덧 원망스러운 눈물이 눈에서 떨어지니 잔잔한 물면에 물둘레[37]를 치기도 전에 무슨 밥이나 된다고 커단 꺽찌[38]는 휘엉휘엉 올라와 꼴딱 받아먹고 들어간다. 이뿐이는 얼빠진 등신같이 맑은 이 물을 가만히 들여다보노라니 불시로 제 몸을 풍덩, 던지어 깨끗이 빠져도 죽고 싶고 아니 이왕 죽을진댄 정든 님 품에 안고 같이 풍, 빠지어 세상사를 다 잊고 알뜰히 죽고 싶고 그렇다면 도련님이 이 등에 넓죽 엎디어 뺨에 뺨을 비벼대고 그리고 이 물을 같이 굽어보며

"얘 울지 마라 내가 가면 설마 아주 가겠니?" 하고 세우[39] 달랠 제 꼭 붙들고 풍덩실, 하고 왜 빠지지 못했던가 시방은 한가[40]도 컸건마는 그 이뿐이는 그리도 삶에 주렸던지

"정말 올여름엔 꼭 오우?" 하고 아까부터 몇 번 묻던 길 또 한 번 다져 보았거늘 도련님은 시원스러이 선뜻

"그럼 오구말구 널 두고 안 오겠니!" 하고 대답하고 손에 꺾어 들었던 노란 동백꽃을 물 우로 홱 내던지며

"너 참 이 물이 무슨 물인지 알면 용치?"

35) 웅숭깊다
36) 물건의 위쪽 가장자리가 나부죽하게 된 부분
37) 동심원
38) 꺽지
39) 몹시, 자주
40) 원통한 생각

눈을 끔벅끔벅하더니 이야기하여 가로되 옛날에 이 산속에 한 장사가 있었고 나라에서는 그를 잡고자 사방 팔면에 군사를 놓았다. 그렇지마는 장사에게는 비호같이 날랜 날개가 돋힌 법이니 공중을 훌훌 나는 그를 잡을 길 없고 머리만 앓던 중 하루는 그예 이 물에서 목욕을 하고 있는 것을 사로잡았다는 것이로되 왜 그러냐 하면 하느님이 잡수시는 깨끗한 이 물을 몸으로 흐렸으니 누구라고 천벌을 아니 입을 리 없고 몸에 물이 닿자 돋혔던 날개가 흐시부시[41] 녹아 버린 까닭이라고 말하고 도련님은 손짓으로 장사의 처참스러운 최후를 시늉하며 가장 두려운 듯이 눈을 커닿게 끔적끔적하더니 뒤를 이어 그 말이―

"아 무서! 얘 우지 마라 저 물에 눈물이 떨어지면 너 큰일난다." 그러나 이뿐이는 그까진 소리는 듣는 둥 마는 둥 그리 신통치 못하였고 며칠 후 서울로 떠나면 아주 놓칠 듯만 싶어서 도련님의 얼굴을 이윽히 쳐다보고 그럼 다짐을 두고 가라 하다가 도련님이 조금도 서슴없이 입고 있던 자기의 저고리 고름 한 짝을 뚝 떼어 이뿐이 허리춤에 꾹 꽂아 주며

"너 이래두 못 믿겠니?" 하니 황송도 하거니와 설마 이걸 두고야 잊으시진 않겠지 하고 속이 든든하지 않은 것도 아니었다. 대장부의 노릇이매 이렇게 하고 변심은 없을 게나 그래두 잘 따져 보니 이 고름이 말하는 것도 아니거든 차라리 따라나서느니만 같지 못하다고 문득 마음을 고쳐먹고 고개로 쫓아간 건 좋으련마는 왜 그랬던고 좀 더 매달리어 진대[42]를 안 붙고 고기 주저앉고 말았으니 이제와서는 한가만 새롭고 몸에 고이 간직하였던 옷고름을 이 손에 꺼내 들고 눈물을 흘려보되 별수 없나니 보람없이 격찌[43]만 늘어간다. 허나 이거나마 아주 없었드런들 그야 살맛조차 송두리 잃었으리라 마는 요즘 매일과 같이

41) 흐지부지
42) 남에게 기대어 억지를 쓰다시피하여 괴롭히는 것
43) 격지: 여러 겹으로 쌓이어 붙은 켜

이 험한 깊은 산속에 올라와
옛 기억을 홀로 더듬어 보며
이뿐이는 해가 저물도록 이렇게 울고 섰고 하는 것이다.

길

모든 새들은 어제와 같이 노래를 부르고 날도 맑으련만
오늘은 웬일인지
이뿐이는 아직도 올라오질 않는다.

석숭이는 아버지가 읍의 장에 가서 세 마리 닭을 팔아 그걸로 소곰을 사 오라 하여 아침 일찌기 나온 것도 잊고 이 산에 올라와 다리를 묶은 닭들은 한편에 내던지고 늙은 잣나무 그늘에 누워 눈이 빠지도록 기다렸으나 이뿐이가 좀체 나오지 않으매 웬일일까 고게 또 노하지나 않았나 하고 일쩌웁시[44] 이렇게 애를 태운다. 올가을이 얼른 되어 새 곡식을 거두면 이뿐이에게로 장가를 들게 되었으니 기쁨인들 이우[45] 더할 데 있으랴마는 이번도 또 이뿐이가 밥도 안 먹고 죽는다고 야단을 친다면 헛일이 아닐까 하는 염려도 없지는 않았거늘 고렇게 쌀쌀하고 매일매일하던 이뿐이의 태도가 요즘에 들어와서는 급자기 다소곳하고 눈 한 번 흘길 줄도 모르니 이건 참으로 춤을 추어도 다 못출 것이다. 뿐만 아니라 이슬비가 내리던 날 마님댁 울 뒤에서 이뿐이는 옥수수를 따고 섰고 제가 그 옆을 지날 제 은근히 손짓을 하므로 가차이 다가서니 귀에다 나직이 속삭이는 소리가—

44) 일쩝다: 일거리가 되어 귀찮다
45) 이외, 이우: 이보다 더

"너 핀지[46] 하나 써 줄런?"

"그래 그래 써 주마 내 잘 쓴다." 석숭이는 너무 반가워서 허둥거리며 묻지 않는 소리까지 하다가 또 그 말이 내 너 하라는 대로 다 할 게니 도련님에게 편지를 쓰되 이쁜이는 여태 기다립니다 하고 그리고 이런 소리는 아예 입 밖에 내지 말라 하므로 그런 편지면 일 년 두고 썼으면 좋겠다 속으로 생각하고 채 틀 못박힌 연필 글씨로 다섯 줄을 그리기에 꼬박이 이틀 밤을 새이고 나서 약속대로 산으로 이쁜이를 만나러 올라올 때에는 어쩐지 가슴이 두군두군하는 것이 바루 아내를 만나러 오는 남편의 그 기쁨이 또렷이 나타나는 것이다. 이쁜이가 얼른 올라와야 뭐가 젤 좋으냐 물어 보고 이 닭들을 팔아 선물을 사다 주련만 오진 않고 석숭이는 암만 생각해야 영문을 모르겠으니 아마 요전번

"이 핀지 써 왔으니깐 너 나구 꼭 살아야 한다." 하고 크게 얼른 것이 좀 잘못이라 하더라도 이쁜이가 고개를 푹 숙이고 있다가

"그래." 하고 눈에 눈물을 보이며

"그 핀지 읽어 봐." 하고 부드럽게 말한 걸 보면 그리 노한 것은 아니니 석숭이는 기뻐서 그 앞에 떡 버티고 제가 썼으나 제가 못 읽는 그 편지를 떠듬떠듬 데련님전 상사리 가신 지가 오래 됐는디 왜 안 오구 일 년 반이 됐는디 왜 안 오구 하니깐 이쁜이는 밤마두 눈물로 새오며 이쁜이는 그럼 죽을 테니까 날을 듯이 얼찐[47] 와서— 이렇게 땀을 내이며 읽었으나 이쁜이는 다 읽은 뒤 그걸 받아서 피봉에[48] 도로 넣고 그리고 나물 보구니 속에 감추고는 그대루 덤덤히 산을 내려온다. 산기슭으로 내리니 앞에 큰 내가 놓여 있고 골고루도 널려 박힌 험상궂은 옹퉁바위 틈으로 물은 우람스리 부딪치며 콸콸 흘러내리매 정신이 다 아찔하여 이쁜이는 조심

46) 편지
47) 얼른
48) 겉봉, 봉투

스리 바위를 골라 디디며 이쪽으로 건너왔으나 아무리 생각하여도 같이 멀리 도망가자던 도련님이 저 서울로 혼자만 삐쭉 달아난 것은 그 속이 알 수 없고 사나이 맘이 설사 변한다 하더라도 잣나무 밑에서 그다지 눈물까지 머금고 조르시던 그 도련님이 이제와 싹도 없이 변하신다니 이야 신의 조화가 아니면 안 될 것이다. 이뿐이는 산처럼 잎이 퍼드러진 호양나무[49] 밑에 와 발을 멈추며 한손으로 보구니의 편지를 끄내어 행주치마 속에 감추어 들고 석숭이가 쓴 편지도 잘 찾아갈는지 미심도 하거니와 또한 도련님 앞으로 잘 간다 하면 이걸 보고 도련님이 끔뻑하여 뛰어올 겐지 아닌지 그것조차 장담 못할 일이었마는 아니, 오신다 이 옷고름을 두고 가시던 도련님이거늘 설마 이 편지에도 안 오실 리 없으리라고 혼자 서서 우기며 해가 기우는 먼 고개치를 바라보며 체부[50] 오기를 기다린다. 체부가 잘 와야 사흘에 한 번밖에는 더 들지 않는 줄을 저라구 모를 리 없고 그리고 어제 다녀갔으니 모레나 오는 줄은 번연히 알련마는 그래도 이뿐이는 산길에 속는 사람같이 저 산비알[51]로 꼬불꼬불 돌아나간 기나긴 산길에서 금시 체부가 보일 듯 보일 듯 싶었는지 해가 아주 넘어가고 날이 어둡도록 지루하게도 이렇게 속 닳게 체부 오기를 기다린다.

그러나

오늘은 웬일인지

어제와 같이 날도 맑고 산의 새들은 노래를 부르건만

이뿐이는 아직도 나올 줄을 모른다.

49) 회양나무
50) 우체부
51) 산비탈

솥

들고 나갈 거라곤 인제 매함지[1]와 키쪼각이 있을 뿐이다.

그 외에도 체랑 그릇이랑 있긴 좀 허나 깨어지고 헐고 하여 아무짝에도 못 쓸 것이다. 그나마다 들고 나설려면 아내의 눈을 기워야[2] 할 터인데 맞은쪽에 빠안이[3] 앉았으니 꼼짝할 수 없다.

하지만 오늘도 밸을 좀 긁어 놓으면 성이 뻗쳐서 세물로 부르르 나가버리리라— 아랫목의 근식이는 저녁상을 물린 뒤 두 다리를 세워 안고 그리고 고개를 떨어친 채 묵묵하였다. 왜냐면 묘한 꼬투리가 있음직하면서도 선뜻 생각키지 않는 까닭이었다.

윗목에서 내려오는 냉기로 하여 아랫방까지 몹시 싸늘하다.

가을쯤 치받이[4]를 해 두었더면 좋았으련만 천장에서는 흙방울이 똑똑 떨어지며 찬바람은 새어든다.

헌 옷때기[5]를 들쓰고 앉아 어린 아들은 화루[6] 전에서 킹얼거린다.

1) 맷돌을 올려놓는 함지
2) 피해야
3) 빤히
4) 서까래 위에 산자(散子)를 엮고 지붕을 이은 다음 밑에서 흙을 바르는 일 '상자'는 나뭇가지 또는 수수깡을 가로 펴서 엮은 것
5) 옷가지
6) 화로

아내는 그 아이를 얼르며 달래며 부지런히 감자를 구워 먹인다. 그러나 다리를 모로 늘이고 사지를 뒤트는 양이 온종일 방아다리에 시달린 몸이라 매우 나른한 맥이었다. 손으로 가끔 입을 막고 연달아 하품만 할 뿐이었다.

한참 지난 후 남편은 고개를 들고 아내의 눈치를 살펴보았다. 그리고 두터운 입살[7]을 찌그리며 바루 데퉁스러이

"아까 낮에 누가 왔다 갔어?"

하고 한마디 얼른 내다붙였다.

그러나 아내는

"면서기밖에 누가 왔다 갔지유—"

하고 심심히[8] 받으며 들떠보도[9] 않는다.

물론 전부터 미뤄 오던 호포[10]를 독촉하러 오늘 면서기가 왔던 것을 남편이라고 모르는 바도 아니었다. 자기는 거리에서 먼저 기수채었고[11] 그 때문에 붙잡히면 혼이 들까[12] 봐 일부러 몸을 피하였다. 마는 어차피 말을 꼴려[13]하니까

"볼일이 있으면 날 불리 대든지 할 게지 왜 그놈을 방으루 불러들이고 이 야단이야?"

하고 눈을 부릅뜨지 않을 수가 없었다.

아내는 이 말에 이마를 홱 들더니 눈꼴이 잡은참 돌아간다. 하 어이없는 일이라 기가 콕 막힌 모양이었다. 샐쭉해서 턱을 조금 솟치자 그대로 떨어지고 잠자코 아이에게 감자만 먹인다.

---

7) 입술
8) 대수롭지 않게
9) 거들떠보지도
10) 봄, 가을 집집마다 부과시키던 호별세와 같은 세금
11) 낌새챘고
12) 날까
13) 꼬려

이만하면, 하고 남편은 다시 한 번

"헐 말이 있으면 문 밖에서 허든지, 방으로까지 끌어들이는 건 다 뭐야?" 분을 속갔다.[14] 그제서야

"남의 속 모르는 소리 작작하게유. 자기 때문에 말막음 하느라구 욕본 생각은 못 하구."

아내는 가무잡잡한 얼굴에 핏대를 올렸으나 그러나 표정을 고르잡지[15] 못한다. 얼마를 그렇게 앉았더니 이번에는 남편의 낯을 똑바로 쏘아보며

"그지[16] 말구 밤마다 짚신짝이라두 삼어서 호포를 갔다 내게유."

하다가 좀 사이를 두곤 들릴 듯 말 듯한 혼잣소리다.

"기집이 좋다기로 그래 집안 물건을 다 들어낸담!"

하고 여무지개[17] 종알거린다.

"뭐, 집안 물건을 누가 들어내?"

그는 시치미를 딱 떼고 제법 천연스리 펄석 뛰었다. 그러나 속으로는 떡메로 복장이나 얻어맞은 듯 찌인하였다. 입때까지 까맣게 모르는 줄만 알았더니 아내는 귀신같이 옛날에 다 안 눈치다. 어젯밤 아내의 속곳과 그제 밤 맷돌짝을 훔으려낸[18] 것이 죄다 탄로가 되었구나, 생각하니 불쾌하기가 짝이 없다.

"누가 그런 소리를 해, 벼락을 맞을라구?"

그는 이렇게 큰 소리는 해 보았으나 한 팔로 아이를 끌어다려 젖만 먹일 뿐, 젊은 아내는 숫제[19] 받아 주지 않았다.

---

14) 솟게 했다
15) 바로잡지, 원상태로 돌리지
16) 그러지
17) 야무지게
18) 후무려낸(훔쳐낸)
19) 아예

아내는 샘과 분을 못 이기어 무슨 되알진[20] 소리가 터질 듯 질듯하면서도 그냥 꾹 참는 모양이었다. 눈은 알로 내려깔고 색색 숨소리만 내다가 남편이 또다시

"누가 그따위 소릴 해 그래?"

할 제에야 비로소 입을 여는 것이—

"재숙 어머이지 누군 누구야—"

"그래, 뭐라구?"

"들병이와 배맞었다지 뭘 뭐래. 맷돌허구 내 속곳은 술 사 먹으라는 거지유?"

남편은 더 빼치지를 못하고 고만 얼굴이 화끈 달았다. 아내는 좀 살자고 고생을 무릅쓰고 바둥거리는 이 판에 남편이란 궐짜[21]는 그 속곳을 술 사 먹었다면 어느 모로 따져 보면 곱지 못한 행실이라. 그는 아내의 시선을 피할 만치 몹시 양심의 가책을 느꼈다. 마는 그렇다고 자기의 의지가 꺾인다면 또한 남편된 도리도 아니었다.

"보두 못 허구 애맨 소릴 해 그래, 눈깔들이 멀라구?"

하고 변명 삼아 목청을 꽉 돋았다.

그러나 아무 효력도 보이지 않음에도 제대로 약만 점점 오를 뿐이다. 이러다간 번전[22]도 못 건질 걸 알고 말끝을 얼른 돌리어

"자기는 뭔데 대낮에 사내놈을 방으로 불러들이구, 대관절 둘이 뭣했드람!"

하여 아내를 되순나잡았다.[23]

아내는 독살이 송곳 끝처럼 뾰로져서[24] 젖 먹이던 아이를 방바닥에 쓸

20) 야무진
21) 작자
22) 본전
23) 되순라잡았다, 되술래잡았다(잘못을 빌어야 할 사람이 도리어 남을 나무라다)
24) 뾰로통해져서

어박고 발딱 일어섰다. 제 공을 모르고 게정[25]만 부리니까 되우 야속한 모양 같다. 찬 방에서 너 좀 자 보란 듯이 천연스레 뒤로 치마꼬리를 여미더니 그대로 살랑살랑 나가 버린다.

아이는 또 그대로 요란스리 울어대인다.

눈 우를 밟는 아내의 발자취 소리가 멀리 사라짐을 알자 그는 비로소 맘이 놓였다. 방문을 열고 가만히 밖으로 나왔다. 무슨 짓을 하든 볼 사람은 없을 것이다.

그는 벽[26]으로 더듬어 들어가서 우선 성냥을 드윽 그어 대고 두리번거렸다. 짐작했던 대로 그 함지박은 부뚜막 우에서 주인을 우두먼히 기다리고 있다. 그 속에 담긴 감자 나부랭이는 그 자리에 쏟아 버리고 그리고 나서 번쩍 들고 뒤란으로 나갔다.

앞으로 들고 나갔으면 좋을 테지만 그러다 아내에게 들키면 아주 혼이 난다. 어렵더라도 뒤곁 언덕 우로 올라가서 울타리 밖으로 쿵하고 아니 던져 넘길 수 없다.

그담에가 이게 좀 거북한 일이었다. 하지만 예전 뒤나 보러 나온 듯이 뒷짐을 딱 지고 싸리문께로 나와 유유히 사면을 돌아보면 고만이다.

하얀 눈 우에는 아내가 고대 밟고 간 발자국만이 딩금딩금[27] 남았다.

그는 울타리에 몸을 착 비겨대고 뒤로 돌아서 그 함지박을 집어들자 곧 빽소니를 놓았다.

근식이는 인가를 피하여 산기슭으로만 멀찌감치 돌았다. 그러나 함지박은 몸에다 곁으로 착 붙였으니 좀체로 들킬 염려는 없을 것이다.

매웁게 쌀쌀한 초생달은 푸른 하늘에 댕그머니 눈을 떴다.

수어릿골을 흘러내리던 시내도 인제는 얼어붙었고 그 빛이 날카롭게 번

25) 심술
26) 부엌
27) 촘촘하지 않고 성기거나 드문드문 놓여 있는 모양

득인다.

그리고 산이며 들, 집, 낟가리, 만물은 겹겹 눈에 잠기어 숨소리조차 내질 않는다.

산길을 빠져서 거리로 나오려 할 제 어디에선가 징이 찡찡, 울린다. 그 소리가 고적한 밤공기를 은은히 흔들고 하늘 저편으로 사라진다.

그는 가던 다리가 멈칫하여 멍하니 넋을 잃고 섰다.

오늘 밤이 농민회 총회임을 고만 정신이 나빠서 깜박 잊었던 것이다.

한 번 회에 안 가는 데 궐전[28]이 오 전, 뿐만 아니라 공연한 부역까지 안담이씌우는[29] 것이 이 동리의 전례이었다.

또 경쳤구나, 하고 길에서 그는 망설이다 허나 몸이 아파서 앓았다면 그만이겠지. 이쯤 안심도 하여 본다. 그렇지만 어쩐 일인지 그래도 속이 끌밋하였다.[30]

요즘 눈바람은 부다치는데[31] 조밥꽁댕이를 씹어 가며 신작로를 닦는 것은 그리 수월치도 않은 일이었다. 떨면서 그 지랄을 또 하려니, 생각만 하여도 짜정 이에서 신물이 날 뻔하다 만다.

그럼 하루를 편히 쉬고 그걸 또 하느냐. 회에 가서 새 까먹은 소리나마 그 소리를 졸아 가며 듣고 앉았느냐—

얼른 딱 정하지를 못하고 그는 거리에서 한 서너 번이나 주춤하였다.

허지만 농민회가 동리의 청년들을 말짱 다 쓸어간 그것만은 여간 고마운 일이 아니었다. 오늘 밤에는 술집에 가서 저 혼자 들병이를 차지하고 놀 수 있으리라—

그는 선뜻 이렇게 생각하고 부지런히 다리를 재촉하였다. 그리고 술집

28) 벌금
29) 남에게 책임을 지우는
30) 꺼림했다
31) 부딪치는데

가차이[32] 왔을 때에는 기쁠 뿐만 아니요 또한 용기까지 솟아올랐다.

길가에 따로 떨어져서 호젓이 놓인 집이 술집이다. 산모롱이 옆에 서서 눈에 싸여서 그 흔적이 진가민가[33]나 달빛에 비끼어 갸름한 꼬리를 달고 있다. 서쪽으로 그림자가 묻히어 대문이 열렸고 고 곁으로 불이 반짝대는 지게문이 하나가 있다.

이 방이 즉 계숙이가 빌려서 술을 팔고 있는 방이다.

문을 열고 썩 들어서니 계숙이는 일어서며 무척 반긴다.

"이게 웬 함지박이지유?"

그 태도며 얕은 웃음을 짓는 양이 나달 전 처음 인사할 제와 조금도 변칠 않았다. 아마 어젯밤 자기를 보고 사랑한다던 그 말이 알톨 같은[34] 진정이기도 쉽다. 하여튼 정분이란 과연 희한한 물건이로군—

"왜 웃어, 어젯밤 술값으로 가져왔는데—"

하고 근식이는 말을 받다가 어쩐지 좀 계면쩍었다. 계집이 받아들고서 이리로 뒤척 저리로 뒤척하며 또는 바닥을 뚜들겨도 보며 이렇게 좋아하는 걸 얼마쯤 보다가

"그게 그래 빼두 두 장은 훨씬 넘을 걸—"

마주 싱그레 웃어 주었다. 참이지 계숙이의 훙겨운 낯을 보는 것은 그의 행복 전부이었다.

계집은 함지를 들고 안쪽문으로 나가더니 술상 하나를 곱게 받쳐들고 들어왔다. 돈이 없어서 미안하여 달라지도 않은 술이나 술값은 어찌되었든지 우선 한잔 하란 맥이었다. 막걸리를 화루에 거냉[35]만 하여 따라 부며,

"어서 마시게유. 그래야 몸이 풀려유—"

---

32) 가까이
33) 긴가민가
34) 알토란 같은(아무것도 부러운 것 없는)
35) 약간 데워서 찬 기운을 가시게 함

하더니 손수 입에다 부어까지 준다.

그는 황감하여 얼른 한숨에 쭈욱 들이켰다. 그리고 한 잔 두 잔 석 잔—

계숙이는 탐탁히 옆에 붙어 앉더니 근식이의 얼은 손을 젖가슴에 묻어 주며

"어이 차, 일 어째!"

한다. 떨고서 왔으니까 퍽이나 가여운 모양이었다.

계숙이는 얼마 그렇게 안타까워하고 고개를 모로 접으며

"난 낼 떠나유—"

하고 썩 떨어지기 섭한 내색을 보인다. 좀 더 있으려 했으나 아까 농민회 회장이 찾아왔다. 동리를 위하여 들병이는 절대로 안 받으니 냉큼 떠나라 했다. 그러나 이 밤에야 어디를 가랴, 낼 아침 밝은 대로 떠나겠노라 했다 하는 것이다.

이 말을 듣고 근식이는 그만 낭판[36]이 떨어져서 멍멍하였다. 언제이든 갈 줄은 알았던 게나 이다지도 급자기 서둘 줄은 꿈밖이었다. 자기 혼자서 따로 떨어지면 앞으로는 어떻게 살려는가—

계숙이의 말을 들어 보면 저에게도 번이는[37] 남편이 있었다 한다. 즉 아랫목에 방금 누워 있는 저 아이의 아버지가 되는 사람이다. 술만 처먹고 노름질에다 훅닥[38]하면 아내를 뚜들겨 패고 벌은 돈푼을 뺏어가고 함으로 해서 당최 견딜 수가 없어 석 달 전에 갈렸다고 하는 것이다.

그럼 자기와 드러내 놓고 살아도 무방할 것이 아닌가. 허나 그런 소리란 차마 이쪽에서 먼저 꺼내기가 어색하였다.

"난 그래 어떻게 살아. 나두 따라갈까?"

"그럼 그럽시다유—"

36) 계획한 일이 어그러지는 형편
37) 본래는
38) 후딱

하고 계숙이는 그 말을 바랐단 듯이 선뜻 받다가

"집에 있는 아내는 어떡하지유?"

"그건 염려없어—"

근식이는 고만 기운이 뻗쳐서 시방부터 계숙이를 얼싸안고 들먹거린다. 아내쯤 치우기는 별로 힘들지 않을 것이다. 왜냐면 제대로 그냥 내버려만 두면 어디로 가든 말든 할 게니까. 하여튼 인제부터는 계숙이를 따라다니며 벌어먹겠구나, 하는 새로운 생활만이 기쁠 뿐이다.

"낼 밝기 전에 가야 들키지 않을걸—"

밤이 야심하여도 회 때문인지 술꾼은 좀체 보이지 않았다. 이젠 안 오려니, 단념하고 방문 고리를 걸은 뒤 불을 껐다. 그리고 계숙이는 멀거니 앉아 있는 근식이 팔에 몸을 던지며 한숨을 후— 짓는다.

"살림을 하려면 그릇 쪼각이라두 있어야 할 텐데—"

"염려 마라. 내 집에 가서 가져오지—"

그는 조금도 꺼림없이 그저 선선하였다. 딴은 아내가 잠에 곯아지거든 슬며시 들어가서 이것저것 마음에 드는 대로 후므려오면 그뿐이다. 앞으론 굶주리지 않아도 맘 편히 살려니 생각하니 잠도 안 올 만치 가슴이 들렁들렁하였다.

방은 우풍[39]이 몹시도 세었다. 주인이 그악스러워[40] 구들에 불도 변변히 안 지핀 모양이다. 까칠한 공석자리[41]에 등을 붙이고 사시나무 떨리듯 덜덜대구 떨었다.

한 구석에 쓸어 박혔던 아이가 별안간 잠이 깨었다. 징얼거리며 사이를 파고들려는 걸 어미가 야단을 치니 도루 제자리에 가서 찍 소리 없이 누

39) 외풍
40) 모질어
41) 벼를 담지 않은 빈 섬

웠다. 매우 훈련 잘 받은 젖먹이였다.

그러나 근식이는 그놈이 생각하면 할수록 되우 싫었다. 우리들이 죽도록 모다 놓으면 저놈이 중간에서 써 버리겠지. 제 애비 본으로 노름질도 하고 에미를 두들겨패서 돈도 뺏고 하리라. 그러면 나는 신선놀음에 도끼자루 썩는 격으로 헛공만 드리는 게 아닐까 하고 생각하니 당장에 곧 얼어 죽어도 아깝지는 않을 것이다. 허나 어미의 환심을 사려니깐

"에 그놈…… 착하기도 하지."

하고 두어 번 그 궁둥이를 안 뚜덕일 수도 없으리라.

달이 기울어서 지게문을 훤히 밝히게 되었다.

간간 외양간에서는 소의 숨 쉬는 식 식 소리가 거푸지게 들려온다.

평화로운 잠자리에 때 아닌 마가 들었다. 뭉태가 와서 낮은 소리로 계숙이를 부르며 지게문을 열라고 찌걱거리는 게 아닌가. 전일부터 계숙이에게 돈 좀 쓰던 단골이라고 세도가 막 댕댕하다.[42]

근식이는 망할 자식 하고 골피[43]를 찌푸렸다. 마는 계숙이가 귓속말로

"내 잠깐 일해 보낼게 밖에 나가 기달리유—"

함에는 속이 좀 든든하지 않을 수 없다. 그 말은 남편을 신뢰하고 하는 통사정이리라. 그는 안문으로 바람같이 나와서 방벽께로 몸을 착 붙여 세우고 가끔 안채를 살펴보았다. 술집 주인이 나오다 이걸 본다면 담박[44] 미친 놈이라고 욕을 할 것이다. 그렇지 않아도 그저께는

"자네 바람 잔뜩 났네그려. 난 술을 파니 좋긴 하지만 맷돌짝을 들고 나오면 살림 고만둘 터인가?"

하고 멀쑤룩하게 닥기었다.[45] 오늘 들키면 또 무슨 소리를—

42) 당당하다
43) 이맛살
44) 단박
45) 닦였다(나무람을 당했다)

근식이는 떨고 섰다가 이상한 소리를 듣고 정신이 번쩍 들었다. 그는 방문께로 바특이[46] 다가가서 가만히 귀를 기울였다.

왜냐면 뭉태가 들어오며

"오늘두 그놈 왔었나?"

하더니 계집이

"아니유, 아무도 오늘은 안 왔어유."

하고 시치미를 떼니까

"왔겠지 뭘, 그 자식 왜 새 바람이 나서 지랄이야."

하고 썩 시퉁그러지게[47] 비웃는다.

여기에서 그놈 그 자식이란 물을 것도 없이 근식이를 가리킴이다. 그는 살이 다 불불 떨렸다.

그뿐 아니라 이 말 저 말 한참을 중언부언 지껄이더니

"그 자식 동리에서 내쫓는다던걸—!"

"왜 내쫓아?"

"아 회엔 안 오고 술집에만 박혀 있으니까 그렇지."

(이건 멀쩡한 거짓말이다. 회에 좀 안 갔기로 내쫓는 경우가 어딨니, 망할 자식?)

하고 그는 속으로 노하며 은근히 굳게 쥐인 주먹이 대구[48] 떨리었다.

그만이라도 좋으련만

"그 자식 어찌 못났는지 아내까지 동리로 돌아다니며 미화[49]라구 숭[50]을 보는걸—"

(또 거짓말, 아내가 날 어떻게 무서워하는데 그런 소리를 해!)

46) 조금 가깝게
47) 시퉁스럽게(주제넘고 건방지게)
48) 대고, 자꾸
49) 바보
50) 흉

"남편을 미화라구?"

하고 계집이 호호대고 웃으니까

"그럼 안 그래? 그러구 계숙이를 집안 망할 도적년이라구 하던걸. 맷돌두 집어가구 속곳두 집어가구 했다구—"

"누가 집어가. 갖다 주니까 받았지."

하고 계집이 팔짝 뛰는 기색이더니

"내가 아나 근식이 처가 그러니깐 나두 말이지."

(아내가 설혹 그랬기루 그걸 다 꼬드겨 바쳐 개새끼 같으니!)

그담엔 들으려고 애를 써도 들을 수 없을 만치 병아리 소리로들 뭐라 뭐라구 지껄인다. 그는 이것도 필경 저와 계숙이의 사이가 좋으니까 배가 아파서 이간질이리라 생각하였다. 그런데 계집도 는실난실[51] 여일히[52] 받으며 같이 웃는 것이 아닌가.

근식이는 분을 참지 못하여 숨소리도 거칠을 만치 되었다. 마는 그렇다고 뛰어들어가 뚜들겨 줄 형편도 아니요 어째 볼 도리가 없다. 계숙이나 뭣하면 노엽기도 덜하련마는 그것조차 핀잔 한마디 안 주고 한통속이 되는 듯하니 야속하기가 이를 데 없다.

그는 노기와 한고로 말미암아 팔짱을 찌르고는 덜덜 떨었다. 농창[53]이 난 버선이라 눈을 밟고 섰으니 뼈끝이 쑤시도록 시렵다.

몸이 괴로워지니 그는 아내의 생각이 머리 속에 문득 떠오른다. 집으로만 가면 따스한 품이 기다리련만 왜 이 고생을 하는지 실로 알다도 모를 일이다.

허지만 다시 잘 생각하면 아내 그까짓 건 싫었다. 아리랑타령 한마디

---

51) 성적(性的) 충동으로 야릇하고도 잡스럽게 구는 모양
52) 한결같이
53) 구멍

못하는 병신, 돈 한 푼 못 버는 천치— 하긴 초작[54]에야 물볼을 모를 만치 정이 두터웠으나 때가 어느 때이냐, 인제는 다 삭고 말았다.

뭇사람의 품으로 옮아 안기며 에쓱거리는[55] 들병이가 말은 천하다 할망정 힘 안 들이고 먹으니 얼마나 부러운가. 침들을 게게 흘리고 덤벼드는 뭇놈을 이손 저손으로 맘대로 후물르니[56] 그 호강이 바히 고귀하다 할지라—

그는 설한에 이까지 딱딱거리도록 몸이 얼어 간다. 그러나 집으로 가서 자리 우에 편히 쉬일 생각은 조금도 없는 모양 같다. 오직 계숙이가 불러들이기만 고대하여 턱살을 받쳐대고 눈이 빠질 지경이다.

모진 눈보라는 가끔씩 목덜미를 냅다 갈긴다.

그럴 적마다 저고리 동정으로 눈이 날아들며 등줄기가 선뜩선뜩하였다.

근식이는 암만 기다려도 때가 되었으련만 불러들이지를 않는다. 수군거리던 그것조차 끊이고 인젠 굵은 숨소리만이 흘러나온다.

그는 저도 까닭 모르는 약이 발부터 머리끝까지 바짝 치뻗쳤다. 들병이란 더러운 물건이다. 남의 살림을 망쳐 놓고 게다 가난한 농군들의 피를 빨아먹는 여호[57]다. 하고 매우 쾌쾌히[58] 생각하였다. 일변 그렇게까지 노해서 나갔는데 아내가 지금쯤은 좀 풀었을까 이런 생각도 하여 본다.

처마 끝에 쌓였던 눈이 푹하고 땅에 떨어질 때 그때 분명히 그는 집으로 가려 하였다. 만일 계숙이가 때맞춰 불러들이지만 않았더면

"에이 더러운 년!"

속으로 이렇게 침을 배앝고 네 보란 듯이 집으로 빽 달아났을지도 모

54) 처음
55) 으쓱거리는
56) 주무르니
57) 여우
58) 시원스럽게

른다.

계집은 한 문으로

"칩겠수 얼른 가우."

"뭘 이까진 추이—"

"그럼 잘 가게유. 낭종 또 만납시다."

"응, 내 추후로 한번 찾아가지."

뭉태를 이렇게 내뱉자 또 한 문으로

"가만히 들어오게유."

하고 조심히 근식이를 집어들인다.

그는 발바닥의 눈도 털 줄 모르고 감지덕지하여 닝큼[59] 들어서며 우선 얼은 손을 썩썩 문댔다.

"밖에서 퍽 추웠지유?"

"뭘, 추어 그렇지."

하고 그는 만족히 웃으면서 그렇듯 불불하던 아까의 분노를 다 까먹었다.

"그 자식, 남 자는데 왜 와서 쌩이질[60]이야—"

"그러게 말이유. 그건 눈치코치도 없어—"

하고 계집은 조금도 빈틈없이 여전히 탐탁하였다. 그리고 등잔에 불을 다리며[61] 거나하여 생글생글 웃는다.

"자식이 왜 그 뻔세[62]람 거짓말만 슬슬하구!"

하며 근식이는 먼젓번 뭉태에게 흉잡혔던 그 대가품[63]을 안 할 수 없다. 나두 네가 헌 만치는 허겠다 하고

---

59) 냉큼
60) 한창 바쁠 때 쓸데없는 일로 남을 귀찮게 구는 짓
61) 당기며, 붙이며
62) 본새(됨됨이)
63) 대갚음(되갚음)

"아 그놈 참 병신됐다드니 어떻게 걸어다녀!"

"왜 병신이 되우?"

"남의 기집 오입하다가 들켜서 밤새도록 목침으로 두둘겨 맞었지. 그래 응치[64]가 끊어졌느니 대리가 부러졌느니 허드니 그래두 곧잘 걸어다니네!"

"알라리 별일두!"

계집은 세상에 없을 일이 다 있단 듯이 눈을 째웃하더니[65]

"체 기집 좀 보았기루 그렇게 때릴 건 뭐야—"

"아 안 그래. 그럼 나라두 당장 그놈을—"

하고 근식이는 제 아내가 욕이라도 보는 듯이 기가 올랐으나 그러나 계집이 낯을 찌푸리며

"그 뭐 기집이 어디가 떨어지나 그러게?"

하고 샐쭉이 뒤둥그러지는[66] 데는 어쩔 수 없이 저도

"허긴 그렇지— 놈이 온체[67] 못나서 그래."

하고 얼뜬[68] 눙치는[69] 게 상책이었다.

내일부터라도 계숙이를 따라다니며 먹을 텐데 딴은 이것저것을 가린다는 죽도 못 빌어먹는다. 그보다는 몸이 열파[70]에 난대도 잘 먹을 수만 있다면이야 고만이 아닌가—

그건 그렇다 하고, 어쨌든 뭉태란 놈의 흉은 그만치 봐야 할 것이다. 그는 담배를 한 대 피워 물고 뭉태는 본디 돈도 신용도 아무것도 없는 건달이란 둥 동리에서는 그놈의 말은 곧이 안 듣는다는 둥 심지어 남의

64) 엉치
65) 째긋하더니(찡그러더니)
66) 뒤틀어지는, 비뚤어지는
67) 전체, 워낙
68) 얼른
69) 누그러뜨리는
70) 찢어져 결단이 남

집 보리를 훔쳐내다 붙잡혀서 콩밥을 먹었다는 허풍까지 찌며[71] 없는 사실을 한창 늘어놓았다.

그는 이렇게 계집을 얼렁거리다[72] 안말에서 첫 홰를 울리는 계명성[73]을 듣고 깜짝 놀랐다.

개동[74]까지는 떠날 차보[75]가 다 되어야 할 것이다. 그는 계집의 뺨을 손으로 문질러 보고 벌떡 일어서서 밖으로 나온다.

"내 집에 좀 갔다올게 꼭 기달려 응."

근식이가 거리로 나올 때에는 초생달은 완전히 넘어갔다.

저 건너 산밑 국수집에는 아직도 마당의 불이 환하다. 아마 노름꾼들이 모여들어 국수를 눌러 먹고 있는 모양이다.

그는 밭둑으로 돌아가며 지금쯤 아내가 집에 돌아와 과연 잠이 들었을지 퍽 궁금하였다. 어쩌면 매함지 없어진 걸 알았을지도 모른다. 제가 들어가면 바가지를 긁으려고 지키고 앉았지나 않을는지—

이렇게 되면 계숙이와의 약속만 깨어질 뿐 아니라 일은 다 글르고 만다.

그는 제물에 다시 약이 올랐다. 계집년이 건방지게 남편의 일을 지키고 앉었구? 남편이 하자는 대루 했을 따름이지 제가 하상[76] 뭔데— 허지만 이 주먹이 들어가 귓때기 한 서너 번만 쥐어박으면 고만이 아닌가—

다시 힘을 얻어 가지고 그는 제 집 싸리문께로 다가서며 살며시 들어밀었다.

달빛이 없어지니까 벅[77] 쪽은 캄캄한 것이 아주 절벽이다. 뜰에 깔린 눈

71) 치며
72) 비위를 맞추다
73) 닭 우는 소리
74) 먼동이 틀 때
75) 채비
76) 근본부터 따지고 보면
77) 부엌

의 반영이 있으므로 그런대로 그저 할 만하다, 생각하였다.

그러나 우선 봉당 우로 올라서서 방문에 귀를 기울이지 않을 수 없었다.

문풍지도 울 듯한 깊은 숨소리. 입을 벌리고 남 곁에서 코를 골아대고 아내를 일상 책했더니 이런 때에 덕 볼 줄은 실로 뜻하지 않았다. 저런 콧소리면 사지를 묶어 가도 모를 만치 곯아졌을[78] 게니까—

그제서는 마음을 놓고 허리를 굽히고 그러고 꼭 도둑같이 발을 저겨 디디며[79] 벅으로 들어섰다. 첫때[80] 살림을 시작하려면 밥은 먹어야 할 터니까 솥이 필요하다. 손으로 더듬더듬 찾아서 솥두껑을 한 옆에 벗겨 놓자 부뚜막에 한 다리를 얹고 두 손으로 솥전을 잔뜩 움켜잡았다. 인제는 잡아당기기만 하면 쑥 뽑힐 게니까 그리 어렵지 않을 것이다.

이 솥이 생각하면 사 년 전 아내를 맞아들일 때 행복을 계약하던 솥이었다. 그 어느 날인가 읍에서 사서 둘러메고 올 제는 무척 기뻤다. 때가 지나도록 아내가 뭔지 생각하고 모르다가 이제야 알고 보니 딴은 썩 훌륭한 보물이다. 이 솥에서 둘이 밥을 지어먹고 한평생 같이 살려니 하니 세상이 모두 제 것 같다.

"솥 사 왔지."

이렇게 집에 와 내려놓으니 아내도 뛰어나와 짐을 끄르며

"아이 그 솥 이뻐이! 얼마 주었수?"

하고 기뻐하였다.

"번인 일 원 사십 전을 달라는 걸 억지로 깎아서 일 원 삼십 전에 떼 왔는걸!" 하고 저니까 깎았다는 우세를 뽐내니

"참 싸게 샀수. 그러다 더 좀 깎았드면 좋았지."

---

78) 곯아떨어졌을

79) 제겨 디디며(발 끝이나 발뒤꿈치만으로 땅을 디디며)

80) 첫째

그리고 아내는 솥을 뚜들겨 보고 불빛에 비쳐 보고 하였다. 그래도 바닥에 구멍이 뚫렸을지 모르므로 물을 부어 보다가

"아 이보레. 새네 새. 일 어쩌나?"

"뭐, 어디—"

그는 솥을 받아들고 눈이 휘둥그래서 보다가

"글세 이놈의 솥이 새질 않나!"

하고 얼마를 살펴보고난 뒤에야 새는 게 아니고 전[81]으로 물이 검흐른[82] 것을 알았다.

"숭맥[83]두 다 많어이. 이게 새는 거야, 겉으로 물이 흘렀지—"

"참 그렇군!"

둘이들 이렇게 행복스러이 웃고 즐기던 그 솥이었다.

그러나 예측하였던 달가운 꿈은 몇 달이었고 툭하면 굶고 지지리 고생만 하였다. 인제는 마땅히 다른 데로 옮겨야 할 것이다.

그는 조곰도 서슴없이 솥을 쑥 뽑아 한 길체[84] 내려놓고 또 그담[85] 걸 찾았다.

근식이는 어두운 벅 한복판에 서서 뭐 급한 사람처럼 허둥허둥 대인다. 그렇다고 무엇을 찾는 것도 아니요 뽑아 논 솥을 집는 것도 아니다. 뭣뭣을 가져가야 하는지 실은 가져갈 그릇도 없거니와 첫때 생각이 안 나서이다. 올 때에는 그렇게도 여러 가지가 생각나더니 실상 딱 와 닥치니까 어리둥절하다.

얼마 뒤에야

(옳지 이런 망할 정신 보래!)

---

81) 물건의 윗부분 가장자리가 조금 넓적하게 된 부분
82) 전을 넘쳐 흐른
83) 숙맥
84) 한 옆에
85) 그다음

그는 잊었던 생각을 겨우 깨치고 벽에 걸린 바구니를 떼 들고 뒤적거린다. 그 속에는 닳아 일그러진 수저가 세 자루 길고 짧고 몸 고르지 못한 젓가락이 너덧 매[86] 있었다. 그중에서 덕이(아들 먹을 수저 한 개만 남기고는 모집어서[87] 궤춤[88]에 꾹 꽂았다.

그리고 더 가져가려 하니 생각은 부족한 것이 아니로되 그릇이 마뜩치[89] 않다. 가령 밥사발 바가지 종지—

방에는 앞으로 둘이 덮고 자지 않으면 안 될 이불이 한 채 있다. 마는 방금 아내가 잔뜩 끌어안고 매댁질[90]을 치고 있을 게니 이건 오페부득[91]이다. 또 윗목 구석에 한 너덧 되 남은 좁쌀 자루도 있지 않으냐—

허지만 이게 다 일을 벗내는[92] 생각이다. 그는 좀 미진하나마 솥만 들고는 그대로 그림자같이 나와 버렸다.

그의 집은 수어릿골 꼬리에 달린 막바지였다. 양쪽 산에 찌어[93] 시냇가에 집은 얹혔고 늘 쓸쓸하였다. 마을 복판에 일이라도 있어 돌이 깔린 시냇길을 여기서 오르내리자면 적잖이 애를 씌웠다.

그러나 이제로는 그런 고생을 더 하지 하여도 좀체 없을 것이다. 고생도 하직을 하자 하니 구엽고도 일변 안타까운 생각이 없을 수 없다.

그는 살던 즈[94] 집을 둬서너[95] 번 돌아다보고 그리고 술집으로 힝하게 달려갔다.

방에 불은 아직도 켜 있었다.

---

86) 젓가락 한 쌍을 세는 단위
87) 모두 집어서
88) 고의춤
89) 마땅치
90) 매대기
91) 요피부득(피하고자 하여도 피할 수가 없음)
92) 벗나가게 하는, 그르치는
93) 끼어
94) 자기
95) 두서너

근식이는 허둥지둥 지게문을 열고 뛰어들며

"어, 추어!"

하고 커닿게[96] 몸서리를 쳤다.

"어서 들어오우 난 안 오는 줄 알았지."

계숙이는 어리삥삥한[97] 웃음을 띠우고 그리고 몹시 반색한다. 아마 그 동안 눕지도 않은 듯 보자기에 아이 기저귀를 챙기며 일변 쪽을 고쳐 끼기도 하고 떠날 준비에 서성서성하고 있다.

"안 오긴 왜 안 와?"

"글쎄 말이유. 안 오면 누군 가만둘 줄 알아, 경을 이렇게 쳐주지."

하고 그 팔을 잡아서 꼬집다가

"아, 아, 아고 아파!"

하고 근식이가 응석을 부리며 덤비니

"여보기유, 참 짐은 어떡허지유?"

"뭘 어떡해?"

"아니, 은제 쌀려느냔 말이지유?"

하고 뭘 한참 속으로 생각한다.

"진시[98] 싸 놨다가 훤하거든 곧 떠납시다유—"

근식이도 거기에 동감하고 계집의 의견대로 짐을 뎅그머니 묶어 놓았다. 짐이라야 솥 맷돌 매함지 옷보따리 게다 술값으로 받아들인 쌀 몇 되 좁쌀 몇 되.

먼동이 트는 대로 짊어만 메면 되도록 짐은 아주 간단하였다. 만약 아침에 주적거리다간 우선 술집 주인에게 발각이 될 게고 따라 동리에 소문이 퍼진다. 그뿐 아니라 아내가 좇아온다면 팔자는 못 고치고 모양만

96) 커다랗게
97) 얼떨떨한
98) 진작

창피할 것이 아닌가—

떠날 차보[99]가 다 되자 그는 자리에 누워 날 새기를 기다렸다. 시방이라도 떠날 생각은 간절하나 산골에서 짐승을 만나면 귀신이 되기 쉽다. 허지만 술집의 심[100]은 다 되었다니까 인사도 말고 개동까지는 슬며시 달아나야 할 것이다.

그는 몸을 덜덜 떨어 가며 얼른 동살[101]이 잡혀야 할 텐데— 그러다 어느 결에 잠이 깜빡 들었다.

그것은 어느 때쯤이나 되었는지 모른다.

어깨가 으쓱하고 찬 기운이 수가마로 새어드는 듯이 속이 떨려서 번쩍 깨었다. 허나 실상은 그런 것도 아니요 아이가 킹킹거리며 머리 우로 대구 기어올라서 눈이 띄었는지도 모른다.

그는 군찮아서[102] 손으로 아이를 밀어내리고 또 밀어내리고 하였다. 그러나 세 번째 밀어내리고자 손이 이마 우로 올라갈 제, 실로 아지 못할 일이라, 등 뒤 웃목 쪽에서

"이리 온, 아빠 여깄다."

하고 귀설은 음성이 들리지 않는가—

걸걸하고 우람한 그 목소리—

근식이는 이게 꿈이나 아닌가, 하여 정신을 가만히 가다듬고 눈을 떴다 감았다 하였다. 그렇다고 몸을 삐끗하는 것도 아니요 숨소리를 제법 크게 내는 것도 아니요 가슴속에서 한갓 염통만이 펄떡펄떡 뛸 뿐이었다.

암만 보아도 이것이 꿈은 아닐 듯싶다. 어두운 방, 앞에 누운 계숙이, 킹킹거리는 어린애—

---

99) 채비
100) 셈
101) 동이 트면서 환히 비추는 햇살
102) 귀찮아서

걸걸한 목소리는 또 들린다.

"이리 와, 아빠 여깄다니까는—"

아이의 아빠이면 필연코 내던진 본 남편이 결기[103]를 먹고 따라왔음에 틀림이 없을 것이다. 그리고 아내의 부정을 현장에서 맞닥드린 남편의 분노이면 네남직없이[104] 다 일반이리라. 분김에 낫이라도 들어 찍으면 고대로 찍소리도 못 하고 죽을 밖에 별도리 없다.

확실히 이게 꿈이어야 할 터인데 꿈은 아니니 근식이는 얼른 땀이 다 솟을 만치 속이 답답하였다. 꽂꽂하여진 등살은 고만두고 발가락 하나 꼼짝 못하는 것이 속으로 인젠 참으로 죽나 부다 하고 거진 산송장이 되었다.

물론 이러면 좋을까 저러면 좋을까 하고 들입다 애를 짜아도[105] 본다. 그러다 결국에는 계숙이를 깨우면 일이 좀 필까 하고 손가락으로 그 배를 넌즈시 쿡쿡 찔러도 보았다. 한 번, 두 번, 세 번 그리고 네 번째는 배에 창이 나라고 힘을 들여 찔렀다. 마는 계숙이는 깨기는새루[106] 그의 허리를 더 잔뜩 끌어안고 코골기에 세상만 모른다.

그는 더욱 부쩍부쩍 진땀만 흘렀다.

남편은 어청어청 등 뒤로 걸어오는 듯하더니 아이를 번쩍 들어 안는 모양이다.

"이놈아, 왜 성가시게 굴어?"

이렇게 아이를 꾸짖고

"어여들 편히 자게유!"

하여 쾌히 선심을 쓰고 웃목으로 도로 내려간다.

---

103) 발끈하기 잘 하는 급한 기질
104) 내남없이
105) 짜도
106) 깨기는커녕

그 태도며 그 말씨가 매우 맘세[107] 좋아 보였다. 마는 근식이에게는 이것이 도리어 견딜 수 없을 만치 살을 저미는 듯하였다. 이렇게 되면 이왕 죽을 바에야 얼른 죽이기나 바라는 것이 다만 하나 남은 소원일지도 모른다.

계숙이는 얼마 후에야 꾸물꾸물하여 겨우 몸을 떠들었다.

"어서 떠나야지?"

하고 두 손등으로 잔 눈을 부비다가 웃목 쪽을 내려다보고는 몸씨[108] 경풍을 한다. 그리고 고개를 접더니 입을 꼭 봉하고는 잠잠히 있을 뿐이다.

이런 동안에 날은 아주 활짝 밝았다.

안벽[109]에선 솥을 가시는 소리가 시끄러이 들려온다.

주인은 기침을 하더니 찌걱거리며 대문을 여는 모양이었다.

근식이는 이래도 죽긴 일반 저래도 죽긴 일반이라 생각하였다. 참다 못하여 저도 따라 일어나 웅크리고 앉으며 어찌 될 겐가 또다시 처분만 기다렸다. 그런 중에도 곁눈으로 흘깃 살펴보니 키가 커다란 한 놈이 책상다리에 아이를 안고서 웃목에 앉았다. 감때[110]는 그리 사납지 않으나 암끼[111] 좀 있어 보이는 듯한 그 낯짝이 넉히[112] 사람깨나 잡은 듯하다.

"떠나지들―"

남편은 이렇게 제법 재촉하며 자리에서 벌떡 일어섰다. 마치 제가 주장하여 둘을 데리고 먼 길이나 떠나는 듯싶다. 언내[113]를 계숙이에게 내맡기더니 근식이를 향하여

107) 마음씨
108) 몹시
109) 안부엌
110) 성질
111) 암상스러운 마음, 시기하는 마음
112) 족히
113) 아이, 아기

"여보기유, 일어나서 이 짐 좀 지워 주게유—"

하고 손을 빈다.[114]

근식이는 잠깐 얼뚤하여[115] 그 얼굴을 멍히 쳐다봤으나 그러나 허란 대로 안 할 수도 없다. 살려 주는 거만 다행으로 너기고[116] 번시[117]는 제가 질 짐이로되 부축하여 그 등에 잘 지워 주었다.

솥, 맷돌, 함지박, 보따리들을 한태[118] 묶은 것이니 무겁기도 좋이 무거울 게다. 허나 남편은 조금도 힘드는 기색을 보이기커녕 아주 홀가분한 몸으로 덜렁덜렁 밖을 향하여 나선다.

아내는 남편의 분부대로 언내는 퍼대기[119]에 들싸서 등에 업었다. 그리고 입속으로 뭐라는 소리인지 종알종알하더니 저도 따라나선다.

근식이는 얼빠진 사람처럼 서서 웬 영문을 모른다. 한참 그러나 대체 어떻게 되는 겐지 그들의 하나는 양이나 볼려고 그도 슬슬 뒤무덧다.[120]

아침 공기는 뼈 끝이 다 쑤시도록 더욱 매섭다.

바람은 지면의 눈을 풀어다가 얼굴에 뿜고 또 뿜고 하였다.

그들은 산모퉁이를 꼽들어[121] 피언한[122] 언덕길로 성큼성큼 내린다.

아내를 앞에 세우고 길을 자추며[123] 일변 남편은 뒤에 우뚝서 있는 근식이를 돌아보고

"왜 섰수, 어서 같이 갑시다유—"

하고 동행하기를 간절히 권하였다.

---

114) 빌린다
115) 얼떨하여
116) 여기고
117) 본래
118) 한데
119) 포대기
120) 뒤따라갔다
121) 굽어들어
122) 평평한
123) 재우치며, 재촉하며

그러나 근식이는 아무 대답 없고 다만 우두커니 섰을 뿐이다.

이때 산모롱이 옆 길에서 두 주먹을 흔들며 헐레벌떡 달겨드는 것이 근식이의 아내이었다. 입은 벌렸으나 말을 하기에는 너무도 기가 찼다. 얼굴이 새빨개지며 눈에 눈물이 불현듯, 고이더니

"왜 남의 솥은 빼가는 거야?"

하고 대뜸 계집에게로 달라붙는다.

계집은 비녀쪽을 잡아채는 바람에 뒤로 몸이 주춤하였다.

그리고 고개만을 겨우 돌리어

"누가 빼갔어?"

하다가

"그럼 저 솥이 누 거야?"

"누 건 내 알아! 갖다 주니까 가져가지—"

하고 근식이 처만 못하지 않게 독살이 올라 소리를 지른다.

동리 사람들은 잔 눈을 부비며 하나 둘 구경을 나온다. 멀직이 떨어져서 서로들 붙고 떨어지고

"저게 근식이네 솥인가?"

"글쎄 설마 남의 솥을 빼갈라구—"

"갖다 줬다니까 근식이가 빼온 게지—"

이렇게 수군숙덕—

"아니야! 아니야!"

근식이는 아내를 뜯어말리며 두 볼이 확확 달았다. 마는 아내는 남편에게 한 팔을 끄들린 채 몸부림을 하며 여전히 대들라고 든다. 그리고 목이 찢어지라고

"왜 남의 솥을 빼가는 거야, 이 도적년아—"

하고 연해 발악을 친다.

그렇지마는 들병이 두 내외는 금세 귀가 먹었는지 하나는 짐을 하나는 아이를 둘러업은 채 언덕으로 늠름히 내려가며 한번 돌아다보는 법도 없다.

아내는 분에 복받치어 고만 눈 우에 털썩 주저앉으며 체면 모르고 울음을 놓는다.

근식이는 구경꾼 쪽으로 시선을 흘낏거리며 쓴 입맛만 다실 따름— 종국에는 두 손으로 눈 우의 아내를 잡아 일으키며 거반 울상이 되었다.

"아니야 글쎄, 우리 솟[124]이 아니라니깐 그러네 참—"

124) 솥

봄·봄

"장인님! 인젠 저—"

내가 이렇게 뒤통수를 긁고 나이가 찼으니 성례를 시켜 줘야 하지 않겠느냐고 하면 그 대답이 늘

"이 자식아! 성례구 뭐구 미처 자라야지—" 하고 만다. 이 자라야 한다는 것은 내가 아니라 장차 내 아내가 될 점순이의 키 말이다.

내가 여기에 와서 돈 한 푼 안 받고 일하기를 삼 년하고 꼬박이 일곱 달 동안을 했다. 그런데도 미처 모자랐다니까 이 키는 언제야 자라는 겐지 짜증[1] 영문 모른다. 일을 좀 더 잘 해야 한다든지 혹은 밥을(많이 먹는다고 노상 걱정하니까) 좀 덜 먹어야 한다든지 하면 나도 얼마든지 할 말이 많다. 허지만 점순이가 안죽[2] 어리니까 더 자라야 한다는 여기에는 어째 볼 수 없이 고만 벙벙하고[3] 만다.

이래서 나는 애최[4] 계약이 잘못된 걸 알았다. 이태면 이태, 삼 년이면 삼 년, 기한을 딱 작정하고 일을 해야 원 할 것이다. 덮어 놓고 딸이 자라는

1) 짜장(정말로)
2) 아직
3) 어쩔 줄 몰라 어리둥절하고
4) 애초, 애초에(맨 처음에)

대로 성례를 시켜 주마, 했으니 누가 늘 지키고 섰는 것도 아니고 그 키가 언제 자라는지 알 수 있는가. 그리고 난 사람의 키가 무럭무럭 자라는 줄만 알았지 붙배기[5] 키에 모로만 벌어지는 몸도 있는 것을 누가 알았으랴. 때가 되면 장인님이 어련하랴 싶어서 군소리 없이 꾸벅꾸벅 일만 해 왔다. 그럼 말이다, 장인님이 제가 다 알아 차려서

"어 참, 너 일 많이 했다. 고만 장가들어라." 하고 살림도 내주고 해야 나도 좋을 것이 아니냐. 시치미를 딱 떼고 도리어 그런 소리가 나올까 봐서 지레 펄펄 뛰고 이 야단이다. 명색이 좋아 데릴사위지 일하기에 승겁기도 할 뿐더러 이건 참 아무것도 아니다.

숙맥이 그걸 모르고 점순이의 키 자라기만 까맣게 기다리지 않았나.

언젠가는 하도 갑갑해서 자를 가지고 덤벼들어서 그 키를 한번 재 볼까, 했다마는 우리는 장인님이 내외를 해야 한다고 해서 마주 서 이야기도 한마디 하는 법 없다. 우물길에서 언제나 마주칠 적이면 겨우 눈어림으로 재 보고 하는 것인데 그럴 적마다 나는 저만침 가서

"제-미 키두!" 하고 논둑에다 침을 퉤, 뱉는다. 아무리 잘 봐야 내 겨드랑(다른 사람보다 좀 크긴 하지만) 밑에서 넘을락말락 밤낮 요 모양이다. 개돼지는 푹푹 크는데 왜 이리도 사람은 안 크는지, 한동안 머리가 아프도록 궁리도 해 보았다. 아하, 물동이를 자꾸 이니까 뼉다귀가 움츠라드나 부다. 하고 내가 넌즛넌즛이 그 물을 대신 길어도 주었다. 뿐만 아니라 나무를 하러 가면 소낭당[6]에 돌을 올려 놓고

"점순이의 키 좀 크게 해 줍소사, 그러면 담엔 떡 갖다 놓고 고사드립죠니까." 하고 치성도 한두 번 드린 것이 아니다. 어떻게 돼먹은 킨지 이래도 막무가내니-

---

5) 붙박이
6) 서낭당, 성황당

그래 내 어저께 싸운 것이지 결코 장인님이 밉다든가 해서가 아니다.

모를 붓다가 가만히 생각을 해 보니까 또 승겁다. 이 벼가 자라서 점순이가 먹고 좀 큰다면

모르지만 그렇지만 못할 걸 내 심어서 뭘 하는 거냐. 해마다 앞으로 축거불지는[7] 장인님의 아랫배(가 너무 먹은 걸 모르고 내병이라나 그배)를 불리기 위하여 심곤 조금도 싶지 않다.

"아이구 배야!"

난 몰 붓다 말고 배를 씨다듬으면서 그대루 논둑으로 기어 올랐다. 그리고 겨드랑이에 꼈던 벼 담긴 키를 그냥 땅바닥에 털썩, 떨어치며 나도 털썩 주저앉았다. 일이 암만 바빠도 나 배 아프면 고만이니까 아픈 사람이 누가 일을 하느냐, 파릇파릇 돋아 오른 풀 한 숲[8]을 뜯어들고 다리의 거머리를 쓱쓱 문대며 장인님의 얼굴을 쳐다보았다.

논 가운데서 장인님도 이상한 눈을 해 가지고 한참 날 노려보더니

"너 이 자식, 왜 또 이래 응?"

"배가 좀 아파서유!" 하고 풀 우에 슬며시 쓰러지니까 장인님은 약이 올랐다. 저도 논에서 철벙철벙 둑을 올라오더니 잡은참 내 멱살을 웅켜잡고 뺨을 치는 것이 아닌가—

"이 자식아, 일 허다 말면 누굴 망해놀 속셈이냐. 이 대가릴 까놀 자식?"

우리 장인님은 약이 오르면 이렇게 손버릇이 아주 못됐다.

또 사위에게 이 자식 저 자식 하는 이놈의 장인님은 어디 있느냐. 오작해야 우리 동리에서 누굴 물론하고 그에게 욕을 안 먹는 사람은 명이 짜르다, 한다. 조그만 아이들까지도 그를 돌라세 놓고[9] 욕필이(번 이름이

7) 불거지는
8) 풀 등의 분량을 세는 단위
9) 돌려세워 놓고

봉필이니까 욕필이, 하고 손가락질을 할 만치 두루 인심을 잃었다. 허나 인심을 정말 잃었다면 욕보다 읍의 배참봉댁 마름으로 더 잃었다. 번[10] 마름이란 욕 잘 하고 사람 잘 치고 그리고 생김생기질 호박개[11] 같애야 쓰는 거지만 장인님은 외양이 똑 됐다. 작인이 닭마리나 좀 보내지 않는다든가 애벌논 때 품을 좀 안 준다든가 하면 그해 가을에는 영낙없이 땅이 뚝뚝 떨어진다. 그러면 미리부터 돈도 먹이고 술도 먹이고 안달재신[12]으로 돌아치던 놈이 그 땅을 슬쩍 돌라안는다.[13] 이 바람에 장인님 집 외양간에는 눈깔 커다란 황소 한 놈이 절로 엉금엉금 기어들고 동리 사람은 그 욕을 다 먹어 가면서도 그래도 굽신굽신하는 게 아닌가—

그러나 내겐 장인님이 감히 큰소리할 계제가 못 된다.

뒷생각은 못하고 뺨 한 개를 딱 때려 놓고는 장인님은 무색해서 덤덤히 쓴 침만 삼킨다. 난 그 속을 펵 잘 안다. 조금 있으면 갈도 꺾어야 하고[14] 모도 내야 하고, 한참 바쁜 때인데 나 일 안 하고 우리 집으로 그냥 가면 고만이니까. 작년 이맘때도 트집을 좀 하니까 늦잠 잔다고 돌멩이를 집어 던져서 자는 놈의 발목을 삐게 해 놨다. 사날씩이나 건승 끙, 끙, 앓았더니 종당에는 거반 울상이 되지 않았는가—

"얘 그만 일어나 일 좀 해라, 그래야 올 갈에 벼 잘 되면 너 장가들지 않니."

그래 귀가 번쩍 띄어서 그날로 일어나서 남이 이틀 품 들일 논을 혼자 삶아 놓으니까 장인님도 눈깔이 커다랗게 놀랐다. 그럼 정말로 가을에 와서 혼인을 시켜 줘야 온 경우가 옳지 않겠나. 볏섬을 척척 들여쌓아도

---

10) 원래, 본래
11) 뼈대가 굵고 털이 북실북실하게 난 개. 중국에서 많이 남.
12) 몹시 속을 태우며 여기저기로 다니는 사람
13) 돌려안는다, 차지한다
14) (두엄을 만들기 위해) 잎이 핀 갈나무(참나무, 도토리나무 따위)의 가지를 꺾어야 하고(갈대 혹은 가래는 틀린 표현)

다른 소리는 없고 물동이를 이고 들어오는 점순이를 담배통으로 가리키며

"이 자식아 미처 커야지, 조걸 데리구 무슨 혼인을 한다구 그러니 온!" 하고 남 낯짝만 붉게 해 주고 고만이다. 골김에 그저 이놈의 장인님, 하고 댓돌에다 메꽂고 우리 고향으로 내뺄까 하다가 꾹꾹 참고 말았다.

참말이지 난 이꼴 하고는 집으로 차마 못 간다. 장가를 들러 갔다가 오작 못났어야 그대로 쫓겨왔느냐고 손가락질을 받을 테니까—

논둑에서 벌떡 일어나 한풀 죽은 장인님 앞으로 다가서며

"난 갈 테야유, 그동안 사경 쳐내슈 뭐."

"너 사위로 왔지 어디 머슴살러 왔니?"

"그러면 얼찐 성롈 해 줘야 안 하지유, 밤낮 부려만 먹구 해 준다 해 준다—"

"글세 내가 안 하는 거냐 그년이 안 크니까." 하고 어름어름 담배만 담으면서 늘 하는 소리를 또 늘어놓는다.

이렇게 따져 나가면 언제든지 늘 나만 밑지고 만다. 이번엔 안 된다, 하고 대뜸 구장님한테로 단판[15] 가자고 소맷자락을 내끌었다.

"아 이 자식이 왜 이래 어른을."

안 간다구 뻣디디고 이렇게 호령은 제 맘대로 하지만 장인님 제가 내 기운은 못 당한다. 막 부려먹고 딸은 안 주고 게다 땅땅 치는 건 다 뭐야—

그러나 내 사실 참 장인님이 미워서 그런 것은 아니다.

그 전날 왜 내가 새고개 맞은 봉우리 화전밭을 혼자 갈고 있지 않았느냐. 밭 가생이[16]로 돌 적마다 야릇한 꽃내가 물컥물컥 코를 찌르고 머리 우에서 벌들은 가끔 붕, 붕, 소리를 친다. 바위틈에서 샘물 소리밖에 안

15) 담판(談判)
16) 가장자리

들리는 산골짜기니까 맑은 하늘의 봄볕은 이불 속같이 따스하고 꼭 꿈꾸는 것 같다. 나는 몸이 나른하고 몸살(을 아직 모르지만 병)이 날려구 그러는지 가슴이 울렁울렁하고 이랬다.

"어러이! 말이! 맘 마 마—"

이렇게 노래를 하며 소를 부리면 여느 때 같으면 어깨가 으쓱으쓱한다. 웬일인지 밭 반도 갈지 않아서 온몸의 맥이 풀리고 대구 짜증만 난다. 공연히 소만 드립다 두들기며—

"안야! 안야! 이 망할 자식의 소(장인님의 소니까) 대리를 꺾어들라."

그러나 내 속은 정말 안야 때문이 아니라 점심을 이고 온 점순이의 키를 보고 울화가 났던 것이다.

점순이는 뭐 그리 썩 이쁜 계집애는 못된다. 그렇다구 또 개떡이냐 하면 그런 것두 아니고 꼭 내 아내가 돼야 할 만치 그저 툽툽하게 생긴 얼굴이다. 나보다 십 년이 아래니까 올해 열여섯인데 몸은 남보다 두 살이나 덜 자랐다. 남은 잘도 훤칠히들 크건만 이건 우아래가 뭉툭한 것이 내 눈에는 헐없이 감참외 같다. 참외 중에는 감참외가 젤 맛좋고 이쁘니까 말이다. 둥글고 커단 눈은 서글서글하니 좋고 좀 지쳐 찢어졌지만 입은 밥술이나 혹혹이[17] 먹음직하니 좋다. 아따 밥만 많이 먹게 되면 팔자는 고만 아니냐. 헌데 한 가지 파가 있다면 가끔가다 몸이 (장인님은 이걸 채신이 없이 들까분다고 하지만) 너무 빨리빨리 논다. 그래서 밥을 나르다가 때없이 풀밭에서 깨빡[18]을 쳐서 흙투성이 밥을 곧잘 먹인다. 안 먹으면 무안해할까 봐서 이걸 씹고 앉았노라면 으적으적 소리만 나고 돌을 먹는 겐지 밥을 먹는 겐지—

그러나 이날은 웬일인지 성한 밥채루 밭머리에 곱게 내려놓았다. 그리

17) 톡톡히
18) 세차게 매어치거나 넘어뜨리는 짓. 태질

고 또 내외를 해야 하니까 저만큼 떨어져 이쪽으로 등을 향하고 웅크리고 앉아서 그릇 나기를 기다린다.

내가 다 먹고 물러섰을 때 그릇을 와서 챙기는데 그런데 난 깜짝 놀라지 않았느냐. 고개를 푹 숙이고 밥함지에 그릇을 포개면서 날더러 들으라는 건지 혹은 제 소린지

"밤낮 일만 하다 말 텐가!" 하고 혼자서 쫑알거린다. 고대 잘 내외하다가 이게 무슨 소린가, 하고 난 정신이 얼떨떨했다. 그러면서도 한편 무슨 좋은 수나 있는가 싶어서 나도 공중에 대고 혼잣말로

"그럼 어떻게?" 하니까

"성례시켜 달라지 뭘 어떻게."

하고 되알지게[19] 쏘아붙이고 얼굴이 발개져서 산으로 그저 도망질을 친다.

나는 잠시 동안 어떻게 되는 심판인지 맥을 몰라서 그 뒷모양만 덤덤히 바라보았다.

봄이 되면 온갖 초목이 물이 오르고 싹이 트고 한다. 사람도 아마 그런가 부다, 하고 며칠 내에 부쩍(속으로) 자란 듯싶은 점순이가 여간 반가운 것이 아니다.

이런 걸 멀쩡하게 안즉 어리다구 하니까—

우리가 구장님을 찾아갔을 때 그는 싸리문 밖에 있는 돼지 우리에서 죽을 퍼 주고 있었다. 서울엘 좀 갔다 오더니 사람은 점잖아야 한다구 웃쉼[20]이 얼른 보면 지붕 우에 앉은 제비꼬랑지 같다. 양쪽으로 뾰죽히 뻬치고 그걸 애헴, 하고 늘 쓰담는 손버릇이 있다. 우리를 멀뚱히 쳐다보고 미리 알아챘는지

19) 매우 힘차고 야무지게
20) 윗수염

"왜 일들 허다말구 그래?" 하더니 손을 올려서 그 애헴을 한 번 후딱 했다.

"구장님! 우리 장인님과 츰에 계약하기를—"

먼저 덤비는 장인님을 뒤로 떠다밀고 내가 허둥지둥 달겨들다가 가만히 생각하고

"아니 우리 빙장님과 츰에." 하고 첫 번부터 다시 말을 고쳤다. 장인님은 빙장님, 해야 좋아하고 밖에 나와서 장인님, 하면 괜스리 골을 낼려구 든다. 뱀두 뱀이래야 좋냐구, 창피스러우니 남 듣는 데는 제발 빙장님, 빙모님, 하라구 일상 말조짐을 받아오면서 난 그것두 자꾸 잊는다. 당장두 장인님, 하다 옆에서 내 발등을 꾹 밟고 곁눈질을 흘기는 바람에야 겨우 알았지만—

구장님도 내 이야기를 자세히 듣더니 퍽 딱한 모양이었다. 하기야 구장님뿐만 아니라 누구든지 다 그럴 게다. 길게 길러 둔 새끼손톱으로 코를 후벼서 저리 탁 튀기며

"그럼 봉필 씨! 얼른 성례를 시켜 주구려, 그렇게까지 제가 하구 싶다는 걸." 하고 내 짐작대로 말했다. 그러나 이 말에 장인님이 삿대질로 눈을 부라리고

"아 성례구 뭐구 기집애년이 미처 자라야 할 게 아닌가?" 하니까 고만 멀쑤룩해서 입맛만 쩍쩍 다실 뿐이 아닌가—

"그것두 그래!"

"그래, 거진[21] 사 년 동안에도 안 자랐다니 그 킨 은제[22] 자라지유? 다 그만두구 사경 내슈—"

"글세 이 자식아! 내가 크질 말라구 그랬니 왜 날 보구 떼냐?"

21) 거의
22) 언제

"빙모님은 참새만한 것이 그럼 어떻게 앨 낳지유?"

(사실 장모님은 점순이보다도 귓배기 하나가 작다)

장인님은 이 말을 듣고 껄껄 웃더니(그러나 암만해두 돌 씹은 상이다) 코를 푸는 척하고 날 은근히 곯릴랴구 팔꿈치로 옆갈비께를 퍽 치는 것이다. 더럽다, 나두 종아리의 파리를 쫓는 척하고 허리를 구부리며 어깨로 그 궁둥이를 쾅 떼밀었다. 장인님은 앞으로 우찔근하고 싸리문께로 쓰러질 듯하다 몸을 바루 고치더니 눈총을 몹시 쏘았다. 이런 쌍년의 자식하곤 싶으나 남의 앞이라서 차마 못하고 섰는 그 꼴이 보기에 퍽 쟁그러웠다.[23)]

그러나 이 말에는 별반 신통한 귀정[24)]을 얻지 못하고 도루 논으로 돌아와서 모를 부었다. 왜냐면 장인님이 뭐라구 귓속말로 수군수군하고 간 뒤다, 구장님이 날 위해서 조용히 데리구 아래와 같이 일러 주었기 때문이다.(뭉태의 말은 구장님이 장인님에게 땅 두 마지기 얻어부치니까 그래 꾀었다구 하지만 난 그렇게 생각 않는다)

"자네 말두 하기야 옳지, 암 나이 찼으니까 아들이 급하다는 게 잘못된 말은 아니야, 허지만 농사가 한창 바쁠 때 일을 안 한다든가 집으로 달아난다든가 하면 손해죄루 그것두 징역을 가거든!(여기에 그만 정신이 번쩍 났다) 왜 요전에 삼포 말서 산에 불 좀 놓았다구 징역 간 거 못 봤나, 제 산에 불을 놓아두 징역을 가는 이 땐데 남의 농사를 버려 주니 죄가 얼마나 더 중한가. 그리고 자넨 정장[25)]을(사경 받으러 정장가겠다 했다 간대지만 그러면 괜시리 죌 들쓰고 들어가는 걸세 또 결혼두 그렇지. 법률에 성년이란 게 있는데 스물하나가 돼야지 비로소 결혼을 할 수가

23) (기) 쟁그럽다: 만지거나 보기에 소름이 끼칠 정도로 조금 흉하거나 끔찍하다, 혹은 고소하다. 여기서는 '고소했다'의 의미

24) 그릇되었던 사물이 바른길로 돌아오는 것. 일이 바른길로 돌아서는 것. 여기서는 '판결, 심판'의 의미

25) 소장(訴狀)을 관청에 냄

있는 걸쎄, 자넨 물론 아들이 늦일걸 염려지만 점순이루 말하면 인제 겨우 열여섯이 아닌가, 그렇지만 아까 빙장님의 말씀이 올 갈에는 열일을 제치고라두 성례를 시켜 주겠다 하시니 좀 고마울겐가, 빨리 가서 모 붓던 거나 마저 붓게, 군소리 말구 어서 가—"

그래서 오늘 아침까지 끽소리 없이 왔다.

장인님과 내가 싸운 것은 지금 생각하면 전혀 뜻밖의 일이라 안 할 수 없다. 장인님으로 말하면 요즈막 작인들에게 행세를 좀 하고 싶다구 해서 "돈 있으면 양반이지 별게 있느냐!" 하고 일부러 아랫배를 툭 내밀고 걸음도 뒤틀리게 걷고 하는 이 판이다. 이까진 나쯤 뚜들기다 남의 땅을 가지고 머처럼 닦아 놓았던 가문을 망친다든지 할 어른이 아니다. 또 나로 논지면[26] 아무쪼록 잘 봬서 점순이에게 얼른 장가를 들어야 하지 않느냐—

이렇게 말하자면 결국 어젯밤 뭉태네 집에 마슬간[27] 것이 썩 나빴다. 낮에 구장님 앞에서 장인님과 내가 싸운 것을 어떻게 알았는지 대구 빈정거리는 것이 아닌가.

"그래 맞구두 그걸 가만둬?"

"그럼 어떡허니?"

"임마 봉필일 모판에다 거꾸로 박아 놓지 뭘 어떡해?" 하고 괜히 내 대신 화를 내가지고 주먹질을 하다 등잔까지 쳤다. 놈이 본시 괄괄은 하지만 그래 놓고 날더러 석유값을 물라구 막 찌다우[28]를 붙는다. 난 어안이 벙벙해서 잠자코 앉았으니까 저만 연실 지껄이는 소리가—

"밤낮 일만 해 주구 있을 테냐."

"영득이는 일 년을 살구두 장갈 들었는데 넌 사 년이나 살구 더 살아

26) 따져 말하자면
27) 이웃에 놀러간
28) 지다위(제 허물을 남에게 덮어씌우는 짓)

야 해."

"네가 세 번째 사윈 줄이나 아니, 세 번째 사위."

"남의 일이라두 분하다 이 자식아, 우물에 가 빠져 죽어."

나중에는 겨우 손톱으로 목을 따라구까지 하고, 제 아들같이 함부루 훅닥이었다.[29] 별의별 소리를 다 해서 그대로 옮길 수는 없으나 그 줄거리는 이렇다—

우리 장인님이 딸이 셋이 있는데 맏딸은 재작년 가을에 시집을 갔다. 정말은 시집을 간 것이 아니라 그 딸도 데릴사위를 해 가지고 있다가 내보냈다. 그런데 딸이 열 살 때부터 열아홉 즉 십 년 동안에 데릴사위를 갈아들이기를, 동리에선 사위부자라고 이름이 났지마는 열네 놈이란 참 너무 많다. 장인님이 아들은 없고 딸만 있는고로 그담 딸을 데릴사위를 해 올 때까지는 부려먹지 않으면 안 된다. 물론 머슴을 두면 좋지만 그건 돈이 드니까, 일 잘하는 놈을 고르느라고 연팡 바꿔 들였다. 또 한편 놈들이 욕만 줄창 퍼붓고 심히도 부려먹으니까 뱁이 상해서 달아나기도 했겠지. 점순이는 둘째 딸인데 내가 일테면 그 세 번째 데릴사위로 들어온 셈이다. 내 담으로 네 번째 놈이 들어올 것을 내가 일두 참 잘하고 그리고 사람이 좀 어수룩하니까 장인님이 잔뜩 붙들고 놓질 않는다. 셋째딸이 인제 여섯 살, 적어도 열 살은 돼야 데릴사위를 할 테므로 그 동안은 죽도록 부려먹어야 된다. 그러니 인제는 속 좀 채리고 장가를 들여달라구 떼를 쓰고 나자빠져라, 이것이다.

나는 건으로[30] 엉, 엉, 하며 귓등으로 들었다. 뭉태는 땅을 얻어부치다가 떨어진 뒤로는 장인님만 보면 공연히 못 먹어서 으릉거린다. 그것도 장인님이 저 달라구 할 적에 제 집에서 위한다는 그 감투(예전에 원님이

29) 세차게 다그치며 들볶았다
30) 건성으로

쓰던 것이라나 옆구리에 뽕뽕 좀먹은 걸레)를 선뜻 주었더면 그럴 리도 없었던 걸—

그러나 나는 뭉태란 놈의 말을 전수히[31] 곧이듣지 않았다. 꼭 곧이들었다면 간밤에 와서 장인님과 싸웠지 무사히 있었을 리가 없지 않은가. 그러면 딸에게까지 인심을 잃은 장인님이 혼자 나빴다.

실토이지 나는 점순이가 아침상을 가지고 나올 때까지는 오늘은 또 얼마나 밥을 담았나, 하고 이것만 생각했다. 상에는 된장찌개하고 간장 한 종지 조밥 한 그릇 그리고 밥보다 더 수부룩하게 담은 산나물이 한 대접 이렇다. 나물은 점순이가 틈틈이 해 오니까 두 대접이고 네 대접이고 멋대루 먹어도 좋으나 밥은 장인님이 한 사발 외엔 더 주지 말라고 해서 안 된다. 그런데 점순이가 그 상을 내 앞에 내려놓으며 제 말로 지껄이는 소리가

"구장님한테 갔다 그냥 온담 그래!" 하고 엊그제 산에서와 같이 되우 쫑알거린다. 딴은 내가 더 단단히 덤비지 않고 만 것이 좀 어리석었다. 속으로 그랬다. 나도 저쪽 벽을 향하여 외면하면서 내 말로

"안 된다는 걸 그럼 어떡헌담!" 하니까

"쉼을 잡아채지 그냥 둬, 이 바보야!" 하고 또 얼굴이 빨개지면서 성을 내며 안으로 샐죽하니 튀들어가지 않느냐. 이때 아무도 본 사람이 없었게 망정이지 보았다면 내 얼굴이 에미 잃은 황새 새끼처럼 가여웁다 했을 것이다.

사실 이때만치 슬펐던 일이 또 있었는지 모른다. 다른 사람은 암만 못생겼다 해두 괜찮지만 내 아내 될 점순이가 병신으로 본다면 참 신세는 따분하다. 밥을 먹은 뒤 지게를 지고 일터로 갈려 하다 도로 벗어던지고 바깥마당 공석 우에 드러누워서 나는 차라리 죽느니만 같지 못하다 생

---

31) 전부

각했다.

내가 일 안 하면 장인님 저는 나이가 먹어 못 하고 결국 농사 못 짓고 만다. 뒷짐으로 트림을 끌꺽, 하고 대문 밖으로 나오다 날 보고서

"이 자식아! 너 왜 또 이러니?"

"관객[32]이 났어유, 아이구 배야!"

"기껀 밥 처먹구 나서 무슨 관객이야, 남의 농사 버려 주면 이 자식아 징역 간다 봐라!"

"가두 좋아유, 아이구 배야!"

참말 난 일 안 해서 징역 가도 좋다 생각했다. 일후[33] 아들을 낳아도 그 앞에서 바보 바보 이렇게 별명을 들을 테니까 오늘은 열 쪽이 난대도 결정을 내고 싶었다.

장인님이 일어나라고 해도 내가 안 일어나니까 눈에 독이 올라서 저편에서 힁하게 가더니 지게막대기를 들고 왔다. 그리고 그걸로 내 허리를 마치 돌 떠넘기듯이 쿡 찍어서 넘기고 넘기고 했다. 밥을 잔뜩 먹어 딱딱한 배가 그럴 적마다 퉁겨지면서 밸창[34]이 꼿꼿한 것이 여간 켕기지 않았다. 그래도 안 일어나니까 이번에는 배를 지게막대기로 우에서 쿡쿡 찌르고 발길로 옆구리를 차고 했다. 장인님은 원체 심정이 궂어서 그러지만 나도 저만 못하지 않게 배를 채었다. 아픈 것을 눈을 꽉 감고 넌 해라 난 재미난 듯이 있었으나 볼기짝을 후려갈길 적에는 나도 모르는 결에 벌떡 일어나서 그 수염을 잡아챘다마는 내 골이 난 것이 아니라 정말은 아까부터 벽[35] 뒤 울타리 구멍으로 점순이가 우리들의 꼴을 몰래 엿보고 있었기 때문이다. 가뜩이나 말 한마디 톡톡히 못한다고 바보라는데 매까지

---

32) 관격(關格). 한방에서 음식이 급하게 체하여 먹지도 못하고 대소변도 못보며 정신을 잃는 위급한 병을 이르는 말

33) 이후

34) 밸창자

35) 부엌

잠자코 맞는 걸 보면 짜정 바보로 알 게 아닌가. 또 점순이도 미워하는 이까진 놈의 장인님 나곤 아무것도 안 되니까 막 때려도 좋지만 사정 보아서 수염만 채고(제 원대로 했으니까 이때 점순이는 퍽 기뻤겠지) 저기까지 잘 들리도록

"이걸 까셀라 부다.[36]" 하고 소리를 쳤다.

장인님은 더 약이 바짝 올라서 잡은 참 지게막대기로 내 어깨를 그냥 내려 갈겼다. 정신이 다 아찔하다. 다시 고개를 들었을 때 그때엔 나도 온몸에 약이 올랐다. 이 녀석의 장인님을, 하고 눈에서 불이 퍽 나서 그 아래 밭 있는 넝알로[37] 그대로 떼밀어 굴려 버렸다. 조금 있다가 장인님이 씩, 씩, 하고 한번 해볼려고 기어오르는 걸 얼른 또 떼밀어 굴려 버렸다.

기어오르면 굴리고 굴리면 기어오르고 이러길 한 너덧 번을 하며 그럴 적마다

"부려만 먹구 왜 성례 안 하지유!"

나는 이렇게 호령했다. 하지만 장인님이 선뜻 오냐 낼이라 두 성례시켜 주마, 했으면 나도 성가신 걸 그만두었을지 모른다. 나야 이러면 때린 건 아니니까 나종에 장인 쳤다는 누명도 안 들을 터이고 얼마든지 해도 좋다.

한번은 장인님이 헐떡헐떡 기어서 올라오더니 내 바짓가랭이를 요렇게 노리고서 단박 웅켜잡고 매달렸다. 악, 소리를 치고 나는 그만 세상이 다 팽그르 도는 것이

"빙장님! 빙장님! 빙장님!"

"이 자식! 잡아먹어라 잡아먹어!"

"아! 아! 할아버지! 살려 줍쇼 할아버지!" 하고 두 팔을 허둥지둥 내절

36) 그슬리다, 태워 버리다
37) 넝 아래로(둔덕 아래로)

[38] 적에는 이마에 진땀이 쭉 내솟고 인젠 참으로 죽나 부다, 했다. 그래두 장인님은 놓질 않더니 내가 기어이 땅바닥에 쓰러져서 거진 까무러치게 되니까 놓는다. 더럽다 더럽다. 이게 장인님인가, 나는 한참을 못 일어나고 쩔쩔맸다. 그러다 얼굴을 드니(눈에 참 아무것도 보이지 않았다) 사지가 부르르 떨리면서 나도 엉금엉금 기어가 장인님의 바짓가랭이를 꽉 움키고 잡아나꿨다.

내가 머리가 터지도록 매를 얻어맞은 것이 이 때문이다. 그러나 여기가 또한 우리 장인님이 유달리 착한 곳이다. 어느 사람이면 사경을 주어서라도 당장 내쫓았지 터진 머리를 불솜[39]으로 손수 지져 주고, 호주머니에 희연[40] 한 봉을 넣어 주고 그리고

"올 갈엔 꼭 성례를 시켜 주마, 암만 말구 가서 뒷골의 콩밭이나 얼른 갈아라." 하고 등을 뚜덕여 줄 사람이 누구냐.

나는 장인님이 너무나 고마워서 어느덧 눈물까지 났다. 점순이를 남기고 인젠 내쫓기려니, 하다 뜻밖의 말을 듣고

"빙장님! 인제 다시는 안 그러겠어유—"

이렇게 맹세를 하며 부랴사랴 지게를 지고 일터로 갔다.

그러나 이때는 그걸 모르고 장인님을 원수로만 여겨서 잔뜩 잡아다녔다.

"아! 아! 이놈아! 놔라, 놔, 놔—"

장인님은 헷손질을 하며 솔개미에 챈 닭의 소리를 연해 질렀다. 놓긴 왜, 이왕이면 호되게 혼을 내주리라, 생각하고 짓궂이 더 댕겼다마는 장인님이 땅에 쓰러져서 눈에 눈물이 피잉 도는 것을 알고 좀 겁도 났다.

"할아버지! 놔라, 놔, 놔, 놔놔." 그래도 안 되니까

---

38) 내저을
39) 상처를 소독하기 위하여 불에 그슬린 솜방망이
40) 일제시대 때 나온 담배 이름

"얘 점순아! 점순아!"

이 악장[41]에 안에 있었던 장모님과 점순이가 헐레벌떡하고 단숨에 뛰어나왔다.

나의 생각에 장모님은 제 남편이니까 역성을 할는지도 모른다. 그러나 점순이는 내 편을 들어서 속으로 고수해서 하겠지— 대체 이게 웬 속인지 (지금까지도 난 영문을 모른다) 아버질 혼내 주기는 제가 내래놓고[42] 이제 와서는 달겨들며

"에그머니! 이 망할 게 아버지 죽이네!" 하고 내 귀를 뒤로 잡아댕기며 마냥 우는 것이 아니냐. 그만 여기에 기운이 탁 꺾이어 나는 얼빠진 등신이 되고 말았다. 장모님도 덤벼들어 한쪽 귀마저 뒤로 잡아채면서 또 우는 것이다.

이렇게 꼼짝 못하게 해놓고 장인님은 지게막대기를 들어서 사뭇 나려조겼다.[43] 그러나 나는 구태여 피할려지도 않고 암만해도 그 속 알 수 없는 점순이의 얼굴만 멀거니 들여다보았다.

"이 자식! 장인 입에서 할아버지 소리가 나오도록 해?"

---

41) 악을 쓰며 싸우는 짓
42) 내어놓고(제안하고, 내라고 해 놓고)
43) 내려갈겼다

안해

우리 마누라는 누가 보든지 뭐 이쁘다고는 안 할 것이다. 바루 계집에 환장된 놈이 있다면 모르거니와, 나도 일상 같이 지내긴 하나 아무리 잘 고쳐 보아도 요만치도 이쁘지 않다. 허지만 계집이 낯짝이 이뻐 맛이냐. 제길할 황소 같은 아들만 줄대 잘 빠져 놓으면 고만이지. 사실 우리 같은 놈은 늙어서 자식까지 없다면 꼭 굶어 죽을 밖에 별도리 없다. 가진 땅 없어, 몸 못 써 일 못하여, 이걸 누가 열쳤다고[1] 그냥 먹여 줄 테냐. 하니까 내 말이 이왕 젊어서 되는 대로 자꾸 자식이나 쌓아 두자 하는 것이지.

그리고 에미가 낯짝 글렀다고 그 자식까지 더러운 법은 없으렷다. 아 바로 우리 똘똘이를 보아도 알겠지만 즈 에미년은 쥐었다 논 개떡 같아도 좀 똑똑하고 낄끗이[2] 생겼느냐. 비록 먹고도 대구[3] 또 달라구 불아귀[4]처럼 덤비기는 할망정. 참 이놈이야말로 나에게는 아버지보담도 할아버지보담도 아주 말할 수 없이 끔찍한 보물이다.

1) 미쳤다고
2) 구김살 없이 깨끗하게
3) 대고(무리하게 자꾸)
4) 부라퀴(제게 이로운 일이면 악착같이 덤벼드는 사람)

년이 나에게 되지 않은 큰 체를 하게 된 것도 결국 이 자식을 낳았기 때문이다. 전에야 그 상판대길 가지고 어딜 끽소리나 제법 했으랴. 흔히 말하길 계집의 얼굴이란 눈의 안경이라 한다. 마는 제 아무리 물커진[5] 눈깔이라도 이 얼굴만은 어째 볼 도리 없을 게다.

이마가 훌떡 까지고 양미간이 벌면 소견이 탁 트였다지 않냐. 그럼 좋기는 하다마는 아기자기한 맛이 없고 이 조로 둥글넓적이 내려온 하관에 멋없이 쑥 내민 것이 입이다. 두툼은 하나 건순 입술, 말 좀 하려면 그리 정하지 못한 운이[6]가 분질없이[7] 뻔쩔 드러난다. 설혹 그렇다치고 한복판에 달린 코나 좀 똑똑히 생겼다면 얼마 나겠다.[8] 첫대[9] 눈에 띄는 것이 그코인데, 이렇게 말하면 년의 숭을 보는 것 같지만, 썩 잘 보자 해도 먼산 바라보는 도야지[10]의 코가 자꾸만 생각이 난다.

꼴이 이러니까 밤이면 내 눈치만 스을슬 살피는 것이 아니냐. 오늘은 구박이나 안 할까, 하고 은근히 애를 태우는 맥이렷다. 이게 가여워서 피곤한 몸을 무릅쓰고 대개 내가 먼저 말을 걸게 된다. 온종일 뭘 했느냐는 둥, 싸리문을 좀 고쳐 놓으라 했더니 어떻게 했느냐는 둥, 혹은 오늘 밤에는 웬일인지 코가 훨씬 좋아 보인다는 둥, 하고 그러면 년이 금세 헤에 벌어지고 힝하게 내곁에 와 앉아서는 어깨를 비겨대고 슬근슬근 부빈다. 그리고 코가 좋아 보인다니 정말 그러냐고 몸이 달아서 묻고 또 묻고 한다. 저로도 믿지 못할 그 사실을 한때의 위안이나마 또 한 번 들어보자는 심정이렷다. 그 속을 알고 짜정[11] 콧날이 서나 부다고 하면 년의 대답이 뒷간엘 갈 적마다 잡아댕기고 했더니 혹 나왔을지 모른다나, 그

5) 물크러진(너무 썩거나 물러서 본 모양이 없어지도록 해어진)
6) 윗니
7) 부질없이
8) 낫겠다
9) 첫째
10) 돼지
11) 짜장(참말로, 정말)

리고 아주 좋아한다.

그러나 어느 때에는 한나절 밭고랑에서 몸이 고만 축 늘어지는구나. 물론 말 한마디 붙일 새 없이 방바닥에 그대로 누워 버리지, 허면 년이 제 얼굴 때문에 그런 줄 알고 한구석에 가 시무룩해서 앉았다. 얼굴을 모로 돌리어 턱을 삐쭉 처들고 있는 걸 보면 필연 제깐엔 옆얼굴이나 한 번 봐 달라는 속이겠지. 경칠 년. 옆얼굴이라고 뭐 깨묵셍이[12]나 좀 난 줄 알구—

이러던 년이 똘똘이를 내놓고는 갑자기 세도가 댕댕해졌다.[13] 내가 들어가도 네 놈 언제 봤냔 듯이 좀체 들떠보는[14] 법 없지. 눈을 스르르 내려깔고는 잠자코 아이에게 젖만 먹이겠다. 내가 좀 아이의 머리라도 쓰담으며

"이 자식, 밤낮 잠만 자나?"

"가만둬, 왜 깨놓고 싶은감." 하고 사정없이 내 손등을 주먹으로 갈긴다. 나는 처음에 어떻게 되는 셈인지 몰라서 멀거니 천장만 한참 쳐다보았다. 내 자식 내가 만지는데 주먹으로 때리는 건 무슨 경우냐. 허지만 잘 따져 보니까 조금도 내가 억울할 것은 없다. 년이 나에게 큰 체를 해야 할 권리가 있는 것을 차차 알았다. 그래서 그때부터 내가 이년, 하면 저는 이놈, 하고 대들기로 무언중 계약되었지.

동리에서는 남의 속은 모르고 우리를 깍따귀[15]들이라고 별명을 지었다. 혹 하면 서로 대들려고 노리고만 있으니까 말이지. 하긴 요즘에 하루라도 조용한 날이 있을까 봐서 만나기만 하면 이놈, 저년, 하고 먼저 대들기로 위주다. 다른 사람들은 밤에 만나면,

---

12) 깨묵덩이
13) 당당해졌다
14) 거들떠보는
15) 각다귀(남의 것을 뜯어먹고 사는 사람을 비유하는 말)

"마누라 밥 먹었수?"

"아니요, 당신 오면 같이 먹을려구—" 하고 일어나 반색을 하겠지만 우리는 안 그러기다. 누가 그렇게 괭이[16] 소리로 달라붙느냐. 방에 떡 들어서는 길로 우선 넓적한 년의 궁뎅이를 발길로 퍽 들여지른다.

"이년아! 일어나서 밥차려—"

"이눔이 왜 이래, 대릴 꺾어 놀라." 하고 년이 고개를 겨우 돌리면

"나무 판 돈 뭐 했어, 또 술 처먹었지?" 이렇게 제법 탕탕 호령하였다. 사실이지 우리는 이래야 정이 보째[17] 쏟아지고 또한 계집을 데리고 사는 멋이 있다. 손자새끼 낯을 해 가지고 마누라 어쩌구 하고 어리광으로 덤비는 건 보기만 해도 눈허리가 시절 않겠니. 계집 좋다는 건 욕하고 치고 차고, 다 이러는 멋에 그렇게 치고 보면 혹 궁한 살림에 쪼들리어 악에 받친 놈의 말일지는 모른다. 마는 누구나 다 일반이겠지. 가다가 속이 맥맥하고[18] 부화가 끓어오를 적이 있지 않냐. 농사는 지어도 남는 것이 없고 빚에는 몰리고, 게다가 집에 들어서면 자식놈 킹킹거려, 년은 옷이 없으니 떨고 있어 이러한 때 그냥 배길 수야 있느냐. 트죽태죽[19] 꼬집어 가지고 년의 비녀쪽을 턱 잡고는 한바탕 훌두들겨 대는구나. 한참 그 지랄을 하고 나면 등줄기에 땀이 뿍 흐르고 한숨까지 후, 돈다면 웬만치 속이 가라앉을 때였다. 담에는 년을 도로 밀쳐 버리고 담배 한 대만 피워 물면 된다.

이 멋에 계집이 고마운 물건이라 하는 것이고 내가 또 년을 못잊어 하는 까닭이 거기 있지 않냐. 그렇지 않다면이야 저를 계집이라고 등을 뚜덕여 주고 그 못난 코를 좋아 보인다고 가끔 추어줄 맛이 뭐야. 허지만

16) 고양이
17) 보따리째
18) 생각이 잘 돌지 않아 답답하거나 갑갑하고
19) 티격태격

년이 훌쩍거리고 앉아서 우는 걸 보면 이건 좀 재미 적다. 제가 주먹심으로든 입심으로 든 나에게 덤비려면 어림도 없다. 쌈의 시초는 누가 먼저 걸었던 간 언제든지 경을 팥다발같이 치고 나앉는 것은 년의 차지렷다.

"이리 와 자빠져 자—"

"곤두어[20] 너나 자빠져 자렴—" 하고 년이 독이 올라서 돌아다도 안 보고 비쌘다.[21] 마는 한 서너 번 내려오라고 권하면 나중에는 저절로 내 옆으로 스르르 기어들게 된다. 그리고 눈물 흐르는 장반[22]을 벙긋이 흘겨보이는 것이 아니냐. 하니까 년으로 보면 두들겨 맞고 비쌔는 멋에 나하고 사는지도 모르지.

그러나 우리가 원수같이 늘 싸운다고 정이 없느냐 하면 그건 잘못이다. 말이 났으니 말이지 정분치고 우리 것만치 찰떡처럼 끈끈한 놈은 다시 없으리라. 미우면 미울수록 싸울수록 잠시를 떨어지기가 아깝도록 정이 착착 붙는다. 부부의 정이란 이런 겐지 모르나 하여튼 영문 모를 찰가 머리 정이다. 나뿐 아니라 년도 매를 한참 뚜들겨 맞고 나서 같이 자리에 누우면

"내 얼굴이 그래두 그렇게 숭업진[23] 않지?" 하고 정말 잘난 듯이 바짝바짝 대든다. 그러면 나는 이때 뭐라고 대답해야 옳겠느냐. 하 기가 막혀서 천장을 쳐다보고 피익 내어 버린다.

"이년아! 그게 얼굴이야?"

"얼굴 아니면 가주 다닐까—"

"내니깐 이년아! 데리고 살지 누가 근디리나[24] 그 낯짝을?"

"뭐, 네 얼굴은 얼굴인 줄 아니? 불밤송이 같은 거, 참, 내니깐 데리구

20) 관두어
21) 마음에는 당기면서도 사양하는 체한다
22) 얼굴
23) 흉하진
24) 건드리니

살지―"

이러면 또 일어나서 땀을 한번 흘리고 다시 드러눕 수밖에 없다. 내 얼굴이 불밤송이 같다니 이래도 우리 어머니가 나를 낳고서 낭종 땅마지기나 만져 볼 놈이라고 좋아하던 이 얼굴인데 하지만 다시 일어나고 손짓 발짓을 하고 하는 게 성이 가셔서 대개는 그대로 눙쳐 둔다.

"그래, 내 너 이뻐할께 자식이나 대구 내놔라."

"먹이지도 못할 걸 자꾸 나 뭘 하게, 굶겨 죽일려구?"

"아 이년아! 꿔다 먹이진 못하니?" 하고 소리는 빽 지르나 딴은 뒤가 켕긴다. 더끔더끔[25] 모아 두었다가 먹이지나 못하면 그걸 어떻게 하냐 줴다[26] 버리지도 못하고 죽이지도 못하고 떼송장이 난다면 연히 이런 걸 보면 년이 나보담 훨씬 소견이 된 것을 알 수 있겠다. 물론 십 리만큼 벌어진 양미간을 보아도 나와는 턱이 다르지만―

우리가 요즘 먹는 것은 내가 나무 장사를 해서 벌어들인다. 여름 같으면 품이나 판다 하지만 눈이 척척 쌓였으니 얼음을 깨 먹느냐. 하기야 산골에서 어느 놈치고 별수 있겠냐마는 하루는 산에 가서 나무를 해들이고 그담 날엔 읍에 갖다가 판다. 나니깐 참 쌍지게질도 할 근력이 되겠지만. 잔뜩 나무 두 지게를 혼자서 번차례[27]로 이놈 져다 놓고 쉬고 저놈 져다 놓고 쉬고 이렇게 해서 장찬[28] 삼십 리 길을 한나절에 들어가는구나. 그렇지 않으면 언제 한 지게 한 지게씩 팔아서 목구녕을 축일 수 있겠느냐. 잘 받으면 두 지게에 팔십 전 운이 나쁘면 육십 전 육십오 전 그걸로 좁쌀, 콩 멱,[29] 무엇 사들고 찾아오겠다. 죽을 쑤었으면 좀 느루[30] 가

25) 어떤 것에다 조금씩 자꾸 더하는 모양
26) 쥐다
27) 돌려가며 서로 번갈아 드는 차례
28) 장장(長長)
29) 미역
30) 늘어

겠지만 우리는 더럽게 그런 짓은 안 한다. 먹다 못 먹어서 뱃가죽을 움켜쥐고 나설지언정 으레 밥이지. 똘똘이는 네 살짜리 어린애니깐 한보시기[31] 나는 즈 아버지니까 한 사발에다 또 반 사발을 더 먹고 그런데 년은 유독히 두 사발을 처먹지 않나. 그리고도 나보다 먼저 홀딱 집어세고는 내 사발의 밥을 한구텡이 더 떠 먹는 버릇이 있다. 계집이 좋다 했더니 이게 밥버러지가 아닌가 하고 한때는 가슴이 선뜻할 만치 겁이 났다. 없는 놈이 양이나 좀 적어야지 이렇게 대구 처먹으면 너 웬 밥을 이렇게 처먹니 하고 눈을 크게 뜨니까 년의 대답이 애난 배가 그렇지 그럼, 저도 앨 나 보지 하고 샐쭉이 토라진다. 압따[32] 그래, 대구 처먹어라. 낭종 밥값은 그 배따기[33]에 다 게 있고 게 있는 거니까. 어떤 때에는 내가 좀 덜 먹고라도 그대로 내주고 말겠다. 경을 칠 년, 하지만 참 너무 처먹는다.

그러나 년이 떡국이 농간을 해서 나보담 한결 의뭉스럽다. 이깐 농사를 지어 뭘 하느냐, 우리 들병이로 나가자, 고, 딴은 내 주변으로 생각도 못 했던 일이지만 참 훌륭한 생각이다. 밑지는 농사보다는 이밥에, 고기에, 옷 마음대로 입고 좀 호강이냐. 마는 년 얼굴을 이윽히 뜯어보다간 고만 풀이 죽는구나. 들병이에게 술 먹으러 오는 건 계집의 얼굴 보자 하는 걸 어떤 밸 없는 놈이 저 낯짝엔 몸살 날 것 같지 않다. 알고 보니 참 분하다. 년이 좀만 똑똑히 나왔더면 수가 나는 걸. 멀뚱히 쳐다보고 쓴 입맛만 다시니까 년이 그 눈치를 채었는지

"들병이가 얼굴만 이뻐서 되는 게 아니라든데, 얼굴은 박색이라도 수단이 있어야지—"

"그래 너는 그거 할 수단 있겠니?"

"그럼 하면 하지 못할 게 뭐야."

31) 작은 사발
32) 아따
33) 배때기

년이 이렇게 아주 번죽좋게[34] 장담을 하는 것이 아니냐. 들병이로 나가서 식성대로 밥 좀 한바탕 먹어 보자는 속이겠지. 몇 번 다져 물어도 제가 꼭 될 수 있다니까 압따 그러면 한번 해 보자꾸나 밑천이 뭐 드는 것도 아니고 소리나 몇 마디 반반히 가르쳐서 데리고 나서면 고만이니까.

내가 밤에 집에 돌아오면 년을 앞에 앉히고 소리를 가르치겠다. 우선 내가 무릎 장단을 치며 아리랑 타령을 한 번 부르는구나. 아리랑 아리랑 아라리요, 춘천아 봉의산아 잘 있거나, 신연강 배 타면 하직이라. 산골의 계집이면 강원도 아리랑쯤은 곧잘 하련만 년은 그것도 못 배웠다. 그러니 쉬운 아리랑부터 시작할밖에. 그러면 년은 도사리고 앉아서 두 손으로 응뎅이를 치며 숭내[35]를 낸다. 목구녕에서 질그릇 물러앉는 소리가 나니까 낭종에 목이 트이면 노래는 잘 할게다마는 가락이 딱딱 들어맞아야 할 텐데 이게 세상에 돼먹어야지. 나는 노래를 가르치는데 이 망할 년은 소설책을 읽고 앉았으니 어떡허냐. 이걸 데리고 앉으면 흔히 닭이 울고 때로는 날도 밝는다. 년이 하도 못하니까 본보기로 나만 하고 또 하고 또 하고 그러니 저를 들병이를 아르킨다는[36] 게 결국 내가 배우는 폭이 되지 않나. 망할 년 저도 손으로 가리고 하품을 줄대 하며 졸려워 죽겠지. 하지만 내가 먼저 자자하기 전에는 제가 차마 졸립다진 못할라. 애최[37] 들병이로 나가자, 말을 낸 것이 누군데 그래. 이렇게 생각하면 울화가 불컥[38] 올라서 주먹이 가끔 들어간다.

"이년아? 정신을 좀 채려, 나만 밤낮 하래니?"

"이놈이— 팔때길 꺾어 놀라."

"이거 잘 배면 너 잘 되지 이년아! 날 주는 거냐 큰 체게?"

---

34) 성미가 유들유들해
35) 흉내
36) 가르친다는
37) 애초에
38) 울컥

이번엔 손가락으로 이맛배기를 꾹 찍어서 뒤로 떠넘긴다. 여느때 같으면 년이 독살이 나서 저리로 내뻘 게다. 제가 한 죄가 있으니까 다시 일어나서 소리 아르켜 주기만 기다리는 게 아니냐. 하니 딱한 일이다. 될지 안될지도 의문이거니와 서로 하품은 뻔질 터지고 이왕 내친걸음이니 그렇다고 안 할 수도 없고 예라 빌어먹을 거, 너나 내 얼른 팔자를 고쳐야지 늘 이러다 말 테냐. 이렇게 기를 한번 쓰는구나. 그리고 밤의 산천이 울리도록 소리를 빽빽 질러가며 년하고 또다시 홍타령을 부르겠다.

그래도 하나 기특한 것은 년이 성의는 있단 말이지. 하기는 그나마도 없다면야 들병이커녕 깻묵도 그르지만. 날이라도 틈만 있으면 저 혼자서 노래를 연습하는구나. 빨래를 할 적이면 빨래방추[39]로 가락을 맞추어 가며 이팔청춘을 부른다. 혹은 방 한구석에 죽치고 앉아서 어깨짓으로 버선을 꼬여매며 노랫가락도 부른다. 노래 한 장단에 바늘 한 뀌엄[40] 식이니 버선 한 짝 길려면 열나절은 걸리지. 하지만 압따 버선으로 먹고 사느냐, 노래만 잘 배워라. 년도 나만치나 이밥에 고기가 얼뜬[41] 먹고 싶어서 몸살도 나는지 어떤 때에는 바깥 밭둑을 지날려면 뒷간 속에서 콧노래가 홍이거릴[42] 적도 있겠다. 그러나 인제 노랫가락에 홍타령쯤 겨우 배웠으니 그 담 건 어느 하가[43]에 배우느냐, 망할 년두 참.

게다가 년이 시큰둥해서 날더러 신식 창가를 아르켜 달라구. 들병이는 구식 소리도 잘 해야 하겠지만 첫대[44] 시체 창가를 알아야 부려 먹는다, 한다. 말은 그럴 법하나 내가 어디 시체 창가를 알 수 있냐, 땅이나 파먹던 놈이. 나는 그런 거 모른다, 하고 좀 무색했더니 며칠 후에는 년이 시

---

39) 빨래방망이
40) 바느질할 때에 실을 꿴 바늘로 한 번씩 뜬 자국
41) 얼른
42) 홍얼거릴
43) 겨를
44) 첫째

체 창가 하나를 배가주[45] 왔다. 화로를 끼고 앉아서 그 전을 두드려 대며 네 보란 듯이 자랑스럽게 하는 것이 아닌가. 피였네 피였네 연꽃이 피였네 피였다구 하였더니 볼 동안에 옴쳤네. 대체 이걸 어서 배웠을까, 얘 이년 참 나보담 수단이 좋구나, 하고 나는 퍽 감탄하였다. 그랬더니 낭종 알고 보니깐 년이 어느 틈에 야학에 가서 배우질 않았겠니. 야학이란 요 산 뒤에 있는 조그만 움[46]인데 농군 아이에게 한겨울 동안 국문을 아르킨다. 창가를 할 때쯤 해서 년이 춘 줄도 모르고 거길 찾아간다. 아이를 업고 문 밖에 서서 귀를 기울이고 엿듣다가 저도 가만 가만히 숭내를 내보고 내보고 하는 것이다. 그래 가지고 집에 와서는 히짜[47]를 뽑고 야단이지. 신식 창가는 며칠만 좀 더 배우면 아주 능통하겠다나.

그러나 아무리 생각해 봐도 년의 낯짝만은 걱정이다. 소리는 차차 어지간히 돼 들어가는데 이놈의 얼굴이 암만 봐도, 봐도 영 글렀구나. 경칠 년, 좀만 얌전히 나왔더면 이판에 돈 한몫 크게 잡는 걸. 간혹 가다 제물에 화가 뻗치면 아무 소리 않고 년의 뱃기[48]를 한 두어 번 안 줴박을[49] 수 없다. 웬 영문인지 몰라서 년도 눈깔을 크게 굴리고 벙벙히 쳐다보지. 땀을 낼 년. 그 낯짝을 하고 나한테로 시집을 온담 뻔뻔하게. 하나 년도 말은 안 하지만 제 얼굴 때문에 가끔 성화이지 쪽 떨어진 손거울을 들고 앉아서 이리 뜯어보고 저리 뜯어보고 하지만 눈깔이야 일반이겠지 저라고 나뷜 리가 있겠니. 하니까 오장 썩는 한숨이 연방 터지고 한풀 죽는구나. 그러나 요행이 내가 방에 있으면 돌아다보고

"이봐! 내 얼굴이 요즘 좀 나가지 않어?"

"그래, 좀 난 것 같다."

---

45) 배워 가지고
46) 움막
47) 흰수작(희떠운 말과 짓)
48) 배때기('배'의 속어)
49) 쥐어박을

"아니 정말 해 봐—" 하고 이년이 팔때기를 꼬집고 바싹바싹 들어덤빈다. 년이 능글차서 나쯤은 좋도록 대답해 주려니, 하고 아주 탁 믿고 묻는 게렷다. 정말 본 대로 말할 사람이면 제가 겁이 나서 감히 묻지도 못한다. 진짓[50] 이뻐졌다, 하고 나도 능청을 좀 부리면 년이 좋아서 요새 분때[51]를 자루[52] 밀었으니까 좀 나졌다지, 하고 들병이는 뭐 그렇게까지 이쁘지 않아도 된다고 또 구구히 설명을 늘어놓는다. 경을 칠 년. 계집은 얼굴 밉다는 말이 칼로 찌르는 것보다도 더 무서운 모양 같다. 별 욕을 다 하고 개 잡듯 막 뚜드려도 조금 뒤에는 헤, 하고 앞으로 겨드는 이 년이다. 마는 어쩌나, 제 얼굴의 숭[53]이나 좀 본다면 사흘이고 나흘이고 년이 나를 스을슬 피하며 은근히 골리려고 든다. 망할 년. 밉다는 게 그렇게 진저리가 나면 아주 면사포를 쓰고 다니지 그래. 년이 능청스러워서 조금만 이뻤더라면 나는 얼렁얼렁해 내버리고 돈 있는 놈 군서방해[54] 갔으렷다. 계집이 얼굴이 이쁘면 제 값 다 하니까. 그렇게 생각하면 년의 낯짝 더러운 것이 나에게는 불행 중 다행이라 안 할 수 없으리라.

계집은 아마 남편을 속여먹는 맛에 깨가 쏟아지나 부다. 년이 들병이 노릇을 할 수단이 있다고 괜히 장담한 것도 저의 이 행실을 믿고 그랬는지도 모른다. 새벽 일찍이 뒤를 보려니까 어디서 창가를 부른다. 거적 틈으로 내다보니 년이 밥을 끓이면서 연습을 하지 않나. 눈보래는 생생 소리를 치는데 보강지[55]에 쪼그리고 앉아서 부지갱이로 솥뚜껑을 톡톡 두드리겠다. 그리고 거기 맞추어 신식 창가를 청승맞게 부르는구나. 그러다 밥이 우루루 끓으니까 뙤[56]를 벗겨 놓고 다시 시작한다. 젊어서도 할

50) 짐짓
51) 팥가루나 밤가루 따위로 만든 재래식 분을 문질러 바를 때, 때처럼 밀려나는 찌꺼기
52) 자주
53) 흉
54) 샛서방을 얻어
55) 아궁이
56) 솥뚜껑

미꽃 늙어서도 할미꽃 아하하하 우습다 꼬부라진 할미꽃. 망할 년. 창가는 경치게도 좋아하지, 방아타령 좀 부지런히 공부해 두라니까 그건 안 하구. 압따 아무거라도 많이 하니 좋다. 마는 이번엔 저고리 섶이 들먹들먹하더니 아 웬 곰방대가 나오지 않냐. 사방을 흘끔흘끔 다시 살피다 아무도 없으니까 보강지에다 들여대고 한 먹음[57] 뿌욱 빠는구나. 그리고 냅다 재채기를 줄대[58] 뽑고 코를 풀고 이 지랄이다. 그저께도 들켜서 경을 쳤더니 년이 또 내 담배를 훔쳐 가지고 나온 것이다. 돈 안 드는 소리나 배웠겠지 망할 년 아까운 담배를. 곧 뛰어나가려다 뒤도 급하거니와 요즘 똘똘이가 감기를 앓는다. 년이 밤낮 들쳐업고 야학으로 돌아치더니 그예 그 꼴을 만들었다. 오랄질 년, 남의 아들을 중한 줄을 모르고. 들병이 하다가 이것 행실 버리겠다. 망할 년이 하는 소리가 들병이가 될려면 소리도 소리려니와 담배도 먹을 줄 알고 술도 마실 줄 알고 사람도 주무를 줄 알고 이래야 쓴다나. 이게 다 요전에 동리에 들어왔던 들병이에게 들은 풍월이렷다. 그래서 저도 연습 겸 골고루 다 한 번씩 해 보고 싶어서 아주 안달이 났다. 방아타령 하나 변변히 못하는 년이 소리는 고걸로 될 듯싶은지!

이런 기맥[59]을 알고 년을 농락해 먹은 놈이 요아래 사는 뭉태 놈이다. 놈도 더러운 놈이다.

우리 마누라의 이 낯짝에 몸이 달았다면 그만함 다 얼짜[60]지. 어디 계집이 없어서 그걸 손을 대구, 망할 자식두. 놈이 와서 섣달 대목이니 술 얻어먹으러 가자고 년을 꼬였구나. 조금 있으면 내가 올 테니까 안 된다 해도 오기 전에 잠깐만, 하고 손을 내끌었다. 들병이로 나가려면 우선 술

57) 한 모금
58) 끊이지 아니하고 연해 죽 이어
59) 낌새
60) 바보. '어리석고 멍청한 사람'을 얕잡아, 또는 욕으로 이르는 말

파는 경험도 해 봐야 하니까, 하는 바람에 년이 솔깃해서 덜렁덜렁 따라섰겠지. 집안을 망할 년. 남편이 나무를 팔러 갔다 늦으면 밥 먹일 준비를 하고 기달려야 옳지 않으냐. 남은 밤길을 삼십 리나 허덕지덕 걸어오는데. 눈이 푹푹 쌓여서 발모가지는 떨어져 나가는 듯이 저리고. 마을에 들어왔을 때에는 짜정 곧 씨러질[61] 듯이 허기가 졌다. 얼른 가서 밥 한 그릇 때려뉘고 년을 데리고 앉아서 또 소리를 아르켜야지. 이런 생각을 하고 술집 옆을 지나가다 뜻밖에 깜짝 놀란 것은 그 바깥방에서 년의 너털웃음이 들린다. 얼른 다가서서 문틈으로 들여다보니까 아 이 망할 년이 뭉태하고 술을 먹는구나.

입때까지 하도 우스워서 꼴들만 보고 있었지만 더는 못 참는다. 지게를 벗어 던지고 방문을 홱 열어제치자 우선 놈부터 방바닥에 메다 꼰잤다.[62] 물론 술상은 발길로 찼으니까 벽에 가 부서졌지. 담에는 년의 비녀쪽을 지르르 글고 밖으로 나왔다. 술취한 년은 정신이 번쩍 들도록 홈빡 경을 쳐줘야 할 터이니까 눈에다 틀어박았다. 그리고 깔고 올라앉아서 망할 년 등줄기를 주먹으로 대구 우렸다.[63] 때리면 때릴수록 점점 눈속으로 들어갈 뿐, 발악을 치기에는 너무 취했다. 때리는 것도 년이 대들어야 멋이 있지 이러면 아주 승겁다. 년은 그대로 내버리고 방으로 들어가서 놈을 찾으니까 이 빌어먹을 자식이 생쥐새끼처럼 어디로 벌써 내빼지 않았나. 참말이지 이런 자식 때문에 우리 동리는 망한다. 남의 계집을 보았으면 마땅히 남편 앞에 나와서 대강이가 깨져야 옳지 그래 달아난담. 못생긴 자식도 다 많지. 할 수 없이 척 늘어진 이년을 등에다 업고 비척비척 집으로 올라오자니까 죽겠구나. 날은 몹시 차지, 배는 쑤시도록 고프지, 좀 노할래야 더 노할 근력이 없다. 게다 우리 집 앞 언덕을 올라가

61) 쓰러질
62) 메다꽂았다
63) 후려쳤다

다 엎어져서 무르팍을 크게 깠지. 그리고 집엘 들어가니까 빈 방에는 똘똘이가 혼자 에미를 부르고 울고 된통 법석이다. 망할 잡년두. 남의 자식을 그래 이렇게 길러 주면 어떡헐 작정이람. 년의 꼴 봐 하니 행실은 예전에 글렀다. 이년하고 들병이로 나갔다가는 넉넉히 나는 한옆에 재워 놓고 딴 서방 차고 달아날 년이야. 너는 들병이로 돈벌 생각도 말고 그저 집안에 가만히 앉았는 것이 옳겠다. 구구루[64] 주는 밥이나 얻어먹고 몸성히 있다가 연해 자식이나 쏟아라. 뭐 많이도 말고 굴때[65] 같은 아들로만 한 열다섯이면 족하지. 가만 있자, 한 놈이 일 년에 벼 열 섬씩만 번다면 열닷 섬이니까 일백오십 섬. 한 섬에 더도 말고 십 원 한 장씩만 받는다면 죄다 일천오백 원이지. 일천오백 원, 일천오백 원, 사실 일천오백 원이면 어이구 이건 참 너무 많구나. 그런 줄 몰랐더니 이년이 뱃속에 일천오백 원을 지니고 있으니까 아무렇게 따져도 나보담은 낫지 않은가.

64) 국으로. 얌전히, 가만히
65) 굴때장군(키가 크고 몸이 남달리 굵은 사람)

가을

내가 주재소에까지 가게 될 때에는 나에게도 다소 책임이 있을는지 모른다. 그러나 사실 아무리 고쳐 생각해 봐도 나는 조금치도 책임이 느껴지지 않는다. 복만이는 제 아내를 (여기가 퍽 중요하다) 제 손으로 직접 소장사에게 팔은 것이다. 내가 그 아내를 유인해다 팔았거나 혹은 내가 복만이를 꼬여서 서루 공모하고 팔아먹은 것은 절대로 아니었다.

우리 동리에서 일반이 다 아다시피 복만이는 뭐 남의 꼬임에 떨어지거나 할 놈이 아니다. 나와 저와 비록 격장[1]에 살고 숭허물 없이 지내는 이런 터이지만 한 번도 저의 속을 터 말해 본 적이 없다. 하기야 나뿐이랴 어느 동무구간 무슨 말을 좀 묻는다면 잘 해야 세 마디쯤 대답하고 마는 그놈이다. 이렇게 구찮은 얼굴에 내천자를 그리고 세상이 늘 마땅치 않은 그놈이다. 오죽하여야 요전에는 즈 아내가 우리에게 와서 울며불며 하소를 다 하였으랴. 그 망할 건 먹을 게 없으면 변통을 좀 할 생각은 않고 부처님같이 방구석에 우두커니 앉았기만 한다고, 우두커니 앉았는 것보다 실은 말 한마디 속선히[2] 안 하는 그 뚱보가 미웠다. 마는 그

1) 담을 사이에 두고 이웃하는 것
2) 속시원히

러면서도 아내는 돌아다니며 양식을 꾸어다 여일히 남편을 공경하고 하는 것이다.

이런 복만이를 내가 꼬였다 하는 것은 번시[3]가 말이 안 된다. 다만 한 가지 나에게 죄가 있다면 그날 매매계약서를 내가 대서로 써 준 그것뿐이다.

점심을 먹고 내가 봉당에 앉아서 새끼를 꼬고 있노라니까 복만이가 찾아왔다. 한 손에 바람에 나부끼는 인찰지 한 장을 들고 내 앞에 와 딱 서더니

"여보게 자네 기약서 쓸 줄 아나?"

"기약서는 왜?"

"아니 글쎄 말이야—" 하고 놈이 어색한 낯으로 대답을 주저하는 것이 아니냐. 아마 곁에 다른 사람이 여럿이 있으니까 말하기가 거북했을지도 모른다.

그러나 나는 사날 전에 놈에게 종용히[4] 들은 말이 있어서 오 아내의 일인가보다 하고 얼뜬[5] 눈치채었다. 싸리문 밖으로 놈을 끌고 와서 그 귀밑에다

"자네 여편네게 어떻게 됐나?"

"응."

놈이 한마디 이렇게만 대답하고는 두레두레한 눈을 굴리며 뭘 잠깐 생각하는 듯하더니

"저 물 건너 사는 소장사에게 팔기로 됐네. 재순네(술집)가 소개를 해서 지금 주막에 와 있는데 자꾸만 기약서를 써야 한다구 그래 그러나 누구 하나 쓸 줄 아는 사람이 있어야지 그래 자네게 써 가주올 테니 잠깐

3) 본래
4) 조용히
5) 얼른

기다리라구 하고 왔어 자넨 학교 좀 다녔으니까 쓸 줄 알겠지?"

"그렇지만 우리 집에 먹이 있나 붓이 있나?"

"그럼 하여튼 나하구 같이 가세."

맑은 시내에 붉은 잎을 담구며 일쩌운[6] 바람이 오르내리는 늦은 가을이다. 시들은 언덕 우를 복만이는 묵묵히 걸었고 나는 팔짱을 끼고 그 뒤를 따랐다. 이때 적으나마 내가 제 친구니까 되든 안 되든 한 번 말려 보고도 싶었다. 다른 짓은 다 할지라도 영득이(다섯 살 된 아들이다)를 생각하여 아내만은 팔지 말라고 사실 말려 보고 싶지 않은 것은 아니다. 그러나 내가 저를 먹여 주지 못하는 이상 남의 일이라구 말하기 좋아 이러쿵저러쿵 지껄이기도 어려운 일이다. 맞붙잡고 굶느니 아내는 다른 데 가서 잘 먹고 또 남편대로 그 돈으로 잘 먹고 이렇게 일이 필 수도 있지 않느냐. 복만이의 뒤를 따라가며 나는 도리어 나의 걱정이 더 큰것을 알았다. 기껏 한 해 동안 농사를 지었다는 것이 털어서 쪼기고[7] 보니까 나의 몫으로 겨우 벼 두 말 가웃이 남았다. 물론 털어서 빚도 다 못 가린 복만이에게 대면 좀 날는지 모르지만 이걸로 우리 식구가 한겨울을 날 생각을 하니 눈앞이 고대로 캄캄하다. 나두 올겨울에는 금점이나 좀 해 볼까 그렇지 않으면 투전을 좀 배워서 노름판으로 쫓아다닐까, 그런 데도 밑천이 들 터인데 돈은 없고 복만이같이 내다 팔 아내도 없다. 우리 집에는 여편네라군 병들은 어머니밖에 없으나 나이도 늙었지만(좀 부끄럽다) 우리 아버지가 있으니까 내 맘대룬 못하고—

이런 생각에 잠기어 짜증[8] 나는 복만이더러 네 아내를 팔지 마라 어째라 할 여지가 없었다. 나도 일찍이 장가나 들어 두었으면 이런 때 팔아먹

6) 스산한
7) 쪼개고
8) 짜장(참말로, 정말)

을 걸 하고 부즈러운[9] 후회뿐으로

큰길로 빠져나와서

"그럼 자네 먼저 가 있게 내 먹 붓을 빌려 가지고 갈께."

"벼루석건 있어야 할 걸—"

나 혼자 밤나무 밑 술집으로 터덜터덜 찾아갔다. 닭의 똥들이 한산히 늘어놓인 뒷마루로 조심스리 올라서며 소장수란 놈이 대체 어떻게 생긴 놈인가 하고 퍽 궁금하였다. 소도 사고 계집도 사고 이럴 때에는 필연 돈도 상당히 많은 놈이리라.

지게문을 열고 들어서니 첫째 눈에 띈 것이 밤볼[10]이 지도록 살이 디룩디룩한 그리고 험상궂게 생긴 한 애꾸눈이다. 이놈이 아랫목에 술상을 놓고 앉아서 냉수 마신 상으로 나를 쓰윽 쳐다보는 것이다. 바지저고리에는 때가 쪼루룩 묻은 것이 게다 제딴에는 모양을 낸답시고 누런 병정 각반을 치올려쳤다.

이놈과 그 옆 한구석에 쪼그리고 앉았는 영득 어머니와 부부가 되는 것은 아무리 봐도 좀 덜 맞는 듯싶다마는 영득 어머니는 어떻게 되든지 간 그 처분만 기다린단 듯이 잠자코 아이에게 젖이나 먹일 뿐이다. 나를 쳐다보고 자칫 낯이 붉는 듯하더니

"아재 나려오슈!" 하고는 도루 고개를 파묻는다.

이때 소장수에게 인사를 붙여 준 것이 술집 할머니다. 사흘이 모잘라서 여호가 못 됐다니만치 수단이 능글차서[11]

"둘이 인사하게. 이게 내 먼촌 조칸데 소장사구 돈 잘 쓰구."

하다가 뼈만 남은 손으로 내 등을 뚜덕이며

"이 사람이 아까 그 기약서 잘 쓴다는 재봉이야."

9) 부질없는

10) 살이 보기 좋게 쪄서 입속에 밤을 문 것처럼 불룩하게 된 볼

11) 매우 능글맞아서

"거 뉘댁인지 우리 인사합시다. 이 사람은 물 건너 사는 황거풍이라 부루."

이놈이 바로 우좌스럽게[12] 큰소리로 인사를 거는 것이다. 나는 저 붊지 않게[13] 떡 버테고[14] 앉아서 이 사람은 하고 이름을 댔다. 그리고 울 아버지도 십 년 전에는 땅마지기나 좋이 있었단 것을 명백히 일러 주니까 그건 안 듣고 하는 수작이

"기약서를 써 달라구 불렀는데 수구러우나[15] 하나 잘 써 주기유."

망할 자식 이건 아주 딴소리다. 내가 친구 복만이를 위해서 왔지 그래 제깐놈의 명령에 왔다갔다할 겐가. 이 자식 무척 시큰둥하구나 생각하고 낯을 찌푸려 모로 돌렸으나

"우선 한잔 하기유—" 함에는 두 손으로 얼른 안 받지도 못할 노릇이었다.

복만이가 그 웃음 잊은 얼굴로 씨근거리며 달겨들 때에는 벌써 나는 석 잔이나 얻어먹었다. 얼근한 손에 다 모지라진 붓을 잡고 소장수의 요구대로 그려 놓았다.

매매 계약서

일금 오십 원야라

우금은 내 아해의 대금으로써 정히 영수합니다.

갑술년 시월 이십일

조 복 만

황거풍전

12) 우자스레. 보기에 어리석고 미련한 데가 있게
13) 못지않게, 부럽지 않게
14) 버티고
15) 수고로우나, 수고롭지만

여기에 복만이의 지장을 찍어 주니까 어디 한번 읽어 보우 한다. 그리고 한참 의심스리 바라보며 뭘 생각하더니 "그거면 고만이유 만일 내중에 조상이 돈을 해 가주 와서 물러 달라면 어떡허우?" 하고 눈이 둥그래서 나를 책망하는 것이다. 이놈이 소장에서 하던 버릇을 여기서 하는 것이 아닌가. 하도 어이가 없어서 나도 벙벙히 쳐다만 보았으나 옆에서 복만이가 그대루 써 주라 하니까

어떠한 일이 있드라도 내 아내는 물러 달라지 않기로 맹세합니다.

그제서야 조끼 단추 구녁[16]에 굵은 쌈지끈으로 목을 매달린 커단 지갑이 비로소 움직인다. 일 원짜리 때 묻은 지전 뭉치를 꺼내들더니 손가락에 연실 침을 발라 가며 앞으로 세어 보고 뒤로 세어 보고 그리고 이번엔 거꾸로 들고 또 침을 발라 가며 공손히 세어 본다. 이렇게 후질근히[17] 침을 발라 셌건만 복만이가 또다시 공손히 바르기 시작하니 아마 지전은 침을 발라야 장수를 하나 보다.

내가 여기서 구문을 한 푼이나마 얻어먹었다면 참이지 승[18]을 갈겠다. 오 원씩 안팎 구문으로 십 원을 답센[19] 것은 술집 할머니요 나는 술 몇 잔 얻어먹었다. 뿐만 아니라 소장수를 아니 영득 어머니를 오 리 밖 공동묘지 고개까지 전송을 나간 것도 즉 내다.

고갯마루에서 꼬불꼬불 돌아내린 산길을 굽어보고 나는 마음이 저윽이 언짢았다. 한마을에 같이 살다가 팔려가는 걸 생각하니 도시[20] 남의 일 같지 않다. 게다 바람은 매우 차건만 입때[21] 홑적삼으로 떨고 섰는 그 꼴이 가엾고—

16) 구멍
17) 후줄근히
18) 성(姓)
19) 가로챈
20) 도무지
21) 이때껏, 여태

"영득 어머니! 잘 가게유."

"아재 잘 기슈."

이 말 한마디만 남길 뿐 그는 앞장을 서서 사랫길을 살랑살랑 달아난다. 마땅히 저 갈 길을 떠나는 듯이 서둘며 조금도 섭섭한 빛이 없다.

그리고 내 등 뒤에 섰는 복만이조차 잘 가라는 말 한마디 없는 데는 실로 놀라지 않을 수 없다. 장승같이 빼적[22] 서서는 눈만 끔벅끔벅하는 것이 아닌가. 개자식 하루를 살아도 제 계집이련만. 근 십 년이나 소같이 부려먹던 이 아내다. 사실 말이지 제가 여지껏 굶어 죽지 않은 것은 상냥하고 돌림성 있는 이 아내의 덕택이었다. 그런데 인사 한마디가 없다니 개자식 하고 여간 밉지가 않았다.

영득이는 즈 아버지 품에 잔뜩 붙들리어 기가 올라서 운다. 멀리 간 어머니를 부르고 두 주먹으로 아버지 복장을 들이 두드리다간 한번 쥐어박히고 멈씰한다.[23] 그리고 조금 있으면 다시 시작한다.

소장수는 얼굴에 술이 잠뿍[24] 올라서 제멋대로 한참 지껄이더니

"친구! 신세 많이 졌수 이담 갚으리다." 하고 썩 멋들어지게 인사를 한다. 그리고 뒤툭뒤툭 고개를 내리다가 돌부리에 채키어 뚱뚱한 몸뚱어리가 그대로 떼굴떼굴 굴러 버렸다. 중툭[25]에 내뻗은 소나무에 가지가 없었더면 낭떠러지로 떨어져 고만 터져 버릴 걸 요행히 툭툭 털고 일어나서 입맛을 다신다. 놈이 좀 무색한지 우리를 돌아보고 한번 빙긋 웃고 다시 내걸을 때에는 영득 어머니는 벌써 산 하나를 꼽들었다.[26]

이렇게 가던 소장수 이놈이 닷새 후에는 날더러 주재소로 가자고 내끄

22) 뻣뻣이
23) 멈칫한다
24) 잔뜩
25) 중턱
26) 굽어들었다

는 것이 아닌가. 사기는 복만이한테 사고 내게 찌다우[27]를 붙는다. 그것도 한가로운 때면 혹 모르지만 남 한창 바쁘게 거름 쳐내는 놈을 좋도록 말을 해서 듣지 않으니까 나두 약이 안 오를 수 없고 골김[28]에 놈의 복장을 그대로 떼다 밀어 버렸다. 풀밭에 가 털벅 주저앉았다 일어나더니 이번에는 내 멱살을 바짝 조여잡고 소 다루듯 잡아끈다.

내가 구문을 받아먹었다든지 또는 복만이를 내가 소개했다든지 하면 혹 모르겠다. 계약서 써 주고 술 몇 잔 얻어먹은 것밖에 나에게 무슨 죄가 있느냐. 놈의 말을 들어보면 영득 어머니가 긴지 나흘 되던 날 즉 그저께 밤에 자다가 어디로 없어졌다. 밝은 날에는 들어올까 하고 눈이 빠지게 기달렸으나 영 들어오질 않는다. 오늘은 꼭두새벽부터 사방으로 찾아다니다 비로소 우리들이 짜고 사기를 해 먹은 것을 깨닫고 지금 찾아왔다는 것이다. 제 아내 간 곳을 알으켜 주어야지 그렇지 않으면 너와 죽는다고 애꾸 낮짝을 들여대고 이를 북, 갈아 보인다.

"내가 팔았단 말이유 날 붙잡고 이러면 어떡헐 작정이지요?"

"복만이는 달아났으니까 너는 간 곳을 알겠지? 느들이 짜고 날 고랑때[29]를 먹였어 이놈의 새끼들!"

"아니 복만이가 달아났는지 혹은 볼일이 있어서 어디 다닐러 갔는지 지금 어떻게 안단 말이유?"

"말 마라, 술집 아저머니에게 다 들었다 또 쏙일랴구, 요 자식!"

그리고 나를 논뚝에다 한번 메다꼰자서는[30] 흙도 털 새 없이 다시 끌고 간다. 술집 아즈머니가 복만이 간 곳은 내가 알겠니 가 보라 했다나 구문 먹을 걸 도로 돌라놓기[31]가 아까와서 제 책임을 내게로 떠민 것이

27) 지다위(제 허물을 남에게 덮어씌우는 짓)
28) 골이 난 김
29) 골탕
30) 메다꽂아서는
31) 도로 내놓기

분명하다. 이렇게 되면 소장수 듣기에는 내가 마치 복만이를 꼬여서 아내를 팔게 하고 뒤로 은근히 구문을 뗀 폭이 되고 만다.

하기는 복만이도 그 아내가 없어졌다는 날 그저께 어디로인지 없어졌다. 짜정 도망을 갔는지 혹은 볼일이 있어서 일가집 같은데 다니러 갔는지 그건 자세히 모른다. 그러나 동리로 돌아다니며 아내가 꾸어 온 양식 돈푼 이런 자지레한 빚냥을 다아 돈으로 갚아 준 그다. 달아나기에 충분할 아무 죄도 그는 갖지 않았다. 영득이가 밤마다 엄마를 부르며 악장을 치더니[32] 보기 딱하여 즈 큰집으로 맡기러 갔는지도 모른다.

복만이가 저녁에 우리 집에 왔을 때에는 어서 먹었는지 술이 거나하게 취했다. 안뜰로 들어오더니 먹걸리를 한 병 내놓으며

"이거 자네 먹게."

"이건 왜 사 와 하튼 출출한데 고마워이." 하고 나는 벅에 내려가 술잔과 짠지 쪼가리를 가져왔다. 그리고 둘이 봉당에 걸터 앉아서 마시기 시작하였다.

술 한 병을 다 치고 나서 그는 이런 이야기 저런 이야기 지껄이더니 내 앞에 돈 일 원을 꺼내 놓는다.

"저번 수굴 끼쳐서 그 옐세."

"예라니?"

나는 눈을 둥그렇게 뜨고 그 얼굴을 이윽히 쳐다보았다. 마는 속으로 요건 대서료로 주는구나 하고 이쯤 못 깨달은 바도 아니었다. 남의 아내를 판 돈에서 대서료를 받는 것이 너무 무례한 일인 것쯤은 나도 잘 안다. 술을 먹었으니까 그만 해도 좋다 하여도

"두구 술 사먹게 난 이거 말구도 또 있으니까—" 하고 굳이 주머니에까지 넣어 주므로 궁하기도 하고 그대로 받아 두었다. 그리고 그담부터

32) 악을 쓰더니

는 복만이도 영득이도 우리 동리에서 볼 수가 없고 그뿐 아니라 어디로 가는 걸 본 사람조차 하나도 없다.

이런 복만이를 소장수 이놈이 날더러 찾아 놓으라고 명령을 하는 것이다. 멱살을 숨이 갑갑하도록 바짝 매달려서 끌려가자니 마을 사람들은 몰려서서 구경을 하고 없는 죄가 있는 듯이 얼굴이 확확 단다. 큰 개울께까지 나왔을 적에는 놈도 좀 열적은지 슬며시 놓고 그냥 걸어간다. 내가 반항을 하든지 해야 저도 독을 올려서 욕설을 하고 겯고틀고 할 텐데 내가 고분히 달려가니까 그럴 필요가 없다. 저의 원대로 주재소까지 가기만 하면 고만이니까.

우리는 아무말 없이 앞서고 뒤서고 십 리 길이나 걸었다. 깊은 산길이라 사람은 없고 앞뒤 산들은 울긋불긋 물들어 가끔 쏴하고 낙엽이 날린다. 뉘엿뉘엿 넘어가는 석양에 먼 봉우리는 자줏빛이 되어 가고 그 반영에 하늘까지 불콰하다.[33] 험한 바위에서 이따금 돌은 굴러내려 웅덩이의 맑은 물을 휘저 놓고 풍 하는 그 소리는 실로 쓸쓸하다. 이 산서 수꿩이 푸드득 저 산서 암꿩이 푸드득 그리고 그 사이로 소장수 이놈과 나와 노량으로[34] 허위적 허위적.

또 한 고개를 놈이 뚱뚱한 몸짓으로 숨이 차서 씨근씨근 올라오니 그때는 노기는 완전히 사라졌다. 풀밭에 펄썩 주저앉아서는 숨을 돌리고 담배를 꺼내고 그리고 무슨 마음이 내켰는지 날더러 "다리 아프겠수 우리 앉아서 쉽시다." 하고 친절히 말을 붙인다. 나도 그 옆에 앉아서 주는 권연을 피워 물었다. 인제도 주재소까지 시오 리가 남았으니 어둡기 전에는 못 갈 것이다.

"아까는 내 퍽 잘못했수."

33) 불그레하다
34) 어정어정 놀아가면서

"별말 다하우."

"그런데 참 복만이 간 데 짐작도 못하겠수?"

"아마 모름 몰라두 덕냉이 즈 큰집에 갔기가 쉽지유."

이 말에 놈이 경풍을 하도록 반색하여 애꾸눈을 바짝 들여대고 끔벅거린다. 그리고 우는 소리가 잃어버린 돈이 아까운 게 아니라 그런 계집을 다시 만나기 어려워서 그런다. 번이[35] 홀애비의 몸으로 얼굴 똑똑한 아내를 맞아다가 술장사를 시켜 보자고 벼르던 중이었다, 그래 이번에 해보니까 장사도 잘할 뿐더러 아내로서 훌륭한 계집이다. 참이지 며칠 살아봤지만 남편에게 그렇게 착착 부닐고[36] 정이 붙는 계집은 여지껏 내 보지 못했다. 그러기에 나두 저를 위해서 인조견으로 옷을 해 입힌다 갈비를 들여다 구워 먹인다. 이렇게 기뻐하지 않았겠느냐, 덧돈을 들여가면서라도 찾으려 하는 것은 저를 보고 싶어서 그럼이지 내가 결코 복만이에게 돈으로 물려 달라 의사는 없다. 그러나 아무 염려 말고

"복만이 갈 듯한 곳은 다 좀 알으켜 주." 놈의 말투가 또 이상스리 꾀는 걸 알고 불쾌하기가 짝이 없다. 아무 대답도 않고 묵묵히 앉아서 담배만 빠니까

"같은 날 같이 없어진 걸 보면 둘이 짜구서 도망간 게 아니유?"

"사십 리씩 떨어져 있는 사람이 어떻게 짜구 말구 한단 말이유?"

내가 이렇게 펄쩍 뛰며 핀잔을 줌에는 그도 잠시 낙망하는 빛을 보이며

"아니 일텀 말이지 내가— 복만이면 즈 아내가 어디 간 것쯤은 알 게 아니유?"

하고 꾸중 만난 어린애처럼 어리광조로 빌붙는다. 이것도 사랑병인지 아까는 큰체를 하던 놈이 이제 와서는 나에게 끽소리도 못한다. 항여나[37]

---

35) 본래가
36) 가까이 따르며 붙임성 있게 굴고
37) 행여나

여망[38] 있는 소리를 들을까 하여 속달게[39] 나의 눈치만 그리다가

"덕냉이 큰집이 어딘지 아우?"

"우리 삼촌 댁도 덕냉이 있지유."

"그럼 우리 오늘은 도루 나려가 술이나 먹고 낼 일즉이 같이 떠납시다."

"그러기유."

더 말하기가 싫어서 나는 코대답으로 치우고 먼 서쪽 하늘을 바라보았다. 해가 마악 떨어지니 산골은 오색영롱한 저녁노을로 덮인다. 산봉우리는 숫제 이글이글 끓는 불덩어리가 되고 노기 가득 찬 위엄을 나타낸다. 그리고 나직이 들리느니 우리 머리 우에 지는 낙엽 소리—

소장수는 쭈그리고 눈을 감고 앉았는 양이 내일의 계획을 세우는 모양이다. 마는 나는 아무리 생각하여도 복만이는 덕냉이 즈 큰집에 있을 것 같지 않다.

38) 한 번은 실패하였으나 아직 남은 희망
39) 속이 타게

동백꽃

오늘도 또 우리 수탉이 막 쪼키었다.[1] 내가 점심을 먹고 나무를 하러 갈 양으로 나올 때였다. 산으로 올라서려니까 등 뒤에서 푸드득, 푸드득, 하고 닭의 횃소리가 야단이다. 깜짝 놀라며 고개를 돌려 보니 아니나 다르랴 두 놈이 또 얼리었다.

점순네 수탉(은 대강이[2]가 크고 똑 오소리같이 실팍하게 생긴 놈)이 덩저리[3] 작은 우리 수탉을 함부루 해내는 것이다. 그것도 그냥 해내는 것이 아니라 푸드득, 하고 면두[4]를 쪼고 물러섰다가 좀 사이를 두고 또 푸드득, 하고 모가지를 쪼았다. 이렇게 멋을 부려 가며 여지없이 닦아 놓는다. 그러면 이 못생긴 것은 쪼일 적마다 주둥이로 땅을 받으며 그 비명이 킥, 킥 할 뿐이다. 물론 미처 아물지도 않은 면두를 또 쪼키어 붉은 선혈은 뚝뚝 떨어진다.

이걸 가만히 내려다보자니 내 대강이가 터져서 피가 흐르는 것 같이 두 눈에서 불이 번쩍 난다. 대뜸 지게막대기를 메고 달려들어 점순네 닭을

1) 쪼였다
2) 대가리
3) 덩치
4) 볏

후려칠까 하다가 생각을 고쳐먹고 헛매질로 떼어만 놓았다.

이번에도 점순이가 쌈을 붙여 놨을 것이다. 바짝바짝 내 기를 올리느라고 그랬음에 틀림없을 것이다. 그놈의 계집애가 요새로 들어서서 왜 나를 못 먹겠다고 고렇게 아르릉거리는지 모른다.

나흘 전 감자 쪼간[5]만 하더라도 나는 저에게 조금도 잘못한 것은 없다.

계집애가 나물을 캐러 가면 갔지 남 울타리 엮는 데 쌩이질[6]을 하는 것은 다 뭐냐. 그것도 발소리를 죽여 가지고 등 뒤로 살며시 와서

"얘! 너 혼자만 일하니?" 하고 긴치않은[7] 수작을 하는 것이다.

어제까지도 저와 나는 이야기도 잘 않고 서로 만나도 본척만척하고 이렇게 점잖게 지내던 터이련만 오늘로 갑작스리 대견해졌음은 웬일인가. 항차[8] 망아지만한 계집애가 남 일하는 놈보구—

"그럼 혼자 하지 떼루 하디?"

내가 이렇게 내배앝는 소리를 하니까

"너 일하기 좋니?"

또는

"한여름이나 되거던 하지 벌써 울타리를 하니?"

잔소리를 두루 늘어놓다가 남이 들을까 봐 손으로 입을 틀어막고는 그 속에서 깔깔대인다.[9] 별루 우스울 것도 없는데 날새[10] 풀리더니 이놈의 계집애가 미쳤나 하고 의심하였다. 게다가 조금 뒤에는 즈[11] 집께를 할끔할끔 돌아다보더니 행주치마의 속으로 꼈던 바른손을 뽑아서 나의 턱

5) 어떤 일이나 사건
6) 한창 바쁠 때 쓸데없는 일로 남을 귀찮게 구는 짓
7) 긴하다(썩 필요하고 중요하다) 중요하지 않은
8) 하물며
9) 되바라진 큰 목소리로 못 참을 듯이 자꾸 웃는다
10) 날씨
11) 자기

밑으로 불쑥 내미는 것이다. 언제 구웠는지 아직도 더운 김이 확 끼치는 굵은 감자 세 개가 손에 뿌듯이 쥐였다.

"느 집인 이거 없지." 하고 생색 있는 큰소리를 하고는 제가 준 것을 남이 알면은 큰일 날 테니 여기서 얼른 먹어 버리란다. 그리고 또 하는 소리가

"너 봄감자가 맛있단다."

"난 감자 안 먹는다, 니나 먹어라."

나는 고개도 돌리려지 않고 일하던 손으로 그 감자를 도로 어깨 너머로 쑥 밀어 버렸다.

그랬더니 그래도 가는 기색이 없고 뿐만 아니라 쌔근쌔근 하고 심상치 않게 숨소리가 점점 거칠어진다. 이건 또 뭐야, 싶어서 그때에야 비로소 돌아다보니 나는 참으로 놀랬다. 우리가 이 동리에 들어온 것은 근 삼 년째 되어 오지만 여지껏 가무잡잡한 점순이의 얼굴이 이렇게까지 홍당무처럼 새빨개진 법이 없었다. 게다 눈에 독을 올리고 한참 나를 요렇게 쏘아보더니 나중에는 눈물까지 어리는 것이 아니냐. 그리고 보구니[12]를 다시 집어들더니 이를 꼭 악물고는 엎어질 듯 자빠질 듯 논둑으로 힝하게 달아나는 것이다.

어쩌다 동리 어른이

"너 얼른 시집을 가야지?" 하고 웃으면

"염려 마서유, 갈 때 되면 어련히 갈라구—"

이렇게 천연덕스레 받는 점순이었다. 본시 부끄럼을 타는 계집애도 아니거니와 또한 분하다고 눈에 보일 얼병이[13]도 아니다. 분하면 차라리 나

12) 대나 싸리로 둥글게 결어 속이 깊게 만든 그릇
13) 얼뜨기

의 등어리[14]를 보구니로 한번 모지게 후려쌔리고[15] 달아날지언정.

그런데 고약한 그 꼴을 하고 가더니 그 뒤로는 나를 보면 잡아먹을랴고 기를 복복 쓰는 것이다.

설혹 주는 감자를 안 받은 것이 실례라 하면 주면 그냥 주었지 "느 집엔 이거 없지."는 다 뭐냐. 그렇잖아도 즈이는 마름이고 우리는 그 손에서 배재[16]를 얻어 땅을 부치므로 일상 굽신거린다. 우리가 이 마을에 처음 들어와 집이 없어서 곤란으로 지날[17] 제 집터를 빌리고 그 우에 집을 또 짓도록 마련해 준 것도 점순네의 호의였다. 그리고 우리 어머니 아버지도 농사 때 양식이 딸리면 점순네한테 가서 부지런히 꾸어다 먹으면서 인품 그런 집은 다시 없으리라고 침이 마르도록 칭찬하고 하는 것이다. 그러면서도 열일곱씩이나 된 것들이 수군수군하고 붙어다니면 동리의 소문이 사납다고 주의를 시켜 준 것도 또 어머니였다. 왜냐하면 내가 점순이하고 일을 저질렀다는 점순네가 노할 것이고 그러면 우리는 땅도 떨어지고 집도 내쫓기고 하지 않으면 안 되는 까닭이었다.

눈물을 흘리고 간 그담 날 저녁나절이었다. 나무를 한 짐 잔뜩 지고 산을 내려오려니까 어디서 닭이 죽는 소리를 친다. 이거 뉘 집에서 닭을 잡나, 하고 점순네 울 뒤로 돌아오다가 나는 그만 두 눈이 뚱그랬다. 점순이가 즈 집 봉당에 홀로 걸터앉았는데 아 이게 치마 앞에다 우리 씨암탉을 꼭 붙들어 놓고는

"이놈의 닭! 죽어라 죽어라."

요렇게 암팡스리[18] 패 주는 것이 아닌가. 그것도 대가리나 치면 모른다마는 아주 알도 못 나라고 그 볼기짝께는 주먹으로 콕콕 쥐어 가는 것

14) 등허리
15) 후려치고
16) 땅을 소작할 수 있는 권리
17) 지낼
18) 힘주어, 다부지게 악을 쓰고

이다.

나는 눈에 쌍심지가 오르고 사지가 부르르 떨렸으나 사방을 한번 휘 돌아보고야 그제서 점순이 집에 아무도 없음을 알았다. 잡은 참 지게막대기를 들어 울타리의 중툭[19]을 후려치며

"이놈의 계집애! 남의 닭 알 못 나라구 그러니?" 하고 소리를 빽 질렀다.

그러나 점순이는 조금도 놀라는 기색이 없고 그대로 의젓이 앉아서 제 닭 가지고 하듯이 또 죽어라, 죽어라, 하고 패는 것이다. 이걸 보면 내가 산에서 내려올 때를 겨냥해 가지고 미리부터 닭을 잡아 가지고 있다가 네 보란 드키[20] 내 앞에 쥐지르고[21] 있음이 확실하다.

그러나 나는 그렇다고 남의 집에 튀어들어가 계집애하고 싸울 수도 없는 노릇이고 형편이 썩 불리함을 알았다. 그래 닭이 맞을 적마다 지게막대기로 울타리나 후려칠 수밖에 별도리가 없다. 왜냐하면 울타리를 치면 칠수록 울섶이 물러앉으며 뼈대만 남기 때문이다. 허나 아무리 생각하여도 나만 밑지는 노릇이다.

"아 이년아! 남의 닭 아주 죽일 터이냐?"

내가 도끼눈을 뜨고 다시 꽥 호령을 하니까 그제서야 울타리께로 쪼루루 오더니 울 밖에 섰는 나의 머리를 겨누고 닭을 내팽개친다.

"예이 더럽다! 더럽다!"

"더러운 걸 널더러 입때 끼고 있으랬니? 망할 계집애년 같으니." 하고 나도 더럽단 듯이 울타리께를 힝하게 돌아내리며 약이 오를 대로 다 올랐다. 라고 하는 것은 암탉이 풍기는 서슬에 나의 이마빼기에다 물찍똥[22]

19) 중턱
20) 듯이
21) 쥐어지르고(주먹으로 힘껏 내지르고)
22) 물찌똥(설사를 할 때 나오는, 물기가 많은 묽은 똥)

을 찍 깔겼는데 그걸 본다면 알집만 터졌을 뿐 아니라 골병은 단단히 든 듯싶다.

그리고 나의 등뒤를 향하여 나에게만 들릴 듯 말 듯한 음성으로,

"이 바보 녀석아!"

"얘! 너 배냇병신이지?"

그만도 좋으련만

"얘! 너 느 아버지가 고자라지?"

"뭐? 울아버지가 그래 고자야?" 할 양으로 열벙거지가 나서 고개를 홱 돌리어 바라봤더니 그때까지 울타리 우로 나와 있어야 할 점순이의 대가리가 어디 갔는지 보이지를 않는다. 그러다 돌아서서 오자면 아까에 한 욕을 울 밖으로 또 퍼붓는 것이다. 욕을 이토록 먹어 가면서도 대거리 한 마디 못하는 걸 생각하니 돌부리에 채키어[23] 발톱 밑이 터지는 것도 모를 만치 분하고 급기에는 두 눈에 눈물까지 불끈 내솟는다.

그러나 점순이의 침해는 이것뿐이 아니다.

사람들이 없으면 틈틈이 즈 집 수탉을 몰고 와서 우리 수탉과 쌈을 붙여 놓는다. 즈 집 수탉은 썩 험상궂게 생기고 쌈이라면 회를 치는 고로 의례 이길 것을 알기 때문이다. 그래서 툭하면 우리 수탉이 면두며 눈깔이 피로 흐드르하게 되도록 해 놓는다. 어떤 때에는 우리 수탉이 나오지를 않으니까 요놈의 계집애가 모이를 쥐고 와서 꼬여내다가 쌈을 붙인다.

이렇게 되면 나도 다른 배채[24]를 차리지 않을 수 없다. 하루는 우리 수탉을 붙들어 가지고 넌지시 장독께로 갔다. 쌈닭에게 고추장을 먹이면 병든 황소가 살모사를 먹고 용을 쓰는 것처럼 기운이 뻗친다 한다. 장독에서 고추장 한 접시를 떠서 닭도 주둥아리께로 들이밀고 먹여 보았다.

23) 채여
24) 방도

닭도 고추장에 맛을 들였는지 거슬리지 않고 거진 반 접시 턱이나 곧잘 먹는다.

그리고 먹고 금세는 용을 못 쓸 터이므로 얼마쯤 기운이 돌도록 횃 속에다 가두어 두었다.

밭에 두엄을 두어 짐 져내고 나서 쉴 참에 그 닭을 안고 밖으로 나왔다. 마침 밖에는 아무도 없고 점순이만 즈 울 안에서 헌 옷을 뜯는지 혹은 솜을 터는지 웅크리고 앉아서 일을 할 뿐이다.

나는 점순네 수탉이 노는 밭으로 가서 닭을 내려놓고 가만히 맥을 보았다. 두 닭은 여전히 얼리어[25] 쌈을 하는데 처음에는 아무 보람이 없다. 멋지게 쪼는 바람에 우리 닭은 또 피를 흘리고 그러면서도 날갯죽지만 푸드득, 푸드득, 하고 올라뛰고 뛰고 할뿐으로 제법 한 번 쪼아 보지도 못한다.

그러나 한 번엔 어쩐 일인지 용을 쓰고 펄쩍 뛰더니 발톱으로 눈을 하비고[26] 내려오며 면두를 쪼았다. 큰 닭도 여기에는 놀랐는지 뒤로 멈씰하며 물러난다. 이 기회를 타서 작은 우리 수탉이 또 날쌔게 덤벼들어 다시 면두를 쪼니 그제서는 감때사나운[27] 그 대강이에서도 피가 흐르지 않을 수 없다.

옳다 알았다 고추장만 먹이면은 되는구나, 하고 나는 속으로 아주 쟁그러워[28] 죽겠다. 그때에는 뜻밖에 내가 닭쌈을 붙여 놓는 데 놀라서 울 밖으로 내다보고 섰던 점순이도 입맛이 쓴지 눈살을 찌푸렸다.

나는 두 손으로 볼기짝을 두드리며 연팡[29]

"잘한다! 잘한다!" 하고 신이 머리끝까지 뻗치었다.

---

25) 얽히어, 얽혀서
26) 생채기를 내고
27) 생김새나 성질이 휘어잡기 힘들게 매우 억세고 사나운
28) 여기서는 '신이 나'의 의미로 쓰임
29) 연방

그러나 얼마 되지 않아서 나는 넋이 풀리어 기둥같이 묵묵히 서 있게 되었다. 왜냐하면 큰 닭이 한 번 쪼이킨 앙갚으리로[30] 허들갑스리 연거푸 쪼는 서슬에 우리 수탉은 찔끔 못하고 막 곯는다. 이걸 보고서 이번에는 점순이가 깔깔거리고 되도록 이쪽에서 많이 들으라고 웃는 것이다.

나는 보다 못하여 덤벼들어서 우리 수탉을 붙들어 가지고 도로 집으로 들어왔다. 고추장을 좀 더 먹였더라면 좋았을 걸 너무 급하게 쌈을 붙인 것이 퍽 후회가 난다. 장독께로 돌아와서 다시 턱밑에 고추장을 들이댔다. 흥분으로 말미암아 그런지 당최 먹질 않는다. 나는 할일없이 닭을 반듯이 눕히고 그 입에 궐련물쭈리[31]를 물리었다. 그리고 고추장 물을 타서 그 구녁[32]으로 조금씩 들이부었다. 닭은 좀 괴로운지 킥킥하고 재채기를 하는 모양이나 그러나 당장의 괴로움은 매일같이 피를 흘리는 데댈 게 아니라 생각하였다.

그러나 한 두어 종지가량 고추장 물을 먹이고 나서는 나는 고만 풀이 죽었다. 싱싱하던 닭이 왜 그런지 고개를 살며시 뒤틀고는 손아귀에서 빼드러지는 것이 아닌가. 아버지가 볼까 봐서 얼른 홰에다 감추어 두었더니 오늘 아침에서야 겨우 정신이 든 모양 같다.

그랬던 걸 이렇게 오다 보니까 또 쌈을 붙여 놨으니 이 망한 계집애가 필연 우리 집에 아무도 없는 틈을 타서 제가 들어와 홰에서 꺼내 가지고 나간 것이 분명하다.

나는 다시 닭을 잡아다 가두고 염려는 스러우나 그렇다고 산으로 나무를 하러 가지 않을 수도 없는 형편이었다.

소나무 삭정이를 따며 가만히 생각해 보니 암만해도 고년의 목쟁이[33]

30) 앙갚음으로
31) 궐련물쭈리(궐련은 권연의 잘못된 표현)
32) 구멍
33) '목'을 야비하게 일컫는 말, 모가지

를 돌려 놓고 싶다. 이번에 내려가면 망할 년 등줄기를 한번 되게 후려치겠다, 하고 싱둥겅둥 나무를 지고는 부리나케 내려왔다.

거지반 집에 다 내려와서 나는 호들기[34] 소리를 듣고 발이 딱 멈추었다. 산기슭에 널려 있는 굵은 바윗돌 틈에 노란 동백꽃이 소보록하니 깔리었다. 그 틈에 끼여 앉아서 점순이가 청승맞게스리 호들기를 불고 있는 것이다. 그보다 더 놀란 것은 그 앞에서 또 푸드득, 푸드득, 하고 들리는 닭의 횃소리다. 필연코 요년이 나의 약을 올리느라고 또 닭을 집어내다가 내가 내려올 길목에다 쌈을 시켜 놓고 저는 그 앞에 앉아서 천연스리 호들기를 불고 있음에 틀림없으리라.

나는 약이 오를 대로 다 올라서 두 눈에서 불과 함께 눈물이 픽 쏟아졌다. 나뭇지게도 벗어 놀 새 없이 그대로 내동댕이치고는 지게막대기를 뻗치고 허둥지둥 달겨들었다.

가차이 와 보니 과연 나의 짐작대로 우리 수탉이 피를 흘리고 거의 빈사지경에 이르렀다. 닭도 닭이려니와 그러함에도 불구하고 눈 하나 깜짝 없이 고대로 앉아서 호들기만 부는 그 꼴에 더욱 치가 떨린다. 동리에서도 소문이 났거니와 나도 한때는 걱실걱실히 일 잘하고 얼굴 예쁜 계집애인 줄 알았더니 시방 보니까 그 눈깔이 꼭 여호[35] 새끼 같다.

나는 대뜸 달겨들어서 나도 모르는 사이에 큰 수탉을 단매로 때려 엎었다. 닭은 푹 엎어진 채 대리[36] 하나 꼼짝 못하고 그대로 죽어 버렸다. 그리고 나는 멍하니 섰다가 점순이가 매섭게 눈을 흡뜨고 닥치는 바람에 뒤로 벌렁 나자빠졌다.

"이놈아! 너 왜 남의 닭을 때려 죽이니?"

"그럼 어때?" 하고 일어나다가

---

34) 호드기(봄철에 물오른 버들가지를 비틀어 뽑은 통껍질이나, 밀짚 토막 따위로 만든 피리)
35) 여우
36) 다리

"뭐 이 자식아! 누 집 닭인데?" 하고 복장을 떼미는 바람에 다시 벌렁 자빠졌다. 그러고 나서 가만히 생각을 하니 분하기도 하고 무안도스럽고 또 한편 일을 저질렀으니 인젠 땅이 떨어지고 집도 내쫓기고 해야 될는지 모른다.

나는 비슬비슬 일어나며 소맷자락으로 눈을 가리고는 얼김에 엉, 하고 울음을 놓았다. 그러다 점순이가 앞으로 다가와서

"그럼 너 이담부터 안 그럴 터냐?" 하고 물을 때에야 비로소 살 길을 찾은 듯싶었다. 나는 눈물을 우선 씻고 뭘 안 그러는지 명색도 모르건만

"그래!" 하고 무턱대고 대답하였다.

"요담부터 또 그래 봐라, 내 자꾸 못살게 굴 터니!"

"그래그래, 인젠 안 그럴 테야."

"닭 죽은 건 염려 마라. 내 안 이를 테니."

그리고 뭣에 떠다밀렸는지 나의 어깨를 짚은 채 그대로 픽 쓰러진다. 그 바람에 나의 몸뚱이도 겹쳐서 쓰러지며 한창 피어 퍼드러진 노란 동백꽃 속으로 폭 파묻혀 버렸다.

알싸한 그리고 향깃한[37] 그 내움새[38]에 나는 땅이 꺼지는 듯이 왼[39] 정신이 고만 아찔하였다.

"너 말 마라?"

"그래!"

조금 있더니 요 아래서

"점순아! 점순아! 이년이 바누질을 하다 말구 어딜 갔어!"

하고 어딜 갔다 온 듯싶은 그 어머니가 역정이 대단히 났다.

---

37) 향긋한
38) 냄새
39) 온

점순이가 겁을 잔뜩 집어먹고 꽃 밑을 살금살금 기어서 산 알로[40] 내려간 다음 나는 바위를 끼고 엉금엉금 기어서 산 우로 치빼지 않을 수 없었다.

40) 아래로

노다지

그믐 칠야 캄캄한 밤이었다.

하늘에 별은 깨알같이 총총 박혔다. 그 덕으로 솔숲 속은 간신히 희미하였다. 험한 산중에도 우중충하고, 구석배기 외딴 곳이다. 버석, 만하여도 가슴이 덜렁한다. 호랑이, 산골 호생원!

만귀는 잠잠하다. 가을은 이미 늦었다고 냉기는 모질다. 이슬을 품은 가랑잎은 바시락바시락 날아들며 얼굴을 축인다. 꽁보는 바랑을 모로 비고 풀 우에 꼬부리고 누웠다가 잠깐 깜박하였다. 다시 눈이 뜨였을 적에도 몸서리가 몹시 나온다. 형은 맞은편에 그저 웅크리고 앉았는 모양이다.

"성님 인저 시작해 볼라우?"

"아즉 멀었네 좀 칩더라도 참참이 해야지—"

어둠 속에서 그 음성만 우렁차게 그러나 가만히 들릴 뿐이다. 연모를 고치는지 마치 쇠부짓는[1] 소리와 아울러 부스럭거린다. 꽁보는 다시 옹송그리고 새우잠으로 눈을 감았다. 야기에 옷은 젖어 후줄근하다. 아랫도리가 척 나간 듯이 감촉을 잃고 대구 쑤실 따름이다. 그대로 번뜩 일어

1) 쇠 부딪치는

나 하품을 하고는 으드들 떨었다.

어디서인지 자박자박 사라지는 발자국 소리가 들린다. 꽁보는 정신이 번쩍 나서 눈을 둥글린다.

"누가 오는 게 아뉴?"

"바람이겠지, 즈들이 설마 알라구!"

신청부 같은[2] 그 대답에 저으기 맘이 놓인다. 곁에 형만 있으면이야 몇 놈쯤 오기로서니 그리 쪼일 게 없다. 적삼의 깃을 여미며 휘돌아보았다.

감때사나운 큰 바위가 반득이는 하늘을 찌를 듯이, 삐쥐[3] 솟았다. 그 양어깨로 자즈레한 바위는 뭉글뭉글한 놈이 검은 구름 같다. 그러면 이번에는 꿈인지 호랑인지 영문 모를 그런 험상궂은 대구리[4]가 공중에 불끈 나타나 두리번거린다. 사방은 모다 이따위 산에 돌렸다. 바람은 뻔질 내려구르며 습기와 함께 낙엽을 풍긴다. 을씨냥스리 샘물은 노량[5] 쫄랑쫄랑. 금시라도 싯검은[6] 산중툭에서 호랑이불이 보일 듯싶다. 꼼짝 못할 함정에 들은 듯이 소름이 쭉 돋는다.

꽁보는 너무 서먹서먹하고 허전하여 어깨를 으쓱 올린다. 몹쓸 놈의 산골도 다 많어이. 산골마다 모조리 요지경이람. 이러고 보니 몹시 무서운 기억이 눈앞으로 번쩍 지난다.

바로 작년 이맘때이다. 그날도 오늘과 같이 밤을 도와 잠채[7]를 하러 갔던 것이다. 회양 근방에도 가장 험하다는 마치 이렇게 휘하고[8] 낯설은 산골을 기어올랐다. 꽁보에 더펄이, 그리고 또 다른 동무 셋과, 초저녁부터 내리는 부슬비가 웬일인지 그칠 줄을 모른다. 붕, 하고 난데없이 이는

2) 근심 · 걱정이 하도 많아서 사소한 일은 돌아볼 마음의 여유가 없는
3) 삐죽
4) 머리
5) 느릿느릿
6) 시커먼
7) (광물을) 몰래 채굴하거나 채취하는 것
8) 쓸쓸하고, 적막하고

바람에 안기어 비는 낙엽과 함께 몸에 부딪고 또 부딪고 하였다. 모두들 입 벌릴 기력조차 잃고 대구 부들부들 떨었다. 방금 넘어올 듯이 덩치 커다란 바위는 머리를 불쑥 내대고 길을 막고 막고 한다. 그놈을 끼고 캄캄한 절벽을 돌고 나니 땀이 등줄기로 쭉 내려흘렀다.

게다 언제 호랑이가 내닫는지 알 수 없으매 가슴은 펄쩍 두근거린다.

그러나 하기는, 이제 말이지 용케도 해먹긴 하였다. 아무렇든지 다섯 놈이 서른 길이나 넘는 암굴에 들어가서 한 시간도 채 못되자 감(광석)을 두 포대나 실히 따올렸다. 마는 문제는

논으맥이[9]에 있었다. 어떻게 이놈을 논으면서 서로 억울치 않을까. 꽁보는 금점에 남다른 이력이 있으니 만치 제가 선뜻 맡았다. 부피를 대중하여 다섯 목에다 차례대로 메지메지[10] 골고루 논았던 것이다. 헌대 이런 우수강스러운[11] 놈이 또 있을까—

"이게 일테면 논은 건가!"

어두운 구석에서 어떤 놈이 이렇게 쥐어박는 소리를 하는 것이다. 제딴은 욱기[12]를 보이노라고 가래침을 배앝는다.

"그럼?"

꽁보는 하 어이없어서 그쪽을 뻔히 바라보았다. 이건 우리가 늘 하는 격식인데 이제 와서 새삼스럽게 게정을 부릴 것이 아니다.

"아니, 요게 내 거야?"

"그럼, 누군 감벼락을 맞었단 말인가?"

"아니, 이 구덩이를 먼저 낸 것이 누군데 그래?"

"누구고 새고 알게 뭐 있나, 금 있으니 땄고 땄으니 논았지!"

---

9) 나눠 먹기
10) 큰 물건을 여러 몫으로 나누는 모양
11) 우스꽝스러운
12) 욱하는 성질

"알 게 없다? 내가 없어도 느가 왔니? 이 새끼야?"

"이런 숭맥 보래. 꿀돼지 제 욕심 채기로 너만 먹자는 거야?"

바로 이 말에 자식이 욱하고 들이덤볐다. 무지한 두 손으로 꽁보의 멱살을 잔뜩 움켜쥐고 흔들고 지랄을 한다. 꽁보가 체수가 작고 쳐들고 좀팽이[13]라 한창 얕본 모양이다.

비를 맞아 가며 숨이 콱 막히도록 시달리니 꽁보도 화가 안 날 수 없다. 저도 모르게 어느덧 감석을 손에 잡자 놈의 골통을 퍼트렸다.[14] 하니까 이놈이 꼭 황소같이 식, 하더니 꽁보를 피언한 돌 우에다 집어 때렸다. 그리고 깔고 앉더니 대뜸 벽채[15]를 들어 곁갈빗대를 힉, 하도록 아주 몹시 조겼다.

죽질 않기만 다행이지만 지금도 이게 가끔 도지어 몸을 못 쓰는 것이다. 담에는 왼편 어깨를 된통 맞았다. 정신이 다 아찔하였다. 험하고 깊은 산속이라 그대로 죽여 버릴 작정이 분명하다. 세 번째에는 또다시 가슴을 겨누고 내려올 제 인제는 꼬박 죽었구나, 하였다. 참으로 지긋지긋하고 아슬아슬한 순간이었다. 그때 천행이랄까 대문짝처럼 크고 억센 더펄이가 비호같이 날아들었다. 잡은참 그놈의 허리를 뒤로 두 손에 꿔어들더니 산비탈로 내던져 버렸다. 그놈은 그때 살았는지 죽었는지 이내 모른다. 꽁보는 곧바로 감석과 한꺼번에 더펄이 등에 업히어 마을로 내려왔던 것이다.

현재 꽁보가 갖고 다니는 그 목숨은 즉 더펄이 손에서 명줄을 받은 그때의 끄트머리다. 더펄이 형이라 불렀고 형우 제공을 깍듯이 하는 것도 까닭 없는 일은 아니었다.

---

13) 몸통의 굵기가 작고 좀스러운 사람을 낮잡아 이르는 말
14) 깨뜨렸다
15) 광산에서 광석을 긁어모으거나 파내는 데 사용하는 연장. 호미와 비슷하나 훨씬 큼

이 산골도 그 녀석의 산골과 똑 헐없는[16] 흉칙스러운 낯짝을 가졌다. 한번 휘돌아보니 몸서리치던 그 경상[17]이 다시 생각하지 않을 수 없다. 꽁보는 담배만 빡빡 피우며 시름없이 앉았다.

"몸 좀 녹여서 인저 시적시적 해 볼까?"

더펄이도 추운지 떨리는 몸을 툭툭 털며 일어선다. 시작하도록 연모는 차비가 다 된 모양. 저편으로 가서 훔척훔척하더니 바랑에서 막걸리 병과 돼지다리를 꺼내들고 이리로 온다.

"그래도 줌 거냉은 해야 할 걸!" 하고 그는 병마개를 이로 뽑더니

"에이 그냥 먹세, 언제 데워 먹겠나?"

"데웁시다."

"글세 그것두 좋고, 근데 불을 놨다가 들키면 어쩌나?"

"저 바위 틈에다 가리고 핍시다."

아우는 일어서서 가랑잎을 긁어모았다.

형은 더듬어 가며 소나무 삭정이를 뚝뚝 꺾어서 한 아름 안았다.

평풍과 같이 바위와 바위 사이에 틈이 벌었다. 그 속으로 들어가 그들은 불을 놓았다.

"커—, 그어 맛 조하이."

형은 한 잔을 쭉 켜고 거나하였다. 칼로 돼지고기를 저며 들고 쩍쩍 씹는다.

"아까 술집 계집 봤나?"

"왜 그루?"

"어떻든가?"

"……."

16) 영락없는
17) 좋지 못한 몰골

"아주 똑 땄데, 고거 참!" 하고 그는 눈을 불빛에 끔벅거리며 싱글싱글 웃는다. 일 년이면 열두 달 줄청[18] 돌아만 다니는 신세이었다. 오늘은 서로 내일은 동으로 조선 천지의 금점판치고 아니 찝쩍거린 데가 없었다. 언제나 나도 그런 계집 하나 만나 살림을 좀 해 보누, 하면 무거운 한숨이 절로 안 날 수 없다.

"거, 계집 있는 게 한결 낫겠더군!" 하고 저도 열적을 만큼 시풍스러운[19] 소리를 하니까

"글쎄요—" 하고 꽁보는 그 얼굴을 빤히 쳐다보았다. 이날까지 같이 다녀야 그런 법 없더니만 왜 별안간 계집 생각이 날까. 별일이로군! 하긴 저도 요즘으로 버썩[20] 그런 생각이 무륵무륵[21] 안 나는 것도 아니지만, 가을이 늦어서 그런지 두 홀애비 마주 앉기만 하면 나는 건 그 생각뿐.

"성님, 장가들라우?"

"어디 웬 계집이 있나?"

"글쎄?" 하고 꽁보는 그 말을 재치다가[22] 얼뜻 이런 생각을 하였다. 제 누이를 주면 어떨까. 지금 그 누이가 충주 근방 어느 농군에게 출가하여 자식을 둘씩이나 나놨다. 마는 매우 반반한 얼굴을 가졌다. 이걸 준다면 형은 무척 반기겠고 또 한 목숨을 구해 준 그 은혜에 대하여 손씨세[23]도 되리라.

"성님, 내 누이를 주라우?"

"누이?"

"썩 이쁘우, 성님이 보면 아마 담박 반하리다."

---

18) 줄창
19) 하는 짓이 주제넘고 건방진
20) 바싹
21) 무럭무럭
22) 빨리 몰아치다가
23) 손씻이(남의 수고에 대한 답례로 주는 물건)

더펄이는 담말[24]을 기다리며 다만 벙벙하였다. 불빛에 이글이글하고 검붉은 그 얼굴에는 만족한 미소가 떠올랐다. 그 누이에 대하여 칭찬은 전일부터 많이 들었다. 그럴 적마다 속중으로는 슬며시 생각이 달랐으나 차마 이렇다 토설치는 못했던 터이었다.

"어떻수?"

"글쎄, 그런데 살림하는 사람을 그리 되겠나?" 하여 뒷심을 두면서도 어정쩡하게 물어보았다. 그러고 들껍쩍하고[25] 술을 따라서 아우에게 권하다가 반이나 엎질렀다.

"그야, 돌려 빼면 고만이지 누가 뭐랠 터유."

꽁보는 자신이 있는 듯이 이렇게 선언하였다.

더펄이는 아주 좋았다. 팔장을 딱 찌르고는 눈을 감았다. 나도 인제 계집 하나 안아 보는구나! 아마 그 누이란 썩 이쁠 것이다. 오동통하고, 아양스럽고, 이런 계집에 틀림없으리라. 그럴 필요도 없건마는 그는 뻘떡 일어서서 주춤주춤하다가 다시 펄썩 앉는다.

"은제 갈려나?"

"가만 있수. 이거 해 가지구 낼 갑시다."

오늘 일만 잘 되면 낼로 곧 떠나도 좋다. 충청도라야 강원도 역경을 지나 칠팔십 리 걸으면 고만이다. 낼 해껏 걸으면 모래 아침에는 누이 집을 들러서 다른 금점으로 가리라 예정하였다. 그런데 이놈의 금을 언제나 좀 잡아 볼는지 아득한 일이었다.

"빌어먹을 거, 은제쯤 재수가 좀 터 보나!"

꽁보는 뜯고 있던 돼지뼉다구를 내던지며 이렇게 한탄하였다.

"염려말게. 어떻게 되겠지. 오늘은 꼭 노다지가 터질 터니 두고 볼려나?"

---

24) 다음 말
25) 몹시 까불거리고

"작히 좋겠수, 그렇거든 고만 들어앉읍시다."

"이를 말인가, 이게 참 할 노릇을 하나, 이제 말이지."

그들은 몇 번이나 이렇게 자위했는지 그 수를 모른다. 네가 노다지를 만나든 내가 만나든 둘이 똑같이 나눠 가지고 집을 사고 계집을 얻고 술도 먹고 편히 살자고 그러나 여지껏 한 번이라도 그렇게 돼 본 적이 없으니 매양 헛소리가 되고 말았다.

"닭 울 때도 되었네. 인제 슬슬 가 보려나?"

더펄이는 선뜻 일어서서 바랑을 짊어메다가 꽁보를 바라보았다. 몸이 또 도지는지 불 앞에서 오르르 떨고 있는 것이 퍽으나 치근하였다.[26)]

"여보게 내 혼자 해 가주올게. 불이나 쬐고 거기 있을려나?"

"뭘, 갑시다."

꽁보는 꼬물꼬물 일어서며 바랑을 메었다.

그들은 발로다 불을 비벼 끄고는 거기를 떠났다.

산에, 골을 엇비슷이 돌아 오르는, 샛길이 놓였다. 좌우로는 솔, 잣, 밤, 단풍, 이런 나무들이 울창하게 꽉 들어박혔다. 그 밑으로 재갈, 아니면 불퉁바위는 예제없이 마냥 딩굴렀다. 한갖 시커먼 그 암흑 속을 그 둘은 더듬고 기어오른다. 풀숲이 이슬로 말미암아 고의는 축축히 젖었다. 다리를 옮겨 놀 적마다 찰떡찰떡 살에 붙으며 찬 기운이 쭉 끼친다. 그리고 모진 바람은 뻔찔 불어 내린다. 붕하고 능글차게 낙엽을 불어 내리다는 빵하고 되알지게[27)] 기를 복쓴다.[28)]

꽁보는 더펄이 뒤를 따라 오르며 달달 떨었다. 이게 지랄인지 난장인지. 세상에 짜장 못해먹을 건 금점 빼고 다시 없으리라. 금이 다 무언지. 요짓을 꼭 해야 한담. 게다 건뜻하면 서로 뚜들겨 죽이는 것이 일. 참말이

26) 측은했다
27) 야무지게
28) 힘껏 쓴다

지 금쟁이치고 하나 순한 놈 못 봤다. 몸이 절릴 적마다 지겨웁던 과거를 또 연상하며 그는 다시금 몸에 소름이 돋았다. 그러자 맞은편 산 수풍에서 큰 불이 얼른하였다.[29] 호랑이! 이렇게 놀라고 더펄이 허리에 가 덥석 달리며

"저게 뭐유?" 하고 다르르 떨었다.

"뭐?"

"저거, 아니 지금은 없어졌네."

"그게, 눈이 어려서 헛거지 뭐야."

더펄이는 씸씸이[30] 대답하고 천연스리 올라간다. 다기진[31] 그 태도에 좀 안심이 되는 듯싶으나 그래도 썩 편치는 못하였다. 왜 이리 오늘은 대구 겁만 드는지 까닭을 모르겠다. 몸은 배시근하고[32] 열로 인하여 입이 바짝바짝 탄다. 이것이 웬만하면 그럴 리 없으련마는

"자네, 안되겠네. 내 등에 업히게!" 하고 더펄이가 등을 내대일제 그는 잠자코 바랑 위로 넙쭉 업혔다. 그래도 끽소리 없이 덜렁덜렁 올라가는 더펄이를 굽어보며 실팍한 그 몸이 여간 부러운 것이 아니었다.

불볕 내리는 복중처럼 씨근거리며 이마에 땀이 쫙 흘렀을 그때에야 비로소 더펄이는 산마루턱까지 이르렀다. 꽁보를 내려놓고 땀을 씻으며 후, 하고 숨을 돌린다. 인젠 얼마 안 남았겠지. 조금 내려가면 요 알에 있을 것이다.

그들이 이 마을에 들린 것은 바로 오늘 점심때이다. 지나서 그냥 갈랴 하다가 뜻하지 않은 주막 주인 말에 귀가 번쩍 띄었던 것이다. 저 산 너머 금점이 있는데 금이 푹푹 쏟아지는 화수분이라고. 요즘에는 화약 허가를

29) 어른거렸다
30) 씁쓸히
31) 다부진
32) 몹시 지쳐 피곤하고

내가지고 완전히 일을 하고자 하여 부득이 잠시 휴광 중이고 머지않아 다시 시작할 게다. 그리고 금도적을 맞을까 하여 밤낮 구별없이 감시하는 중이라 하는 것이다.

그러나 이 밤중에 누가 자지 않고 설마, 하고 더펄이는 덜렁덜렁 내려간다. 꽁보는 그 꽁무니를 쿡쿡 찔렀다. 그래도 사람의 일이니 물은 모른다. 좌우 곁으로 살펴보며 살금살금 사리어 내려온다.

그들은 오 분쯤 내리었다. 딴은 커다란 구뎅이 하나가 딱 내달았다.

산중턱에 집더미 같은 바위가 놓였고 고 옆으로 또 하나이[33] 놓여 가달이 졌다.[34] 그 가운데다 빼듬한[35] 돌장벽을 끼고 구멍을 뚫은 것이다. 가루지[36]는 한 발 좀 못 되고 길벅지[37]는 약 서 발가량. 성냥을 거 대 보니 깊이는 네 길이 넘겠다. 함부로 쪼아 먹은 구뎅이라 꺼칠한 놈이 군버력도 똑똑히 못 치웠다. 잠채를 염려하여 그랬으리라, 사다리는 모조리 떼 가고 밍숭밍숭한 돌벽이 있을 뿐이다.

그들은 다시 한 번 사방을 두레두레 돌아보았다. 지척을 분간키 어려우나 필경 사람은 없을 것이다. 마음을 놓고 바랑에서 광술[38]을 꺼내어 불을 대렸다. 더펄이가 먼저 장벽에 엎디어 뒤로 기어내린다. 꽁보는 불을 들고 조심성 있게 참참이 내려온다. 한 길쯤 남았을 때 고만 발이 찍, 하고 더펄이는 떨어졌다. 꿍, 하고 무던히 골탕은 먹었으나 그대로 쓱싹 일어섰다. 동이 트기 전에 얼른 금을 따야 될 것이다.

"여보게 아우 나는 어딜 따랴나?"

"글쎄유…… 가만히 기슈."

---

33) 하나가
34) 두 가닥 이상으로 갈라졌다
35) 큰 물건이 날카롭거나 곧게 밖으로 벌어지거나 뻗어 있는
36) 가로의 길이
37) 길이(한 끝에서 다른 한 끝까지의 거리)
38) 관솔

아우는 불을 들여대고 줄맥을 한번 쭉 훑었다.

금점 일에는 난다 긴다 하는 아달맹이[39] 금쟁이였다. 썩 보더니 복판에는 동이 먹어[40] 들어가고 양편 가생이로 차차 줄이 생하는[41] 것을 알았다.

"성님은 저편 구석을 따우."

아우는 이렇게 지시하고 저는 이쪽 구석으로 왔다. 그러나 차마 그 틈박이로 들어갈 생각이 안 난다. 한 길이나 실히 되도록 쌓아올린 동발[42]이 금방 넘어올 듯이 위험하였다. 밑에는 좀 잘은 돌로 쌓으나 그 우에는 제법 굵직굵직한 놈들이 얹혔다. 이것이 무너지면 깩소리도 못하고 치어 죽는다.

꽁보는 한참 생각했으되 별수 없다. 낯을 째푸려 가며 바랑에서 망치와 타래증[43]을 꺼내 들었다. 그런데 어떻게 파먹은 놈이게 옴폭이 들어간 것이 일커녕 몸 하나 놓을 데가 없다. 마지못하여 두 다리는 동발께로 쭉 뻗고 몸을 그 홈패기에 착 엎디어 망치질을 하기 시작하였다.

돌에 뚫린 석혈 구뎅이라 공기는 더욱 퀭하였다. 증[44] 때리는 소리만 양쪽 벽에 무겁게 부닥친다.

팡! 팡!

이렇게 몹시 귀를 울린다.

거반 한 시간이 넘었다. 그들은 버력[45] 같은 만감 이외에 아무것도 얻지 못했다. 다시 오 분이 지난다. 십 분이 지난다. 딱 그때다.

꽁보는 땀을 철철 흘리며 좁다란 그 틈에서 감 하나를 손에 따들었다. 헐없이 적은 목침 같은 그런 돌팍을. 엎드린 그 채 불빛에 비치어 가만히

39) 안성맞춤
40) 광맥이 거의 동이 나
41) 생기는
42) 동바리(광산에서 구덩이, 갱도 따위가 무너지지 않도록 받치는 기둥)
43) 타래정(돌을 쪼거나 다듬는, 쇠로 만든 연장)
44) 정
45) 광물이 섞이지 않는 잡돌

뒤져 보았다. 번들번들한 놈이 그 광채가 되우 혼란스럽다. 혹시 연철이나 아닐까. 그는 돌 우에 눕혀 놓고 망치로 두드리어 깨 보았다. 좀체 하여서는 쪽이 잘 안 나갈 만치 쭌둑쭌둑한 금돌! 그는 다시 집어들고 눈 앞으로 바싹 가져오며 실눈을 떴다. 얼마를 뚫어지게 노려보았다. 무작정으로 가슴은 뚝딱거리고 마냥 들렌다.[46] 이 돌에 박힌 금만으로도, 모름 몰라도 하치[47] 열 량 중은 넘겠지. 천 원! 천 원!

"그 먼가, 뭐야?"

더펄이는 이렇게 허둥지둥 달겨들었다.

"노다지." 하고 풀죽은 대답.

"으—ㅇ, 노다지?" 하기 무섭게 더펄이는 우뻑지뻑 그 돌을 받아들고 눈에 들여댄다. 척척 휠 만치 들여박힌 금. 우리도 인젠 팔짜를 고치누나! 그는 껍쩍껍쩍 응뎅춤이 절로 난다.

"이리 나오게, 내 땀세."

그는 아우의 몸을 번쩍 들어내놓고 제가 대신 들어간다. 역시 동발께로 다리를 쭉 뻗고는 그 틈박이에 덥쩍 엎디었다. 몸이 온악[48] 커서 좀 둥개이나[49] 아무렇게도 아우보다 힘이 낫겠지. 그 좁은 틈에 타래증을 꽂아 박고 식, 식, 하고 망치로 때린다.

꽁보는 그 앞에 서서 시무럭허니[50] 훙이 지었다. 금점 일로 할지면 제가 선생이요 형은 제 지휘를 받아 왔던 것이다. 뭘 안다고 푸뚱이[51]가 어줍대는가, 돌쪽 하나 변변히 못 떼낼 것이…… 그는 형의 태도가 심상치 않음을 얼핏 알았다. 금을 보더니 완연히 변한다.

46) 설렌다
47) 같은 종류의 물건 중에서 가장 질이 낮은 물건
48) 워낙
49) 쩔쩔매나
50) 시무룩하게
51) 풋내기

"저 고깽이[52] 좀 집어 주게."

형은 고개도 아니 들고 소리를 빽 질른다.

아우는 잠자코 대꾸도 아니한다. 사람을 너무 얕보는 그 꼴이 썩 아니꼬웠다.

"아 이 사람아 고깽이 좀 얼른 집어 줘 왜 저리 정신없이 섰나?"

그리고 눈을 딱 부르뜨고[53] 쳐다본다. 아우는 암말 않고 저편 구석에 놓인 고깽이를 집어다 주었다. 그리고 우두커니 다시 섰다. 형이 무랍없이 굴면 굴수록 그것은 반드시 시위에 가까웠다. 힘이 좀 있다고 주제넘게 꺼떡이는 그 화상이야 눈 허리가 시면 시었지 그냥은 못 볼 것이다.

"또 땄네, 내 기운이 어떤가?"

형은 이렇게 주적거리며 고깽이를 연송[54] 내려찍는다. 마치 죽통에 덤벼드는 도야지 모양이다. 억척스럽게도 손벽만한 감을 두 쪽이나 따냈다. 인제는 악이 아니면 세상 없어도 더는 못 딸 것이다.

엑! 엑! 엑!

그래도 억센 주먹에 굳은 농[55]이 다 벌컥벌컥 나간다.

제 힘을 되우 자랑하는 형을 그윽히 바라보니 또한 그 속이 보인다. 필연코 이 노다지를 혼자 먹으려고 하는 것이다. 허면 내가 있는 것을 몹시 꺼리겠지 하고 속을 태운다.

"이것 봐, 자네 같은 건 골백 와야 소용없네." 하고 또 뽐낼 제 가슴이 선뜩하였다. 앞서는 형의 손에 목숨을 구해 받았으나 이번에는 같은 산골에서 그 주먹에 명을 도로 끊을지도 모른다. 그는 형의 주먹을 가만히 내려보다가 가엾이도 앙상한 제 주먹을 대조하여 보지 않을 수 없다. 그

52) 곡괭이
53) 부릅뜨고
54) 연방
55) 굳은동: 굳은 모암(母岩). '모암'은 광물을 품고 있는 암석

러나 다만 속이 바르르 떨릴 뿐이다.

그러자 꽁보는 기겁을 하여 놀라며 뒤로 물러섰다. 어이쿠 하는 불시의 비명과 아울러 와그르, 하였다. 쌓아올린 동발이 어찌하다 중툭이 헐리었다. 모진 돌들은 더펄이의 장딴지며 넓적다리 웅뎅이까지 고대로 엎눌렀다.[56] 살은 물론 으츠러졌으리라.[57] 그는 엎드린 채 꼼짝 못하고 아픈 데 못 이기어 끙끙거린다. 허나 죽질 않기만 요행이다. 바로 그 우의 공중에는 징그럽게 커다란 돌이 내려 구르자 그 밑을 받친 불과 조고만 쪼각돌에 걸리어 미처 못 굴러내리고 간댕거리는 길이었다. 이 돌만 내려치면 그 밑에 그는 목숨을 고사하고 육살[58]이 될 것이다.

"여보게, 내 몸 좀 빼주게."

형은 몸은 못쓰고 죽어 가는 목소리로 애원한다. 그리고 또

"아우, 나 죽네, 응?" 하고 거듭 애를 끓으며 빌붙는다. 고개만 겨우 들었을 따름 그 외에는 손조차 자유를 잃은 모양 같다.

아우는 무너지려는 동발을 치어다보며 얼른 그 머리 맡으로 다가선다. 발 앞에 놓인 노다지 세 쪽을 날쌔게 손에 잡자 도로 얼른 물러섰다. 그리고 눈물이 흐른 형의 얼굴은 돌아도 안 보고 고발로[59] 허둥지둥 장벽을 기어오른다.

"이놈아!"

너무 기어올라 벼락같이 악을 쓰는 호통이 들리었다. 또 연하여 우지끈 뚝딱, 하는 무서운 폭성이 들리었다. 그것은 거의 동시에 일이었다. 그리고는 좀 와스스하다가 잠잠하였다.

그때는 벌써 두 길이나 넘어 아우는 기어올랐다. 굿문[60]까지 다 나왔을

---

56) 엎어누름을 당했다
57) 으스러졌으리라
58) 몹시 눌려 바스러짐
59) 곧바로
60) 갱도(坑道)의 입구

제 그는 머리만 내밀어 사방을 두릿거리다[61] 그림자같이 사라진다.

더펄이의 형체는 보이지 않는다. 침침한 어둠 속에 단지 굵은 돌멩이만이 짝 흩어졌다. 이쪽 마구리[62]의 타다 남은 화롯불은 바야흐로 질 듯 질 듯 껌벅거린다. 그리고 된바람이 애, 하고는 굿문께서 모래를 쫘륵, 쫘륵, 들여뿜는다.

61) 두리번거리다가
62) 갱도의 막다른 곳

금

금점이란 헐없이[1] 똑 난장판이다.

감독의 눈은 일상 올뺌이[2] 눈같이 둥글린다. 혹하면[3] 금도적을 맞는 까닭이다. 하긴 그래도 곧잘 도적을 맞긴 하련만—

대거리[4]를 꺾으러 광부들은 하루에 세 때[5]로 몰려든다. 그들은 늘 하는 버릇으로 굴문 앞까지 와서는 발을 멈춘다. 잠자코 옷을 훌훌 벗는다.

그러면 굿문을 지키는 감독은 그 앞에서 이윽히 노려보다가 이 광산 전용의 굴복을 한 벌 던져 준다. 그놈을 받아 꿰고는 비로소 굴 안으로 들어간다. 이렇게 탈을 바꿔 쓰고야 저 땅속 백여 척이 넘는 굴속으로 기어드는 것이다.

그와 마찬가지로 나는 대거리는 굴문께로 기어나와서 굴복을 벗는다. 벌거숭이 알몸뚱이로 다리짓 팔짓을 하여 몸을 털어 보인다. 그리고 제 옷을 받아 입고는 집으로 돌아가는 것이다.

이것이 여름이나 봄철이면 호욕[6] 모른다. 동지섣달 날카로운 된바람이

---

1) 할없이→하릴없이(조금도 틀림없이)
2) 올빼미
3) 툭하면
4) 밤낮없이 일하는 작업에서 일꾼이 교대함
5) 차례
6) 혹, 혹시

악을 쓰게 되면 가관이다. 발가벗고 서서 소름이 쪽 끼치어 떨고 있는 그 모양, 여기 우스운 이야기가 있다. 최서방이란 한 노인이 있는데, 한 육십쯤 되었을까 허리가 구붓하고 들피진[7] 얼굴에 좀 병신스러운 촌띠기가 하루는 굴복을 벗고 몸을 검사시키는데 유달리 몹시 떤다. 뼈에 말라붙은 가죽에도 소름이 돋는지 하여튼 무던히 추웠던 게라. 몸이 반쪽이 되어 떨고 섰더니 고만 오줌을 쪼룩 하고 지렸다. 이놈이 힘이 없었게 망정이지 좀만 뻗쳤더면 앞에 섰는 감독의 바지를 적실 뻔했다. 감독은 방한화의 오줌방울을 땅바닥에 탁탁 털며

"이놈이가!" 하고 좀 노해 보려 했으되 먼저 그 꼬락서니가 웃지 않을 수 없다.

"늙은 놈이도 오줌이싸 이눔아?"

그리고 손에 쥐었던 지팡이로 거길 톡 친다.

최서방은 얼은 살이라 좀 아픈 모양.

"아야." 하고 소리를 치다가 시나브로 무안하여 허리를 구부린다. 이것을 보고 곁에 몰려섰던 광부들은 우아아, 하고 뭇웃음[8]이 한꺼번에 터져 오른다.

이렇게 엄중히 잡도리를 하건만 그래도 용케는 먹어들 가는 것이다. 어떤 놈은 상투 속에다 금을 끼고 나온다. 혹은 다비[9] 속에다 껴신고 나오기도 한다. 이건 예전 말이다. 지금은 간수들의 지혜도 훨씬 슬기로웁다. 이러다는 담박[10] 들키어 내떨리기밖에 더는 수 없다. 하니까 광부들의 꾀 역 나날이 때를 벗는다. 사실이지 그들은 구뎅이 내로 들어만 서면 이 궁리 빼고 다른 생각은 조금도 없다. 어떻게 하면 이놈의 금을 좀 먹어다

7) 들피지다: 굶주려 여위고 쇠약해지다
8) 여러 사람이 한꺼번에 웃는 웃음
9) (일본어) 고무화 천으로 만든 노동화의 일종
10) 단박

놓고 다리를 뻗고 계집을 데리고 이래[11] 지내 볼는지. 하필 광주만 먹이어 살 올릴 게 아니니까. 거기에는 제일 안전한 방법이 있으니 그것은 덮어 놓고 꿀떡, 삼키고 나가는 것이다. 제아무리 귀신인들 뱃속에 든 금이야. 허나 사람의 창주[12]란 쇳바닥이 아니니 금덕을 보기 전에 꽤져[13] 버리면 남보기에 효상[14]만 사납다. 왜냐하면 사금이면 모르나 석혈금이란 유리쪽 같은 차돌에 박혔기 때문에. 에라 입속에 감춰라. 귓속에 묻어라. 빌어먹을 거 사타구니에 끼고 나가면 누가 뭐랄 텐가. 심지어 덕희는 황문이[15]에다 금을 박고 나오다 고만 뽕이 났다. 감독은 낯을 이그리며 금을 삐집어 놓고

"이 자식이가 금이 또구모기[16]로 먹어?" 하고 알볼기짝을 발길로 보기 좋게 갈기니 쩔꺽그리고 내떨렸다.

이렇게 되고 보면 감독의 책임도 수월치 않다. 도적을 지켜야 제 월급도 오르긴 하지만 일변 생각하면 성가신 노릇. 몇 두 달씩 안 빨은 옷을 벗길 적마다 부연 먼지는 오른다. 게다 목욕을 언제나 했는지 때가 누덕누덕한 몸뚱이를 뒤져 보려면 구역이 곧바로 올라오련다. 광부들이란 항상 돼지 같은 몸뚱이므로—

봄이 돌아와 향기로운 바람이 흘러내려도 그는 아무 자미[17]를 모른다. 맞은쪽 험한 산골에 어지러이 흩어진 동백, 개나리, 철쭉들도 그의 흥미를 끌기에 힘이 어렸다. 사람이란 기계와 다르다. 단 한 가지 단조로운 일에 시달리고 나면 종말에는 고만 지치고 마는 것이다. 그 일뿐 아니라 세상 사물에 곤태[18]를 느끼는 것이 항용이다. 그런 중 피로한 몸에다 점심

11) 이렇게, 이리
12) 창자
13) 꿰지다
14) 몰골
15) 항문
16) 똥구멍
17) 재미
18) 권태

변도[19]를 한 그릇 집어넣고 보면 몸이 더욱 나른하다. 그때는 황금 아니라 온 천하를 떼어 온대도 그리 반갑지 않다. 굴문을 지키던 감독은 교의[20]에 몸을 의지하고 두 팔을 벌리어 기지개를 늘인다. 우음하고 다시 궐련을 피운다. 그의 눈에는 어젯밤 끼고 놀던 주막거리의 계집애 그 젖꼭지밖에는 더 띄지 않는다. 워낙 졸린 몸이라 그것도 어렴풋이—

요 아래 산중턱에서 발동기는 채신이 없이 풍, 풍, 풍, 연해 소리를 낸다. 뭇사내가 그리로 드나든다. 허리를 구붓하고 끙, 끙, 매는 것이 아마 감석을 나르는 모양. 그 밑으로 골물은 돌에 부대끼며 콸콸 내려 흐른다.

한 점 이십 분. 굴파수가 점심을 마악 치르고 고담[21]이다. 고달픈 눈을 가삼츠레히[22] 끔벅이며 앉았노라니 뜻밖에 굴문께로 광부의 대강이[23]가 하나 불쑥 나타난다. 대거리 때도 아니요 또 시방쯤 나올 필요도 없건만. 좀 더 눈을 의아히 뜰 것은 등어리에 척 늘어진 반송장을 업었다. 헤, 헤, 또 죽어 했어? 그는 골피[24]를 찌푸리며 입맛을 다신다. 허나 금점에 사람 죽는 것은 도수장 소 죽음에 진배없이 예사다. 그건 먹다도 죽고 꽁무니를 까고도 죽고 혹은 곡괭이를 든 채로 죽고 하니까. 놀람보다는 성가신 생각이 먼저 앞선다. 이걸 또 어떻게 치나. 감독 불충분의 덤터기로 그 누를 입어 떨리지나 않을는지.

감독은 교의에서 엉거주춤 일어서며

"왜 그랬어?"

"버력에 치치 치었습니다."

광부는 헝겁스리[25] 눈을 히번덕이며 이렇게 말이 꿈는다.[26] 걸때[27]가 커

19) 도시락
20) 의자
21) 그다음
22) 게슴츠레하다
23) 머리
24) 이맛살
25) 허겁스럽게
26) 꿈는다→꿈다→꿈뜨다→굼뜨다
27) 걸대

다랗고 걱세게 생겼으나 까맣게 치올려 보이는 사다리를 더구나 부상자를 업고 기어오르는 동안 있는 기운이 모조리 지친 모양. 식식! 그리고 검붉은 이마에 땀이 쭉 흐른다. 죽어 가는 동관[28]을 구하고자 일초를 시새워 들레인다.[29]

"이걸 어떻게 살려야지유?"

감독은 대답 대신 다시 낯을 찌푸린다. 등에 엎드린 광부의 바른편 발을 노려보면서 굴복 등거리[30]로 복사뼈까지 얼러 들싸매곤[31] 굵은 사내끼[32]로 칭칭 감았는데 피, 피, 싸맨 굴복 우로 징그러운 선혈이 풍풍 그저스며 오른다. 그뿐 아니라 피는 땅에까지 뚝뚝 떨어지며 보는 사람의 가슴에 못을 치는 듯. 물론 그 자는 까무러쳐 웃통이[33]를 벗은 채 남의 등에 걸치어 꼼짝 못한다. 고개는 시들은 파잎같이 앞으로 툭 떨어지고—

"이걸 어떻게 얼른 해야지유?"

이를 말인가. 곧 서둘러 병원으로 데리고 가서 으츠러진[34] 발목을 잘라내든지 해야 일이 쉽겠다. 허나 이걸 데리고 누가 사무실로 병원으로 왔다갔다 성가신 노릇을 하랴. 염냥[35] 있는 사람은 군일에 손을 안 댄다. 게다 다행히 딴 놈이 가로맡아 조급히 서두르므로 아따 네멋대로 그 기세를 바짝 치우치며

"암! 어른 데리구 가 약기 바라야지."

가장 급한 듯 저도 허풍을 피운다.

이 영이 떨어지자 광부는 날을 듯이 점벙거리며 굴막을 나온다. 동관의 생명이 몹시 위급한 듯, 물방앗간을 향하여 구르다시피 산비탈을 내

28) 동료
29) 들레다(야단스럽게 떠들다)
30) 등, 등허리
31) 들싸매다→들메다(동여메다)
32) 새끼
33) 상의
34) 으스러지다
35) 요량

려올 제

"이 봐, 참 그 사람이 이름이 뭐?"

"북 삼호 구뎅이에서 저와 같이 일하는 이덕순입니다." 하고 소리를 지르고는 다시 발길을 돌리어 뺑 내뺀다.

감독은 이 꼴을 멀리 바라보며

"이덕순이, 이덕순이." 하다가 곧 늘어지게 하품을 으아함, 하고 내뽑는다.

시굴의 봄은 바쁘다. 농군들은 들로 산으로 일을 나갔고 마을에는 양지쪽에 자빠진 워리[36]의 기지개뿐. 아이들은 둑밑 잔디로 기어다니며 조그마한 바구니에 주어 담는다. 달룽, 소로쟁이 게다가 우렁이—

산모룽이를 돌아내릴 제

"누가 따라오지도 않나?"

덕순이는 초조로운 어조로 묻는다. 그러나 죽은 듯이 고개는 그냥 떨어진 채 사리는 음성으로

"아니, 이젠 염려없네."

아주 자신 있게 쾌활한 대답이다. 조금 사이를 띄워 가만히

"혹 빠지나 보게, 또 십 년 공부 나미타불 만들어."

"음 맸으니까 설마—" 하고 덕순이는 대답은 하나 말끝이 밍밍히 식는다. 기운이 푹 꺼진 걸 보면 아마 되우 괴로운 모양 같다. 좀 전에는 내험세 그까짓 거 좀 하고 희망에 불일던 덕순이다. 그 순간의 덕순이와는 아주 팔팔결.[37] 몹시 아프면 기운도 죽나 보다.

덕순이는 즈[38] 집 가까이 옴을 알자 비로소 고개를 조금 들었다. 쓰러

---

36) 개를 부르는 소리
37) 엄청나게 어긋나는 일이나 모양
38) 제

져 가는 납짝한 낡은 초가집, 고자리[39] 쑤시듯 풍풍 뚫어진 방문, 저 방에서 두 자식을 데리고 계집을 데리고 고생만 무진히 하였다. 이제는 게다 다리까지 못쓰고 드러누웠으려니! 아내와 밤낮 겻고틀고[40] 이렇게 복대기를 또 쳐야 되려니! 아아! 그리고 보니 등줄기에 소름이 날카롭게 지난다. 제 손으로 돌을 들어 눈을 감고 발을 내려찧는다. 깜짝 놀란다. 발은 깨지며 으츠러진다. 피가 퍼진다. 아, 얼마나 어리석은 짓인가? 그러나 그러나 단돈 천 원은 그 얼만가!

"아, 이거 왜 이랬수?"

아내는 자지러지게 놀라며 뛰어나온다. 남편은 뻔히 쳐다볼 뿐, 무대답. 허나 그 속은 묻지 않아도 훤한 일이었다. 요즘 며칠 동안을 끙끙거리던 그 계획, 그리고 이러이러할 수밖에 없을 텐데 하고 잔뜩 장은 댔으나[41] 그래도 차마 못하고 차일피일 멈춰 오던 그 계획. 그예 그여코[42] 이 꼴을 만들어 오는구!

아내는 행주치마에 손을 닦고 허둥지둥 남편을 부축이어 방으로 끌어들인다.

"끙!"

남편은 방 벽에 가 비스듬히 기대어 앉으며 이렇게 안간힘을 쓴다. 그리고 다친 다리를 제 앞으로 조심히 끌어 댕긴다. 이마에 살을 조여 가며 제 손으로 풀기 시작한다.

굵은 사내끼는 풀어제쳤다. 그리고 피에 젖은 굴복 등거리를 조심히 풀쳐[43] 보니 어느 게 살인지, 어느 게 뼈인지 분간키 곤란이다. 다만 흐느적흐느적하는 아마 돌이 내려칠 제 그모에 밀리고 으츠러지기에 그렇게 되

---

39) 구더기(고자리 쑤시듯 하다)
40) 겯고틀다
41) ①길이의 단위. ②좋은 점, 장점
42) 기여코
43) 풀어헤치다

었으리라. 선지 같은 고깃덩어리가 여기에 하나 붙고 혹은 저기에 하나 붙고. 발꼬락께는 그 형체조차 잃었을 만치 아주 무질러지고 말이 아니다. 아직도 철철 피는 흐른다. 이렇게까지는 안 되었을 텐데! 그는 보기만 하여도 너무 끔찍하여 몸이 졸아들 노릇이다.

그러나 그는 우선 피에 흥건한 굴복을 집어들고 털어 본다. 역 피가 찌르르 묻은 손뼉만한 돌이 떨어진다. 그놈을 집어들고 이리로 저리로 뒤져본다. 어두운 굴속이라 간드레 불빛에 혹요[44] 잘못 보았을지도 모른다. 아내에게 물을 떠오래 거기다가 흔들어 피를 씻고 보니 과연 노다지. 금황금. 이래도 천 원짜리는 되겠지!

동무는 이 광경을 가만히 들여다보고 섰다가

"인내게 내 가주가 팔아옴세."

"……."

덕순이는 잠자코 그 얼굴을 유심히 치어다본다. 돌은 손에 잔뜩 우려쥐고. 아니 더욱 힘있게 손을 죄인다. 마는 동무가 조금도 서슴지 않고

"금으로 잡아 파나, 그대로 감석째 파나 마찬가지 되리, 얼른 팔아서 돈이 있어야 자네도 약도 사고 할 게 아닌가, 같이 하고 설마 도망이야 안 가겠지." 하니까

"팔아오게."

그제서 마음을 놨는지 감을 내어준다.

동무는 그걸 받아 들고 방문을 나오며 후회가 몹시 난다. 제가 발을 깨지고, 피를 내고 그리고 감석을 지니고 나왔더면 둘을 먹을 걸. 발견은 제가 하였건만 덕순이에게 둘을 주고 원 쥔[45]이 하나만 먹다니. 그때는 왜 이런 용기가 안 났던가. 이제와 생각하면 분하고 절통하기 짝이 없다.

44) 혹여, 행여
45) 주인

그는 허둥거리며 땅바닥에다 거칠게 침을 퇴, 뱉고 또 퇴, 뱉고 싸리문을 돌아나간다.

이 꼴을 맥풀린 시선으로 멀거니 내다본다. 덕순이는 낯을 흐린다. 하는 양을 보니 암만해도, 혼자 먹고 달아날 장번인[46] 듯. 허지만 설마.

살기 위하여 먹는 걸, 먹기 위하여 몸을 버리고 그리고 또 목숨까지 버린다. 그걸 그는 알았는지 혹은 모르는지 아픔에 못 이기어

"아이구." 하고 스러지듯 길게 한숨을 뽑더니

"가지고 달아나진 않겠지?"

아내는 아무 말도 대답지 않는다. 고개를 수그린 채 보기 흉악한 그 발을 뚫어지게 쏘아만 볼 뿐. 그러나 가무잡잡한 야윈 얼굴에 불현듯 맑은 눈물이 솟아내린다. 망할 것두 다 많아. 제 발을 이래까지 하면서 돈을 벌어오라진 않았건만. 대관절 인제 어떻게 하려고 이러는지!

얼마 후 이마를 들자 목성을 돋으며

"아프지 않어?" 하고 뾰로지게[47] 쏘아박는다.

"아프긴 뭐 아퍼, 인제 났겠지."

바로 히떱게스리[48] 허울좋은 대답이다. 마는 그래도 아픔은 참을 기력이 부치는 모양. 조금 있더니 그 자리에 그대로 쓰러지며

"아이구!"

참혹한 비명이다.

46) 장본인
47) 뾰로통해지다
48) 희떱다

옥토끼

나는 한 마리 토끼 때문에 자나깨나 생각하였다. 어떻게 하면 요놈을 얼른 키워서 새끼를 낳게 할 수 있을까 이것이었다.

이 토끼는 하나님이 나에게 내려주신 보물이었다.

몹시 치웁던 어느 날 아침이었다. 내가 아직 꿈속에서 놀고 있을 때 어머니가 팔을 흔들어 깨우신다. 아침잠이 번이 늦은 데다가 자는데 깨우면 괜스리 약이 오르는 나였다. 팔꿈치로 그 손을 툭 털어 버리고

"아이 참 죽겠네."

골을 이렇게 내자니까

"너 이 토끼 싫으냐?" 하고 그럼 고만두란 듯이 은근히 나를 댕기고[1] 계신 것이다.

나는 잠결에 그럼 아버지가 아마 오랜만에 고기 생각이 나서 토끼고기를 사 오셨나, 그래 어머니가 나를 먹일려구 깨시는 것이 아닐까, 하였다. 그리고 고개를 돌리어 빽빽한 눈을 떠보니 이게 다 뭐냐. 조막만하고도 아주 하얀 옥토끼 한 마리가 어머니 치마 앞에 폭 싸여 있는 것이 아닌가.

나는 눈꼽을 부비고 허둥지둥 다가앉으며

1) 당기다

"이거 어서 났수?"

"이쁘지?"

"글쎄 어서 났냔 말이야?" 하고 조급히 물으니까

"아침에 쌀을 씨러[2] 나가니까 우리 부뚜막 우에 올라앉아서 웅크리고 있더라, 아마 누 집에서 기르는 토낀데 빠져나왔나 봐."

어머니는 얼은 두 손을 화로 우에 부비면서 무척 기뻐하셨다. 그 말씀이 우리가 이 신당리로 떠나온 뒤로는 이날까지 지지리 지지리 고생만 하였다, 이렇게 옥토끼가 그것도 이 집에 네 가구가 있으련만 그중에다 우리를 찾아왔을 적에는 새해부터는 아마 운수가 좀 필려는 거나 아닐까 하며 고생살이에 찌들은 한숨을 내쉬고 하시었다.

그러나 나는 나대로의 딴 희망이 있지 않아선 안 될 것이다. 이런 귀여운 옥토끼가 뭇사람을 제치고 나를 찾아왔음에는 아마 나의 심평[3]이 차차 필려나 부다 하였다. 그리고 어머니 치마 앞에서 옥토끼를 끄집어내 들고 고놈을 입에 대보고 뺨에 문질러 보고 턱에다 받쳐도 보고 하였다.

참으로 귀엽고도 아름다운 동물이었다.

나는 아침밥도 먹을 새 없이 그리고 어머니가 팔을 붙잡고

"너 숙이 갖다 줄려구 그러니? 내 집에 들어온 복은 남 안 주는 법이야 인내라 인내."

이렇게 굳이 말리는 것도 듣지 않고 덜렁거리고 문밖으로 나섰다. 뒷골목으로 들어가 숙이를 문간으로 (불러 만나 보면 물론 둘이 떨고 섰는 것이나 그 부모가 무서워서 방에는 못 들어가고) 넌즈시 불러내다가

"이 옥토끼 잘 길루." 하고 두루마기 속에서 고놈을 꺼내 주었다. 나의 예상대로 숙이는 가손진[4] 그 눈을 똥그랗게 뜨더니 두 손으로 답싹 집

2) 씻으러
3) 셈평
4) 가선지다

어다가는 저도 역시 입을 맞추고 뺨을 대 보고 하는 것이 아닌가. 허지만 가슴에다 막 부둥켜 안는데는 나는 고만 질색을 하며

"아 아 그렇게 하면 뼈가 부서져 죽우, 토끼는 두 귀를 붙들고 이렇게……." 하고 토끼 다루는 법까지 아르켜 주지 않을 수 없었다. 허라는 대로 두 귀를 붙잡고 섰는 숙이를 가만히 바라보며 나는 이 집이 내 집이라 하고 또 숙이가 내 아내라 하면 얼마나 좋을까 하였다. 숙이가 여자 양말 하나 사다 달라고 부탁하고 내가 그래라고 승낙한 지가 달장근[5]이 되련만 그것도 못하는 걸 생각하니 내 자신이 불쌍도 하였다.

"요놈이 크거든 짝을 채워서 우리 새끼를 자꾸 받읍시다. 그 새끼를 팔구 팔구 허면 나종에는 큰 돈이……."

그러고 토끼를 쳐들고 암만 들여다보니 대체 수놈인지 암놈인지 분간을 모르겠다. 이게 저으기 근심이 되어

"그런데 뭔지 알아야 짝을 채지!" 하고 혼자 투덜거리니까

"그건 인제……."

숙이는 이렇게 낯을 약간 붉히더니 어색한 표정을 웃음으로 버무리며

"낭중 커야 알지요!"

"그렇지! 그럼 잘 길루." 하고 집으로 돌아와서는 그담 날부터 매일 한 번씩 토끼 문안을 가고 하였다.

토끼가 나날이 달라 간다는 숙이의 말을 듣고 나는 퍽 좋았다.

"요새두 잘 먹우?" 하고 물으면

"네 물찌꺼기만 주다가 오늘은 배추를 주었더니 아주 잘 먹어요."

하고 숙이도 대견한 대답이었다. 나는 이렇게 병이나 없이 잘만 먹으면 다 되려니, 생각하였다. 아니나 다르랴 숙이가

"인젠 막 뛰다니구 똥두 밖에 가 누구 들어와요." 하고 까만 눈알을

5) 지나간 동안이 거의 한 달이 됨

뒤굴릴 적에는 아주 훤칠한 어른 토끼가 다 되었다. 인제는 짝을 채 줘야 할 터인데, 하고 나는 돈없음을 걱정하며 집으로 돌아왔다.

그러나 아무리 생각하여도 돈을 변통할 길이 없어서 내가 입고 있는 두루매기를 잡힐까 그러면 뭘 입고 나가나 이렇게 양단을 망설이다가 한 댓새 동안 토끼에게 가질 못하였다. 그러자 하루는 저녁을 먹다가 어머니가

"금철 어메게 들으니까 숙이가 그 토끼를 잡아먹었다더구나?" 하고 역정을 내는 바람에 깜짝 놀랐다. 우리 어머니는 싫다는 걸 내가 디리[6] 졸라서 한번 숙이네한테 통혼을 넣다가 거절을 당한 일이 있었다. 겉으로는 아직 어리다는 것이나 그 속살은 돈 있는 집으로 딸을 내놓겠다는 내숭이었다. 이걸 어머니가 아시고 모욕을 당한 듯이 그들을 극히 미워하므로

"그럼 그렇지! 그것들이 김생[7] 구여운 줄이나 알겠니?"

"그래 토끼를 먹었어?"

나는 이렇게 눈에 불이 번쩍 나서 밖으로 뛰나왔으나 암만해도 알 수 없는 일이다. 제 손으로 색동조끼까지 해 입힌 그 토끼를 설마 숙이가 잡아먹을 성싶지는 않았다.

그러니 숙이를 불러내다가 그 토끼를 좀 잠깐만 뵈 달라 하여도 아무 대답이 없이 얼굴만 빨개져서 서 있는 걸 보면 잡아먹은 것이 확실하였다. 이렇게 되면 이놈의 계집애가 나에게 벌써 맘이 변한 것은 넉넉히 알 수 있다. 낭종에 같이 살자고 우리끼리 맺은 그 언약을 잊지 않았다면 내가 위하는 그 토끼를 제가 감히 잡아먹을 리가 없지 않은가.

나는 한참 도끼눈으로 노려보다가

6) 들이, 들입다
7) 짐승

"토끼 가질러 왔우, 내 토끼 도루 내우."

"없어요!"

숙이는 거반 울 듯한 상이더니 이내 고개를 떨어치며

"아버지가 나두 모르게……." 하고는 무안에 취하여 말끝도 다 못 맺는다.

실상은 이때 숙이가 한 사날 동안이나 밥도 안 먹고 대단히 앓고 있었다. 연초회사에 다니며 벌어들이는 딸이 이렇게 밥도 안 먹고 앓으므로 그 아버지가 겁이 버쩍 났다. 그렇다고 고기를 사다가 몸보신시킬 형편도 못되고 하여 결국에는 딸도 모르게 그 옥토끼를 잡아서 먹여 버리고 말았던 것이다.

그러나 나는 그런 속은 모르니까 남의 토끼를 잡아먹고 할말이 없어서 벙벙히 섰는 숙이가 다만 미웠다. 뭘 못 먹어서 옥토끼를, 하고 다시

"옥토끼 내놓우 가주갈 테니." 하니까

"잡아먹었어요."

그제서야 바로 말하고 언제 그렇게 고였는지 눈물이 똑 떨어진다. 그리고 무엇을 생각했음인지 허리춤을 뒤지더니 그 지갑(은 우리가 둘이 남몰래 약혼을 하였을 때 금반지 살 돈은 없고 급하긴 하고 해서 내가 야시[8]에서 십오 전 주고 사넣고 다니던 돈지갑을 대신 주었는데 그것)을 내놓으며 새침히 고개를 트는 것이다.

망할 계집애 남의 옥토끼를 먹고 요렇게 토라지면 나는 어떡허란 말인가. 허나 여기서 더 지껄였다는 나만 앵한[9] 것을 알았다. 숙이의 옷가슴을 부랴사랴 헤치고 허리춤에다 그 지갑을 도루 꾹 찔러 주고는 쫓아올까 봐 집으로 힁하게 달아왔다. 제가 내 옥토끼를 먹었으니까 암만 즈

8) 야시장, 밤장
9) 손해를 보았을 때의 분하고 안타까운 마음

아버지가 반대를 한다더라도 그리고 제가 설혹 마음이 없더라도 인제는 하릴없이 나의 아내가 꼭 되어 주지 않을 수 없을 것이다.

이렇게 나는 생각하고 이불 속에서 잘 따져 보다 그 옥토끼가 나에게 참으로 고마운 동물임을 비로소 깨달았다.

(인제는 틀림없이 너는 내 거다!)

땡볕

우람스리 생긴 덕순이는 바른팔로 왼편 소맷자락을 끌어다 콧등의 땀방울을 훑고는 통안 네거리에 와 다리를 딱 멈추었다. 더위에 익어 얼굴은 벌거니 사방을 둘러본다. 중복 허리의 뜨거운 땡볕이라 길 가는 사람은 저편 처마 끝으로만 배앵뱅 돌고 있다. 지면은 번들번들히 닳아 자동차가 지날 적마다 숨이 탁 막힐 만치 무더운 먼지를 풍겨 놓는 것이다.

덕순이는 아무리 찾아보아도 자기가 길을 물어 좋을 만치 그렇게 여유있는 얼굴이 보이지 않음을 알자, 소맷자락으로 또 한 번 땀을 훑어 본다. 그리고 거북한 표정으로 벙벙히 섰다. 때마침 옆으로 지나는 어린 깍쟁이에게 공손히 손짓을 한다.

"얘! 대학 병원을 어디루 가니?"

"이리루 곧장 가세요."

덕순이는 어린 깍쟁이가 턱으로 가리킨 대로 그 길을 북으로 접어들며 다시 내걷기 시작한다. 내딛는 한 발짝마다 무거운 지게는 어깨에 배기고 등줄기에서 쏟아져 내리는 진땀에 궁둥이는 쓰라릴 만치 물었다. 속타는 불김을 입으로 불어 가며 허덕지덕 올라오다 엄지손가락으로 코를 힝 풀어 그 옆 전봇대 허리에 쓱 문댈 때에는 그는 어지간히 답답하였다. 당장 지게를 벗어 던지고 푸른 그늘에 가 나자빠지고 싶은 생각이 굴뚝같으련만 그걸 못하니 짜증이 안 날 수 없다. 골피[1]를 찌푸리어 데퉁스리

"빌어먹을 거! 왜 이리 무거!"

하고 내뱉으려 하였으나, 그러나 지게 우에서 무색하여질 아내를 생각하고 국 참아 버린다. 제 속으로만 끙끙거리다 겨우

"에이 더웁다!"

하고 자탄이 나올 적에는 더는 갈 수 없었다.

덕순이는 길가 버들 밑에다 지게를 벗어 놓고는 두 손으로 적삼섶을 흔들어 땀을 들인다. 바람기 한 점 없는 거리는 그대로 타 붙었고 그 우의 모래만 이글이글 닳아 간다. 하늘을 치어다보았으니 좀체로 비 맛은 못 볼 듯싶어 바상바상한[2] 입맛을 다시고 섰을 때 별안간 댕댕 소리와 함께 발등에 물을 뿌리고 물차가 지나가니 그는 비로소 살은 듯이 정신기가 반짝 났다. 적삼 호주머니에 손을 넣어 곰방대를 꺼내물고 담배 한 대 붙이려 하였으나 홀쭉한 쌈지에는 어제부터 담배 한 알 없었던 것을 다시 깨닫고 역정스리 도루 집어넣는다.

"꽁무니가 배기지 않어?"

덕순이는 이렇게 아내를 돌아보다.

"괜찮아요!"

하고 거진 죽어 가는 상으로 글썽글썽 눈물이 고인 아내가 딱하였다. 두 달 동안이나 햇빛 못 본 얼굴은 누렇게 시들었고, 병약한 몸으로 지게 우에 앉아 까댁이는 양이 금시라도 꺼질 듯싶은 그 아내였다.

덕순이는 아내를 이윽히 노려본다.

1) 이맛살
2) 물기가 없이 뽀송뽀송한(메마른)

"아 울긴 왜 우는 거야?"

하고 눈을 부렸으나

"병원에 가면 짼대겠지요."

"째긴 아무거나 덮어놓고 째나? 연구한다니까."

하고 되도록 아내를 안심시킨다. 그러나 덕순이 생각에는 째든 말든 그건 차치해 놓고 우선 먹어야 산다고.

"왜 기영이 할아버지의 말씀 못 들었어?"

"병원서 월급을 주구 고쳐 준다는 게 정말인가요?"

"그럼 노인이 설마 거짓말을 헐라구, 그래 시방두 대학 병원의 이등박산가 뭐가 열네 살 된 조선 아이가 어른보다도 더 부대한[3] 걸 보구 하두 이상한 병이라구 붙잡아 들여서 한 달에 십 원씩 월급을 주고 그뿐인가 먹이구 입히구 이래가며 지금 연구하고 있대지 않어?"

"그럼 나두 허구헌 날 늘 병원에만 있게 되겠구려?"

"인제 가 봐야 알지, 어떻게 될는지."

이렇게 시원스리 받기는 받았으나 덕순이 자신 역[4] 기영 할아버지의 말이 꼭 믿어서 좋을지가 의문이었다. 시골서 올라온 지 얼마 안 되는 그로서는 서울 일이라 호욕[5] 알 수 없을 듯싶어 무료 진찰권을 내온 데 더 되지 않았다. 그렇다 하더라도 병이 괴상하면 할수록 혹은 고치기가 어려우면 어려울수록 월급이 많다는 것인데 영문 모를 아내의 이 병은 얼마짜리나 되겠는가, 고속으로 무척 궁금하였다. 아이가 십 원이라니 이건 한 십오 원쯤 주겠는가, 그렇다면 병 고치니 좋고, 먹으니 좋고, 두루두루 팔자를 고치리라고 속안으로 육조배판을 늘이고[6] 섰을 때,

3) 몸집이 뚱뚱하고 큰
4) 또한, 역시
5) 혹
6) 계산을 배로 늘리고

"여보십쇼! 이 채미 하나 잡숴 보십쇼." 하고 조만침서 참외를 벌여 놓고 앉았는 아이가 시선을 끌어간다. 길쯤길쯤하고 싱싱한 놈들이 과연 뜨거운 복중에 하나 벗겨 들고 으썩 깨물어 봄직한 참외였다. 덕순이는 참외를 이놈 저놈 멀거니 물색하여 보다 쌈지에 든 잔돈 사 전을 얼른 생각은 하였으나 다음 순간에 그건 안 될 말이리라고 꺽진[7] 마음으로 시선을 걷어 온다. 사 전에 일 전만 더 보태면 희연 한 봉이 되리라고 어제부터 잔뜩 곱여 쥐고 오던 그 사 전, 이걸 참외값으로 녹여서는 사람이 아니다.

"지게를 꼭 붙들어!"

덕순이는 지게를 지고 다시 일어나며 그 십오 원을 생각했던 것이니 그로서는 너무도 벅찬 희망의 보행이었다.

덕순이는 간호부가 지도하여 주는 대로 산부인과 문 밖에서 제 차례가 돌아오기를 기다리고 있었다.

아내는 남편이 업어다 놓은 대로 걸상에 가 번듯이 늘어져서 괴로운 숨을 견디지 못한다. 요량 없이 부어오른 아랫배를 한 손으로 치마째 걷어안고는 매 호흡마다 간댕거리는 야윈 고개로 가쁜 숨을 돌리고 있는 것이다. 게다가 수술실에서 들것으로 담아내는 환자와, 피고름이 엥긴 쓰레기통을 보는 것은 그로 하여금 해쓱한 얼굴로 이를 떨도록 하기에는 너무도 충분한 풍경이었다.

"너머 그렇게 겁내지 말아. 그래두 다 죽을 사람이 병원엘 와야 살아나가는 거야!"

덕순이는 아내를 위안하기 위하여 이런 소리도 하는 것이나 기실 아내붑지 않게[8] 저로도 조바심이 적지 않았다. 아내의 이 병이 무슨 병일까,

---

7) 억세고 꿋꿋한, 모진
8) 부럽지 않게

짜정[9] 기이한 병이라서 월급을 타 먹고 있게 될 것인가, 또는 아내의 병을 씻은 듯이 고쳐 줄 수가 있겠는가, 겸삼수삼[10] 모두가 궁거웠다.[11]

이 생각 저 생각으로 덕순이는 아내의 상체를 떠받쳐 주고 있다가 우연히도 맞은켠 타구 옆땡이에 가 떨어져 있는 궐련 꽁댕이에 한눈이 팔린다. 그는 사방을 잠깐 살펴보고 힁하게 가서 집어다가는 곰방대에 피워 물며 제 차례를 기다렸으나 좀체로 불러 주질 않는 것이다.

이렇게 하여 그들은 허무히도 두 시간을 보냈다.

한 점을 사십 분가량 지났을 때 간호부가 다시 나와 덕순이 아내의 성명을 외는 것이다.

"네! 여깄습니다!"

덕순이는 허둥지둥 아내를 들쳐업고 진찰실로 들어갔다.

간호부 둘이 달겨들어 우선 옷을 벗기고 주무를 제 아내는 놀랜 토끼와 같이 조고맣게 되어 떨고 있었다. 코를 찌르는 무더운 약내에 소름이 끼치기도 하려니와 한쪽에 번쩍번쩍 늘여 놓인 기계가 더우기 마음을 조이게 하는 것이다. 아내가 너무 병신스리 떨므로 옆에 섰는 덕순이까지도 제면쩍지 않을 수 없었다. 아내의 한 팔을 꼭 붙들어 주고, 집에서 꾸짖듯이 눈을 부릅떠

"메가 무섭다구 이래?"

하고는 유리판에서 기계 부딪는 젤그럭 소리에 등줄기가 다 섬찍할 제

"은제부터 배가 이래요?"

간호부가 뚱뚱한 의사의 말을 통변한다.

"자세히는 몰라두!"

덕순이는 이렇게 머리를 긁고는 아마 이토록 부르기는 지난 겨울부턴

9) 짜장. 과연 정말로
10) 겸사겸사
11) 궁금했다

가 봐요, 처음에는 이게 애가 아닌가 했던 것이 그렇지두 않구요, 애라면 열 달에 날 텐데

"열석 달씩 가는 게 어딨습니까?"

하고는 아차 애니 뭐니하는 건 괜히 지껄였군, 하였다. 그래 의사가 무어라고 또 입을 열 수 있기 전에 얼른 대미처[12)]

"아무두 이 병이 무슨 병인지 모른다구 그래요, 난생처음 본다구요."

하고 몇 마디 더 얹었다.

덕순이는 자기네들의 팔자를 고칠 수 있고 없고가 이 순간에 달렸음을 또 한 번 깨닫고 열심히 의사의 입만 쳐다보고 있는 것이다. 마는 금테 안경 쓴 의사는 그리 쉽사리 입을 열려지 않았다. 몇 번을 거듭 주물러 보고, 두드려 보고, 들어 보고, 이러기를 얼마 한 다음 시뻡지 않게 저쪽으로 가 대야에 손을 씻어 가며 간호부를 통하여 하는 말이

"이 뱃속에 어린애가 있는데요, 나올려다 소문이 적어서 그대로 죽었어요, 이걸 그냥 둔다면 앞으로 일주일을 못 갈 것이니 불가불 수술을 해야 하겠으나 또 그 결과가 반드시 좋다고 단언할 수도 없는 것이매 배를 가르고 아이를 꺼내다 만일 사불여의하야[13)] 불행을 본다더라도 전혀 관계없다는 승낙만 있으면 내일이라도 곧 수술을 하겠어요."

하고 나 어린 간호부는 조금도 거리낌 없는 어조로 줄줄 쏟아 놓다가

"어떻게 하실 테야요?"

"글쎄요!"

덕순이는 이렇게 얼떨떨한 낯으로 다시 한 번 뒤통수를 긁지 않을 수 없었다.

간호부의 말이 무슨 소린지 다는 모른다 하더라도 속대중으로 저쯤은

12) 그 즉시로, 뒤미처
13) 일이 뜻대로 되지 않아

알아챘던 것이니 아내의 생명이 위험하다는 그 말이 두렵기도 하려니와 겨우 아이를 뱄다는 것쯤, 연구거리는 못 되는 병인 양 싶어 우선 낙심하고 마는 것이다. 허나 이왕 버린 노릇이매

"그럼 먹을 것이 없는데요—"

"그건 여기에서 입원시키고 먹일 것이니까 염려 마서요—"

"그런데요 저—"

하고 덕순이는 열적은 낯을 무얼로 가릴지 몰라 주볏주볏

"월급 같은 건 안 주나요?"

"무슨 월급이요?"

"왜 여기서 병을 고치면 월급을 주는 수도 있다지요."

"제 병 고쳐 주는데 무슨 월급을 준단 말이오?"

하고 맨망스리도 톡 쏘는 바람에 덕순이는 고만 얼굴이 벌게지고 말았다. 팔자를 고치려던 그 계획이 완전히 어그러졌음을 알자, 그의 주린 창자는 척 꺾이며 두꺼운 손으로 이마의 진땀이나 훑어 보는밖에 별 도리가 없는 것이다. 허나 아내의 생명은 어차피 건져야 하겠기로 공손히 허리를 굽신하며,

"그럼 낼 데리고 올께 어떻게 해 주십시오."

하고 되도록 빌붙어 보았던 것이, 그때까지 끔찍끔찍한 소리에 얼 빠져서 멀뚱히 누웠던 아내가 별안간 기급을 하여 살뚱맞은[14] 목성으로

"나는 죽으면 죽었지 배는 안 째요!"

하고 얼굴이 노랗게 되는 데는 더 할 말이 없었다. 죽이더라도 제 원대로나 죽게 하는 것이 혹은 남편된 사람의 도릴지도 모른다. 아내의 꼴에 하도 어이가 없어

"죽는 거 보담이야 수술을 하는 게 좀 낫겠지요!"

---

14) 살똥스러운(말이나 행동이 독살스럽고 당돌한)

비소를 금치 못하고 섰는 간호부와 의사가 눈에 보이지 않도록, 덕순이는 시선을 외면하여 뚱싯뚱싯[15] 아내를 업고 나왔다. 지게 우에 올려놓은 다음 엎디어 다시 지고 일어나려니 이게 웬일일까 아까 오던 때와는 갑절이나 무거웠다. 덕순이는 얼마 전에 희망이 가득히 차 올라가던 길을 힘 풀린 걸음으로 터덜터덜 내려오고 있었다. 보지는 않아도 지게 우에서 소리를 죽이어 훌쩍훌쩍 울고 있는 아내가 눈앞에 환한 것이다. 학식이 많은 의사는 일자무식인 덕순이 내외보다는 더 많이 알 것이니 생명이 한 이레를 못 가리라던 그 말을 어째 볼 도리가 없다. 인제 남은 것은 우중충한 그 냉골에 갖다 다시 눕혀 놓고 죽을 때나 기다리고 있을 따름이었다.

덕순이는 눈 우로 덮는 땀방울을 주먹으로 훔쳐 가며 장차 캄캄하여 올 전도를 생각해 본다. 서울을 장대고[16] 왔던 것이 벌이도 제대로 안 되고 게다가 인젠 아내까지 잃는 것이다. 지에미 붙을! 이놈의 팔자가, 하고 딱한 탄식이 목을 넘어오다 꽉 깨무는 바람에 한숨으로 터져 버린다.

한나절이 되자 더위는 더 한층 무서워진다.

덕순이는 통째 짓무를 듯싶은 등어리를 견디지 못하여 먼저 번에 쉬어 가던 나무 그늘에 지게를 벗어 놓는다. 땀을 들여 가며 아내를 가만히 내려다보니 그동안 고생만 시키고 변변히 먹이지도 못하였던 것이 갑자기 후회가 나는 것이다. 이럴 줄 알았더면 동넷집 닭이라도 훔쳐다 먹였던 걸, 싶어

"울지 말아, 그것들이 뭘 아나? 제까진 게—"

하고 소리를 뻑 지르고는

15) 굼뜨고 거추장스럽게 뒤뚱거리는 모양
16) 마음속으로 기대하며 잔뜩 벼르고

"채미 하나 먹어 볼 테야?"

"채밀, 싫어요—"

아내는 더위에 속이 탔음인지 한길 건너 저쪽 그늘에서 팔고 있는 얼음 냉수를 손으로 가리킨다. 남편이 한푼 더 보태어 담배를 사려던 그 돈으로 얼음 냉수를 한 그릇 사다가 입에 먹여까지 주니 아내도 황송하여 한숨이 들이킨다. 한 그릇을 다 먹고 나서 하나 더 사다 주랴 물었을 때 이번에는 왜떡이 먹구 싶다 하였다. 덕순이는 이것이 마지막이라는 생각으로 나머지 돈으로 왜떡 세 개를 사다 주고는 그래도 눈물도 씻을 줄 모르고 그걸 오직오직 깨물고 있는 아내를 이윽히 바라보고 있었다. 그러다 아내가 무슨 생각을 하였는지 왜떡을 입에 문 채 훌쩍훌쩍 울며

"저 사촌 형님께 쌀 두 되 꿔다 먹은 거 부대 잊지 말구 갚우."

하고 부탁할 제 이것이 필연 아내의 유언이리라 깨닫고는

"그래 그건 염려 말아!"

"그리고 임자 옷은 영근 어머이더러 사정 얘길 하구 좀 빨아 달래우."

하고 이야기를 곧잘 하다가 다시 입을 일그리고 훌쩍훌쩍 우는 것이다.

덕순이는 그 유언이 너무 처량하여 눈에 눈물이 핑 돌아가지고는 지게를 도루 지고 일어선다. 얼른 갖다 눕히고 죽이라두 한 그릇 더 얻어다 먹이는 것이 남편의 도릴 게다.

때는 중복 허리의 쇠뿔도 녹이려는 뜨거운 땡볕이었다.

덕순이는 빗발같이 내려붓는 얼굴의 땀을 두 손으로 번갈라 훔쳐 가며 끙끙 내려올 제, 아내는 지게 우에서 그칠 줄 모르는 그 수많은 유언을 차근차근 남기자, 울자, 하는 것이다.

따라지

쪽대문을 열어 놓으니 사직원이 환히 내려다보인다.

인제는 봄이 늦었나 보다. 저 건너 돌담 안에는 사꾸라꽃[1]이 벌겋게 벌어졌다. 가지가지 나무에는 싱싱한 싹이 폈고 새침이 옷깃을 핥고 드는 요놈이 꽃샘이겠지. 까치들은 새끼 칠 집을 장만하느라고 가지를 입에 물고 날아들고—

이런 제길헐, 우리 집은 언제나 수리를 하는 겐가. 해마다 고친다, 고친다, 벼르기는 연실 벼르면서 그렇다고 사직골 꼭대기에 올라붙은 깨웃한[2] 초가집이라서 싫은 것도 아니다. 납작한 처마 끝에 비록 묵은 이엉이 무데기무데기 흘러내리건 말건, 대문짝 한 짝이 삐뚜루 백이건 말건 장뚝[3] 뒤의 판장[4]이 아주 벌컥 나자빠져도 좋다. 참말이지 그놈의 벽 옆에 뒷간만 좀 고쳤으면 원이 없겠다. 밑둥의 벽이 확 나가서 어떤 게 벽이고 뒷간인지 분간을 모르니 게다 여름이 되면 벽바닥으로 구데기가 슬슬 기어들질 않나. 이걸 보면 고대 먹었던 밥풀이 고만 곤두서고 만다. 에이 추해

1) 벚꽃
2) 기웃한 기운
3) 장독
4) 널빤지를 대어 만든 울타리

추해 망할 녀석의 영감쟁이. 그것 좀 고쳐 달라고 그렇게 성화를 해도—

쪽대문이 도로 닫겨지며 소리를 요란히 낸다. 아침 설거지에 젖은 손을 치마로 닦으며 주인 마누라는 오만상이 찌푸려진다.

그러나 실상은 사글세를 못 받아서 악이 오른 것이다. 영감더러 받아 달라면 마누라에게 밀고 마누라가 받자니 고분히 내질 않는다.

여지껏 미뤄 왔지만 느들 오늘은 안 될라 마음을 아주 다부지게 먹고 건넌방 문을 홱 열어 제친다.

"여보! 어떻게 됐소?"

"아 이거 참 미안합니다. 오늘두—"

덥수룩한 칼라머리[5]를 이렇게 긁으며 역시 우물쭈물이다.

"오늘두라니 그럼 어떡헐 작정이오?" 하고 눈을 한번 무섭게 떠보였다 마는 이 위인은 암만 일러도 노할 주변도 못 된다.

나이가 새파랗게 젊은 녀석이 왜 이리 할 일이 없는지 밤낮 방구석에 팔짱을 지르고 멍허니 앉아서는 얼이 빠졌다. 그렇지 않으면 이불을 뒤쓰고는 줄창같이 낮잠이 아닌가, 햇빛을 못 봐서 얼굴이 누렇게 시들었다. 경무과 제복 공장의 직공으로 다니는 즈 누이의 월급으로 둘이 먹고 지낸다. 누이가 과부길래 망정이지 서방이라도 해 가면 이건 어떡헐라고 이러는지 모른다. 제 신세 딱한 줄은 모르고 만날

"돈은 우리 누님이 쓰는데요— 누님 나오거든 말씀하십시오."

"당신 누님은 밤낮 사날[6]만 참아 달라는 게 아니요, 사날 사날허니 그래 은제가 돼야 사날이란 말이오?"

"미안스럽습니다. 그러나 이번엔 사날 후에 꼭 다리겠습니다. 이왕 참

5) 하이칼라(high collar): 머리털을 밑의 가장자리만 깎고 윗부분을 남겨서 기르는 서양식 남자 머리 모양
6) 사나흘

아 주시던 길이니—"

"글쎄 은제가 사날이란 말이오?" 하고 주름 잡힌 이맛살에 화가 다시 치밀지 않을 수가 없다. 이놈의 사날이란 석 달인지 삼 년인지 영문을 모른다. 그러나 저쪽도 쾌쾌히[7] 들이덤벼야 말하기가 좋을 텐데 울가망[8]으로 한풀 꺾이어 들옴에는 더 지껄일 맛도 없는 것이다.

"돈두 다 싫소, 오늘은 방을 내주."

그는 말 한마디 또렷이 남기고 방문을 탁 닫아 버렸다. 그러고 서너 발 뚜덜거리며[9] 물러서자 다시 가서 문을 열어 잡고

"오늘 우리 조카가 이리 온다니까 어차피 방은 있어야 하겠소."

장독 옆으로 빠진 수채를 건너서면 바로 아랫방이다. 번시는 광이었으나 셋방 놀려고 싱둥겅둥 방을 들인 것이다. 흙질한 것도 웃채보다는 아직 성하고 신문지로 처덕이었을망정 제법 벽도 번뜻하다.

비바람이 들이치어 누렇게 들뜬 미닫이였다. 살며시 열고 노려보니 망할 노랑퉁이[10]가 여전히 이불을 쓰고 끙, 끙, 누웠다. 노란 낯짝이 광대뼈가 툭 불거진 게 어제만도 더 못한 것 같다. 어쩌자구 저걸 들였는지 제 생각을 해도 소갈찌[11]는 없었다. 돈도 좋거니와 팔자에 없는 송장을 칠까 봐 애간장이 다 졸아든다.

하기야 처음 올 때에 저 병색을 모른 것도 아니고

"영감님! 무슨 병환이슈?" 하고 겁을 먹으니까

"감기를 좀 들렸더니 이러우."

이런 굴치[12] 같은 영감쟁이가 또 있으랴. 그리고 그날부터 뒷간에다 피

---

7) 시원스럽게
8) 근심스럽거나 답답하여 기분이 나지 않음. 또는 그런 상태
9) 불평하는 말로 혼자 중얼거리며
10) 노랑퉁이(얼굴에 핏대가 없이 노랗고 부석부석한 사람을 얕잡아 이르는 말)
11) 소갈머리
12) 골칫거리

똥을 내깔기며 이 앓는 소리로 쩔쩔매는 것이다. 보기에 추하기도 할 뿐더러 그 신음 소리를 들을 적마다 사지가 으스러지는 것 같다.

그러나 더 얄미운 것은 이걸 데리고 온 그 딸이었다. 뻐쓰걸[13] 다니니까 아마 가짓말이 심한 모양이다. 부족증[14]이라고 한마디만 했으면 속이나 시원할 걸 여태도 감기가 쇄서 그렇다고 빠득빠득 우긴다. 방을 안 줄까 봐 속인 고 행실을 생각하면 곧 눈에 불이 올라서

"영감님! 오늘은 방셀 주셔야지요?"

"시방 내 몸이 아파 죽겠소."

영감님은 괜은[15] 소리를 한단 듯이 썩 군찮게[16] 벽 쪽으로 돌아눕는다. 그리고 어그머니 끙끙, 옴츠라드는 소리를 친다.

"아니 영 방세는 안 내실 테요?" 하고 소리를 빽 지르지 않을래야 않을 수 없다.

"내 시방 죽은 몸이오, 가만 있수."

"글세 죽는 건 죽는 거고 방세는 방세가 아니요, 영감님 죽기로서니 어째 방세를 못 받는단 말이오?"

영감님은 고개를 돌리어 눈을 부릅뜨고 마나님 붋지[17] 않게 호령이었다. 죽을 때가 가까와 오니까 악이 받칠 대로 송두리 받친 모양이다.

"정 그렇거든 내 딸 오거든 받아 가구려."

"이건 누구에게 찌다운가[18] 온, 별일두 다 많으이." 하고 홀로 입속으로 중얼거리며 물러가는 것도 상책일는지 모른다. 괜스리 병든 것과 겼

---

13) 버스걸(Bus Girl)
14) 폐결핵
15) 괜한
16) 귀찮게
17) 부럽지
18) 지다윈가, 지다위(떼)

고틀고[19] 이러단 결국 이쪽이 한굽 죄인다.[20] 그보다는 딸이나 오거든 톡톡히 따져서 내쫓는 것이 일이 쉬우리라.

고 옆으로 좀 사이를 두고 나란히 붙은 미닫이가 또 하나 있다. 열고자[21] 문설주에 손을 대다가 잠깐 멈칫하였다. 툇마루 우에 무람없이[22] 올려 놓인 이 구두는 분명히 아끼꼬의 구두일 게다. 문 열어 볼 용기를 잃고 그는 벅 쪽으로 돌아가며 쓴 입맛을 다시었다.

카페가 뭔가 다니는 계집애들은 죄다 그렇게 망골[23]들인지 모른다. 영애하고 아끼꼬는 아무리 잘 봐도 씨알이 사람 될 것 같지 않다. 아래웃턱도 몰라보는 애들이 난봉질에 향수만 찾고 그래도 영애란 계집애는 비록 심술은 내고 내댈망정 뭘 물으면 대답이나 한다. 요 아끼꼬는 방세를 내래도 입을 꼭 다물고는 안차게도[24] 대꾸 한마디 없다. 여러 번 듣기 싫게 조르면 그제서는 이쪽이 낼 성을 제가 내 가지고

"누가 있구두 안 내요? 좀 편히 계서요, 어련히 낼라구, 그런 극성 첨 보겠네."

이렇게 쥐어박는 소리를 하는 것이 아닌가 좀 편히 계시라는 이 말에는 하 어이가 없어서도 고민 찔끔 못한다.

"망할 년! 은젠 병이 들었었나?"

쓸 방을 못 쓰고 삭을세[25]를 논 것은 돈이 아수웠던[26] 까닭이었다. 두 영감 마누라가 산다고 호젓해서 동무로 모은 것도 아니다. 그런데 팔자가 사나운지 모다 우거지상, 노랑통이, 말광량이, 이런 몹쓸 것들뿐이다.

19) 겯고틀고(서로 지지 않으려고 버티어 겨루고)
20) 한풀 꺾인다
21) 문을 열고자
22) 예의없이, 버릇없이
23) 몹시 주책없는 사람을 욕하여 이르는 말
24) 겁이 없이 깜찍하게도
25) 사글세
26) 아쉬웠던

이 망할 것들이 방세를 내는 셈도 아니요 그렇다고 아주 안 내는 것도 아니다. 한 달치를 비록 석 달에 별러 내는 한이 있더라도 역[27] 내는 건 내는 거였다. 즈들끼리 짜위[28]나 한 듯이 팔십 전 칠십 전 그저 일 원, 요렇게 짤끔짤끔거리고 만다.

오늘은 크게 얼를[29] 줄 알았더니 하고 보니까 역시 어저께나 다름이 없다. 방의 세간을 마루로 내놔 가며 세를 들인 보람이 무엇인지 그는 마루 끝에 걸터앉아서 화풀이로 담배 한 대를 피워 문다.

그러나 아무리 생각하여도 내 방 빌리고 내가 말 못하는 것은 병신스러운 짓임에 틀림이 없다. 담뱃대를 마루에 내던지고 약을 좀 올려가지고 다시 아래채로 내려간다. 기세 좋게 방문이 홱 열리었다.

"아끼꼬! 이 봐! 자?"

아끼꼬는 네 활개를 꼬 벌리고[30] 아끼꼬답게 무사태평히 코를 골아 올린다. 젖통이를 풀어헤친 채 부끄럼 없고, 두 다리는 이불 싼 우로 번쩍 들어올렸다. 담배 연기 가득 찬 방 안에는 분내가 확 끼치고—

"이 봐! 아끼꼬! 자?"

이번에는 대문 밖에서도 잘 들릴 만큼 목청을 돋았다. 그러나 생시에도 대답 없는 아끼꼬가 꿈속에서 대답할 리 없음을 알았다. 그저 겨우 입속으로

"망할 계집애두, 가랑머릴 쩍 벌리고 저게 온 쩨쩨."

미닫이가 딱 닫겨지는 서슬에 문틀 우의 안약병이 떨어진다.

그제야 아끼꼬는 조심히 눈을 떠 보고 일어나 앉았다. 망할년 저보구 누가 보랬나, 하고 한옆에 놓인 손거울을 집어든다. 어젯밤 잠을 설친 바

27) 역시
28) 짬자미(남모르게 자기들끼리만 짜고 하는 약속이나 수작), 짜기
29) 협박할
30) 활짝 벌리고

람에 얼굴이 부석부석하였다. 궐련에 불이 붙는다.

그는 천정을 향하여 연기를 내뿜으며 가만히 바라본다. 뾰죽한 입에서 연기는 고리가 되어 한 둘레 두 둘레 새어나온다. 고놈을 하나씩 손가락으로 꼭 찔러서 터치고 터치고—

아까부터 영애를 기다렸으나 오정이 가까워도 오질 않는다. 단성사엘 갔는지 창경원엘 갔는지, 그래도 저 혼자는 안 갈 것이고, 이런 때이면 방 좁은 것이 새삼스리 불편하였다. 햇빛이 안 들고 늘 습한 건 말고 조금만 더 넓었으면 좋겠다. 영애나 아끼꼬나 둘 중의 누가 밤의 손님이 있으면 하나는 나가 잘 수밖에 없다. 둘이 자도 어깨가 맞부딪는데 그런데 셋이 눕기에는 너무 창피하였다. 나가서 자면 숙박료는 오십 전씩 받기로 하였으니까 못 잘 것도 아니다마는 그담 날 밝은 낮에 여기까지 허덕허덕 찾아오는 것은 좀 어색한 일이었다.

어제도 카페서 나오다가 골목에서 영애를 꾹 찌르고

"얘! 너 오늘 어디서 자구 오너라." 하고 귓속[31]을 하니까

"또? 얘 너는 좋구나!"

"좋긴 뭐가 좋아? 얘두!"

아끼꼬는 좀 수줍은 생각이 들어 쭈뼛쭈뼛 그 손에 돈 팔십 전을 쥐어주었다. 여느 때 같으면 오십 전이지만 그만치 미안하였다. 마는 영애는 지루퉁한[32] 낯으로 돈을 받아 넣으며 또 허는 소리가

"얘! 인젠 종로 근처로 우리 큰 방을 얻어 오자."

"그래 가만 있어— 잘 가거라 그리고 낼 일찍 와—"

남 인사하는 데는 대답 없고

"나만 밤낮 나와 자는구나!"

31) 귓속말
32) 찌무룩한(못마땅한)

이것은 필시 아끼꼬에게 엇먹는[33] 조롱이겠지. 망할 애도 저더러 누가 뚱뚱하고 못생기게 낳랬나, 그렇게 빼지게[34] 하지만 영애가 설마 아끼꼬에게 빼지거나 엇먹지는 않았으리라.

아끼꼬는 벽께로 허리를 펴며 팔뚝시계를 다시 본다. 오정하고 십오 분 또 삼 분. 영애가 올 때가 되었는지 망할 거 누가 채갔나. 기지개를 한 번 늘이고 돌아누우며 미닫이께로 고개를 가져간다. 문 아랫도리에 손가락 하나 드나들 만한 구멍이 뚫리었다. 주인마누라가 그제야 좀 화가 식었는지 안방을 휘젓고 들어가는 치마꼬리가 보인다. 그리고 마루 뒤주 우에는 언제 꺾어다 꽂았는지 정종병에 엉성히 뻗은 꽃가지. 붉게 핀 것은 복숭아꽃일 게고 노랗게 척척 늘어진 저건 개나리다. 건넌방 문은 여전히 꼭 닫혔고 뒷간에 가는 기색도 없다. 저 속에는 지금 제가 별명진 톨스토이가 책상 앞에 웅크리고 앉아서 눈을 감고 있으리라. 올라가서 이야기나 좀 하고 싶어도 구렁이 같은 주인마누라가 지키고 앉아서 감히 나오지를 못한다.

이것은 아끼꼬가 안채의 기맥[35]을 정탐하는 썩 필요한 구멍이었다. 뿐만 아니라 저녁나절에는 재미스러운 연극을 보는 한 요지경도 된다. 어느 때에는 영애와 같이 나란히 누워서 베개를 베고 하나 한 구멍씩 맡아 가지고 구경을 한다. 왜냐면 다섯 점 반쯤 되면 완전히 히스테리 톨스토이의 누님이 공장에서 나오는 까닭이었다.

그 누님은 성질이 어찌 괄한지[36] 대문간서부터 들어오는 기색이 난다. 입을 꼭 다물고 눈살을 접은 그 얼굴을 보면 일상 마땅치않은 그리고 세상의 낙을 모르는 사람 같다. 어깨는 축 늘어지고 풀 없어 보이면서 게다

33) 비꼬는
34) 삐지게
35) 낌새
36) 괄괄한지

걸음만 빠르다. 들어오면 우선 건넌방 툇마루에다 빈 벤또[37]를 찡그렁 하고 내다붙인다. 이것은 아우에게 시위도 되거니와 이래야 또 식성도 풀린다.

그리고 그는 눈을 휘둥그렇게 뜨고 사면의 불평을 찾기 시작한다마는 아우는 마당도 쓸어 놓고, 부뚜막의 그릇도 치고 물독의 뚜껑도 잘 덮어 놓았다. 신발장이라도 잘못 놓여야 트집을 걸 텐데 아주 말쑥하니까 물바가지를 땅으로 동댕이친다. 이렇게 불평을 찾다가 불평이 없어도 또한 불평이었다.

"마당을 쓸면 잘 쓸든지, 그릇에다 흙칠을 온통 해 놨으니 이게 뭐냐?"

끝이 꼬부라진 그 책망, 아우는 빈 속에서 끽소리 없다.

"밥을 얻어먹으면 밥값을 해야지, 늘 부처님 같이 방구석에 꽉 앉았기만 하면 고만이냐?"

이것이 하루 몇 번씩 귀 아프게 듣는 인사이었다. 눈을 흡뜨고[38]서서, 문 닫힌 건넌방을 향아여 퍼붓는 포악이었다. 그런 때이면 야윈 목에가 굵은 핏대가 불끈 솟고 구부정한 허리로 게거품까지 흐른다. 그러나 이건 보통 때의 말이다. 어쩌다 공장에서 뒤를 늦게 본다고 감독에게 쥐어박히거나, 혹은 재봉침에 엄지 손톱을 박아서 반쯤 죽어 오는 적도 있다. 그러면 가뜩이 급한 그 행동이 더 불이야 불이야 한다. 손에 잡히는 대로 그릇을 내던져 깨치며

"왜 내가 이 고생을 해 가며 널 먹이니 응 이놈아?"

헐없이 미친 사람이 된다. 아우는 그래도 귀가 먹은 듯이 잠자코 앉았다. 누님은 혼자 서서 제몸을 들볶다가 나종에는 울음이 탁 터진다. 공장살이에 받는 설움을 모두 아우의 탓으로 돌린다. 그러면 할일없이[39]

37) 도시락
38) 눈알을 위로 굴리고 눈시울을 치뜨고
39) 하릴없이, 하는 수 없이, 어쩔 수 없이

아우는 마당에 내려와서 누님의 어깨를 두 손으로 붙잡고

"누님! 다 내가 잘못했수 그만두." 하고 달래지 않을 수 없다.

"네가 이놈아! 내 살을 뜯어먹는 거야."

"그래 알았수, 내가 다 잘못했으니 고만둡시다."

"듣기싫여, 물러나." 하고 벌컥 떠다밀면 땅에 펄썩 주저앉는 아우다. 열쩍은 듯, 죄송한 듯 얼굴이 벌개서 털고 일어나는 그 아우를 보면 우습고도 일변 가여웠다.

그러나 더 우스운 것은 마루에서 저녁을 먹을 때의 광경이다. 누님이 밥을 퍼 가지고 올라와서는 암말없이 아우 앞으로 한 그릇을 쭉 밀어 놓는다. 그리고 자기는 자기대로 외면하여 푹푹 퍼먹고 일어선다. 물론 반찬도 각각 먹는 것이다.

아우는 군말없이 두 다리를 세우고, 눈을 내려깔고는 그 밥을 떠먹는다. 방에 앉아서, 주인마누라는 업신여기는 눈으로 은근히 흘겨 준다.

영애는 톨스토이가 너무 병신스러운 데 골을 낸다. 암만 얻어먹더라도 씩씩하게 대들지 못하고 저런, 저런, 그러나 아끼꼬는 바보가 아니라 사람이 너무 착해서 그렇다고 우긴다.

하긴 그렇다고 누님이 자기 밥을 얻어먹는 아우가 미워서 그런 것도 아니다. 나뭇잎이 등금등금[40] 날리던 작년 가을이었다. 매일같이 하 들볶이니까 온다간다 말없이 하루는 아우가 없어졌다. 이틀이 되어도 없고 사흘이 되어도 없고 일주일이 썩 지나도 영 들오지를 않는다.

누님은 아우를 찾으러 다니기에 눈이 뒤집혔다. 그렇게 착실히 다니던 공장에도 며칠씩 빠지고 혹은 밥도 굶었다. 나중에는 아우가 한을 품고 죽었나 부다고 집에 들오면 마루에 주저앉아서 통곡이었다. 심지어 아끼꼬의 손목을 다 붙잡고

40) 촘촘하지 않고 드물고 성긴 모양, 듬성듬성

"여보! 내 아우 좀 찾아주, 미치겠수."

"그렇지만 제가 어딜 간 줄 알아야지요."

"아니 그런데 놀러 가거든 좀 붙들어 주, 부모없이 불쌍히 자란 그 놈이—"

말끝도 다 못 마치고 이렇게 울던 누님이 아니었던가. 아흐레 만에야 아우는 남대문 밖 동무 집에서 찾아왔다. 누님은 기뻐서 또 울었다. 그리고 그담 날부터 다시 들볶기 시작하였다.

이 속은 참으로 알 수 없고, 여북해야 아끼꼬는 대문 소리만 좀 다르면 "얘 영애야! 변덕쟁이 온다. 어서 이리 와!" 하고 잇속 없이 신이 오른다.

아끼꼬는 남모르게 톨스토이를 맘에 두었다. 꿈을 꾸어도 늘 울가망으로 톨스토이가 나타나고 한다. 꼭 바렌치노[41]같이 두 팔을 떡 벌리고 하는 소리가 오! 저는 당신을 사랑합니다. 이 가슴에 안겨 주소서. 그러나 생시에는 이놈의 톨스토이가 아끼꼬의 애타는 속도 모르고 본 둥 만 둥이 아닌가. 손님에게 꼭 답장을 할 필요가 있어서

"선생님! 저 연애편지 하나만 써 주서요."

아끼꼬가 톨스토이를 찾아가면

"저 그런 거 못 씁니다."

"소설 쓰시는 이가 그래 연애 편지를 못 써요?" 하고 어안이 벙벙해서 한참 쳐다본다. 책상 앞에서 늘 쓰고 있는 것이 소설이란 말은 여러 번이나 들었다. 그래 존경해서 선생님이라고 부르고 뒤에서는 톨스토이로 바치는데 그래 연애 편지 하나 못 쓴다니 이게 말이 되느냐 하도 기가 막혀서

"선생님! 연애해 보셨어요?" 하면 무안당한 계집애처럼 고만 얼굴이 벌개진다.

"전 그런 거 모릅니다."

41) Rudolph Valentino(1895~1926, 미국의 영화배우)

아끼꼬는 톨스토이가 저한테 흥미를 안 갖는 걸 알고 좀 샐쭉하였다. 카페서 구는 여급이라고 넘보는 맥인지 조선말로 부르면 숭해서[42] 아끼꼬로 행세는 하지만 영영 아끼꼰 줄 안다. 어쩌면 톨스토이가 숭칙스럽게 아랫방 빼스껄과 눈이 맞았는지도 모른다. 왜냐면 빼쓰껄이 나갈 때 고때쯤 해서 톨스토이가 세수를 하러 나오고 하는 것을 보았다. 그리고 옥생각[43]인지 몰라도 빼쓰껄도 요즘엔 버쩍 모양을 내기에 몸이 달았다.

며칠 전에는 빼쓰껄이 거울과 가우[44]를 손에 들고서 아끼꼬의 방엘 찾아왔다.

"언니! 나 이 머리 좀 잘라 주."

"근 왜 자를랴구 그래 그냥 두지?"

"날마다 머리 빗기가 구찮아서 그래." 하고 좀 거북한 표정을 하더니

"난 언니 머리가 좋아 몽톡한 게!" 웃음으로 겨우 버무린다.

하 조르므로 아끼꼬도 그 좋은 머리를 아니 자를 수 없다. 가우에 힘을 주어 그 중툭을 툭 끊었다. 빼쓰껄은 손으로 만져 보더니 재겹게[45] 나쁜 모양이다. 확 돌아앉아서 납쭉한 주뎅이로 해해 웃으며

"언니 머리같이 더 좀 디려[46] 잘라 주어요."

"더 잘르믄 못 써. 이만하면 좋지 않어?"

대구 졸랐으나 아끼꼬는 머리를 버려 놀까 봐 더 응칠 않았다. 여기에 성이 바르르 나서 빼쓰껄은 제 방으로 가서는 제 손으로 더 몽총이[47] 잘라 버렸다. 그 뜯어 논 머리에다 분을 하얗게 바르고는 아주 좋다고 나다니는 계집애다. 양말 뒤축에 빵구가 좀 나도 즈 방 들어갈 제 뒤로 기

---

42) 흉해서
43) 옹졸한 생각
44) 가위
45) 자지러지게
46) 들여(바짝)
47) 몽총히(모자라게, 짧게)

어든다.

아침에 나갈 제 보면 빼쓰껄은 커단 책보를 옆에 끼고 아주 버젓하다. 처음에 아끼꼬가 고등과에 다니는 학생인가 한 것도 무리는 아니었다. 왜냐면 그 책보가 고등과에 다니는 책보같이 그렇게 탐스럽고 허울이 좋았다. 그러나 차차 알고 보니까 보지도 않은 헌 잡지를 그렇게 포개고 고 사이에 벤또를 꼭 물려서 싼 책보이었다. 벤또 하나만 싸면 공장의 계집애나 빼쓰껄로 알까 봐서 그 무거운 잡지책들을 힘드는 줄도 모르고 들고 왔다 갔다 하는 것이 아니냐. 그래 놓고는 저녁에 돌아올 때면 웬 도적놈 같은 무서운 중학생 놈이 쫓아오고 한다고 늘 성화다.

"그눔 대리를 꺾어 놓지."

이렇게 딸의 비위를 맞추어 병든 아버지는 이불 속에서 큰소리다. 그리고 아침마다 딸 맘에 떡 들도록 그 책보를 싸는 것도 역시 그의 일이었다. 정성스리 귀를 내어 문 밖으로 두 손으로 내받치며

"얘! 일찌가니 돌아오너라 감기 들라."

이런 걸 보면 영애는 또 마음에 마뜩지 않았다. 딸에게 구리칙칙이 구는 아버지는 보기가 개만도 못하다 했다. 그래 아끼꼬와 쓸데적게[48] 주고받고 다툰 일까지 있다.

"그럼 딸의 거 얻어먹구 그렇지도 않어?"

"그러니 더 든적스럽지[49] 뭐냐?"

"든적스럽긴 얻어먹는 게 든적스러, 몸에 병은 있구 그럼 어떡허니? 애두! 너무 빠장빠장[50] 우기는구나!"

아끼꼬는 샐쭉이 토라지다 고개를 다시 돌리어 웅크라[51] 뜨는 소리로

48) 쓸데없이
49) 던적스럽지
50) 무리하게 자꾸 우기거나 조르는 모양
51) 웅크려

"너 느 아버지가 팔아먹었다지, 그래 네 맘에 좋냐?"

"애두! 절더러 누가 그런 소리 하라나?" 하고 영애는 더 덤비지 못하고 그제서는 눈으로 치마를 걷어올린다. 이렇게까지 영애는 그 병쟁이가 몹시도 싫었다. 누렇게 말라붙은 그 얼굴을 보고 김마까라는 별명을 지을 만치 그렇게 밉살스럽다. 왜냐면 어느 날 김마까가 영애의 영업을 방해하였다.

그날은 어쩐 일인지 김마까가 초저녁부터 딸과 싸운 모양이었다. 새로 두 점쯤 해서 영애가 들어오니까 둘이 소군소군하고 싸우는 맥이다. 가뜩이나 엄살을 부리는데다 더 흉측을 떨며

"어이쿠! 어이쿠 하나님 맙시사!"

그렇지 않으면

"하나님! 날 잡아가지 왜 이리 남겨 두슈!"

아래웃간을 흙벽으로 막았으면 좋을 걸 얇은 빈지[52]를 드리고 종이로 발랐다. 웃간에서 부시럭 소리만 나도 아랫간까지 고대로 흘러든다. 그 벽에다 머리를 쾅쾅 부지지며[53]

"어이구! 이놈의 팔자두!"

제 깐에는 딸 앞에서 죽는다고 결기[54]를 내리는 꼴이다. 그러면 딸은 표독스러운 음성으로

"누가 아버지보고 돌아가시랬어요? 괜히 남의 비위를 긁어 놓구 그러시네!"

"늙은이보고 담밸 끊으라는 게 죽으라는 게지 뭐야!"

"그게 죽으라는 거야요? 남 들으면 정말로 알겠네—"

딸이 좀 더 볼멘소리로 쏘아박으니 또다시

52) 널빈지(한 짝씩 끼었다 떼었다 하게 만든 문)
53) 부딪치며
54) 못마땅한 것을 참지 못하고 성을 내거나, 딱 잘라 행동하는 성미

"어이구! 이눔의 팔자두!"

벽에 머리를 부지지며 어린애같이 깩깩 울고 앉았다. 질긴 귀로도 못 들을 징그러운 그 울음소리-

가물[55]에 빗방울같이 모처럼 끌고 왔던 영애의 손님이 이마를 접는다. 그리고 아주 말 없고 취한 자리로 비틀비틀 쪽마루로 내걷는다. 되는 대로 구두짝이 끌린다.

"왜 가서요?"

"요담 또 오지."

"여보서요! 이 밤중에 어딜 간다구 그러서요?" 하고 대문간서 그 양복을 잡아채인다마는 허황한 손이 올라와 툭툭 털어 버리고

"요담 또 오지."

그리고 천변을 끼고 비틀거리는 술 취한 걸음이다. 영애는 눈에 독이 잔뜩 올라서 한 전등이 둘셋씩 보인다. 빈 방 안에 홀로 누워서 입속으로 김마까를 악담을 하며 눈물이 핑 돈다.

벌써 한 점 사십오 분. 영애는 디툭디툭 들어오며 살집 좋은 얼굴이 싱글벙글이다. 손에는 퉁퉁한 과자봉지. 미닫이를 여니 웃묵 구석에 쓸어박은 헌 양말짝, 때쩔은 속곳, 보기에 어수산란타.[56]

"벌써 오니? 좀 더 있지-"

"애두! 목욕허구 온단다."

"목욕은 혼자 가니?" 하고 좀 뼈질랴[57] 한다.

"그래 너 줄라구 과자 사 왔어요-"

"그럼 그렇지 우리 영애가!"

요강에서 손을 뽑으며 긴히 달겨든다. 아끼꼬는 오줌을 눌 적마다 요

55) 가뭄
56) 어수선 산란하다
57) 삐지려

강에 받아서는 이 손을 담그고 한참 있고 저 손을 담그고, 그러나 석 달이나 넘어 그랬건만 손결이 별루 고와진 것 같지 않다. 그 손을 수건에 닦고 나서

"모두 나마까시[58]만 사 왔구나?"

우선 하나를 덥썩 물어뗀다.

"그 손으로 그냥 먹니? 애! 난 싫단다!"

"메 드러워? 저두 오줌은 누면서 그래."

"그래도 먹는 것하구 같으냐?" 하지만 영애는 아끼꼬보다 마음이 훨씬 눅었다.[59] 더 화내지 않고 그런 양으로 앉아서 같이 집어 먹는다. 그의 마음에는 아끼꼬의 생활이 몹시 부러웠다. 여러 손님의 사랑에 고이며 이쁜 얼굴을 자랑하는 아끼꼬. 영애 자신도 꼭 껴안아 주고 싶은 아담스러운 그런 얼굴이다.

"그의 은제 갔니?"

"새벽녘에 내뺐단다. 아주 숫배기야.[60]"

"넌 참 좋겠다. 나두 연애 좀 해 봤으면!"

"허려무나 누가 허지 말라니?"

"아니 너 같은 연앤 싫여. 정신으로만 허는 연애 말이지."

하고 어덴가 좀 뒤둥그러진 소리.

"오! 보구만 속태우는 연애 말이지?" 하긴 했으나 아끼꼬는 어쩐지 영애에게 너무 심하게 한 듯싶었다. 가뜩이나 제 몸 못난 걸 은근히 슬퍼하는 애를 —

"애! 별소리 말아요, 연애두 몇 번 해 보면 다 시들해지는 걸 모르니? 난 일상 맘 편히 혼자 지내는 네가 부럽드라!" 하고 슬그머니 한번 문질러

58) 생과자
59) 누긋했다(너그러웠다)
60) 숫보기(순진하고 어수룩한 사람)

주면

"메가 부러워? 애두! 괜히 저러지."

영애는 이렇게 부인은 하면서도 벙싯하고 짜장 우월감을 느껴 볼려 한다. 영애도 한때에는 주체궂은[61] 살을 말리고자[62] 아편도 먹어 봤다. 남의 말대로 듬뿍 먹었다가 꼬박이 이틀 동안을 일어나도 못하고 고생하던 생각을 하면 시방도 등어리가 선뜻하다. 그러나 영애에게도 어쩌다 염서[63]가 오는 것은 참 신통한 일이라 안 할 수 없다.

"또 뭐 뒤져 갔니?" 하고 영애는 의심이 나서 제 경대 서랍을 뒤져 본다. 과연 며칠 전 어떤 전문학교 학생에게 받은 끔찍한 귀한 연애편지가 또 없어졌다. 사내들은 어째서 남의 계집애 세간[64]을 뒤져가기 좋아하는지 그 심사는 참으로 알 수 없고

"또 집어 갔구나? 이럼 난 모른단다!"

영애는 고만 울상이 된다.

"뭐?"

"편지 말이야!"

"무슨 편지를?"

"왜 요전에 받은 그 연애편지 말이야."

"저런! 그 망할 자식이 그건 뭣 하러 집어 가 난 통히[65] 보덜 못했는데— 수집은[66] 척하드니 아니, 숭악한 자식이로군!"

아끼꼬는 가는 눈썹을 더욱이 잰다. 그리고 무색한 듯이 영애의 눈치만 한참 바라보더니

---

61) 몹시 주체스러운, 몹시 짐스럽고 귀찮은
62) 마르게 하고자, 빼려고
63) 연애편지
64) 집안 살림에 쓰는 온갖 물건
65) 도통
66) 수줍은

"내 톨스토이보고 하나 써 달라마, 그럼 이담 연애편지 쓸 때 그거 보구 쓰면 고만 아냐!" 하고 곱게 달랜다. 그러나 과연 톨스토이가 하나 써 줄는지 그것도 의문이다. 영애가 벌써 전부터 여기를 떠나자고 졸라도 좀 좀 하고 망설이고 있는 아끼꼬! 그런 성의를 모르고 톨스토이는 아끼꼬를 보아도 늘 한양으로 대단치 않게 지나간다. 그렇다고 한때는 빼쓰껄에게 맘을 두었나 하고 의심도 해 봤으나 실상은 그런 것도 아닐 것이다. 낮에 사직원으로 올라가면 아끼꼬는 가끔 톨스토이를 만난다. 굵은 소나무 줄기에 등을 비껴대고 먼 하늘만 정신없이 바라보고 섰는 톨스토이다. 아끼꼬가 그 앞을 지나가도 못 본 척하고 들떠보도 않는다. 약이 올라서 속으로 망할 자식하고 욕도 하여 본다. 그러나 낭종[67] 알고 보면 못 본 척이 아니라 사실 눈뜨고 못 보는 것이다. 그렇게 등신같이 한눈을 팔고 섰는 톨스토이다. 이걸 보면 아끼꼬는 여자고보를 중도에 퇴학하던 저의 과거를 연상하고 가엾은 생각이 든다. 누님에게 얻어먹고 저러구 있는 것이 오죽 고생이랴. 그러고 학교 때 수신[68] 선생이 이야기하던 착하고 바보 같다는 그 톨스토이가 과연 저런 건지 하고 객적은[69] 조바심도 든다.

아끼꼬는 기침을 캑하고 그 앞으로 다가선다. 눈을 깜박깜박하며

"선생님! 뭘 그렇게 생각하서요?" 하고 불쌍한 낯을 하면

"아니오—" 하고 어색한 듯이 어물어물하고 만다.

"그렇게 섰지 마시고 좀 운동을 해 보서요."

하도 딱하여 아끼꼬는 이렇게 권고도 하여 본다.

"오늘은 방을 좀 쳐야 하겠소. 여기 내 조카도 지금 오고 했으니까—"

주인마누라는 악이 바짝 올라서 매섭게 쏘아본다. 방에서만 꾸물꾸물

67) 나중
68) 일제 때 '도덕'에 관한 교과목
69) 객쩍은(쓸데없이 실없고 싱거운)

방패막이를 하고 있는 톨스토이가 여간 밉지 않다.

"아 여보! 방의 세간을 좀 치워 줘요. 그래야 오는 사람이 들어가질 않소?"

"사날만 더 참아 줍쇼. 이번엔 꼭 내겠습니다."

"아니 뭐 삭을세를 안 낸대서 그런 게 아니요. 내가 오늘부터 잘 데가 없고 이 방을 꼭 써야 하겠기에 그래서 방을 내달라는 것이지—"

양복바지를 거반 응덩이에 걸친 버드렁니가 이렇게 허리를 쓱 편다. 주인마누라가 툭하면 불러온다던 즈 조카라는 놈이 필연 이걸 게다. 혼자 독학으로 부청에까지 출세를 한 굉장한 사람이라고 늘 입의 침이 말랐다. 그러나 귀처진 눈은 말고 헤벌어진 입과 양복 입은 체격하고 별로 굉장한 것 같지 않다. 게다 얼자가 분수없이 뻐팅길려고

"참아 주시든 길이니 며칠만 더 참아 주십시오."

이렇게 애걸하면

"아 여보! 당신만 그래 사람이오?" 하고 제법 삿대질까지 할 줄 안다.

"저런 자식두! 못두 생겼네 저게 경성부 고쓰깽[70)]인 거지?"

"글세 그래도 제법 넥타일 다 잡숫구." 하고 손가락이 들어가 문의 구녕[71)]을 좀 더 후벼판다마는 아끼꼬는 구렁이(주인마누라)의 속을 빼얀히[72)] 다 안다. 인젠 방세도 싫고 셋방 사람을 다 내쫓으려 한다. 김마까나 아끼꼬는 겁이 나서 차마 못 건드리고 제일 만만한 톨스토이부터 우선 몰아낼려는 연극이렷다.

"저 구랭이 좀 봐라. 옆에 서서 눈짓을 해 가며 자꾸 씨기지[73)]?"

"글쎄 자식도 얼간이가 아냐? 즈 아즘멈 시기는 대로 놀구 섰네."

---

70) 고용인
71) 구멍
72) 빤히
73) 시키지

"아쭈 얼짜가 뻐팅긴다. 지가 우와기[74]를 벗어 놓면 어쩔테야 그래? 자식두!"

"톨스토이가 잠자쿠 앉었으니까 약이 올라서 저래, 맛부리는 게 밉살머리궂지[75]? 자식 그저 한 대 앵겨[76] 줬으면."

"내가 한 대 먹이면 저거 고택골 간다. 그래니깐 아끼꼬한테 감히 못 오지 않어?"

주먹을 이렇게 들어 뵈다가 고만 영애의 턱을 치질렀다.[77] 영애는 고개를 저리 돌리어 또 빼죽하고

"얘 이럼 난 싫단다!"

"누가 뭐 부러 그랬니 또 빼죽하게?" 하고 아끼꼬도 좀 빼쭉하다가 슬슬 눙치며

"그래 잘못했다. 고만두자 쐭쐭쐭—"

영애의 턱을 손등으로 문질러 주고

"쟤! 저것 봐라 놈은 팔을 걷고 구렁이는 마루를 구르고 야단이다."

"얘 재밌다 구렁이가 약이 바짝 올랐지?"

"저 자식 보게 제 맘대로 남의 방엘 막 들어가지 않어?"

아끼꼬가 영애에게 눈을 크게 뜨니까

"뭐 일을 칠 것 같지? 병신이 지랄한다더니 정말인가베!"

"저 자식이 남의 세간을 제 맘대로 내놓질 않나? 경을 칠 자식!"

"그건 나무래 뭘 해. 그저 톨스토이가 바보야! 그래도 부처같이 잠자코 앉었지 않어? 세상엔 별 바보두 다 많어이!"

아끼꼬는 그건 들은 체도 안 하고 대뜸 일어선다. 미닫이가 열리자 우

---

74) 웃옷
75) 매우 밉살머리스럽지
76) 안겨
77) (주먹이나 발 따위를) 아래에서 위로 힘껏 질렀다

람스러운 걸음. 한숨에 안마루로 올라서며 볼멘소리다.

"아니 여보슈! 남의 세간을 그래 맘대로 내놓는 법이 있소?"

"당신이 웬 챙견이오?"

얼짜[78]는 톨스토이의 책상을 들고 나오다 방문턱에 우뚝 멈춘다. 눈을 휘둥그렇게 뜨고 주저주저하는 양이 대담한 아끼꼬에 적이 놀란 모양—

"오늘부터 내가 여기서 자야 할 테니까— 그래서— 방을 치는데—"

얼짜는 주변성 없는 말로 이렇게 굴다가

"당신 맘대로 방은 치는 거요?"

"그럼 내 방 내 맘대로 치지 누구에게 물어본단 말이유?"

하고 제법 을딱딱이긴[79] 했으나 뒷갈망[80]은 구렁이에게 눈짓을 슬슬 한다.

"그렇지 내 방 내가 치는데 누가 뭐 할 턱 있나?"

"당신 맘대룬 안 되우 그 책상 도루 저리 갖다 놓우 삭을세를 내란다든지 하는 게 옳지 등을 밀어 내쫓는 경오가 어짓단[81] 말이오?"

"아니 아끼꼬는 제 거나 낼 생각이지 웬 걱정이야? 저리 비켜서!"

구렁이는 문을 막고 섰는 아끼꼬의 팔을 잡아댕긴다. 에패[82]는 찍소리 없이 눌러 왔지만 오늘은 얼짜를 잔뜩 믿는 모양이다. 이걸 보고 옆에 섰던 영애가 또 아니꼬와서

"제거라니? 누구 보고 저야. 이 늙은이가 눈깔이 뼜나!" 하고 그 팔을 뒤로 홱 잡아챘다. 늙은 구렁이와 영애는 몸 중량의 비례가 안 된다. 제풀에 비틀비틀 돌더니 벽에 가 쿵하고 쓰러진다. 그러나 눈을 감고 턱이 떨리는 아이고 소리는 엄살이다.

---

78) 바보('어리석고 멍청한 사람'을 얕잡아, 또는 욕으로 이르는 말)
79) 으르딱딱이긴(위협하여 을러대긴)
80) 뒷감당
81) 어딨단
82) 예전, 지난날

얼짜가 문턱에 책상을 떨구더니 용감히 홱 넘어 나온다. 아끼꼬는 저 자식이 더럽게 달마찌[83]의 흉내를 내는구나 할 동안도 없이 영애의 뺨이 쩔꺽—

"이년아 늙은이를 쳐?"

"아 이 자식 보레! 누기 뺨을 때려?"

아끼꼬는 악을 지르자 그 석때[84]를 뒤로 잡아서 낚워친다. 마루 우에 놓였던 다듬잇돌에 걸리어 얼짜는 응덩방아가 쿵하고 잡은 참 날아드는 솟보구니[85]는 독오른 영애의 분풀이다.

그러자 또 아랫방 문이 홱 열리고 지팡이가 김마까를 끌고 나온다.

"이 자식이 웬 자식인데 남의 계집애 뺨을 때려? 온 이런 망하다 판이 날 자식이 눈에 아무것두 뵈질 않나— 세상이 망한다 망한다 한대두만 이런 자식은."

김마까는 뜰에서부터 사방이 들으라고 왁짝 떠들며 올라온다. 구렁이한테 늘 쪼여 지내던 원한의 복수로 아끼꼬와 서로 멱살잡이로 섰는 얼짜의 복장을 지팡이로 내지른다.

"이런 염병을 하다 땀통이 끊어질 자식이 있나!"

그와 동시에 김마까는 검불같이 뒤로 벌렁 나자빠졌다. 내댔던 지팡이가 도루 물러오며 바짝 마른 허구리를 쳤던 것이다. 개신개신 몸을 일으집으며 김마까는 구시월 서리 맞은 독사가 된다.

"이 자식아! 너는 니 애비두 없니?"

대뜸 지팡이는 날아들어 얼짜의 귓배기를 내려갈긴다. 딱하고 뼈 닿는 무딘 소리. 얼자는 고개를 푹 꺾고 귀에 두 손을 들여대자 죽은 듯이 꼼짝 못한다.

---

83) 1930년대 헐리우드의 희극, 활극 영화배우
84) 혁대
85) 숯바구니

아끼꼬도 얼짜에게 뺨 한 개를 얻어맞고 울고 있었다. 이 좋은 기회를 타서 얼짜의 등 뒤로 빨간 얼굴이 달겨든다. 이건 권투식으로 집어실까[86] 하다 그대로 그 어깻죽지를 뒤로 물고 늘어진다. 아 아 이렇게 외마디 소리로 아가리를 딱딱 벌린다. 그리고 뒤통수로 암팡스리[87] 날아든 것은 영애의 주먹이다.

톨스토이는 모두가 미안쩍고 따라 제풀에 지질려서[88] 어쩔 줄을 모른다. 옆에서 눈을 흘기는 영애도 모르고

"노서요. 그만 노서요. 이거 이럼 어떡헙니까?" 하며 아끼꼬의 등을 두 손으로 흔든다. 구렝이도 벌벌 떨어가며

"이년이 사람을 뜯어먹을 텐가 안 놓니 이거 안 놔?"

아끼꼬를 대구 잡아당기며 얼른다. 그러나 잡아당기면 당길수록 얼짜는 소리를 더 지른다. 이러다간 일만 더 크게 벌어질 걸 알고 구렝이는 간이 고만 달룽한다.[89] 이 사품[90]에 안방 미닫이는 설쭉이 부러지고 뒤주우에 얹혔던 대접이 둘이나 떨어져 깨졌다. 잔뜩 믿었던 조카는 저렇게 죽게 되고 이러단 방은커녕 사람을 잡겠다. 생각하고 그는 온몸이 덜덜 떨리었다. 게다 모지게 내려치는 김마까의 지팡이―

구렁이는 부리나케 대문 밖으로 나왔다. 골목길을 내려오며 뒤에 날리는 치맛자락에 바람이 났다.

"삭을세를 내랬으면 좋지 내쫓을랴구 하니까 그렇게 분란이 일쿠 하는 게 아니야?"

"아닙니다 누가 내쫓을랴구 그래요 세를 내라구 그러니깐 그렇게 아끼꼬라는 년이 올라와서 온통 사람을 뜯어먹고 그러는군요!"

86) 마구 칠까
87) 다부지게
88) 기세가 꺾여서
89) 덜컹한다
90) 서슬

"말 마라, 내쫓으랴구 헌 걸 아는데 그래 요전에는 또 한 번 그런 일이 있었지?"

순사는 노파의 뒤를 따라오며 나른한 하품을 주먹으로 끈다. 푹하면[91] 와서 찐대[92]를 붙은 노파의 행세가 여간 구찮지 않다. 조꼬맣게 말라붙은 노파의 신[93] 머리쪽을 바라보며

"올해 몇 살이냐?"

"그넌 열아홉이죠. 그런데 그렇게—"

"아니 노파 말이야?"

"네 제 나[94]요? 왜 쉰일곱이라구 전번에 여쭸지요. 그런데 이 고생을 하는군요." 하고 궁상스리 우는 소리다.

노파는 김마까보다도 톨스토이보다도 누구보다도 아끼꼬가 가장 미웠다. 방세를 받을래도 중뿔나게 가로맡아서 지랄하기가 일쑤요 또 밤낮 듣기 싫게 창가질이요 게 세숫물을 버려도 일부러 심청궂게[95] 안마루 끝으로 홱 끼얹는 아끼꼬 이년을 이번에는 경을 흠씬 치도록 해야 할 텐데 속이 간질대서 그는 총총걸음을 치다가 돌뿌리에 채키여 고만 나가둥그러진다. 그 바람에 씨레기통 한 귀에 내뻗은 못에 가서 치맛자락이 찌익하고 찢어진다.

"망할 자식 같으니 씨레기통의 못두 못 박았나!" 하고 흙을 털고 일어나며 역정이 난다. 그 꼴을 보고 순사는 손으로 웃음을 가린다.

"그 봐! 이젠 다시 오지 말아 이번엔 할 수 없지만 또다시 오면 그땐 노파를 잡아갈 테야?"

"네— 다시 갈 리 있겠습니까 그저 이번에 그 아끼꼬란 년만 흠씬 버릇

91) 툭하면
92) 진드기
93) 흰, 센
94) 나이
95) 심술궂게

을 알으켜 주십시오. 늙인이 보구 욕을 않나요 사람을 치질 않나요! 그리고 안죽 핏대도 다 안 마른 년이 서방이 메친지[96] 수가 없어요—"

순사는 코대답을 해 가며 귓등으로 듣는다. 너무 많이 들어서 인제는 흥미를 놓친 까닭이었다. 갈팡지팡 문지방을 넘다 또 꼬꾸라지려는 노파를 뒤로 부축하며 눈살을 찌푸린다. 알고 보니 짐작대로 노파 허풍에 또 속은 모양이었다. 살인이 났다고 짓떠들더니 임장하여[97] 보니까 조용한 집안에 웬 낯설은 양복쟁이 하나만 마루 끝에서 천연스리 담배를 필 뿐이다. 그리고는 장독 사이에 왔다 갔다 하며 뭘 주워 먹는 생쥐가 있을 뿐 신발짝 하나 난잡히 놓이지 않았다. 하 어처구니가 없어서

"어서 죽었어?"

"어이구 분해! 이것들이 또 저를 고랑땡[98]을 먹이는군요! 입때까지 저 마룽[99]에서 치고 차고 깨물고 했답니다."

노파는 이렇게 주먹으로 복장을 찧며[100] 원통한 사정을 하소한다. 왜냐면 이것들이 이 기맥을 벌썬 눈치채고 제각기 헤져서 아주 얌전히 배겨[101] 있다. 아끼꼬는 문을 닫고 제 방에서 콧노래를 부르고 지팽이를 들고 날뛰던 김마까는 언제 그랬더냔 듯이 제 방에서 끙 끙 여전히 신음 소리. 이렇게 되면 이번에도 또 자기만 나물리키게[102] 될 것을 알고

"어이구 분해! 어이구 분해!"

주먹으로 복장을 연팡 들두들기다 조카를 보고

"얘— 넌 어떻게 해서 이렇게 혼자 앉었니?"

---

96) 몇인지
97) 현장에 나와
98) 골탕
99) 마루
100) 치며
101) 박혀
102) 내몰리키게

"뭘 어떻게 돼요 되긴?" 하고 눈을 지릅뜨는[103] 그 대답은 썩 퉁명스럽고 걱세다.[104] 이런 화중[105]으로 끌고 온 아주멈이 몹시도 밉고 원망스러운 눈치가 아닌가. 이걸 보면 경은 무던히 치고 난 놈이다.

"어이구 분해! 너꺼정 이러니!"

"뭘 분해! 이 망할 것아!"

순사는 소리를 빽 지르고 도루 돌아서려 한다.

"나리! 저걸 보서요. 문 부서진 것하구 대접 깨진 걸 보서두 알지 않아요?"

"어떤 조카가 죽었어 그래?"

"이것이 그렇게 죽도록 경을 치고두 바보가 돼서 이래요!"

"바보면 죽어두 사나?" 하고 순사는 고개를 디밀어 마루께를 살펴보니 딴은 그릇은 깨지고 문은 부서졌다. 능글맞은 노파가 일부러 그런 줄은 아나 그렇다고 책임상 그냥 가기도 어렵다. 퍽두 극성스러운 늙은이라 생각하고

"누가 그랬어 그래?"

"저 아끼꼬가 혼자 그랬어요!"

"아끼꼬! 고반[106]까지 같이 가."

"네! 그러서요."

하도 여러 번 겪은 일이라 이제는 아주 익숙하다. 저고리를 갈아입으며 웃는 얼굴로 내려온다. 그러나 순사를 따라 대문을 나설 적에는 고개를 모루 돌리어 구렁이에게 몹시 눈총을 준다.

순사는 아끼꼬를 데리고 느른한 걸음으로 골목을 꼽는다.[107] 쪽다리

103) 부릅뜨는
104) 꺽지다(꿋꿋하며 과단성이 있다)
105) 이야기 도중
106) 일명 고반소, 오늘날의 파출소(派出所)
107) 굽어든다, 접어든다

를 건너니 화창한 사직원 마당. 봄이라고 땅의 잔디는 파릇파릇 돋았다. 저 우에선 투덕거리는 빨래 소리. 한옆에선 풋뽈을 차느라구 날뛰고 떠들고 법석이다. 뿌웅하고 음충맞게 내대는 자동차의 싸이렌. 남치마에 연분홍 저고리가 버젓이 활을 들고 나온다. 그리고 키 훌쩍 큰 놈팽이는 돈지갑을 내든다.

"너 왜 또 말썽이냐?" 하고 순사는 고개를 돌리어 아끼꼬를 씽긋이 흘겨본다. 그는 노파가 왜 그렇게 아끼꼬를 못 먹어서 기를 쓰는지 영문을 모른다. 노파의 눈에도 아끼꼬가 좀 귀여울 텐데 그렇게 미울 때에는 아마 아끼꼬가 뭘 좀 먹이질 않아 틀렸는지 모른다. 그렇지 않으면 다른 사람 다 제쳐 놓고 아끼꼬만 씹을 리가 없다. 생각하다가

"뭘 말썽이유 내가?"

"네가 뭐 쥔마누라를 깨물고 사람을 죽이구 그런다며? 그리구 요전에도 카페서 네가 손님을 쳤다는 소문도 들리지 않니?" 하고 눈살을 찝고 웃어 버린다. 얼굴 똑똑한 것이 아주 할 수 없는 계집애라고 돌릴 수밖에 없다.

"난 그런지 몰루!"

아끼꼬는 땅에 침을 탁 뱉고 아주 천연스리 대답한다. 그리고 사직원의 문간쯤 와서는

"이담 또 만납시다."

제멋대로 작별을 남기고 저는 저대로 산 쪽으로 올라온다.

활텃길로 올라오다 아끼꼬는 궁금하여 뒤를 한번 돌아본다. 너무 기가 막혀서 벙벙히 바라보고 있다가 다시 주먹으로 나른한 하품을 끄는 순사. 한편에선 날뛰고 자빠지고 쾌활히 공을 찬다. 아끼꼬는 다시 올라가며 저도 남자가 됐드라면 풋뽈을 차 볼걸 하고 후회가 막급이다. 그리고 산을 한 바퀴 돌아 내려가서는 이번엔 장독대 우에 요강을 버리리

라 결심을 한다. 구렁이는 장독대 우에 오줌을 버리면 그것처럼 질색이 없다.

"망할 년! 이번에 봐라! 내 장독 우에 오줌까지 깔길 테니!"

이렇게 아끼꼬는 몇 번 몇 번 결심을 한다.

형

아버지가 형님에게 칼을 던진 것이 정통을 때렸으면 그 자리에 엎떠질[1] 것을 요행 뜻밖에 몸을 비겨서 땅에 떨어질 제 나는 다르르 떨었다. 이것이 십오성상을 지닌 묵은 기억이다. 마는 그 인상은 언제나 나의 가슴이 새로웠다. 내가 슬플 때, 고적할 때, 눈물이 흐를 때, 혹은 내가 자라난 그 가정을 저주할 때, 제일 처음 나의 몸을 쏘아드는 화살이 이것이다. 이제로는 과거의 일이나 열 살이 채 못 된 어린 몸으로 목도하였을 제 나는 그 얼마나 간담을 졸였던가. 말뚝같이 그 옆에 서 있던 나는 이내 울음을 터치고 말았다. 극도의 놀램과 아울러 애원을 표현하기에 나의 재주는 거기에 넘지 못하였던 까닭이다.

부자간의 고롭지[2] 못한 이 분쟁이 발생하길 아버지의 허물인지 혹은 형님의 죄인지 나는 그것을 모른다. 그리고 알려지도 않았다. 한갓 짐작하는 건 형님이 난봉을 부렸고 아버지는 그 비용을 담당하고도 터보이지[3] 않을 만치 재산을 가졌건만 한 푼도 선심치 않았다. 우리 아버지, 그는 뚝뚝한

---

1) 엎어질
2) 마음이나 몸이 편하지
3) (재물 따위를) 있는 대로 다 내어놓거나 내어 쓴 것이 축나게 보이지

[4] 수전노이었다. 또한 당대에 수십만 원을 이룩한 금만가[5]이었다. 자기의 사후 얼마 못되나 그 재산이 맏아들 손에 탕진될 줄을 그도 대중은 하였으련만 생존시에는 한 푼을 아끼었다. 제가 몬 돈 저 못 쓴다는 말이 이걸 이름이리라. 그는 형님의 생활비도 안 댈 뿐더러 갈아마실 듯이 미워하였다. 심지어 자기 눈앞에도 보이지 말라는 엄명까지 내리었다. 아들이라곤 그에게 단지 둘이 있을 뿐이었다. 형님과 나— 허나 나는 차자이고 그의 의사를 받들어 봉양하기에 너무 어렸으니 믿을 곳은 그의 맏아들, 형님이었을 것이다. 게다 아버지는 애지중지하던 우리 어머니를 잃고는 터져오르는 심화를 뚝기[6]로 누르며 어린 자식들을 홋손[7]으로 길러오던 바 불행히도 떼치지 못할 신병으로 말미암아 몸져 누운 신세이었다. 그는 가끔 나를 품에 안고는 에미를 잃은 자식이라고 눈물을 뿌리다가는 느 형님은 대리를 꺾어 놀 놈이야, 하며 역정을 내고 내고 하였다. 어버이의 권위로 형님을 구박은 하였으나 속으로야 그리 좋을 리 없었다. 이 병이 낫도록 고수련[8]만 잘하면 회복 후 토지를 얼마 주리라는 언약을 앞두고 나의 팔촌 형을 임시 양자로 데려온 그것만으로도 평온을 잃은 그의 심사를 알기에 족하리라. 친구들은 그를 대하여 자식을 박대함은 노후의 설움을 사는 것이라고 간곡히 충고하였으나 그의 태도는 여일 꼿꼿하였다. 다만 그 대답으로는 옆에 앉았는 나의 얼굴을 이윽히 바라보며 고소하는 것이었다. 나는 왜떡 사 먹을 돈이나 주려는가 하여 맥모르고 마주 웃어 주었으나 좀 영리하였던들 이 자식은 크면 나의 뒤를 받들어 주려니 하는 그의 애소[9]임을 선뜻 알았으리라.

4) 무뚝뚝한
5) 재산가
6) 굳게 버티어 내는 기운
7) 홑손. 남의 도움없이 혼자서 일하는 손, 배우자가 없는 혼자의 몸
8) 병구완
9) 슬프게 호소함

효자와 불효를 동일시하는 나의 관념의 모순도 이때 생긴 것이었다. 형님이 아버지의 속을 썩였다고 그가 애초부터 망골[10]은 아니다. 남 따르지 못할만치 지극히 효성스러웠다. 아버지에게 토지가 많았다. 여기저기 사면에 흩어진 전답을 답품[11]하랴 추수를 할랴 하려면 그 노력이 적잖이 드는 것이었다. 병에 자유를 잃은 아버지는 모든 수고를 형님에게 맡기었다. 그리고 형님은 그의 뜻을 받들어 낙자없이[12] 일을 행하였다. 물론 이 삼백 리씩 걸어가 달포씩이나 고생을 하며 알뜰히 가을하여 온들 보수의 돈 한 푼 여벌로 생기는 건 아니었다. 아버지는 아들과 마주앉아 추수기를 대조하여 제대로 셈을 따질 만치 엄격하였던 까닭이다. 형님은 호주의 가무[13]를 대신만 볼 뿐 아니라, 집에 들어서는 환자를 위하여 몸을 사리지 않았다. 환자의 곁을 떠날 새 없이 시중을 들었다. 밤에는 이슥토록 침울한 환자의 말벗이 되었고 또는 갖은 성의로 그를 위로하였다. 그는 이따금 까빡 졸다간 경풍[14]을 하여 고개를 들고는 자기를 책하는 듯이 꼿꼿이 다시 무릎을 꿇었다. 그러나 밤거리에 인적이 끊일 때가 되면 그는 나를 데리고 수물통[15] 우물을 향하여 밖으로 나섰다. 이 우물이 신성하다 하여 맑은 그 물을 떠다가 장독간에 올려놓고 정안수를 드렸다. 곧 아버지의 병환이 하루바삐 씻은 듯 나시도록 신령에게 비는 것이었다. 그리고 아침에 먼저 눈을 뜨는 것도 역시 형님이었다. 밝기 무섭게 일어나는 길로 배우개장[16]으로 달려갔다. 구미에 딸리는 환자의 성미를 맞추어 야채랑, 과일이랑, 젓갈, 혹은 색다른 찬거리를 사 들고 들어오는 것이었다. 언젠가 나는 혼이 난 적이 있다. 겨울인데 몹시 추웠다. 아침 일찍이 나는

10) 주책없는 사람을 욕하여 이르는 말
11) 세금이나 소작료를 제대로 거두기 위하여 논밭에 가서 실지로 작황(作況)을 조사하는 것
12) 영락없이
13) 집안일
14) 뇌척수 질환·발열 등으로 깜짝깜짝 놀람
15) 수문통(水門通). 성이나 방죽 따위의 수문에서 물이 빠져나오는 물통
16) 배오개[梨峴]장. 지금의 동대문시장

뒤가 마려워 안방에서 나올려니까 형님이 그제서야 식식거리며 장에서 돌아오는 길이었다. 장놈과 다투었다고 중얼거리며 덜덜 떨더니 얼음이 제그럭거리는 종이뭉치 하나를 마룽[17]에 놓는다. 펴보니 조기만한 이름 모를 생선. 그는 두루마기, 모자를 벗어부치곤 물을 떠오라, 칼을 가져오라, 수선을 부리며 손수 배를 갈라 씻은 다음 석쇠에 올려놔 장을 발라가며 정성스레 구웠다. 누이 동생들도 있고 그의 아내도 있건만 느넌들이 하면 집어먹기도 쉽고 데면데면히 하는 고로 환자가 못 자신다는 것이었다. 석쇠 우에서 지글지글 끓으며 구수한 냄새를 푸우는[18] 이름 모를 그 생선이 나의 입맛을 잔뜩 댕겼다. 나는 언제나 아버지와 겸상을 하므로 좀 맛깔스러운 음식은 모두 내 것이었다. 그날도 나는 상을 끼고 앉아 아버지도 잡숫기 전에 먼저 번부터 노려 두었던 그 생선에 선뜻 젓가락을 박고는 휘저 놓았다. 그때 옆에서 따로 상을 받고 있던 형님의 죽일 듯이 쏘아보는 눈총을 곁눈으로 느끼고는 나는 멈칫하였다. 그러나 나를 싸주는[19] 아버지가 앞에 있는데야 설마, 이쯤 생각하고는 서름서름 다시 집어들기 시작하였다. 좀 있더니 형님은 물을 쭉 들이키고 나서 그 대접을 상 위에 콱 놓으며 일부러 소리를 된통 내인다. 어른이 계시므로 차마 야단은 못치고 엄포로 욱기[20]를 보이는 것이었다. 나는 무안도 하고 무섭기도 하여 들었던 생선을 입으로 채 넣지도 못하고 얼굴이 벌겋게 멍멍하였다. 이 눈치를 채고 아버지는 껄껄 웃더니 어여 먹어라. 네가 잘 먹고 얼른 커야 내 배가 부르다, 하며 매우 만족한 낯이었다. 물론 내가 막내아들이라 귀엽기도 하였으려나 당신의 팔이 되고 다리가 되는 맏자식의 지극한 효성이 대견하단 웃음이리라.

17) 마루
18) 피우는, 풍기는
19) 감싸주는
20) 욱하는 성질

노는 돈에는 난봉 나기가 첩경[21] 쉬운 일이다. 형님은 난봉이 났다. 난봉이라면 천한 것도 사랑이라 부르면 좀 고결하다. 그를 위하여 사랑이라 하여 두자. 열여덟, 열아홉 그맘때 그는 지각없는 사랑에 빠지고 말았다. 장가는 열다섯에 들었으나 부모가 얻어 준 아내일 뿐더러 그 얼굴이 마음에 안 들었다. 사랑에서 한문을 읽을 적이었다. 낮에는 방에 들어앉아서 아버지의 엄명이라 무서워서라도 공부를 하는 체하고 건성 왱왱 거리다간 밤이 깊으면 슬며시 빠져나갔다. 그리고 새벽에 몰래 들어와 자고 하였다. 물론 돈은 평시[22] 어른 주머니에서 조금씩 따끔질[23] 해 두었다. 뭉텡이 돈을 만들어 쓰고 쓰고 하는 것이었다. 아버지는 자식에게 도끼날같이 무서운 어른이었다. 이 기미를 눈치채고 아들을 붙잡아 놓고는 벼룻돌, 목침, 단소 할 것 없이 들어서는 거의 혼도할 만치 두들겨 팼다. 겸하여 다시는 출입을 못하게 하고자 그의 의관이며 신발 등을 사랑다락에 넣고 쇠를 채워 버렸다. 그래도 형님의 수단에는 교묘히 그 옷을 꺼내 입고 며칠 동안 밤거리를 다시 돌 수 있었으나 사랑하는 어머니를 잃고 또 얼마 안 되어 아버지마저 병환에 들매 그럴 여유가 없었다. 밖으로는 아버지의 일을 대신 보랴 안으로는 그의 병구원을 하랴 눈코 뜰 새 없이 자식된 도리를 다하니 문내에 없던 효자라고 칭찬이 자자하였다.

병환은 날을 따라 깊었다. 자리에 든 지 한 돌이 지나고 가랑잎은 또 다시 부수수 지니 환자도 간호인도 지리한 슬픔이 안 들 수 없었다. 그러나 하루는 형님이 자리 곁에 공손히 무릎을 꿇으며 아버님, 하고 입을 열었다. 지금의 처는 사람이 미련하고 게다 시부모 섬길 줄 모르는 천치니 친정으로 돌려보내는 게 좋다. 그러니 아버지의 병환을 위해서라도 어차피 다시 장가를 들겠다는 그 필요를 말하였다. 그때 아버지는 정색하

21) 첩경(捷徑)
22) 평상시
23) 큰 덩이에서 조금씩 뜯어내는 일

여 아들의 낯을 다시 한 번 훑어보더니 간단히 안 된다 하였다. 내가 살아 있는 동안엔 안 된다, 하였다. 아버지도 소싯적에는 뭇사랑에 몸을 헤였다[24] 마는 당신은 빠땀뽕, 하였으되 널랑은 바람풍하라, 하였다. 낭중[25]에서야 알았지마는 이때 벌써 형님은 어느 집 처녀와 슬며시 약혼을 해 놓고 틈틈이 드나들었다. 아직 총각이라고 속이는 바람에 부자의 자식이렷다 문벌 좋겠다 대뜸 훌걱[26] 넘은 모양이었다. 그리고 성례를 독촉하니 어른의 승낙도 승낙이려니와 첫대[27] 돈이 없으매 형님은 몸이 달았다. 아버지는 자식을 사랑하였고 당신의 몸같이 부리긴 하였으나 돈에 들어선 아주 밝았다. 가용에 쓰는 일전 일푼이라도 당신의 손을 거쳐서야 들고 났고 자식이라고 푼푼한 돈을 맡겨 본 법이 없었다. 형님은 여기서 뱃심[28]을 먹었다. 효성도 돈이 들어야 비로소 빛나는 듯싶다. 이날로부터 나흘 동안이나 형님은 집에서 얼굴을 볼 수 없었다. 똥오줌까지 방에서 가려주던 자식이 옆을 떠나니 환자는 불편하여 가끔 화를 내었고 따라 어린 우리들은 미구에 불상사가 일 것을 기수채고[29] 은근히 가슴을 검뜯었다.[30] 닷새째 되던 날 어두울 무렵이었다. 나는 술이 취하여 비틀거리며 대문을 들어서는 형님을 보고는 이상히 놀랐다. 어른 앞에 그런 버릇은 연래에 보지 못한 까닭이었다. 환자는 큰 사랑에 있는데 그는 안방으로 들어가서 엣가락뎃가락하며[31] 주정을 부린다. 그런 뒤 집안 식구들을 자기 앞에 모아 놓고는 약주술이 카랑카랑한 대접에다가 손에 들었던 아편을 타는 것이다. 누이동생들은 기겁을 하여 덤벼들어 그 약을 뺏으렸으나[32] 무

24) 망쳤다, 그르쳤다
25) 나중
26) 홀딱
27) 첫째
28) 배짱
29) 낌새를 알아차리고, 눈치채고
30) 거머잡고 쥐어뜯었다
31) 서로 뜻이 맞지 않아 이러니 저러니 옳고 그름을 따지며
32) 빼앗으려 했으나

지스러운 그 주먹을 당치 못하여 몇 번씩 얻어맞고는 울며 서서 뻔히 볼 뿐이었다. 술에다 약을 말짱히 풀어 놓더니 그는 요강을 번쩍 들어 대청으로 던져서 요란히 하며 점잖이 아버지의 함자를 불렀다. 그리고 나는 너 때문에 아까운 청춘을 죽는다, 고 선언을 하고는 훌쩍…… 울었다. 전이면 두말없이 도끼날에 횡사는 면치 못하리라마는 자유를 잃은 환자라 넘봤을 뿐더러 그 태도가 어른을 휘어잡을 맥이었다. 그러나 사랑에서도 문갑이 깨지는 제그럭 소리와 아울러 이놈 얼찐[33] 죽어라, 는 호령이 폭발하였다. 이 음성이 취한 그에게도 위엄이 아직 남았는지 그는 눈을 둥글둥글 굴리고 있더니 나종에는 동생들을 하나씩 붙잡아 가지곤 두들겨주기 비롯하였다. 이년들 느들 죽이고 나서 내가 죽겠다, 고 이를 악물고 치니 울음소리는 집안을 뒤집었다. 어른이 귀여워하는 딸일 뿐 아니라 언제든 조용하길 원하는 환자에게 보복 수단으로는 이만한 것이 다시 없으리라. 그리고 이제 생각하면 어른에게 행한 매끝을 우리들이 받았는지도 모른다. 매질에 누이들이 머리가 터지고 옷이 찢기고 하는 서슬에 나는 두려워서 드러누운 아버지에게로 달아가 그 곁을 파고들며 떨고 있었다. 그는 상기하여 약 오른 뱀눈이 되고 소리를 내이도록 신음하였다. 앙상한 가슴을 벌떡이었다. 병마에 시달리는 설움도 컸거늘 그중에 하나같이 믿었던 자식마저 잃고 보니 비장한 그 심사는 이루 헤아릴 수 없을 것이다. 눈물을 머금고 나의 손을 지그시 잡더니만 당신의 몸을 데려가 안방에 놓아 달라고 애원 비슷이 말하였다. 허지만 그러기에 나는 너무 조그맸다. 형님에게 매 맞을 생각을 하고 다만 떨 뿐이었다. 그런대로 그날은 무사하였다. 맏아들의 자세로 돈이나 나올까 하여 얼러 보았으나 이도 저도 생각과 틀림에 그는 실쭉하여 약사발을 발로 차 버리고는 나가

---

33) 얼른

버렸다. 그 뒤 풍편[34]에 들으매 그는 빚을 내어 저희끼리 어떻게 결혼이라고 해서는 자그마한 집을 얻어 신접살이를 나갔다는 것이었다. 그곳을 누님들은 가끔 찾아갔다. 그리고 병에 울고 계시는 아버님을 생각하여 다시 그 품으로 돌아오라고 간곡히 깨쳐 주었다마는 그는 종래 듣지를 않고 도리어 동기[35]를 두들겨 보내고 보내고 하였다.

아버지의 성미는 우리와 별것이었다. 그는 평소 바둑을 좋아하였다. 밤이면 친구를 조용히 데리고 앉아 몇 백 원씩 돈을 걸고는 바둑을 두었다. 그렇지 않을 때에는 밤 출입이 잦았다. 말인즉슨 오입을 즐겼고 그걸로 몸을 망쳤다 한다. 술도 많이 자셨다는데 나는 직접 보든[36] 못한 바 아마 돈을 아껴서이리라. 또는 점이 특출하였다. 엽전 네 닢을 흔들어 떨어쳐서는 이걸 글로 풀어 앞에 닥쳐올 운명을 판단하는 수완이 능하여 나는 여러 번 신기한 일을 보았다. 그러나 일단 돈 모는 데 들어서는 몸을 아낌이 없었다. 초작에는 물론이요 돈을 쌓아 논 뒤에도 비단 하나 몸에 걸칠 줄 몰랐고 하루의 찬가[37]로 몇 십 전씩 내놀 뿐 알짜 돈은 당신이 웅크러쥐고는[38] 혼자 주물렀다. 병에 들어서도 나는 데 없이 파먹기만 하는 건 망조라 하여 조석마다 칠 홉씩이나 잡곡을 섞도록 분부하여 조투성을[39] 만들었고 혹은 죽을 쑤게 하였다. 그리고 찬이라도 몇 가지 더 하면 그는 안 자시고 밥상을 그냥 내보내고 하였다. 이렇게 뼈를 깎아 모은 그 돈으로 말미암아 시집을 보낼 적마다 딸들의 신세를 졸였고, 또 마지막엔 아들까지 잃었다. 이걸 알았는지 몰랐는지 그는 날마다 슬픈 빛으로 울었다. 아들이 가끔 와서 곁으로 돌며 북새를 부리다 갈 적마다

34) 바람결에 들리는 소문
35) 형제자매의 총칭
36) 보진
37) 반찬값
38) 움켜쥐고는
39) 조투성이를

드러누운 채 야윈 주먹을 들어 공중을 내려치며 죽일 놈, 죽일 놈 하며 외마디 소리를 내었다. 따라 심화에 병은 날로 더쳤다.[40] 이러길 반 해를 지나니 형님은 자기의 죄를 뉘우쳤는지 하루는 풀이 죽어서 왔다. 그리고 대접 하나를 손에서 내놓으며 병환에 신효한 보약이니 갖다드리라 한다. 나는 그걸 받아 환자 앞에 놓으며 그 연유를 전하였다. 환자는 손에 들고 이윽히 보더니만 그놈이 날 먹고 죽으라고 독약을 타 왔다, 하며 그대로 요강에 쏟아 버렸다. 이 말을 듣고 아들은 울며 돌아갔다. 이것이 보약인지 혹은 독약인지 여지껏 나도 모른다. 마는 형님이 환자 때문에 알밴 자라 몇 마리를 우정 구하여 정성으로 고아 온 것만은 사실이었다. 며칠 후 그는 죄진 낯으로 또다시 왔다. 부엌으로 들어가더니 부지깽이처럼 굵다란 몽둥이를 몇 자루 다듬어서는 그것을 두 손에 공손히 몰아쥐고 아버지의 앞으로 갔다. 그러나 그 방에는 차마 못 들어가고 사랑방 문턱에 바싹 붙어서 머뭇거릴 뿐이었다. 결국 그러다 울음이 터졌다. 아버님 이 매로 저를 죽여 줍소사, 그리고 저의 죄를 사해 주소서, 하며 애걸애걸 빌었다. 답은 없다. 열 번을 하여도 스무 번을 하여도 아무 답이 없었다. 똑같은 소리를 외이며 울며불기를 아마 한 시간쯤이나 하였을 게다. 방에서 비로소 보기 싫다, 물러가거라, 고 환자는 거푸지게[41] 한마디로 끊는다. 그러니 형님은 울음으로 섰다가 울음으로 물러갈밖에 도리가 없었다. 그는 다시 오지 않았다. 자식을 사랑하는 마음이야 뉘라고 없었으랴마는 하는 그 행동이 너무 괘씸하였고 치가 떨렸다. 복받치는 분심과 아울러 한 팔을 잃은 그 슬픔이 이때에 양자를 하게 된 동기가 되었다. 그 양자란 시골서 데려 올려온 농부로 후분에[42] 부자 될 생각에 온갖 고생을 무릅쓰고 약을 대리랴, 오줌똥을 걷으랴, 잔심부름에 달리랴,

40) 악화되었다
41) 잇달아 거듭 앓는 소리로
42) 늘그막에

본자식 저 이상의 효성으로 환자에게 섬기었다. 물론 그때야 환자가 죽은 다음 그 아들에게 돈 한 푼 변변히 못 받을 것을 꿈에도 생각지는 못하였으리라.

아직낀[43] 총각이라고 속이어 혼인이랍시고 저희끼리 불야살야[44] 엉둥거리[45]긴 하였으나 생활에 쪼들리니 형님은 뒤가 터질까 하여 애가 탔다. 물론 시량[46]은 대었으되 아버지의 분부를 받아 입쌀 한 되면 좁쌀 한 되를 섞어서 보냈다. 그뿐으로 동전 한푼 현금은 무가내였다.[47] 형님은 그 쌀을 받아서 체로 받치어 좁쌀은 뽑아 버리곤 도로 입쌀을 만들어 팔았다. 그 돈으로 젊은 양주가 먹고 싶은 음식이며 담배, 잔요[48]들에 소비하는 것이었다. 이 소문을 듣고 아버지는 그담부터 다시 보내지 말라고 꾸중하였다. 애비를 반역한 그 자식 괘씸한 품으로 따지면 당장 다리를 꺾어 놀 것이다. 그만이나마 하는 것도 당신이 아니면 어려울진대 항차[49] 그놈이 무슨 호강에 그러랴 싶어서 대노한 모양이었다. 부자간 살육전은 여기서 시작되었다. 밥줄이 끊어진 형님은 틈틈이 달려와서 나를 꾀었다. 담모텡이[50]로 끌고 가서 내 귀에다 입을 대고는 이따 왜떡[51]을 사 줄 테니 아버지 주무시는 머리맡에 가서 가방을 슬며시 열고 저금통장과 도장을 꺼내 오라고 소곤거리는 것이었다. 그때 그는 의복이며 신색이 궁끼[52]에 끼어 촐촐하였다.[53] 부자의 자식커녕 굴하방[54] 친구로도 그 외양이 얼리

43) 아직껏
44) 부랴사랴
45) 놓치지 않으려고
46) 땔나무와 먹을 양식
47) 막무가내였다. 일절 없었다
48) 자질구레한 데에 드는 비용
49) '황차'의 변한 말, 하물며
50) 담모퉁이
51) 밀가루나 쌀가루를 반죽하여 얇게 늘여서 구운 과자
52) 궁기
53) 초라하였다
54) 몸을 굽히고 들어가야 할 만큼 작은 문이 달린 방

지[55] 못하였으니 마땅히 자기의 차지될 그 재산을 임의로 못하는 그 원인이야 이만저만 아니었으리라. 나는 그의 말대로 갖다 주면 그는 거나하여 나의 머리를 뚜덕이며 데리고 가서는 왜떡을 사 주고 볼일을 다 본 통장과 도장은 도로 내놓며[56] 두었던 자리에 다시 몰래 갖다 두라 하였다. 그 왜떡이란 기름하고 검누른 바탕에 누비줄 몇 줄이 줄을 친 것인데 나는 그놈을 퍽 좋아했다. 그 맛에 들리어 종말에는 아버지에게 된통 혼이 났었다. 그담으로는 형님은 와서 누이동생들을 족대기었다.[57] 주먹을 들어 혹은 방망이를 들어 함부로 때려 올려놓고는 찬가로 몇 푼 타 두었던 돈을 다급하여 갖고 가곤 하였다. 그는 원래 불량한 성질이 있었다. 자기만 얼러 달라고 날뛰는 사품에 우리들은 그 주먹에 여러 번 혹을 달았다. 양자로 하여 자기에게 마땅히 대물려야 할 그 재산이 귀떨어질까[58] 어른을 미워하던 중 하물며 사랑까지 푼푼치 못하매 그는 독이 바짝 올랐다. 뜨거운 여름날이나 해 질 임시[59]하여 식식 땀을 흘리며 달겨들었다. 환자는 안방에 드러누워 돌아가도 않고 뼈만 남은 산송장이 되어 해만 끄니 그를 간호하는 산 사람 따라 늘어질 지경이었다. 서슬이 시퍼렇게 들어오던 형님은 긴 병에 후달리어 맥을 잃고는 마루에들 모여앉았던 우리 앞에 딱 서더니 도끼눈으로 우리를 하나씩 훑어 주고는 코웃음을 친다. 우리는 또 매맞을 징조를 보고는 오늘은 누가 먼저 맞나 하여 속을 졸였다. 그는 부나케[60] 부엌으로 들어갔다. 솥뚜껑을 여는 소리가 나더니 느들만 처먹니, 하는 호령과 함께 젠그렁[61]하고 쇠부짓는[62] 소리가 굉장하

55) 어울리지
56) 내놓으며
57) 마구 두들겨 팼다
58) 축날까
59) 무렵
60) 부리나케
61) 쟁그렁
62) 쇠부딪는(쇠가 부딪치는)

였다. 방에서는 이놈, 하고 비장한 호령, 음울한 분위기에 싸여 오던 집안 공기는 일시에 활기를 띠었다. 이 소리에 형님은 기가 나서, 뒤꼍으로 달아나는 셋째 누이를 때려 보고자 쫓아갔다. 어른에게 대한 모함, 혹은 어른을 속여서라도 넌줏넌줏이 자기에게 양식을 안 댔다는 죄목이었다. 누이는 뒤란을 한 바퀴 돌더니 하릴없이 마루 우로 한숨에 뛰어올랐다. 방의 문을 열고 어른이 드러누웠으매 제가 설마 여기야, 하는 맥이나 형님은 거침없이 신발로 뛰어올라 그 허구리[63]를 너더댓[64] 번 차더니 고까라뜨렸다.[65] 그리고는 이년들 혼자 먹어, 이렇게 얼르자[66] 그담 누님을 머리채를 잡고 마루 끝으로 자르르 끌고와서 댓돌 알로 굴려 버리니 자지러지는 울음소리에 귀가 놀랐다. 세상이 눈만 감으면 어른도 칠 형세이라, 나는 눈이 휘둥그렇게 아버지의 곁으로 피신하였다. 환자는 눈물을 흘리며 묵묵히 누웠다. 우는지 웃는지 분간을 못할 만치 이를 악물어 보이다는 슬며시 비웃어 버리며 주먹으로 고래를 칠 때 나는 영문 모르고 눈물을 청하였다. 수심도 수심 나름이거냐[67] 그의 슬픔은 그나 알리라. 그는 옆에 앉았는 양자의 손을 잡으며 당신을 업어다 마루에 내다 놓라, 분부하였다. 양자는 잠자코 머리를 숙일 뿐이다. 만일에 그대로 하면 병만 더칠 뿐 아니라 집안에 살풍경이 일 것을 염려하여서이다. 하지만 환자의 뜻을 거슬림이 그의 임무는 아니었다. 재삼 명령이 내릴 적엔 마지못하여 환자를 고이 다루며 마루 우에 업어다 놓니[68] 환자는 두 다리를 세고[69] 웅크리고 앉아서는 마당에 하회[70]를 기다리고 우두머니[71] 섰는 아들을 쏘

63) 허리 좌우의 갈비뼈 아래 잘록한 부분(옆구리)
64) 넷다섯
65) 고꾸라뜨렸다
66) 위협하자
67) 나름이거니와
68) 놓으니
69) 세우고
70) 어떤 일이 있은 다음에 벌어지는 일의 형태나 결과
71) 우두커니

아보았다. 이태 만에야 비로소 정면으로 대하는 그 아들이다. 그는 기에 넘어 대뜸 이놈, 하다가 몹쓸 병에 가새질려[72] 턱을 까불며 한참 쿨루거리더니[73] 나를 잡아먹으라고, 하고는 기운에 부치어 뒤로 털빽 주저앉고 말았다. 그리고 몸을 전후로 흔들며 시근거린다. 가슴에 맺히도록 한은 컸건만 병으로 인하여 입만 벙긋거리며 할 말을 못하는 그는 매우 괴로운 모양이었다. 그러나 당신 옆에 커다란 식칼이 놓였음을 알자 그는 선뜻 집어 아들을 향하여 힘껏 던졌다. 정백이를 맞았으면 물론 살인을 쳤을 거나[74] 요행히도 칼은 아들의 발끝에서 힘을 잃었다. 이 순간 딸들도 아버지를 앞뒤로 얼싸안고 아버님 저를 죽여 줍소사, 애원하며 그 품에 머리들을 박고는 일시에 통곡이 낭자하였다. 마당의 아들은 다만 머리를 숙이고 멍멍히 섰더니 환자 옆에 있는 그 양자를 눈독을 몹시 들이곤 돌아가 버렸다. 허나 며칠 아니면 자기도 부자의 호강을 할 수 있음을 짐작했던들 그리 분할 것도 아니련만—

얼마 아니어서 아버지는 돌아갔다. 바로 빗방울이 부슬부슬 내리던 이슥한 밤이었다. 숨을 몬다고 기별하니 형님은 그 부인을 동반하여 쏜살같이 인력거로 달겨들었고 문간서부터 울음을 놓더니 어버이의 머리를 얼싸안을 때엔 세상을 모른다. 그는 느껴 가며 전날에 저온 죄를 사해 받고자, 대구 애원하였다. 환자는 말른 얼굴에 저윽이 안심한 빛을 띠이며 몇 마디의 유언을 남기곤 송장이 되었다. 점돈을 놓면[75] 일상 부자간 공이 맞는 괘라 영영 잃는 놈으로 쳤더니 당신 앞에 다시 돌아오매 좋이 마음을 논 모양이었다. 그리고 형님의 효성이 꽃 핀 것도 이때이었다. 그는 시급하여 허둥거리다가 단지를 하고자 어금니로 자기의 손가락을 깨물

72) 꼼짝 못하고
73) 쿨룩거리더니
74) 것이나
75) 놓으면

어뜯었다. 마는 으스러져도 출혈이 선치 못하매 그제서는 다듬잇돌에 그 손가락을 얹어 놓고 방망이로 짓이겼다. 이 결과 손가락만 팅팅 부어 며칠을 두고 고생이나 하였을 뿐, 피도 짤끔짤끔하였고 아무 효력도 보지 못하였다. 나는 어떻게 되는 건지 가리[76]를 모르고 송장만 뻔히 바라보고 서서 울다가 가끔 새 아주머니를 곁눈 흝었다. 그는 백제[77] 보도 못하던 시아비의 송장을 주무르고 앉아서 슬피 울고 있더니 형님에게 송장의 다리 팔을 펴라고 명령하는 것이었다. 남편은 거기에 순종하였다.

내가 만일 이때에 나의 청춘과 나의 행복이 아버지의 시체를 따라갈 줄 미리 알았더면 나는 그를 붙들고 한 달이고 두 달이고 내리 울었으리라. 그러나 나는 사람을 모르는 철부지였다. 설움도 설움이려니와 긴치 못한 아버지의 상사가 두고두고 성가시었다. 왜냐면 아침 상식[78]은 형님과 둘이 치르나 저녁 상식은 나 혼자 맡는 것이었다. 혼자서 제복을 입고 대막대를 손에 짚고는 맘에 없는 울음이라도 어구데구 하지 않으면 불공죄로 그에게 단박 몽뎅이 찜질을 받았다. 그러면 자기는 너무 많은 그 돈을 처치 못하여 밤거리를 휘돌다가 새벽녘에는 새로운 한 계집을 옆에 끼고 술이 만취하여 들어오고 하였다. 천금을 손에 쥐고 가장이 되니 그는 향락이란 향락을 다 누렸다마는 하루는 골피를 찌푸렸다. 철궤에 들은 지전 뭉치를 헤어 보기가 불찰, 십 원짜리 다섯 장이 없어졌음을 알았던 것이다. 아침에 그는 상청에서 곡을 하고 나더니 안방으로 들어가 출가하였던 둘째 누님을 호출하였다. 그리고 다른 사람은 일절 그 근처에 얼씬도 못하게 영이 내렸다. 방문을 꼭 꼭 닫치고 한참 중얼거리더니 이건 때리는 게 아니라 필시 죽이는 소리이리라. 애가가가, 하고 까부러지는 비명이 들리다간 이번엔 식식거리며 숨을 돌리는 신음, 그리고 다시 애가가

76) 일의 갈피와 조리
77) 백주(白晝)에, 대낮에
78) 상가(喪家)에서 아침 저녁으로 궤연(几筵) 앞에 올리는 음식

가다. 그 뒤 들어보니 전날 밤 아버지의 삭망에 잡술 제물을 장만하러 간 것이 불행히 이 누님이던 바 혹시나 이 기회에 그 돈을 다른 데로 돌리지나 않았나, 하는 혐의로 그렇게 고문을 당한 것이었다. 처음에는 치마만 남기고 빨개벗기어[79] 그 옷을 일일이 뒤져 보고 털어 보았으나 그 돈이 내닫지 않으매 대뜸 엎어 놓고 발길로 차며 때리며 하여 불이 내렸다 한다. 그래도 단서는 얻지 못하였으니 셋째, 넷째, 끝의 누님들은 물론 형수, 하녀, 또는 어린 나에 이르기까지 어찌 그 고문을 면할 수 있었으랴. 끝의 누님은 한웅큼 빠진 머리칼을 손바닥에 들고는 만져 보며 무한 울었다. 그러나 제일 호되게 경을 친 것은 역시 둘째 누님이었다. 허리를 못 쓰고 드러누워 느끼며 냉수 한 그릇을 나에게 청할 제 나는 애매한 누님을 주리를 틀은 형님이 극히 야속하였다. 실상은 삼촌댁이나 셋째 누이나 그들 중에 그 돈을 건너방 다락 복고개[80]를 뚫고 넣었으리라, 고 생각은 하였다, 마는 나는 입을 다물었다. 만약에 토설을 하는 나절에는 그들은 형님 손에 당장 늘어질 것을 염려하여서이다.

79) 발가벗겨
80) 보꾹(천장)

김유정의 생애와 작품세계

김유정 연보

김유정의 생애와 작품세계

전 상 국

(작가 · 강원대 국문학과 명예교수)

1. 유년에서 연희전문 중퇴까지

작가 김유정(金裕貞)의 고향은 강원도 춘천시 신동면 증리(실레마을)로 지금의 김유정역이 있는 곳이다. 몇 대째 춘천 실레마을에 터잡아 산 유정의 집안은 천 석을 웃도는 부자로 서울 진골(종로구 운니동)에도 백여 간 되는 집을 마련하여 춘천과 서울을 오가며 살았다.

> 나의 고향은 저 강원도 산골이다. 춘천에서 한 이십여 리 가량을 산을 끼고 꼬불꼬불 돌아 들어가면 내닫는 조그마한 마을이다. 앞뒤 좌우에 굵직굵직한 산들이 빽 둘러섰고 그 속에 묻힌 아늑한 마을이다. 그 산에 묻힌 모양이 마치 움푹한 떡시루 같다 하야 동명을 실레라 부른다.
>
> — 김유정의 〈오월의 산골짜기〉(조광, 1936)

김유정은 1908년 1월 11일 본관이 청풍(淸風)인 아버지 김춘식과 어머니

청송 심씨의 2남 6녀 팔 남매 중 일곱째로 태어났다. 맨 위로 아들이 하나, 그 밑으로 딸만 내리 다섯이나 낳던 끝에 태어난 아들이라 집안 식구들의 관심은 대단했을 것이다. 특히 집안에 여자들이 많아 김유정은 그네들의 눈길 손길에서 잠시 놓일 때가 없었으며 고향 마을에 내려올 때마다 김도사 댁 손자니 김참봉 댁 도련님 등으로 떠받들어졌다.

어릴 때 집안사람들은 유정을 멱설이라고 불렀다. 멱서리(곡식을 담는데 쓰는 짚으로 만든 그릇) 속에 곡식이 가득 담기듯 재산을 많이 모으란 뜻에서 그런 아명을 주었을 것이다.

김유정은 일곱 살 어린 나이에 커다란 절망과 만나야 했다. 둘째 아들 유정을 낳고 곧바로 딸 하나를 더 낳은 뒤 시름시름 앓던 어머니가 훌쩍 세상을 떠났던 것이다. 어머니의 삼년상도 치르기 전인 2년 뒤에 아버지마저 돌아가셨다. 아직 죽음의 의미가 제대로 잡힐 나이가 아닌 때에 부모를 모두 잃은 유정은 그 죽음을 슬퍼할 겨를도 없었다.

부모를 일찍 잃은 충격으로 김유정은 한때 말을 심하게 더듬는 말더듬이가 됐다. 김유정이 최초로 가졌던 열등감이 바로 이것이었을 것이다. 휘문고보 2학년 때 눌언교정소에 다니면서 고친 뒤 흥분한 경우 외에는 별로 말을 더듬지 않았지만 그 말더듬는 일을 의식해서인지 그는 평소 남들한테 과묵한 모습으로 비쳐졌다.

누이들은 부모를 일찍 잃은 어린 동생을 연민의 손길로 보듬었지만 유정은 그네들의 사랑이 달갑지 않았다. 그냥 그네들에게 둘러싸일 때마다 가슴이 답답했다. 그럴 때 그는 횟배(한의에서 거위배로 불리며 거위로 말미암은 배앓이를 의미함)를 고치기 위해 아버지한테 배운 담배를 피워 물곤 했다. 그가 담배만 빼어 물면 사람들이 원숭이 구경하듯 모여들었기 때문에 혼자 숨어서 담배를 피웠다. 그렇게 혼자 담배를 피우는 시간이 그에게는 유일한 자유였다.

아버지가 죽은 뒤 집안 살림을 도맡은 형 김유근은 진골에서 관철동으로 이사를 했다. 부모 생존 때부터 심상찮던 형의 방탕한 기질이 본격적으로 드러나 집에 여자들을 여럿 끌어들이는 등 가산 탕진이 시작되었다. 그러나 형은 여동생들에게는 갖은 행패를 부리면서도 스무 살 아래인 유정에겐 사랑을 각별히 주었던 것으로 전해진다. 형 김유근에 대한 것은 〈형〉이란 단편소설 속에 잘 묘사되어 있다.

김유정은 집 근처 우미관 나팔 소리에 홀려 영화 구경을 자주 다녔다. 내성적 성격인 유정은 유달리 외로움을 많이 탔다. 외로울 때마다 어머니를 따라 가 본 고향 춘천의 실레마을 생각이 났다. 그 실레마을을 병풍처럼 둘러친 금병산이 눈에 그림처럼 그려졌다. 그리고 가난하지만 순박한 농촌 사람들의 얼굴이 떠오르곤 했다. 김유정은 1916년부터 1919년 봄까지 4년간 이웃 글방에 다니며 천자문, 계몽편, 통감 들을 배운 뒤 열두 살 때 재동공립보통학교에 입학해서 이듬해 3학년으로 월반한 뒤 4학년 졸업할 때까지 성적은 우수한 편이었다.

1923년 휘문고보에 검정으로 입학하면서 이름을 김나이(金羅伊)로 바꾸었으나 3학년 때 본이름 유정을 다시 사용했다. 휘문고보 때 유정은 구한말 우화소설 〈금수회수록〉의 작가 안국선의 아들인 안회남(아명 필승, 1910~?)과 친하게 지낸다. 그때 유정은 바이올린, 야구, 축구, 스케이팅, 권투, 유도, 소설읽기, 영화감상 등 꽤 다양한 취미활동을 하면서 하모니카 서클을 만들기도 했다. 그는 휘문고보 3학년 때 몸이 좋지 않아 1학년 휴학을 하고 집에서 놀 즈음 단성사 개관 몇 주년 기념행사 때 단성사 무대에 올라가 하모니카 독주를 했다고도 한다.

김유정이 스무 살이 되던 해에 형 김유근은 서울 가산을 다 탕진한 뒤 춘천 실레마을로 낙향한다. 이때 유정은 의사인 봉익동 삼촌집에 잠시 기거하다가 곧 누님들 집이나 형수네 집을 전전하며 경제적으로 어려움을 겪기 시작한다. 특히 형 김유근이 돌보지 않아 버려진 형수네 집이 유정이 유일하게 정 붙일 수 있는 가정이었다. 형수와 조카 영수(金永壽), 진수(金珍壽) 남매가 유정이 가족으로 사랑하며 산 유일한 사람들이었다.

느닷없이 닥쳐든 가난에 적응하기에 유정은 너무나 무력했다. 더구나 그는 휘문고보를 다닐 때부터 병마와 싸워야 했다. 이는 자리에 앉으면 좀해 일어날 줄 모르는 그의 성미로 인해 치질이 생긴 것이다. 몸이 아파도 누구에게 아프다는 말을 해서 위로받을 수 없는 그는 치질이 상당히 악화된 뒤에야 그 사실을 남들한테 알린다. 형이 생활비도 제대로 보내주지 않아 삼촌집 눈칫밥을 먹고 있는 처지에 몸에 병까지 생겨 그로서는 실로 비참하기 이를 데 없었다. 마침 외과 의사였던 삼촌이 근무하고 있는 적십자병원에서 치질 수술을 받을 수 있었지만 그 수술이 그 병을 치명적으로 악화시키는 계기가 되었다.

치질 외에도 김유정은 가끔 가슴이 뜨끔뜨끔 아프다고 친구 안회남에게 하소연했다. 학교 다닐 때 운동장에서 투포환을 가슴에 맞고도 끄떡않던 그의 몸에 폐결핵이란 병마가 뿌리를 깊이 뻗고 있었던 것이다.

21세가 되던 해 김유정은 휘문고보(5년제)를 졸업하고 다음 해인 1930

년 4월 6일 연희전문 문과에 입학했으나 두 달 만인 6월 24일 학교에서 제적당한 기록이 남아 있다. 그가 학교에서 제적당한 이유로는 휘문고보 때 결석을 자주했던 점으로 미루어 수업일수를 제대로 채우지 못했기 때문일 가능성이 크다.

김유정이 명창 박록주(朴祿珠: 1904~1979)를 처음 본 것이 휘문고보를 졸업하던 해 가을쯤이었다. 유정은 목욕탕에서 나오는 자신보다 네 살이나 연상인 박록주를 보고 대번에 반해 짝사랑에 빠지게 된다. 그는 밤새워 편지를 써 보내는가 하면 혈서를 써서 전하기도 하고 선물을 보냈다가 되돌려 받고는 찾아가 구애하기도 한다. 박록주가 나가는 술집 앞에서 밤을 새워 기다렸다가 인력거에 탄 그네를 끌어내려 죽이겠다고 협박을 하기도 했다. 그 병적인 짝사랑은 약 2년간 계속되는데 당시의 상황과 정신적 갈등은 그의 자전적 작품인 〈두꺼비〉와 〈生의 伴侶〉 속에 그대로 그려지고 있다. 유정의 그 짝사랑 열정은 일찍 잃은 어머니에 대한 그리움이었음을 그는 자신이 쓴 소설 〈生의 伴侶〉를 통해 고백하고 있다.

> 저에게 지금 단 하나의 원의 있다면 그것은 제가 어려서 잃어버린 그 어머님이 보고 싶사외다. 그리고 그 품에 안기어 저의 기운이 다 할 때까지 울어 보고 싶사외다.

2. 고향 마을에 금병의숙을 세우다

박록주에 대한 구애가 거절당한 데다 연희전문에서 제적까지 당하자유정은 마음의 갈피를 잡지 못하고 괴로워하다가 불현듯 고향 춘천의 실레마을로 내려간다. 그가 고향에 내려간 것은 남은 재산을 마지막으로 탕진하고 있는 형을 상대로 한 재산분배를 주장하는 소송을 내기 위한 일도 겸해 있었다. 형에게 병 치료와 생활비를 요구한 것이 제대로 이루어지지 않자 둘째 누이와 함께 동거 생활을 하고 있던 매형 정씨의 꾐으로 그런 일을 벌였던 것이다. 중요한 것은 김유정이 고향 산천을 찾아 돌아왔다는 사실이었다. 그가 항상 잊지 못하고 살아온 고향의 산골 정취가 다분히 감상적인 그를 완전히 사로잡았다. 또한 김유정은 고향에서 찢어지게 가난한 그 시대 농촌 사람들과 만나게 된다.

가난하지만 순박한 그네들의 삶을 통해 그는 구원받는 느낌이었다. 학교에서 제적당한 울분이나 박록주로 인한 마음의 상처가 시골 농민들의 가난한 생활을 바라보면서 어느 정도 가셔졌던 것이다. 박록주에게 열중했던 것처럼 그는 고향에서 자기 자신을 다 던져도 좋을 그런 신명나는 일을 찾고 있었다. 그는 금병산을 오르내리며 봄이면 잎이 나기 전 노랗게 피어나는 동백꽃(생강나무) 향기에 취했으며 마을 사람들을 만날 때면 그네들의 투박한 강원도 사투리 속에 깃든 원초적인 인간미를 느낄 수 있었다. 그는 그네들과 한 덩어리가 되어 어울리고 싶었다.

그러나 김유정이 고향 마을에서 가장 정을 많이 준 사람들은 역시 자기보다 연상인 들병장수 여자들이었다. 박록주에 대한 미련이 여기저기 짚시처럼 떠돌며 술을 파는 들병이로 옮겨진 것이다. 들병이가 등장하는 작품 〈솥〉, 〈산골 나그네〉, 〈총각과 맹꽁이〉 등은 거의 실화에 가깝다는 것이 뒷날 확인되었다. 들병이들과 어울려 거의 매일 마시는 술로 치질이 더욱 악화되는 가운데 늑막염까지 겹쳐 건강은 매우 좋지 않았다.

그런 가운데서도 김유정은 고향집 언덕받이에 움막을 파고 한때 자기네 마름집 아들인 조명희, 조카 영수 등과 뜻을 맞춰 동아일보의 농촌계몽운동 교육교재로 야학을 열었다.

그러나 김유정은 대학 공부에 대한 미련을 안고 다음 해(1931년) 봄 다시 상경하여 보성전문에 입학했으나 그곳에서도 곧바로 퇴학한 것으로 전해진다. 다시 실의에 빠진 유정은 매형 정씨의 주선으로 병 휴양 차 충청도의 어느 광업소 현장감독으로 내려갔으나 광부들과 어울려 매일 술만 먹게 되어 결국 건강만 더 망친 상태로 서너 달 만에 다시 고향 실레마을로 돌아오게 된다. 광업소에 있던 경험을 살린 작품으로 〈금〉이 있다.

고향에 다시 돌아온 김유정은 먼저와는 딴판으로 사람이 달라져 야학일에 열중하면서 마을 청년들을 모아 농우회와 부인회 등을 조직해 본격적인 농촌계몽운동을 벌인다.

거룩하도다 우리 집 농우회
손에 손잡고 장벽 굳게 모이었네
흙은 주인을 기다린다
나서라 호미를 들고
지난 엿새 동안에 힘 다해 공부하고
오늘 일요일 또 합하니 즐거워라
삼삼오오 작반하야 교외 산보를 나가
산수 좋은 곳을 찾아 시원히 씻어 보세.
*당시 실레마을에서 불려진 농우회가

그 농우회를 금병의숙(錦屛義塾)으로 개칭하여 간이학교로 인가를 받은 뒤 학생들을 모아 가르쳤는데 그때의 금병의숙 자리에는 지금 마을회관이 서 있고 그 앞에 유정의 뜻을 기리는 기적비가 서 있다.

김유정이 고향 마을에 머물었던 기간은 1930년부터 1932년까지 불과 1년 7개월 정도밖에 안 되지만 박록주를 향했던 그 병적 열정이 탈바꿈되어 새로운 길을 찾음으로써 어느 정도 마음의 안정을 얻는다.

그러나 김유정은 고향 마을에서 가끔 싸움판을 벌였다. 인근 부락 청년들이 볼 때 김유정이 서울에서 내려와 농민회니 부녀회니 만들어 놓고 꺼덕이는 꼴이 아니꼬워 시비를 걸어왔기 때문이다. 김유정은 싸움만 붙으면 야학 제자들이 보는 앞에서 자신이 범상한 사람이 아니라는 것을 드러내고 싶어했다. 비교적 건장한 덩치와는 달리 병으로 쇠약해 가는 자신의 건강에 대한 불만이기도 했을 것이다. 증리에 살고 있는 당시의 제자들에 의하면 김유정은 싸움만 붙으면 몹시 날래게 움직여 수십 명을 상대해 쫓아 버렸다고 한다.

어떻든 김유정은 실레마을에서 아이들을 가르치고 농촌 청년들을 깨우치는 일에 어느 정도 신명을 낸 것은 사실이지만 뭔가 그 일이 자기에게 걸맞지 않는다는 생각에 시달린다. 그가 들병이를 찾는 것도 그렇게 가슴이 허망하게 비어드는 시간이었다.

어느 날 그는 팔미천에서 목욕을 하고 돌아오다가 길가 오막살이 돌쇠네 집에 들러 돌쇠 어멈으로부터 그 집에 며칠 머물다 도망친 어떤 들병이 여자 이야기를 듣게 된다. 그것이 그의 처녀작이 된 〈산골 나그네〉인 것이다. 그리고 실레마을에 딸만 여럿 낳아 데릴사위를 들여 부려먹으며 욕을 잘하는 박봉필이란 사람을 관심 깊이 살펴보곤 했다. 나중에 그 실제의 인물을 모델로 쓴 작품이 바로 〈봄·봄〉이다.

〈소낙비〉, 〈노다지〉, 〈산골〉, 〈동백꽃〉, 〈만무방〉, 〈떡〉, 〈총각과 맹꽁이〉, 〈금 따는 콩밭〉, 〈안해〉, 〈가을〉, 〈솥〉, 〈두포전〉 등이 모두 고향 마을을 배경으로 쓴 작품들이다.

3. 혜성처럼 등단한 천재 작가

1933년 김유정은 서울로 다시 올라온다. 형 김유근이 고향의 가산을 완전히 정리한 뒤 조상 무덤까지 파 화장을 해 버렸기 때문에 더 이상 고향에 머물러 있을 면목이 없었을 것이다.

힘들여 지은 금병의숙을 뒤로한 채 김유정은 가산을 완전히 정리한 형에게서 '청산된 금액의 30분의 1 정도'의 돈을 얻어 가지고 다시 서울 둘째 누님네 집에서 기숙하게 된다. 유정은 그 누님한테 얹혀사는 건달 정씨에 대한 미움으로 미칠 지경이었다. 그때의 암울했던 상황을 〈따라지〉와 〈생의 반려〉, 〈연기〉 등의 소설을 통해 객관화하는 데 성공한다. 그것은 그가 평소에 즐겨 보는 희극영화의 영향도 컸을 것이다. 그는 찰리 채플린은 물론이고 자신은 웃지 않고 남을 웃기는 바스타 키튼이란 희극배우의 연기를 특히 좋아했다고 한다.

서울에 다시 올라온 해에 김유정은 늑막염이 악화된 상태에서 폐결핵 진단까지 받게 됨으로써 정말 막다른 골목에 이르게 된다. 그는 자신에게 일어나고 있는 일을 도저히 용납하기 어려웠다. 고향에 내려가 있는 동안 그는 자신의 집안이 완전히 망한 비참한 현실을 두 눈으로 확인까지 했으면서도 그것이 사실 같지가 않았다. 그로서는 눈앞에 닥친 현실이 그저 황당하고 암담했을 뿐이다. 가난 앞에서 그는 속수무책이었다. 거기에다 당시로서는 사형선고나 다름없는 폐결핵 진단까지 나왔을 때 그는 세상 모두가 적으로 보였다. 원래 사람을 싫어하는 성격이라 누구한테 자신의 마음을 쉽게 털어놓을 수도 없었다.

그 절망적인 상황에서의 탈출구로 그는 도서관을 찾아 쉬지 않고 글을 썼다. 소설 쓰기만이 그를 구원한다고 믿었기 때문이다. 그는 비로소 자신의 길을 찾은 느낌이었다. 지금까지 열중했던 그 어떤 일보다 소설 쓰기가 즐거웠다. 펜을 들고 상상의 날개를 펴는 일이 곧 그에겐 절망을 극복하는 길이었던 것이다.

김유정의 첫 작품 〈산골 나그네〉가 세상에 발표된 것은 그가 정식으로 등단하기 2년 전인 1933년 개벽사의 『제일선』이란 잡지를 통해서였다. 같은 해에 그는 〈총각과 맹꽁이〉, 〈흙을 등지고〉 등을 발표하지만 별로 좋은 반응을 얻어내지는 못한다.

그는 화풀이라도 하듯 다음 해 연말에 조선일보와 조선중앙일보, 동아일보 등 세 신문에 소설을 응모하여 1935년 새아침에 〈소낙비〉가 조선일보에 1등 당선이 되고 조선중앙일보에 〈노다지〉가 가작 입선됨으로써 문단에 혜성처럼 나타난다. 그는 정말 하루아침에 유명해졌다.

그는 등단하면서 곧바로 같은 해에 〈금 따는 콩밭〉, 〈금〉, 〈떡〉, 〈만무방〉, 〈산골〉, 〈솥〉, 〈봄·봄〉, 〈안해〉 등 단편 10편과 수필 3편을 발표한다.

이제 당당히 작가가 된 김유정의 주변에 몇 사람의 문우가 생긴다. 안회남은 휘문고보 때부터의 절친한 친구였지만 그의 소개로 이석훈

(1908~6·25 때 피납)과 깊이 사귀게 된다. 이석훈은 유정이 사직동 매형집에 살 때 앞뒷집에 살아 유정의 성격이나 가정 환경을 잘 알고 그가 나가는 방송국에 출연시키는 등 김유정의 생활을 돕기 위해 애를 많이 쓴 사람이다. 이석훈에 의하면 김유정은 평소에는 입이 무겁고 말더듬이지만 방송을 할 때와 술 먹은 뒤, 술좌석에선 능변이요 달변으로 그 좌석을 번쩍 들었다 놓았다는 것이다.

김유정은 이석훈의 소개로 구인회(九人會)에 가입하게 되면서 이상(李箱)과 알게 된다. 이상과의 친분 관계는 꽤 깊이 발전하게 되는데 그것은 함께 폐결핵을 앓는 그야말로 동병상련 같은 것이요, 서로의 천재성을 인정하는 그런 문우로서의 교제였을 것이다.

김유정과 절친했던 또 한 사람은 1937년 조선일보에 〈남생이〉로 등단한 현덕(玄德, 1911~?)으로 김유정이 창신동, 신당동, 효제동으로 셋방을 옮겨 다닐 무렵 악화되는 병을 고치고 술도 끊어 볼 생각으로 정릉 골짜기의 어느 암자에 있을 때부터 유정을 찾아와 그를 위로하던 문우이다. 그는 김유정이 병이 악화돼 서울을 떠나 경기도 광주에 있는 매형집으로 떠날 때도 차부까지 나가 전송을 했고 그의 죽음을 안회남에게 맨 먼저 알린 사람이기도 하다.

김유정은 등단한 뒤 원고 청탁에 시달릴 정도로 문단의 총아가 되었다. 그는 청탁이 오는 대로 밤새워 글을 썼다. 약을 사 먹을 돈이 필요했기 때문이다. 그러나 약을 넉넉히 사 먹을 정도의 돈이 생기지도 않았지만 돈이 생기면 술부터 마시게 되었다. 몸이 아프고 외로워서 마시는 술이었다. 돈을 얻기 위해 아무 글이나 마구 써낸다는 작가로서의 자괴심이 그를 술 마시게 했을는지도 모른다.

그즈음 김유정이 한때 짝사랑했던 박록주는 동양극장에서 춘향가를 공연하는 등 명창으로 이름을 날리고 있었다. 그는 자신이 그네에게 했던 그 열렬한 짝사랑 이야기 등 자신의 이야기를 객관화한 소설을 쓰게 된다. 〈두꺼비〉, 〈생의 반려〉, 〈연가〉, 〈형〉 등이 바로 그것들이다. 그는 농촌 사람들의 그 바보스러운 이야기를 시치미 떼고 써내던 즐거움에서 이제는 자기 자신을 희화하는 즐거움까지 얻게 된 것이다. 가장 가까이 잘 알고 있는 인물들을 소설 속에 등장시킴으로써 그는 지금까지 억눌려 왔던 어떤 강박감으로부터 해방되는 느낌이었다. 자기 자신은 물론이고 형이나 누나, 그리고 매형 정씨에 대한 나쁜 감정을 글쓰기의 즐거움으로 풀어냈던 것이다.

김유정의 병은 점점 깊어 갔다. 그는 짙은 죽음의 그림자와 맹렬하게 싸우면서 글을 썼다. 그가 남긴 몇 편의 수필에는 그의 투병 과정이 처절하게 그려졌다. 그는 치질의 통증과 폐결핵으로 인해 가슴이 터지는 줄기침을 해대며 밤을 꼬박 새우면서 오직 봄이 오기만을 기다렸다. 고향 금병산에 동백꽃이 노랗게 터지는 봄이 오면 모든 것이 잘될 것만 같은 기대였던 것이다.

그런 최악의 절망 속에서 그는 또 하나의 구원의 길을 더듬었다. 그것은 자신의 문학을 이해하고 함께 이야기를 나눌 수 있는 여성을 찾는 일이었다. 그는 어느 날 『여성』이란 잡지에 〈어떠한 부인을 맞이할까〉란 자신의 글과 나란히 실린 박봉자란 여성의 글을 읽게 되면서 그 여성을 구애의 대상으로 선택한다. 그의 본격적인 연애편지 쓰기가 시작되었다. 박봉자(시인 박용철의 여동생)란 얼굴도 못 본 여성에게 연애편지를 무려 31통이나 썼다. 그것은 그야말로 혈서였다. 그 글 속에 자신의 예술관과 인생관을 모두 쏟아 놓았다. 그러나 답장은 한 장도 오지 않았다. 답장은 커녕 얼마 뒤에 박봉자가 유정도 잘 알고 지내는 평론가 김환태와 약혼을 한 뒤 곧바로 결혼까지 했다는 것을 알게 되었을 때의 그 절망이 그의 목숨을 단축시켰다는 주장도 있다.

김유정이 경기도 광주에 있는 매형 유세준(다섯째 누나 유흥의 남편 집으로 내려가기 직전인 1936년 가을부터 겨울까지의 상황은 그야말로 비참했다. 두 남매를 데리고 남편(김유근) 없이 혼자 어렵게 사는 형수의 단칸 셋방에서 폐결핵을 앓는다는 것은 정말 처참하지 않을 수 없었다. 유정의 병간호는 주로 여자 조카 진수가 맡아서 했다.

김유정은 서울을 떠나 죽음의 자리인 경기도 광주로 갈 때도 그 조카를 데리고 갔다. 자신의 병이 다 나으면 함께 일본에 가 자신은 소설을 쓰고 조카에게는 공부를 시켜 주겠다는 것이 김유정이 조카에게 한 약속이자 그의 유일한 꿈이었다.

그는 죽기 며칠 전까지도 방에 햇빛을 차단한 뒤 촛불을 켜 놓고 글을 썼다. 〈필승전〉이란 편지는 친구 안희남에게 마지막 남긴 그의 글이다.

필승아

나는 날로 몸이 꺼진다. 이제는 자리에서 일어나기조차 자유롭지 못하다. 밤에는 불면증으로 하여 괴로운 시간을 원망하고 누워 있다. 그리고 맹렬히 다 아무리 생각하여도 딱한 일이다. 이러다가는 안 되겠다. 달리

도리를 채리지 않으면 이 몸을 일으키기 어렵겠다.

필승아

나는 참말로 일어나고 싶다. 지금 나는 병마와 최후 담판이다. 흥패가 이 고비에 달려 있음을 내가 잘 안다. 나에게는 돈이 시급히 필요하다. 그 돈이 없는 것이다. 필승아, 내가 돈 백 원을 만들어 볼 작정이다. 동무를 사랑하는 마음으로 네가 조력하여 주기 바란다. 또다시 탐정소설을 번역하여 보고 싶다. 그 외에는 다른 길이 없는 것이다. 허니 네가 보던 중 아주 대중화되고 흥미 있는 걸로 한 뒤 권 보내 주기 바란다. 그러면 내 50일 이내로 번역해서 너의 손으로 가게 하여 주마. 허거든 네가 적극 주선하여 돈으로 바꿔서 보내다오.

필승아

물론 이것이 무리임을 잘 안다. 무리를 하면 병을 더친다. 그러나 그 병을 위하여 엎집어 무리를 하지 않으면 안 되는 나의 몸이다. 그 돈이 되면 우선 닭을 한 30마리 고아 먹겠다. 그리고 땅군을 들여, 살모사 구렁이를 십여 마리 먹어 보겠다. 그래야 내가 다시 살아날 것이다. 돈, 돈, 슬픈 일이다.

필승아

나는 지금 막다른 골목에 맞닥뜨렸다. 나로 하여금 너의 팔에 의지하여 광명을 찾게 하여다우. 나는 요즘 가끔 울고 누워 있다. 모두가 답답한 사정이다. 반가운 소식 전해다우.

—나에게 계시가 있을 지어다!

이것이 김유정이 자신의 병석 머리맡에 붙여 놓은 좌우명 〈겸허〉란 글 밑에 부연한 글귀였다. 그러나 그가 그렇게도 기다리던 봄은 왔지만 그는 자신을 찾아온 죽음을 하나의 계시처럼 겸허히 받아들인다. 조카 진수의 손을 잡고 빙긋 웃는 것으로 김유정은 그의 짧은 생에 괄호를 닫았던 것이다. 1937년 3월 29일, 아침 6시 30분, 그가 세상에 나와 누린 나이 스물아홉.

유해는 가족에 의해 광주에서 서울 서대문 밖 화장터로 직행하여 한줌의 재로 뿌려졌다.

4. 김유정 소설의 문학사적 가치

김유정은 새로운 문학의 목표를 어디다 둘 것인가 하는 설문에 '우리 정서에 맞는 우리 정조(情調)를 찾아 쓰는 일'이라고 대답한 바 있다. 실상 그가 남긴 31편의 소설들이 모두 당대의 농촌 현실 및 도시 서민들의 삶을 있는 그대로 드러냄으로써 문학적 성과를 크게 획득한 것은 우리의 전통적 정서와 그것의 계승이라는 측면에서 의의가 있다고 하겠다.

탁월한 언어 감각

우선 김유정 문학의 문학사적 가치는 바로 우리 정조의 표현인 그의 작품에 구사된 그 생동감 있는 언어에서 찾을 수 있는 것이다.

향토적 작가

그의 대표작이라고 할 수 있는 〈만무방〉, 〈산골 나그네〉, 〈동백꽃〉, 〈봄·봄〉 등이 모두 그의 고향의 자연과 그 속에 사는 사람들의 생활을 향토색 짙은 언어로 표현했다는 점에서 김유정 소설의 특성을 향토성 혹은 토속성에서 찾고 있는 견해가 지배적이다. 동백꽃(남쪽 지방의 빨간 꽃이 피는 그것이 아니라 봄에 잎이 나오기 전 노란 꽃이 피고, 나무를 자르면 생강 냄새가 나는 일명 생강나무) 피는 강원도 산천의 봄 풍경 등이 그 속에서 땅을 파먹고 사는 순박한 농민들의 삶과 어울리게 묘사됨으로써 후세 독자들은 우리가 돌아가고 싶은 고향의 원형이 바로 이것이라는 것을 일깨움 받을 수 있다는 점에서도 그 문학의 향토성은 가치를 갖는다.

독특한 해학성

뭐니 뭐니 해도 김유정 문학의 특색은 그 해학성에서 한국 소설사에 뚜렷한 획을 긋는다. 당대 김유정의 문학을 높이 평가했던 김문집(金文輯)은 유정의 예술은 그의 고통과는 역비례해서 즐겁다고 말하고 있다. 이것은 김유정의 문장이 그의 참담했던 현실 상황과는 달리 매우 유머러스하게 쓰여 있음을 말하고 있는 것이다.

김유정의 해학이 갖는 참된 가치는 그것이 한국적 해학인 동시에 그것을 넘어서는 독특한 경지를 이뤘다는 견해에서 찾을 수 있을 것이다. 즉 김유정 문학의 해학성은 한국의 고전에 나타나는 전통적인 해학을 단순히 연장한 것이 아니라 인간의 기본적인 본능과 가난과 배고픔으로부터의 탈출로써의 웃음, 곧 독자들의 내심을 울리는 웃음이다.

바보열전의 인물 창조

어떻든 김유정 문학이 보여 주는 해학의 특징은 열등한 인간들이 그 열

등함을 자각하지 못하는 상태에서 저질러지는 희화성(戱畵性, 다소 과장하여 그린 익살맞은 그림과 같은)에 있다고 하겠다. 그의 건강한 언어 감각이 가장 잘 드러난 것도 웃음을 자아내는 바보형 인물 창조에서 그 재능이 유감없이 발휘되었음을 볼 수 있다.

문제는 현실을 누구보다 날카롭게 파악했으면서도 현실 사회에 대한 울분 폭발이나 고발적 공격성을 일체 드러내지 않고 오직 자기 희화화에 예술적 열정을 쏟음으로써 현실과 자신을 나누어 볼 수 없는 초월의 상태 즉 자기 구원의 방법을 찾아낸 유정의 자기 인식에 이른 그 준열한 고통을 이해했을 때라야만 유정문학에 제대로 접근할 수 있을 것이다.

시대를 초월한 문학성

혜성처럼 나타났다가 무지개처럼 사라진 작가 김유정. 그 생애가 비록 짧고 그가 한 사람의 완전한 성인으로서 사회인으로서 뚜렷한 삶의 모습을 보여 주지 못한 것은 부인할 수 없지만 바로 그러한 그의 유아적 미숙성 혹은 무기력이 집안 몰락 등 자신의 어두운 운명적 그늘과 병고에도 불구하고 불과 2년 남짓한 짧은 기간에 31편의 단편소설과 20여 편의 수필 등 잡문을 남긴 그 예술적 열정과 집념을 가능케 했는지도 모른다.

어떻든 그가 남긴 작품 모두는 그 특유의 톤으로 통일되어 있음으로 해서 한국 소설사에 뚜렷한 개성의 작가로 위치를 굳힐 수 있었던 것이다.

작품으로 살아 있는, 영원한 청년작가 김유정

작가는 작품을 후세에 남김으로써 영원히 죽지 않고 살아 있는 것이다. 특히 그 작품이 시대를 넘어서는 문학성을 잃지 않고 있을 때 그 작가의 예술혼은 그 작품을 읽는 독자들 몫으로 남겨지는 법이다.

김유정이 남긴 작품은 79년이 지난 오늘에도 전통적 우리 정서의 향기를 잃지 않은 채 오늘의 표현 감각으로 봐도 전혀 뒤떨어지지 않는 묘미와 문장의 정확성으로 인해 그 문학성은 시대를 초월하고 있는 것이다.

특히 그가 시적으로 그려낸 이 땅의 자연과 그 향토성은 그의 독특한 웃음 자아내기의 능청과 어울려 천부적 언어 감각을 가진 작가 김유정이 아직도 우리들 곁에 살아 있음을 확인케 하고 있다.

5. 작품(소설) 목록(발표 연대 순)

〈산골 나그네〉, 〈총각과 맹꽁이〉, 〈소낙비〉, 〈노다지〉, 〈金 따는 콩밭〉, 〈금〉, 〈떡〉, 〈만무방〉, 〈산골〉, 〈솥〉, 〈봄·봄〉, 〈안해〉, 〈심청〉, 〈봄과 따라지〉, 〈가을〉, 〈두꺼비〉, 〈봄밤〉, 〈이런 音樂會〉, 〈동백꽃〉, 〈야앵〉, 〈옥토끼〉, 〈生의 伴侶〉, 〈貞操〉, 〈홍길동전〉, 〈슬픈 이야기〉, 〈따라지〉, 〈땡볕〉, 〈연기〉, 〈정분〉, 〈두포전〉, 〈형〉, 〈애기〉

| 김유정 연보 |

1908	1월 11일, 본관이 청풍(淸風)인 부친 김춘식(金春植)과 모친 청송 심씨(沈氏)의 2남 6녀 팔 남매 중 일곱째로 춘천부 남내이작면 증리(실레마을, 현재 춘천시 신동면 증리)에서 태어남.
1914(6세)	실레마을의 천석을 웃도는 지주였던 유정의 조부 김도사(都事) 사망. 이때부터 부친 김춘식을 김참봉으로 호칭함. 이 해 겨울에 서울 종로구 운니동(당시 진골)으로 가족이 모두 이사.
1915(7세)	3월 18일, 어머니 청송 심씨 사망.
1917(9세)	5월 23일, 아버지 김춘식 사망. 형 김유근에 의해 종로 운니동에서 관철동으로 이사. 1916년부터 1919년 봄까지 3년 동안 한문 공부와 붓글씨를 익힘.
1920(12세)	재동공립보통학교 입학.
1921(13세)	3학년으로 월반.
1923(15세)	재동공립보통학교 4년 졸업(16회) 4월 9일, 휘문고등보통학교를 검정(檢定)으로 입학. 김나이(金羅伊)로 불리었고, 안회남(安懷南)과 같은 반으로 각별히 친하게 지냄. 숭인동 80번지로 이사. 휘문고보 3년 때 1년 휴학.
1929(21세)	3월 6일. 휘문고등보통학교(5년제) 졸업(제21회) 집안이 모두 고향 강원도 춘천으로 이사함. 이 무렵 길거리에서 명창 박록주(1904~1979)를 보고 짝사랑 시작.
1930(22세)	4월 8일, 연희전문학교 문과에 입학, 6월 24일 학칙 제26조에 의거 제명 처분됨.
1931(23세)	4월 20일, 보성전문학교에 입학했으나 곧 퇴학. 고향 춘천의 실레마을에 내려와 야학 일에 열중하다가 늦가을 충청

도 어느 광업소에 병 휴양차 서너 달 동안 머물다 다시 귀향.

1932(24세) 실레마을에서 조명희, 조카 김영수와 함께 농우회 등을 조직, 농촌계몽운동을 벌이다. 야학당을 '금병의숙(錦屛義塾)'으로 개칭, 간이학교로 인가받음.

1933(25세) 형에 의해 가산이 완전히 탕진됨. 상경하여 서울 둘째 누이 유형의 집에 기거. 늑막염이 악화되고 폐결핵 진단을 받음. 1월 13일, 〈산골 나그네〉를 탈고. 안회남의 주선으로 『제일선(第一線)』지 3월호에 발표. 8월 6일, 〈총각과 맹꽁이〉를 탈고. 『신여성』지 9월호에 발표. 이 해 봄에 이석훈(李石薰)과 채만식(蔡萬植)을, 가을에 박태원(朴泰遠)을 만남.

1934(26세) 사직동에서 혜화동으로 이사. 이 해 〈정분〉, 〈만무방〉, 〈애기〉, 〈노다지〉, 〈소낙비〉 등을 탈고.

1935(27세) 조선일보(朝鮮日報) 신춘문예에 〈소낙비〉가 1등 당선, 조선중앙일보 신춘문예에 〈노다지〉가 가작 입선함. 구인회(九人會) 후기 동인으로 가입하면서 이상(李箱)과 자주 만남. 〈金 따는 콩밭〉, 〈금〉, 〈떡〉, 〈만무방〉, 〈산골〉, 〈솥〉, 〈봄·봄〉, 〈안해〉 등 10편의 작품 발표.

1936(28세) 〈심청〉, 〈봄과 따라지〉, 〈가을〉, 〈두꺼비〉, 〈봄밤〉, 〈이런 音樂會〉, 〈동백꽃〉, 〈야앵〉, 〈옥토끼〉, 〈貞操〉, 〈슬픈 이야기〉 발표. 미완의 장편소설 〈生의 伴侶〉가 『중앙』 8, 9월호에 연재. 박용철의 누이 박봉자를 짝사랑하여 30여 통의 편지를 씀.

1937(29세) 병이 깊어져 2월 조카 진수에 의지하여 경기도 광주군 중부면 신상곡리 100번지 매형 유세준 집으로 옮겨감. 〈따라지〉, 〈땡볕〉, 〈연기〉 발표. 3월 29일 오전 6시 30분, 조카 진수를 마지막 바라보며 생의 괄호를 닫음. 유해는 서대문 밖 홍제동 화장터에서 화장. 사후 발표된 소설로 〈정분〉, 〈두포전〉, 〈형〉, 〈애기〉 등이 있음.

1938 단편집 『동백꽃』 발간(三文社)